U0064865

梁祝故事研究〔一〕

許端容 著

前言

　　二○○一年浙江省民間文藝家協會秘書長王恬女士邀約筆者，參加二○○二年四月三十日至五月四日在寧波舉辦的「梁祝文化國際學術研討會」，撰寫梁祝論文，又為我購得《梁祝文化大觀》等資料，雖然時間匆促，未能成行，但卻為我開啟了研究梁祝故事的機緣。二○○二年十一月便在南亞技術學院、中國口傳文學學會主辦的「海峽兩岸民間文學學術研討會」發表〈梁祝故事之結構與變異〉一文。該文編入《2002 海峽兩岸民間文學學術研討會論文選》，其結論也被編入《中國民間口頭與非物質文化遺產推介叢書》，陳勤建主編：《東方的羅密歐與朱麗葉－－梁祝口頭遺產文化空間》（哈爾濱：黑龍江人民出版社，二○○五年九月一版）〈國內外權威文章精選〉。二○○五年九月三十日至十月三日應邀參加寧波召開的「海峽兩岸梁祝口傳文化遺產學術研討會」，會中「中國梁祝文化研究會」特聘筆者為梁祝文化研究會研究員，另外，也獲得與會學者贈送江蘇、宜興、山東、濟寧、安徽舒城等地的梁祝故事文本與研究論文。

　　一九八一年碩士班期間，從潘師石禪學習敦煌學課程，以敦煌寫卷《故圓鑑大師二十四押座文》及孝子傳等資料撰寫論文《二十四孝研究》，對變文及通俗文學有了初步的研究；其後旁聽金師榮華民間文學、通俗文學多年，又參與金師所組民間故事採錄小組採錄民間故事，也到青海、河北、越南等地採風與見習，對民間文學、通俗文學有了更為深刻的認識，同時也先後撰寫〈《孝子

傳》輯佚補〉、〈河內漢喃研究院藏四十八孝詩畫全集考辨〉、〈泰雅族口傳故事類型試探〉、〈澎湖《美國人的由來》故事試探〉、〈《清風閘》研究〉、〈梁祝故事之結構與變異〉、〈從《海上花列傳》到《海上花》－－章回與鏡頭的延異〉等論文，及完成國科會研究計畫《台灣花蓮賽德克族民間故事》，最近已整理出版。

　　〈梁祝故事之結構與變異〉一文就百餘篇民間故事以故事結構與變異的角度進行分析解讀，故事主要是以情節單元及類型的分析、組合作為研究基礎。誠如金師所喻，情節單元如造屋的磚瓦，類型則是由磚瓦組合結構而成的房子，因此在情節單元及其程式化組成的類型分析以後，一百多篇紛然雜杳的梁祝故事結構分明，層次井然。對於主要情節、次要情節及附屬情節的差異，及其變異的情況均能充份掌握，益以情節單元素表及人、時、地、物總表的整理，對於梁祝故事人、時、地、物的諸多細節也能昭然若揭，因而對故事的類型結構、流播及各式文本互涉、交融及影響、發展原則有了深刻的理解，再如故事情節主要角色形象的變異，或不同講述者所說故事的差異及特色，也都能瞭若指掌。

　　論文發表後得到金師的鼓勵，與學弟陳勁榛教授的敦促，再以《梁祝故事研究》為題，就所見梁祝故事近九百筆文本撰寫論文；仍以情節單元與類型的概念，對於所見各式媒材、長短不一，龐大繁雜的梁祝故事網絡作全面的爬梳與整理，分析故事的結構與變異，益以情節單元素及人、時、地、物細節差異的比較；再進一步解讀梁祝故事在華文世界的流播、創作、消費、文化等現象，其中梁祝故事流播現象，論及歷代異地不同時空梁祝故事流通傳播的文化現象。梁祝故事創作現象，則探究梁祝故事不同的

創作媒材，如：民間故事、民歌、地方曲藝、通俗及文人小說、戲劇、小戲、舞台劇、音樂劇、漫畫、卡通、電影、電視，甚至舞蹈、音樂、各類工藝文本、郵票等異質創作媒介的限制與特色；及個別相異創作者，如：說故事的不識字農民或出口成章的民間歌手，或隨口搯成地方曲藝的說唱能手，或擅說故事鋪張事理的說書人，或隨機搬弄的民間小戲藝人，或製成大型歌舞戲劇、舞台劇、音樂劇的舞台導演，或編成劇本拍攝電影、電視連續劇、電視綜藝節目的編劇與導演，或為通俗大眾所敷衍成通俗小說的文人，或撰寫小說及假借梁祝之名，自行創作不相干文本的作家，或寫成協奏曲及各式樂器的作曲家，與彈奏表演的音樂家，或編成舞劇的編舞者及跳出舞蹈的舞者等不同身份的創作者，如何將本是虛妄不實的傳說故事，變成有血有肉、活靈活現的現存情境，不斷地感動、渲染沁入群眾的生命。也因著創作者的不同，因著創作媒介的相異，交織變化出多彩多姿、繁花盡開，眩爛迷人的梁祝故事網絡。

　　梁祝故事消費現象，則針對創作文本的接受者而言，全面探索梁祝故事在不同媒材創作文本的發送過程中，如何掌握梁祝故事藝術文本進行文化產業的開發與伸展現象。大抵來說，一個故事的存在，通常都是由一個創作者以各個方式，發送給一個聽眾或觀眾的接受者，才算真正的完成。一個口傳故事、一首口傳歌謠、一齣代言小戲或戲劇，或音樂劇，或故事劇、一段鼓詞、彈詞、歌仔等地方曲藝的宣說、演唱與唸歌、一部電影、一齣電視連續劇、一集電視綜藝節目或單元劇、一冊漫畫、一部卡通或動畫、一本小說、一首協奏曲或胡琴等樂曲、一次舞展，甚至方志、

碑銘、文人筆記，再再都是發送者與接受者的雙向交流，有時接受者又因為故事的傳播，再成為一個參與創作的創作者，於是廣義的消費行為與今日狹義的商業消費行為於焉產生，一個梁祝文化產業的消費現象也因此形成。

惟因梁祝民間故事、民歌、即興小戲、隨口宣唱的地方曲藝文本，大抵是隨生隨滅，當下即是消費行為，是比較難掌握資訊的消費動作，惟有留下某時空文本的消費行為，才有較多觀察、研究的可能；又因梁祝故事流播的時空場域極為遙遠、龐大，故僅就所能取得的資料詳論其消費現象，分為閩南、臺灣梁祝歌仔冊、臺灣梁祝歌仔戲、梁祝電影、梁祝越劇、梁祝音樂、梁祝曲藝戲劇表演及結集成冊者、梁祝故事紙品及其他媒材等各種大宗消費現象，做詳細觀察及析論，至於其他各個時空場域的梁祝故事消費現象，則恐闕如。最後，梁祝文化現象更以梁祝故事在 1. 浙江省寧波、上虞、杭州 2. 江蘇省宜興 3. 山東省濟寧 4. 河南省駐馬店市汝南縣等四個梁祝文化場域，探究梁祝故事源頭、梁祝故事蓬勃發展、文化積澱、現存遺址、風俗節慶，及受眾們參與活動，積極開發梁祝文化、旅遊等產業，所產生的梁祝故事文化現象，並溯其緣由；另外，更就少數族群 1. 壯族 2. 瑤族 3. 苗族 4. 畲族 5. 布依族 6. 仫佬族、土家族、侗族、白族、水族等族群的梁祝故事，透過故事類型、情節與民俗風土、族群特色等角度解讀剖析，藉以透視梁祝故事在各族群所產生的梁祝故事效應與文化現象。期能對不僅是梁祝故事群，也不只是梁祝故事譜系，而是已然蔚成龐大的梁祝故事文化網絡，做一深刻及精準的觀察與研究。

　　本論文得以完成，首先要感謝金師的鞭策與鼓勵；也要感謝王恬女士贈送其友人收藏的顧志坤《梁山伯與祝英台》、何文傑《梁祝戀》兩部小說，及李志明教授、李啟明先生、呂乙美女士在上海、廣州各地幫忙搜集梁祝地方曲藝、戲曲、電影的 CD、VCD、DVD 等光碟；另外，王順隆教授慷慨開放個人收藏《閩南語俗曲唱本『歌仔冊』全文資料庫》網路，使筆者得以下載文本，進行閱讀研究，造成研究梁祝故事的成熟因緣；再要感謝陳勁榛教授、蔡春雅助教及博碩士研究生林靜慧、蘇春榮、梁崑模、邱曉村、張志帆、林蘭育、呂祥竹、鄭素惠、大學生林裴瑤的協助與幫忙；最要感謝的是，我的父親及眾親友們，對於這幾年來「六親不認，閉門造車」行動的諒解與支持，特別衷心感謝妹妹獻心靈動瑰麗的封面設計，幫助我完成炫麗繁華的蝴蝶美夢，也為梁祝文學研究鋪張一個多元延異的印記。

二〇〇七年三月於天母

目次

第貳冊

第參冊

第肆冊

第一章　敘論

　　中國四大傳說之一的梁祝故事，自可考唐中宗時梁載言《十道四蕃志》「義婦祝英臺與梁山伯同冢」[1]的簡單情節開始，透過方志、史書、筆記、墓誌的反覆翻說、鋪張記載，口述傳唱繁衍故事於人群之中，加上各類通俗曲藝、小說虛構的敷衍，再三搬上舞台、戲劇，甚至電影、電視、廣播及純音樂的小提琴協奏曲或芭蕾舞劇等各式文本形式的推波助瀾，形成全中國梁祝讀書處有六、梁祝墳墓有十、梁祝廟有一、梁祝家鄉有八、梁祝結拜處有一、梁祝相送處有一[2]，及各族爭說梁祝是自己的族群、自己的鄉親的奇異狀況；故事文本從短短十一字的敘述，到三十萬字小說的鋪衍。文本的載體更是從口頭述說、傳唱、代言的肢體表達至書面文字，擴及漫畫、影片、光碟、工藝品，甚至郵票等媒材。故事流傳的地域則不止遍及全中國各省各族群，甚至遠播韓國、日本、越南、印尼、馬來西亞、新加坡、蘇聯、吉爾吉斯加盟共和國等地。

　　二〇〇〇年一月一日、二〇〇二年五月、二〇〇五年十月，在浙江省寧波市梁祝文化公園舉辦第一、二、三屆「中國梁祝婚俗節」，二〇〇二年成立「中國梁祝研究會」，甚且聯合全國梁祝遺存相關地點的學者專家，有計畫、有步驟地推展聯合國教科文組織有關《梁祝傳說口頭和非物質遺產》為「人類口頭和非物質遺

---

[1]　宋‧張津等撰：《四明圖經》卷二（臺北：大化書局，1980 年），頁 4977。
[2]　參第十二章，頁 716。

產代表作」申報的工作，掀起中國梁祝故事的研究與推廣文化產業的風潮。中國有十處梁祝傳說盛傳地域、遺址文化積澱豐厚的地方，都爭說該地是梁祝傳說的起源地，二〇〇三年十月十八日更在浙江省寧波、杭州、上虞、江蘇省宜興、河南省駐馬店市、山東省濟寧，四省六市同時舉行了《民間傳說－－梁山伯與祝英台》特種郵票首發儀式，開始了梁祝文化周邊產業作品的消費效應。二〇〇三年十月二十七日於山東省微山縣馬坡鄉出土明正德十一（1516）年趙廷麟撰寫的《梁山伯與祝英台墓記》，再次引動梁祝故事源頭的爭霸戰，更炒熱了梁祝故事申遺行動及結合旅遊業的梁祝文化旅遊產業。根據二〇〇七年二月二十八日 Google 網站資料「梁祝故事」一詞在中國便有六萬七千五百筆資訊，而亞洲各國各地也有不少資訊，如：臺灣四萬四千九百九十筆、香港四萬三千三百筆、日本五萬一千五百筆、韓國三萬五千七百筆、印尼一萬二千六百筆、新加坡二萬二千筆、馬來西亞一萬五千三百筆、越南一萬五千二百筆，其中資料雜杏紛紜，雖然多見重複，但可以想見梁祝文化現象業已蔚然成為大觀，其網絡無遠弗屆，各類媒材形成無數的故事群，交織結構成完整的故事譜系。

第一節　研究目的

　　本論文擬就龐雜繁複，變化多樣的梁祝故事文化網絡現象做全面研究，其中梁祝故事是梁祝文化的重要核心，因此本論文以探究梁祝故事橫向組合段結構的分析與建構為首要任務；次之，論及梁祝故事縱向類聚體的變異狀況，且分析故事變異的原因與

方式。再其次，進一步就故事發送者與接受者的角度，談論各種
文類互相滲透、指染及媒材轉換，而形成的龐大複雜故事群、故
事譜系現象，且論及文人文學、通俗文學、民間文學的相互影響
與異同。其後，再以民俗、文化宏觀的角度闡述梁祝故事創作、
消費、流播，及構成梁祝故事文化網絡的原因與特色。再論及梁
祝故事在歷時異地，不同時空流行傳播的文化現象；也探究不同
媒材、個別相異創作者梁祝故事的創作特色與能耐；又就創作文
本接受者的角度，觀察梁祝故事發送過程中的文化消費現象；最
後，審視不同地域，相異族群梁祝故事展現的異質文化特色與現
象，主要以故事發源地，或故事蓬勃發展及文化積澱深厚，現存
遺址豐富、風俗節慶盛行的四個梁祝文化空間及少數民族流傳的
梁祝故事現象做為觀察研究對象。

第二節　研究範圍

　　梁祝故事的研究，從早期錢南揚編輯於民國十九年《民俗周
刊》九十三、四、五期《祝英臺故事專號》[3]開始，收集了論文、
故事、戲曲、文獻等資料十六篇，其後錢氏於民國四十五年又出
版《梁祝戲劇輯存》[4]一書，收集戲曲、地方曲藝共十八種。另外，
路工於一九五五年也編輯出版《梁祝故事說唱集》收錄傳奇、民
歌、鼓詞、木魚書、彈詞等十四種[5]，此三者為梁祝故事研究提供

3　錢南揚編：《祝英臺故事專號》，原見《民俗周刊》第九十三、四、五期出
　　版，今見婁子匡校撰，（臺北：東方文化書局，1970 年冬季復刊）。
4　錢南揚輯錄：《梁祝戲劇輯存》（上海：古典文學出版社，1956 年）。
5　案：路工《梁祝故事說唱集》（上海：上海出版公司）一書於 1955 年出版，

了極佳的基礎。

　　民國六十五年之後以梁祝為題之博碩士學位論文便有七篇：
(1)周清樺《梁祝故事研究》[6]，該論文運用民間曲藝、戲劇、電影
資料，論及梁祝故事探原、遺蹟、作品比較及梁祝電影對國片的
影響等主題。(2)林美清《梁祝故事及其文學研究》[7]，該論文亦以
戲劇、小說、民間曲藝、山歌為素材，探討梁祝故事之淵源、發
展及其文學、藝術性。(3)韓國金秀炫《中、韓梁祝故事之演變與
比較研究》[8]，該論文採用韓國古典小說《梁山伯傳》及韓國民間
故事、巫歌等七種資料為基礎，探討韓國梁祝故事之內容及其與
中國梁祝故事之異同。(4)林春菊《歌仔戲中的女性形象及其所反
映的臺灣社會－－以本地歌仔《山伯英臺》《呂蒙正》為例》[9]，該
論文以本地歌仔《山伯英臺》、《呂蒙正》為材料，探討故事原型
及演變過程，暨女性形象與該女性形象所反映的臺灣社會。(5)呂
蓓蓓《李翰祥《梁祝》電影研究－－以女性觀眾凝視角度分析》[10]，
該論文以女性觀眾的角度和觀點，分析、詮釋李翰祥所拍攝黃梅
調《梁山伯與祝英台》電影影像符號所隱含的原鄉意識。(6)秦毓

　臺灣曾有兩種翻印本：一是 1975 年臺灣古亭書屋出版，署名杏橋主人等
　著《梁祝故事說唱合編》，二是 1981 年明文書局出版《梁祝故事說唱集》。
[6]　周清樺撰：《梁祝故事研究》（臺北：東方文化書局，1967 年）。
[7]　林美清撰：《梁祝故事及其文學研究》（臺北：臺灣大學中國文學研究所碩
　士論文，1982 年）。
[8]　(韓)金秀炫撰：《中、韓梁祝故事之演變與比較研究》（臺北：中國文化大
　學中國文學研究所碩士論文，1993 年）。
[9]　林春菊：《歌仔戲中的女性形象及其所反映的臺灣社會--以本地歌仔《山
　伯英臺》《呂蒙正》為例》（臺中：中興大學中國文學研究所碩士論文，1998
　年）。
[10]　呂蓓蓓撰：《李翰祥《梁祝》電影研究--以女性觀眾凝視角度分析》（臺北：
　中國文化大學中國文學研究所博士論文，2002 年）。

茹《梁祝故事流布之研究－－以臺灣地區歌仔冊與歌仔戲為範圍》[11]，該論文以臺灣地區歌仔冊、歌仔戲為素材，探討臺灣歌仔冊、歌仔戲中梁祝故事之流布、發展情況。(7)林俶伶《臺灣梁祝歌仔冊敘事研究》[12]，該論文亦以臺灣梁祝歌仔冊為內容，研究文本之敘事功能、語法、情境及美學。

另外，周靜書於二〇〇〇年編錄《梁祝文化大觀－－故事歌謠卷、曲藝小說卷、戲劇影視卷、學術論文卷》四書[13]，其中《故事歌謠卷》收集民間故事九十一則、民間歌謠三十六種及歌謠詞曲兩首，《曲藝小說卷》收錄曲藝二十五種、小說二種，《戲劇影視卷》收錄戲劇五十三種、電影字幕腳本一種、電視劇一種、小提琴協奏曲一種，《學術論文卷》收錄論文七十一篇。二〇〇一年周靜書另編《梁祝的傳說》[14]一書，其中除新載三則民間故事，二首歌曲、二首歌謠外，與《故事歌謠卷》內容相同。

還有，《中國民間故事全集》[15]、《中華民族故事大系》[16]及一九七九年由中國 ISBN 中心陸續出版的十部文藝集成志書[17]：《中國

---

[11]　秦毓茹撰：《梁祝故事流布之研究--以臺灣地區歌仔冊與歌仔戲為範圍》（花蓮：花蓮師範學院民間文學研究所碩士論文，2004 年）。

[12]　林俶伶撰：《梁祝歌仔冊敘事研究》（嘉義：南華大學文學研究所碩士論文，2005 年）。

[13]　周靜書主編：《梁祝文化大觀・故事歌謠卷、曲藝小說卷、戲劇影視卷、學術論文卷》（北京：中華書局，1999 年 12 月一版、2000 年 6 月、2000 年 10 月一版）。

[14]　周靜書主編：《梁祝的傳說》（北京：中華書局，2001 年）。

[15]　陳慶浩、王秋桂主編：《中國民間故事全集》（臺北：遠流出版社，1989 年）。

[16]　中華民族故事大系編委會編：《中華民族故事大系》（上海：文藝出版社，1995 年 12 月一版）。

[17]　文化部、國家民委、中國文聯各有關協會（音協、民協、曲協）主編：《十

民間歌曲集成》、《中國戲曲音樂集成》、《中國民族民間器樂曲集成》、《中國曲藝音樂集成》、《中國民族民間舞蹈集成》、《中國戲曲志》、《中國民間故事集成》、《中國歌謠集成》、《中國諺語集成》和《中國曲藝志》，也提供大量各類文體的梁祝故事。除此之外，王順隆先生所編《閩南語俗曲唱本『歌仔冊』全文資料庫》梁祝故事，及中央研究院傅斯年圖書館所藏俗文學及該所與新文豐書局合作出版俗文學資料，暨王秋桂等多年出版的俗文學資料與臺灣大學特藏組楊雲萍文庫所藏歌仔冊資料，都為本論文提供了大量的原始文本。

綜上所錄之文本資料種類繁多，系統紛雜，今以此為基礎之外，另就筆者所見華文文化區之各類媒材文本，共得文獻三十四種、詩七種、民間故事一百四十九種、民歌七十九種、雜曲四種、歌曲十二種、戲劇三百五十二種、地方曲藝二百零一種、小說十六種、電影十種、電視劇十種、漫畫三種、劇本一種，計有八百七十八種文本。其中因為時間、地緣及各類文本取得途徑不同的種種原因，造成各類文本多寡輕重不平均的現象，亦所難免，故在不能求全的情況下，以所見資料為研究素材進行研究，然以目前所論析之資料而言，大抵已能充分展現梁祝故事結構、變異及其文化現象。至於韓國、日本、越南、印尼、馬來西亞、新加坡、蘇聯、吉爾吉斯加盟共和國等地的梁祝故事，因為時、地的緣故，

部文藝集成志書》:《中國民間歌曲集成》、《中國戲曲音樂集成》、《中國民族民間器樂曲集成》、《中國曲藝音樂集成》、《中國民族民間舞蹈集成》、《中國戲曲志》、《中國民間故事集成》、《中國歌謠集成》、《中國諺語集成》、《中國曲藝志》,（北京：ISBN 中心，1979 年起）。

收集不易，且各國文本除中國文化大學中國文學研究所韓籍碩士研究生金秀炫所撰《中、韓梁祝故事之演變與比較研究》論文，文中譯有韓國梁祝故事中文文本之外，其他國家語文尚無中譯文本，故因語文閱讀能力所限，僅略述所知各國梁祝故事文本狀況，及其在該國流通的概況與影響；其餘則俟他日再撰專文論析研究。另外，以梁祝故事為主題之小提琴協奏曲及芭蕾舞劇，因為內容較為抽象，故未列入故事情節結構、故事變異的素材，但仍列為故事現象角度的材料進行研究。而近來網路上龐大的資訊，除了王順隆先生網路之歌仔冊[18]之外，大抵雜沓重複，亦不予採用。惟於梁祝故事消費現象之陳年或各地資料，收集曠日費時，故就所能搜尋者論析之。

第三節　研究方法

　　一般而言，故事主要是由故事中主角所發生的一個或一個以上的事件構成，而事件構成的要素是情節，情節則以情單元為軸心，精彩感人的情節單元構成生動有趣的故事，通常精彩生動的故事容易一再地為人傳誦或運用，在經過多數人參與寫定或說成固定模式的故事，便成為「故事類型」。

　　所謂情節單元，就是把故事裡每一個敘事完整而不能再分的情節，作為一個單元稱之。這裡所說的「情節單元」，是指生活中罕見的人、物或事。所謂「單元」，即是對這不常見的人、物或事

---

[18] 王順隆主編：《閩南語俗曲唱本『歌仔冊』全文資料庫》，http://www32.ocn.ne.jp/~sunliong/index.html（2005 年 4 月 1 日）。

所敘的扼要而完整的敘述[19]。例如:「手上有字」,是一個靜態的情節單元,而「人化蝶」或「鳥作人語」,便是兩個動態的情節單元。至於:懶惰的人把小鋤具放在屁股上,變成猴子尾巴,而跑到深山去。則不僅是一個情節單元,已經是一則故事了。民間文學中,每一則可以稱作故事的敘事,至少得有一個情節單元,也可以有一個以上的情節單元。

　　一九五五年美國湯普遜教授(Stith Thompson,1885-19?)出版《民間文學情節單元索引》(Motif-Index of Folk-Literature)[20]一書,便是根據故事中的情節單元加以分類編成的。至於「故事類型」最早是由芬蘭阿爾奈教授(Antti Aarne,1867-1925)發表的《民間故事類型索引》(Verzeichnis der Märchentypen)[21]一書開始的,該書是以北歐民間故事為素材,將故事主要結構相同而細節有異的故事群分類編目而成的。阿爾奈將所有的故事分為(一)動物故事,(二)民間故事,(三)笑話三類。

　　其後美國湯普遜教授將阿氏書譯成英文,並增設「程式故事」及「難以分類的故事」兩大類,又加上許多新材料,於一九二八年出版。一九六一年湯普遜教授將其英語增訂本再作增訂,材料地區擴及世界各國,確立其國際性,於一九六一年重新出版,即

---

[19]　此處定義採用金師榮華的說法,參《中國民間故事與故事分類》(臺北:中國口傳文學學會,2003年),頁4。

[20]　Stith Thompson, *Motif-Index of Folk-Literature* (Bloomington, Indiana University Press, 1975),6 Volumes。

[21]　Antti Aarne, *Folklore Fellows Communications*(FFC), NO.3,(Helsinki,19 10),參金榮華撰:《中國民間故事與故事分類》(臺北:中國口傳文學學會,2003年),頁9。

為《民間故事類型》（The Types of the Folktale），從此這個分類架構便取阿爾奈（Arane）及湯普遜（Thompson）兩人姓氏的第一個字母，合稱為 AT 分類法，成為一個國際性的分類法。[22]

一九七八年中國學者丁乃通教授採用 AT 類就中國境內各族古今的民間故事六百二十多種，進行分析及分類，撰成《中國民間故事類型索引》（A Type Index of Chinese Folktales）[23]。二〇〇〇、二〇〇二年金師榮華分別就《中國民間故事集成－－四川、浙江、陝西卷》及《北京、吉林、遼寧、福建卷》為素材，加以分析別類，撰成《中國民間故事集成類型索引》（一）、（二）[24]兩書，二〇〇七年二月再就《中國民間故事集成》、《中國民間故事全集》、《中華民族故事大系》及其他、外國等素材，分析架構，撰成《民間故事類型索引》（上）、（中）、（下）[25]三冊，對 AT 分類作了部份修訂，也增益不少故事類型，成一結構完整的類型索引。

就梁祝故事而言，雖然媒介不僅止於民間故事，且遍及民歌、戲劇、小說、地方曲藝、電影、電視、卡通、動畫、繪畫及年畫、釉陶、彩陶泥塑、紫砂雕塑、景觀雕塑、木雕、葫蘆雕、麥秸雕、皮影、刺繡、年畫、長廊畫、連環畫、大型立體連環藝術模型等工藝藝術，甚至是風箏、撲克牌、郵票等素材，近日連旅遊業也

---

[22] 參金榮華撰：《中國民間故事與故事分類》（臺北：中國口傳文學學會，2003年），頁 10-11。

[23] Ting,Nai-Tung, *A Type Index of Chinese Folktales* VOL.XCIV₃ NO.223，(Helsinki, Academia Scientiarum Fennica, 1978).

[24] 金榮華撰：《中國民間故事集成類型索引》（一）、（二）（臺北：中國口傳文學學會，2000 年 1 月、2002 年 3 月）。

[25] 金榮華撰：《中國民間故事類型索引》（上）、（中）、（下）（臺北：中國口傳文學學會，2007 年 2 月）。

結合梁祝故事，成為熱門的梁祝文化旅遊產業；然而本論文擬以
研究梁祝故事結構、變異及其文化現象為主題，故若就情節單元
及故事類型分類角度，予以掌握數量龐大的梁祝故事群，則不止
故事結構能綱張目舉，故事細節之繁複變異情況，亦能鉅細靡遺
地舖展，而且各種異質媒材所產生之變異狀況及文類互涉，乃至
文人文學、通俗文學、民間文學的相互影響與異同，都能了然分
明；甚至藉由情節單元素及故事人、時、地、物形象的各種角度
分析，亦能披露梁祝故事譜系所形成的文化網絡，藉以了解故事
創作、消費、流播的現象。

第二章 梁祝故事結構（一）

丁乃通《中國民間故事類型索引》所編 885B 型號，是「忠貞的戀人自殺」的故事；其情節為：

Suicide of Loyal Lovers. Boy and girl deeply in love commit suicide when they realize that can never be married, usually because of parental objection. Or, the gril has been promised or married to a powerful family. They manage to elope, but are pursued by a posse. From despair, they jump (a) into a river (b) down a deep cliff, or (c) one of them leaps into the other's tomb (funeral pyre) (cf.970). Or (d) they kill themselves in otherways.[1]

男女鍾情相愛，當他們看到（通常是由於父母的反對）他們不可能結婚時就雙雙自殺了。有時這姑娘已許給了或者嫁給了有權勢的人家。他們設法私奔，但受到人們的追趕。由於絕望，他們(a)投河了，(b)跳下懸崖，或者(c)其中之一跳進另一人的墳中（火葬的火堆中）。或者(d)以其它方式自殺了。[2]

---

[1] Ting, Nai-Tung, *A Type Index of Chinese Folktale VOL.XCIV₃ NO.223*，（Helsinki, Academia Scientiarum Fennica, 1978），頁 137-138。

[2] 參(美)丁乃通撰，鄭建成、李倞、白丁譯：《中國民間故事類型索引》（北京：中國民間文藝出版社，1986 年），頁 274-275。(美)丁乃通撰，董曉萍、李揚譯本作：「885B 梁山伯祝英臺」：兩個青年男女深愛不疑。當他們意識到不能結合後，決心以死殉情。悲劇原因通常是雙方家長的反對。或姑娘被許配一個有勢力的人家。他們想辦法私奔，又遇阻礙。出於絕望，

另外，湯普遜《民間故事類型》[3]和丁氏索引所編 970 型號，都是「連理枝」的故事。前者：

Two branches grow from the grave of unfortunate lovers and meet above the roof of the church[4].

後者：

The Twining Branches. The twining branches may be those of one tree, two trees, a tree and a vine, two vines,etc. The graves of the unfortunate lovers, occasionally friends, are always in the open. (The church is never mentioned as ordinary lay people in China are never buried in the church or the churchyard).[5]

連理枝可能在一棵樹，兩棵樹，一棵樹和一棵藤，兩棵藤，等等上面。一對不幸的情侶（偶爾只是朋友）的墳，經常是在曠野裏的。（中國故事裡從不提及教堂，因為中國習俗與外國不同，不葬在教堂裡或教堂墳場的。）[6]

又丁氏索引所編 970A 型號，是「分不開的一對鳥、蝴蝶、花、魚或其他動物」，其情節為：

他們跳進(a)同一條河裡(b)同一個深谷(c)他們中的一個跳進另一個墳墓（火葬堆）中。或(d)通過別的方式自殺殉情。（瀋陽：春風文藝出版社，1983 年），頁 94。

[3] Antti Aarne and Stith Thompson, *The Types of the Folktale* (Helsinki, 1973).

[4] 同前註，頁 342。

[5] 同註 1，頁 155。

[6] 同註 2，頁 314-316。

The Twining Branches. The twining branches may be those of one tree, two trees, a tree and a vine, two vines, etc. The graves of the unfortunate lovers, occasionally friends, are always in the open. (The church is never mentioned as ordinary lay people in China are never buried in the church or the churchyard).

它們在不幸的情侶墳上徘徊飛翔，或靠近情侶死的地方茁壯成長，有時連理枝的植物，也會在那裡生長出來。[7]

885B、970、970A 三型在 AT 類型與丁氏索引的編號是均屬850-999「傳奇故事」類，金師榮華《中國民間故事集成類型索引》(一)將 885B、970、970A 三型故事重新分類，其中 885B 型是「戀人殉情」，編入 880-899「戀人之忠貞和友人之真誠的故事」類之中，情節為：

> 男女鍾情相愛，但婚姻受阻而不能結合，就雙雙自殺；或私奔不成自殺；或一人自殺，一人身殉。
>
> ＊兩人死後若有神異現象出現，如連理枝或成雙之鳥、蝶等，表示雖死仍結合，則屬 749A。[8]

金師另增 749A 型，是「生雖不能聚，死後不分離」的故事，屬700-749「其他神奇故事」類；且將屬「生活故事」類的 970、970A型併入。其情節為：

---

[7]　同註 2，頁 315。
[8]　金榮華撰：《中國民間故事集成類型索引》(一)(四川卷、浙江卷、陝西卷，臺北：中國口傳文學學會，2000 年)，頁 70。

> 一對夫婦或戀人，因被外力拆散而殉情，所葬之處有樹，
> 枝幹連生（連理枝）；或化為雙鳥、雙蝶；或以它物表示
> 結合，如一化為茶，一化為鹽（取義製作酥油茶必先以茶
> 與鹽和合）；火葬者則是兩股濃煙於空中相擁等。
> ＊故事型號原作 970、970A（生活故事類），參見 885B。[9]

推究其義，蓋因枝幹連生，或人化鳥、蝶、茶、鹽，或火葬者化成兩股濃煙相擁於空中，乃是神奇事蹟，歸入生活故事類，頗為不妥，於是併丁氏 970「連理枝」、970A「分不開的一對鳥、蝶、花、魚或其他動物」兩型於新增的 749A「生雖不能聚，死後不分離」型中，置於 300-749「幻想故事」大類中的 700-749「其他神奇故事」類，而在原來 970、970A 型號處做參見資料處理。

今考察所見梁祝故事的主要情節，除金師所編 749A「生雖不能聚，死後不分離」，及 885B「戀人殉情」兩型之外，尚有：

1、生雖不能聚，死後不分離，死而復生
2、生雖不能聚，死後不分離，死而復生，神仙相助

二種類型，均是 749A 型之「生雖不能聚，死後不分離」之情節加上「死而復生」，或「死而復生，神仙相助」，可編為 749A.1、749A.1.1 二類，另外，有些故事雖無「連理枝」之死後不相離情節，純屬相愛受阻，殉情而死的故事，本當歸入 880-899「戀人之忠貞和友人之真誠」的故事大類之 885B 型「戀人殉情」類當中，然因該種

故事有「禱祝顯應而墓開」或「陰魂勾人入墓」之神奇情節，故仍歸入 749A 類型。總括前言，知梁祝故事成型者共有四種類型，分別是：

749A　　　生雖不能聚，死後不分離。

749A.1　　生雖不能聚，死後不分離，死而復生。

749A.1.1　生雖不能聚，死後不分離，死而復生，神仙相助。

885B　　　戀人殉情。

其中梁祝 749A 型「生雖不能聚，死後不分離」的故事有兩種情況，一是金師該類型中所言之「戀人婚姻受阻而殉情」及「死後化物或連理枝、濃煙相擁」的情節，另有一種是「戀人婚姻受阻而殉情」及「女子禱祝顯應墓開，投墳（墓合）」，或「陰魂自墓中迎接殉情者，或陰魂引領殉情者前行，或陰魂勾攝殉情者入墓，而終與情人合墓」，雖無「化物或連理枝、濃煙相擁」的情節，但也是「生雖不能聚，死後不分離」，死後仍結合的神奇情節，故列入此類型。而梁祝 885B 型「戀人殉情」，偶也有生「生雖不能聚，死後不分離，投墳合穴」的情節，但屬離奇情節，與陰魂自墓中迎接殉情者，或陰魂引領殉情者前行，或陰魂攝殉情者入墓，而終與情人合墓的神奇情節不同。

除此四種類型之外，尚有不成型故事多種，分別論述於後：

第一節　梁祝 749A「生雖不能聚
，死後不分離」類型故事[10]

　　金師 749A 型號故事的基本結構是「戀人婚姻受阻而殉情」及「所葬之處有樹，枝幹連生，或化鳥、蝶、茶、鹽，或火葬者兩股濃煙相擁於空中」兩個情節，而梁祝 749A 型故事基本結構，是「女扮男裝外出求學」、「戀人婚姻受阻而殉情」或「生雖不相聚，死後不分離」，及「死而化物或連理枝，或物落處生物」三個主要情節，及「賭誓貞潔」、「巧計使人不識紅妝」、「借事物偵測男女」、「借事物暗喻己為紅表露情愫」四個次要情節，主要情節：

1.　女扮男裝外出求學

　　女扮男裝外出求學常是梁祝故事開始的情節，今所見 749A 類型故事，除了少數故事將重點轉移到梁祝殉情後化蝶，如：〈蝴蝶碑的傳說〉(故事 95)[11]、〈梁山伯廟〉(故事 119)、〈英台裙變蝴蝶的傳說〉(故事 121)；或人化蝶又化白衣菩薩，如：〈白衣閣的傳說〉(故事 74)；或淚水灑井變淚井、竹杖插土生根成淚竹，如：〈淚井的傳說〉(故事 75)；或衣裙帶煎水喝下而吐出草花蛇，如：〈裙帶化蛇〉(故事 88)；或紅色裙角化映山紅，如：〈映山紅的來歷〉(故事 86)；或屍骨化石，連續變形化成杉苗或竹苗，如：〈竹篾箍桶永久緊〉

---

[10] 749A 類型故事請參書末「749A 類型故事索引」。以下 749A.1、749A.1.1、885B 類型故事及不屬梁祝類型故事亦同。

[11] 本論文所用梁祝故事文本出處，參見書末「梁祝故事出處表」，文中提及梁祝故事文本與文末後所附資料，概不另加註解，惟標梁祝故事的編號，如：〈蝴蝶碑的傳說〉僅註明(故事 95)。

〈故事 87)、〈杉竹和合〉(故事 103)；或馬文才不甘心新娘殉情化蝶，祈求死後變花引蝶，如：〈蝴蝶不採馬蘭花〉(故事 80、97、106、113)；或馬文才逐蝶累死變成沙沙蟲，仍追逐蝴蝶左右，如：〈沙沙蟲的來歷〉(故事 99)之外，大抵有此情節，而這些故事雖然轉移重點，但講述的故事實際上是承著梁祝殉情而來，而且主要結構不變，故仍屬此型。

英台女扮男裝外出，大抵總是自己立志能像男子一樣出外讀書，但也有些例外，如：〈梁山伯與祝英台〉(彈詞 3)便是英台為躲避貪淫君王搜覓民間美裙釵入宮而喬裝出門、〈道情　梁山伯與祝英台〉(長篇吳歌)(民歌 49)也是晉王招宮女，英台避難求學的行徑，《梁祝》(漫畫 3)也是皇帝頒下詔旨，州縣綵選宮娥彩女入宮，祝父恐怕女兒被選入宮，而應允英台扮男裝到杭州讀書。又如：〈梁祝姻緣〉(豫東琴書 1)則是周景王下令天下生男兒的百姓都得將孩子送到南學讀書，若無男兒則罰白銀三千兩修蓋學堂，因而急壞了祝員外，英台自願女扮男裝上紅羅沂山岡把書唸，這也成為「重男輕女觀念的緣起」。

另外，也有英台慕天下士，遊學齊魯間(詩 5)。也有朋友約定各生兒女則指腹為婚，但是後來生女者反悔，而讓女兒從小女扮男裝(故事 126、民歌 2、三弦書 1、河南墜子 1)，且外出求學(故事 147)。又有雙親無子，自幼命英台男裝，長成至十六歲，且令其與梁哥哥一同去高山學道(雜劇 1)；也有女子想外出讀書，父親叫她男裝與友人兒子一塊唸書(故事 120)，更有父親想兒子想瘋了，要英台「從小女扮男裝」，連隨身丫頭也是男兒裝扮(民歌 49)，也有「女子幼與男子共學」(文獻 7、16、18、20-2)，雖未明言是否扮男裝與人

共學或共讀,但若是男子幼與人共學,當無特別「女子幼與男子共學」的必要,則可知必是女子扮男裝與人共學的情節。至於,英台父母因恐漂亮女兒外出燒香遭遇危險,而讓她著男裝的情節,如:「女扮男裝上廟燒香」(故事8)者,則屬僅見。另外,有些故事丫環也一道「女扮男裝」陪伴英台出外求學。

而在英台外出求學之前,偶而增加「女扮男裝瞞過父親(父母)、哥哥(故事96)、哥嫂(小說1)」(故事1、18、109、110、民歌19、小說10),或「女扮遊學人瞞過父親」(民歌16),或「女扮男相士瞞過父親(母親(歌仔戲9))、雙親(故事102、民歌12、16、34、鼓詞3)、雙親及舅舅(電影1)」(故事4、民歌10、13、35、48、大調曲子1、鼓詞1、粵劇6、電視連續劇6、7、漫畫3),或「女子裝病引父親占卜,而自扮賣卜人瞞過父親」(越劇7、秦腔1、彩調劇1、電影3),或「女扮醫生」(黃梅戲5、音樂劇1),或依母親的辦法,「女扮男裝參加為己招親的求婚者行列瞞過父親」(歌仔戲10),甚至有時也用了「以死要脅」(大調曲子1)的激烈手段,以上都是英台為外出求學遊說父母的情節,也有英台裝病,父母找人算命(民歌17、小說2),也有英台自己決定,並無徵求父母意見的情節(故事12),更有平日出門總愛女扮男裝的祝英台(故事108)。另外,也有英台「女扮男裝至孔廟戲弄父母」(越劇7)的特殊例子。

常有故事英台裝病,誆得父親聘請大夫看病,英台扮大夫見祝父母,父母雖覺大夫很面熟,但終未識破,英台則開出「世上所無藥方」十種--⑴東海龍王角、⑵蝦子頭上漿、⑶萬年陳壁土、⑷千年瓦上霜、⑸陽雀蛋一對、⑹螞蝗肚內腸、⑺仙山靈芝草、⑻王母身上香、⑼觀音淨瓶水、⑽蟠桃酒一缸(川劇3、

8、黃梅戲 5、6、電影 4),以治怪病。

英台與山伯遊學相遇之後,志投意合,常有共結金蘭之舉,「女扮男裝者與人結拜為兄弟」是常見的情節單元。兩人結拜立誓時偶有「生同羅帳死同墳,若失約則天誅地滅五雷轟」(鼓詞 3)。

2. 戀人婚姻受阻而殉情或
生雖不相聚死後不分離

婚姻受阻殉情的情節,最常見的是山伯相思病死,也有氣死(文獻 20-2、24、故事 5、民歌 19、河南墜子 1)、悲憤而死(故事 18、126)、憂鬱而死(故事 86)、悔念成疾而卒(文獻 29)、年老體弱殉職病死(故事 24)、積勞成疾殉職而死(故事 2、3、50、51、95、小說 10)、吞信噎死(鼓詞1)、把藥方揉成團塞嘴噎死(故事96)、愛人出嫁趕見不及而急死(故事 14)、約定相會,期限未至已急死(故事 8)。其中〈死人嘴上為啥要蓋書〉(故事 91)故事,山伯死前自覺「枉讀聖賢書,無臉見孔夫子神像、天地、鄉親,囑咐死後臉上蓋書」,後來山伯相思病死,是民間所稱的火病,得在口上蓋上一本書,免得從死人口裡飛出蛾子來傷人,即是「死人嘴上蓋書的由來」,又是民間「嫁娶兩家用紅紙封轎門的由來」,免得新娘在嫁娶途中出了意外。

山伯相思病重之時,偶有山伯要四九帶信給英台要求開治相思藥方,英台也得了同樣的相思病,便開了自己用的「世上所無藥方」十種——(1)清風一兩整、(2)天上兩片白雲、(3)中秋三分月、(4)銀河四顆星、(5)觀音瓶中五滴水、(6)王母頭上髮六根、(7)仙山七枝靈芝草、(8)龍王身上八條筋、(9)石頭人九個膽、(10)泥菩薩懷中十顆心,送給山伯(黃梅戲 3)。

　　還有〈賭誓成真真亦假〉(故事42)，英台鍾愛山伯，但馬文才亦來提親，便依丫環之計而要二人進京趕考，誰得狀元就嫁給誰，不料馬文才「賄賂主考官，偷樑換柱點了馬文才頭名狀元，梁山伯名落孫山活活氣死」。至於〈道情　梁山伯與祝英台〉（長篇吳歌）(民歌49)，故事則是馬文才「行賄縣令，買通死囚誣告山伯為盜魁，行刑至山伯含冤認罪，最後坐牢病死」。〈山伯英台〉(侗戲1)故事中，山伯「死前，東邊見到王大仙，山伯要求王大仙不必用金鞭打人，他願回天堂；西邊又見到亡父喚兒，山伯也要求亡父不必喚他，自願歸陰曹」。

　　另有特例是，山伯訪英台，知她已許配給馬文瑞之後，昏了過去，英台請他先回去，且說若有個三長兩短，就把墳埋在地頭上，且要求山伯「死後要顯靈墳開」，說自己路過那兒，必定會拜謝他，其後也依約至墳前喊「梁哥，你在哪裡？」墳墓果然裂開成縫，她一頭鑽入，「兩人化蝶自墳裡出」(故事110)。

　　山伯死後，英台被逼嫁給馬文才，出嫁當天偶有「遇怪風見路邊情人墳」(三弦書1)、「飛沙走石怪風阻擋出嫁隊伍」(清曲1)、「新娘船過情人墓（或突然狂風大作波濤洶湧阻擋前行(文獻3、17、21-2、29、33、故事2、3、94、95、小說1、2、10)）不能前」(故事15)、「天降黃風（或黃風黑雨(鼓詞8)，或突起大風雨(歌仔戲9)，或陰魂不散刮風(豫東琴書1)，或陰魂白日起陰風(鼓詞3)）阻擋花轎前行」(民歌2)、「鬼魂自訴在墳台等候情人花轎」(侗戲1)、「新娘佯稱陰魂纏身而腹痛得祭墳消災，新郎應允」(故事16、125、歌仔戲9、11)、「新娘佯稱小解下轎祭拜情人墓」(故事127)的情節，另外也有「新娘與新郎回娘家路上發現情人墓，上前哭祭，突然雷雨大作，劈死

新郎」(故事 64)的驚悚情節。

　　其後主要的情節單元常是「新娘祭奠，地裂而埋身或投墓而死(文獻 12-1、17)」(文獻 3、21-2、29、33)，「新娘哭祭墓開人進墓（或墓合）」，有時雷聲作(民歌 46、越劇 10)，有時狂風大作(故事 78、小說 1、電影 2、4)，有時閃電墓裂出白煙(電視連續劇 4)、有時頃間風雨大作，墓湧煙霧(故事 15)，有時風伯雨師雷公電母齊來(故事 96)，有時霎時電閃雷鳴風雨大作（或瞬間天搖地動飛砂走石(故事 94)），或天昏地暗(故事 95、128、民歌 40、彈詞 7、京劇 2、侗戲 1、秦腔 1、小說 1、電視連續劇 2、6)墓開人進墓（或墓合(故事 3)）後，風雨停彩虹現（或瞬間恢復原狀(故事 94)，或雨過天青(小說 7、14、電視連續劇 6、7)）(故事 1)，有時是雷雨大作，雷雨卻不濕英台身體(小說 6)，有時是雷雨交加墓開陰魂現(京劇 10、歌仔戲 10)，有時是「鬼魂接人進墓（或陰魂引人前行，新娘殉情(歌仔戲 10)，或陰魂顯靈開墳(民歌 26、28)）」(歌仔戲 9)，有時是新娘羅裙蒙面進墓(故事 99)，有時是新娘碰碑身亡(清曲 1、豫劇 2)。

　　也有拔金釵插墳台哭祭(故事 100)，或「新娘金釵（或銀針(歌仔戲 11)）打（或刺)墓碑禱祝顯應墓開，陰魂拉人進墓（或人進墓(歌仔冊 2)）」(民歌 16)；或「新娘哭祭禱祝顯應墓開人進墓（或墓合）」，有時是天昏地暗狂風盆雨雷電交加(故事 74、128、民歌 16、彈詞 7、黃梅戲 3、京劇 1、侗戲 1)，有時是感動天庭，風婆電母雷公助戰，瞬間風雲變色，劈開墳頭三、四尺(彩調劇 1)，有時是狂風大作，地裂三丈(鼓詞 1)，有時霎時風雨急雷天昏地暗，墓開人進墓後，又風和日麗(故事 95、越劇 7、秦腔 1、電影 2、3、電視連續劇 2)，有時玉皇大帝令雷公開墓(故事 5)，有時陰風吹開棺材門，人撲墓(大

調曲子1)，有時陰魂在墓中迎人陰間成婚(黃梅戲4)（或從棺中起身含笑迎接，口喊情人快來，新娘羅裙蒙面進墓墓合(豫東琴書 1)）），二人死後上天台(山東琴書 16)，有時是陰魂攝人進墓(歌仔戲 9)，有時是「陰魂顯靈作人語」(小說 1)，有時是「死人睜眼對新娘微笑」(小說 11)，偶有「新娘哭祭禱祝，頭撞墓碑（或以頭撞石(故事 109 故事)），陰魂顯應，帶人上彩虹」(電影 9、電影小說 1、漫畫 2)、「新娘跳墓」(故事 87)、「新娘撞死墳台」(彈詞 3、5)、「新娘撞柳樹殉情」(故事 75)的情節。

還有「新娘拜墓（二十四拜(故事 104)，或三拜(民歌 38)）墓開人進墓墓合」(故事 12、89、126、141)，或「新娘拜墓禱祝顯應，一拜墳土落（或起烏雲(故事 93)）、二拜花（或白）棺露（或刮怪風(故事 93)）、三拜墓開（或雷炸開墓(故事 93)）」(故事 127)，「新娘羅裙蒙面栽進墓坑（或新郎罵賤人該一頭碰死，新娘碰死棺前(河南墜子 1)）」(民歌 2、三弦書 1)，或「新娘祭墳二十四拜唸祭文」(歌仔冊 2)、「新娘撲墳墓裂，與陰魂起舞」(晉劇 2)、「新娘哭墓陰魂不寧，二人重逢」(歌仔戲 13)、「新娘抗父命弔孝祭靈」(民歌 29)。

另有英台並未出嫁，而是「吊祭情人墓，忽雷雨交加，墓開人進墓」(故事 26)，或「哭祭情人墓，讀祭文，頭撞石碑，禱祝顯應驚動陰魂，至墳頭大喝一聲：收命鬼，墳裂，活捉人歸地府」(木魚書 4)，或「哭祭情人墓開，有馥香，死人坐荷葉上，合掌微笑，人進墓墓合」(故事 8)，或「碰死化蝶」(故事 113)，或「情人病死，投墳合穴」(故事 35)，或「女子哭弔情人，墓忽裂墜下墓合(文獻 31)」。

而英台出嫁之前常有「以死要脅，為情人弔孝或祭墳」的情節，若是至山伯家弔孝，偶有「女扮男裝弔孝」的情節。若是得

允祭墳，英台常要求「披麻帶孝」，或「內穿紅衣外穿白」，或「內穿白外穿紅」，或「素服」，或加上「轎前兩盞白紗燈，轎後三千紙銀錠」，或「迎新隊伍兩盞奠字大白燈籠，一對哭棒，一對靈幡」(豫劇 2)，甚且有「新娘穿孝坐花轎，新郎披麻帶孝，喜事依喪事辦」(民歌 49)的離奇情節。

另外，英台弔孝時，山伯「死不瞑目(民歌 23、31、48、小說 6)」，二目一閉一睜」(民歌 49、清曲 1、晉劇 2)的情節，頗令人神傷，得至「情人說中心事，始閉上雙眼（及口(民歌 49)）」(鼓詞 3、清曲 1、晉劇 2、小說 6)；但最引人惻隱的恐怕是「見情人至，猛然睜開一隻眼」(鼓詞 3)的深情。當然，山伯「棺內顯靈」(清曲 1)、「墓中抬頭睜眼看」(山東琴書 16)、「上望鄉台看陽世」(民歌 2)的癡情，也是不遑多讓。

英台之深情也可見於「雙碑墓」或「雙名碑」或「紅黑雙碑墓」或「陰陽生死牌位」(小說 14)的情節單元中，有時「新娘咬中指寫血碑－－梁祝之冢」(黃梅戲 3)、「新娘指血於墓碑自題姓名」(電影 6、電視連續劇 4)，甚至更有「墓碑自立」(小說 6)賺人眼淚的情節出現。

3.　死而化物或連理枝或物落處生物

英台投墓合穴之後，常見馬文才「掘墓尋妻（或馬父「掘墓尋人」)」，或「新娘祭奠埋身，新郎言官開槨(文獻 3)」偶有「巨蟒護墓」(文獻 3、21-2、33、故事 2、3、108)的情節。

其後梁祝死後化物，最常見的情節單元是「人化蝶」、「魂化蝶」(文獻 21-3、22、29、木魚書 4)、「墓出蝶（或棺出蝶(故事 119)）」，

後者雖未明言人死化蝶，但暗喻蝶乃是梁祝死後精魂所化，實則等同人化蝶，又有「山伯廟前橘二株相抱」，其「橘蠹化花蝴蝶」(文獻 17)的情節單元，亦當從此例。另外，「稱花蝴蝶（或大峽蝶(故事 1)，或大蝴蝶(故事 8)）為梁山伯祝英台的由來」(文獻 17)、「大彩蝶稱祝英台的由來」(文獻 29)、「吳中(文獻 33)紅蝴蝶為梁山伯，黑蝴蝶為祝英台的由來」(小說 1)、「玉帶鳳蝶的由來」(故事 95)、「花蝴蝶稱梁祝的由來」(文獻 16)、「祝陵及雙蝶節的由來」(故事 78)的情節單元，也都是從人化蝶而來。至於戲劇、電影等代言文本常是以山伯、英台二人穿著蝶裝空中起舞象徵人化蝶的情節，也有「焚衣化蝶」(文獻 33)的情節。

　　另有不止梁祝二人化蝶飛舞，氣死的馬文才也化蝶隨後追趕，如：〈山伯訪友〉(民歌 38)中「花蝶後邊撐，總差一丈遠」。又如：〈梁山伯與祝英台〉(河南墜子 1)中的馬文才，變隻花椒蝴蝶，照著白蝴蝶（山伯）打下去，讓花（英台）、白蝴蝶兩分開，二人要相見，「得蘭橋漫水臨頭開」，來世再說。而〈英台恨〉(民歌 2)則明言大黑蝴蝶（馬）膀打黃蝴蝶（梁），黃蝴蝶落到河東轉世為魏士秀，花蝴蝶（祝）落至河西轉世為蘭家女裙釵，卻是水漫蘭橋另投胎，始得重相逢。至於〈梁祝〉(大調曲子 1)故事中，梁祝化黃、花蝴蝶，馬文才氣死化黑蝴蝶，在後緊跟隨，以致二人要重相會，「下一回蘭橋打水還沒成親」。也有〈梁山伯與祝英台〉(清曲 1)故事「死後幽靈化蝶」的情節，仍屬人化蝶。另外，梁祝化蝶也可成為「（梁祝(文獻 31)）蝴蝶的由來」(故事 127)。梁祝化蝶之後，也偶有上天庭(民歌 10、16、22、28、29、常州唱春 1)、登仙(粵劇 6)的情節。也有做「金童玉女死後化蝶相會」(民歌 49)的故事。

　　梁祝死後化蝶的原因，在〈蝴蝶仙〉(故事26)的故事有了解釋。說從前崑崙山腰有千年修煉的一對巨大雌雄「蝴蝶仙」，翅膀一張能將老鷹夾在翼下。一年三月初三王母娘娘前赴蟠桃盛宴，路過崑崙山，頭戴鮮花，香味沁人肺腑，蝴蝶翩翩而至，王母娘娘以為蝴蝶仙有意調戲，怒拍雙手，響起炸雷，「口吐仙氣，吹蝶仙下凡投胎」，成為梁祝二人；王母餘怒未消，又差坐騎「玉麒麟投胎」為馬文才，才有以後三人情愛糾纏，化蝶的悲劇發生。

　　除梁祝死後化蝶之外，尚有物化物的情節單元，如：英台「頭巾化紅色蝴蝶、袖化黑色蝴蝶」(民歌49)、「裙裾碎片化蝶」(故事121)、「繡花裙化花蝴蝶」(鼓詞3)、「杏黃裙子角化蝶」(小說6)、「衣角化蝶飛往天庭」(故事109)都是愛屋及烏的情節，而情節單元素的差異則端看拉人者拉住何物而定。甚至一個故事除了「人化蝶」之外，又加上「白羅裳化雌雄蝴蝶」及「靈魂化蝶回鄉」(木魚書4)、「衣襟（碎片(越劇10)）化蝶」(文獻31)、「衣服碎片化蝶」(小說1)、「裙片化蝶」(故事3、崑劇1)、「繡裙綺襦化蝶飛去」(文獻29)、「二片衣裙裾化蝶飛天」(電影4)、「羅裙碎片化千萬蝴蝶」(鼓詞1)、「衣片化蝶」(越劇10)，或是「一塊裙角化一隻蝴蝶（祝）」及「墳中飛出一隻蝴蝶（梁）」(故事141)，或是「羅裙化蝶」及「人化蝶上天界」及「金童玉女上天界」(歌仔戲10)的情節單元。

　　另外又衍化出「人化蝶」加上「裙角化泥塊」(故事119)、「紅裙化映山紅（或稱滿山紅、清明花）」(故事104)的故事，或直接變成「花裙角變花蛾子」(故事91)、「紅色裙角丟落處開出映山紅（又叫滿山紅）（即「映山紅的來歷」）」(故事86)的情節。

　　也有「人化蝶」，加上「人化白衣菩薩（即「白衣閣的由來」）」

(故事 74)、「人化虹（「傳說虹的紅色外圍是山伯，藍色內圈是英台」)」(故事 128)的故事。另有「裙角化蝶」及「人化青石板（墓出兩塊青石板）」(故事 16)的情節，甚至象徵英台精神的蝴蝶花(越劇 9)、紙蝴蝶(電影 6)都能化蝶。而〈蝴蝶不採馬蘭花〉(故事 113)直接是「人碰死化蝶」。

梁祝死後化物，不止是蝴蝶，也有「化蛇（墓出兩蛇，青蛇是梁山伯，白蛇是祝英台）(故事 65)」(故事 51)，甚至梁祝是二世夫妻，化蛇之後又轉世成為三世夫妻的白素貞及許仙，在杭州相遇相戀，後來又了白蛇傳的故事[12](故事 51)。或「化鴛鴦」(故事 64、民歌 58)，有時飛往麻山(故事 108)、微山（「稱鴛鴦為梁山伯祝英台的由來」(故事 64)），也有「鴛鴦作人語」譏笑馬大郎的情節，加上「裙角化蝶」及馬文才「化魚（水廣皮魚的由來）」(故事 12)的故事。或「化蝙蝠」(故事 5)，或「化鳥（墳中飛出二鳥）」(川劇 3)，或「化天星（牛郎織女歸仙鄉）」(歌仔戲 13)、「牛郎織女由太白星君帶回天上，一打在河東、一打在河西」(侗戲 1)。

另有梁祝化蝶，馬文才「化草」的故事，有時是化馬苓草(鼓詞 4)，有時是化馬連草(豫東琴書 1)，但都是「蝴蝶不落馬苓草（或

---

[12] Stith Thompson, *The Types of the Folktale* (Helsinki, 1973)「411 The King and the Lamia. I. The Snake-Wife. II.Overcoming her power. III. The Ashes」(P.138-139) Thompson. Ting, Nai-Tung, *A Type Index of Chinese Folktale*, (Helsinki, Academia Scientiarum Fennica, 1978. VOL.XCIV$_3$ NO.223)「411 The King and the Lamia.」(P.72)，(美)丁乃通撰，孟慧英、董曉萍、李揚譯：《中國民間故事類型索引》(瀋陽：春風文藝出版社，1983 年)作：「白蛇傳」(頁 43-44)；(美)丁乃通撰，鄭建成、李倞、商孟可、白丁譯《中國民間故事類型索引》(北京：中國民間文藝出版社，1986 年)作「國王與女妖」(頁 120-121)；金榮華撰：《民間故事類型索引》中冊 (臺北：中國口傳文學學會，2007 年 2 月)作「411　蛇女(白蛇傳)」(頁 147-148)。

馬連草)」的緣由。而《祝九紅撲墓》(鼓詞 10)故事，最後且解說是「前世冤仇解不開，這就是〈祝九紅撲墓〉一小段，下一回，水濕蘭橋接著來」，也是三世姻緣的系統。也有梁祝化蝶，馬文才「化花」，這是他死前祈求化花，果如其願，但結果都是「蝴蝶不採馬蘭花的緣由」(故事 80、106、113)。另有〈賭誓成真真亦假〉(故事 42)的故事，馬文才臨終吩咐家人在他墓上栽一棵馬蘭花，心想英台化了蝶，總要採花的，到時候我一把抓住你。不想後來馬蘭花雖然開得鮮豔，卻臭不可聞，當然蝴蝶不採囉！又有梁祝化蝶，馬文才「化沙沙（砂砂）蟲」(故事 13、99)的故事，既是「沙沙蟲的來歷」，又是「蝴蝶飛哪兒，沙沙蟲就跟哪兒的由來」。其中〈沙沙蟲的來歷〉(故事 99)故事有個可愛異想的情節單元「紅白裙角變沙沙蟲的翅膀」，又：〈梁山伯與祝英台〉(故事 13)故事中不止新郎化沙沙蟲，連娶親隊伍因為丟了新娘和新郎，不敢回去見馬大人，也都變成蟲子、花、草，「對子馬化馬食菜花」、「轎夫化車輪菜花」、「打傘的化蘑菇」、「吹喇叭的化喇叭花」、「打燈籠的化燈籠花」，都成了野地墳上的野花了。這類故事的沙沙蟲能說「扑蹬！扑蹬！咱們仨（殺）！扑蹬！扑蹬！咱們仨（殺）！」，又多了「蟲作人語」的情節單元。

還有祝英台「布襟角化花蝴蝶」，而馬文才「化鳥（獨目雕）」，也是「獨目雕啄成雙蝴蝶的由來」(故事 96)。

另有故事特別強調馬文才的物化，有時是「化魚（馬郎魚）」，因為英台譏笑他胸無點墨，竟然喝下一缸墨水，而成「馬郎魚腹內烏墨的由來」，馬氏淹死化魚，是「洪澤湖馬郎魚的來歷」，這種馬郎魚魚身圓鼓鼓、胖乎乎；魚眼紅啾啾、滴溜溜，魚肚裡烏

黑黑；呆頭呆腦，性子急躁，一捕上岸就活活顛撞而死；又在湖裡喜歡拱土堆，人們便說他想鑽進山伯墓裡拉出英台來，這又成為「馬郎魚喜拱土堆的由來」（故事89）了。有時是馬秀才的新娘進墳台，只拽回一隻繡鞋，氣憤難當，馬上用手扒墓，不吃不喝，肚子餓時就緊緊腰帶，扒呀、緊呀！腰越緊越細，頭和屁股越來越大，終於暈倒在地，「變成螞蟻」，也是「螞蟻細腰的原因」（故事93）。

還有，英台跳進墳墓，馬文才扯住一條花裙帶，回家後惡病纏身，媒婆出主意將花裙帶煎水喝，用來“沖喜”治病。馬文才將「花裙帶煎水喝下，吐出草花蛇」（「草花蛇的由來」），嚇得他撞穿腦袋，見閻羅王去了。草花蛇往媒婆襲去，媒婆用葵扇一扇，蛇變黑褐色，再變灰黑色，三變成鐵青色，這是「扮演媒婆的人使用葵扇作道具的來歷」。馬家正午時辰安葬馬文才，墓穴跑來一條草花蛇，打死後，又來一條，一時間無數的草花蛇四面八方竄來，這又是「正午時刻不打草花蛇的由來」（故事88）。

梁祝的物化，偶有連續變形的方式，如：〈飛蝶化彩虹〉（故事15），故事中的祝英台「祝英台化蝶，飛往天邊化為一道七彩虹」，川東老一輩的人「不許小孩手指彩虹」，便是「人化蝶，蝶化虹」的連續變形。當英台投墓時，媒婆捉住一隻紅繡花鞋，人們為紀念這位忠貞愛情的女子，便有「未出閣姑娘以紅色布料做繡花鞋的由來」及「紅緞花鞋不變色為貞操見證的由來」的情節單元。又如：《蝴蝶夢－－梁山伯與祝英台》（電影9、電影小說1、漫畫2）故事，梁山伯墳頭長出「連理枝」，枝頭交纏往上伸展，開出兩朵漂亮花朵，兩花鑽出白衣黑點、黃衣白點的兩隻蝴蝶。這是「人化

連理枝，連理枝開花化蝴蝶」的連續變形。

〈梁山伯與祝英台〉(歌仔冊 2)故事，也是墓出蝶，但卻是滿山滿谷的成為蝴蝶峰，而墓中兩片青石枋分別被馬俊丟至大溪東、西，兩石流來流去並做一排，東邊發杉，西邊發竹，是「人化蝶」，加上「人化石，石化杉、竹」的連續變形。至於〈竹篾箍桶永久緊〉(故事 87)故事，則是英台投墳後，馬俊帶家丁掘墓，驚動同情梁祝愛情的土地公，急忙向化蝶的梁祝通知，二人便趕回將「屍骨化為石頭」（這便為「墓中出石」的情節做了合理的解釋），馬俊叫人敲開石頭，一腳一個踢下山，但兩塊石頭卻骨碌碌地往下滾又滾在一塊，馬俊再一次分二石於左坡、右坡，左坡石頭變成杉苗，右坡石頭變成竹苗，杉竹長大成材，被人們做成竹篾箍桶，這是「竹篾箍桶的來歷」，也是「人化蝶」，加上「屍骨化石，石化竹苗、杉苗」的連續變形。〈杉竹和合〉(故事 103)故事也是梁祝殉情化蝶飛上天後，馬文才掘墓尋妻，發現棺中二石，雖知是天意要梁祝結成夫妻，但他不甘心，仍想拆開姻緣，把一塊石頭扔在左邊山上，一塊在右邊山上。瞬間左山上長出一片杉樹，是山伯的化身；右山上長出一片毛竹，是英台的化身，於是後人傳唱「杉若無竹單身奴，竹若無杉無人愛，杉樹竹來竹對杉，梁山伯對祝英台。」也是「人化蝶」，加上「人化石，石化杉樹、毛竹」的連續變形。

〈英台姑娘與山伯相公〉(故事 14)故事中英台投墳，轎夫們著了慌而掘墓，見兩塊五色石交疊一起，他們丟二石於河兩岸，兩岸長了兩顆藍竹，竹梢彎過河相互纏繞；馬家人砍斷竹子，村裡的人拿來做成四弦琴，現在還傳說「山伯相公造琴」，這是「人化

石，石化藍竹連理枝」的連續變形。〈梁山伯與祝英台〉(故事 120)的故事，除有「裙角碎片化蝶」、「蝴蝶的由來」的情節之外，馬家秀才叫工人掘墓尋妻，墓中出一對光潔晶瑩的白石，丟路旁即刻生出兩株竹，綠葉青青，茂盛愈常（這是「竹的來歷」），掘墓者以為鬼怪，以刀斫竹，竹斷後馬上黏合，再次割斷又黏合。後來斫斷的兩竹，跳上天空成虹（這是「虹的來歷」），紅色的是梁山伯，青色的是祝英台，二人趁著水霧蔽天時融為一體，過著倏忽片時的戀愛生涯，這是「人化石，石化竹，竹化虹」的連續變形。

《祝英台》(鼓詞 7)故事中英台投墳，馬家子自縊，三家掘山伯墳，僅見三石。投石於水，化為三鴛鴦，其中二鴛鴦相依游行，一則追隨於後。這是「人化石，石化鴛鴦」的連續變形。〈白族山伯英台〉(民歌 26)的英台鑽進墓中，馬甲挖墓，見兩個石獅子，將石獅子丟進河裡，長出兩顆楊柳；砍倒楊柳，變成鴛鴦，一公一母水上遊。鴛鴦遊處百花開，花中飛出雙蝴蝶，除了隱含「人化蝶」的情節之外，也是「人化石獅子，石獅子化楊柳，楊柳化鴛鴦」的連續變形。〈梁山伯與祝英台〉(故事 18)的故事，英台投墳，隨從們扯住兩片爛衣角，鬆手一放，化兩隻蝴蝶飛上天。馬文才掘墓尋妻，發現兩個鵝卵石，帶回家去，兩塊石頭總是聚攏一處，砸不爛，又捶不扁，便分別丟到河兩邊，結果兩岸河邊各長一樹，枝葉交蓋，樹枒相對，樹根相連，這是「人化石，石化樹連理枝」的連續變形。山伯墓上長紅牡丹花（隱含「人化牡丹花」情節），馬文才死後「變掩臉蟲」，見英台山伯的「精靈化蝶鬧歌圩，對對子」，更加嫉妒，便鑽進牡丹花中，人們怕牠鑽壞牡丹花蕊，就捉

牠丟下地，掩臉蟲見人就害怕掩起臉來，人們常用腳往地上一抹，掩臉蟲和泥土也就分不清了。

〈苗嶺梁祝歌〉(民歌 19)的故事英台投墳，迎親人忙著拽住英台，抓了「寶珠變辣椒」、拽了「釵花變蝴蝶」、捉住「裙帶變豆夾」(「裙帶豆夾的由來」)，馬母跺腳怒吼，文才勸說「訂親夜夢惡兆（聘鐲斷在手）成真」，馬公命令「掘墓尋人」、「棺中並臥兩條龍」，其樂融融，「棍打並枕雙龍，扔往兩大高峰，兩山長竹，竹尖相纏」，再用「火燒兩山纏竹變成兩股青煙相纏成團，再化成彩虹」，梁祝雙雙遨遊天空。這便是「人化龍、龍化竹、竹化青煙、青煙化彩虹」的連續變形。

梁祝 749A 類型的四個次要情節：

1.　賭誓貞潔

賭誓貞潔的情節，通常是英台欲外出遊學時，家人有時是父母，大部分是嫂嫂或偶有哥嫂(小說 1)反對，英台立下誓言，遊學必貞潔自愛，若有辱門風，則花樹枯萎，或綾綢臭爛，或花鞋褪色，於是有「折牡丹花（折枝(小說 1)）插瓶（神前(鼓詞 1)）賭誓貞潔則花常鮮豔，（花發長葉(小說 1)）若失貞則花死（或枯）、人抱石投江(鼓詞 1)」(故事 4、小說 1)，或「若貞潔則圓仔花純紅，若失貞則花變黑紫」(故事 127)、「外出求學，若生私情則園中牡丹葉落花凋，三年不開花」(電視連續劇 6)、「賭誓貞潔則花榮，失貞則花落」(電影 1)、「指物為誓（花白如兒，兒潔如花）三年定然玉潔冰清」(越劇 9)、「投青蓮子於池塘，賭誓若失貞則青蓮子不發芽，若貞潔則四季花開不敗」(故事 35)、「埋錦羅于牡丹花下，賭誓若

貞潔則花鮮錦新，若失貞則錦爛花枯」(故事 100)、「埋七尺紅綾于牡丹花盆，賭誓若失貞則綾爛花開」(故事 16)、「埋三尺六寸紅綾綢于梧桐樹下，放三尺六寸布于香籠裡，賭誓若貞潔則布綢常新，若失貞則朽爛」(故事 96)、「埋三尺三紅綾羅于花園土內，（與嫂）擊掌賭誓若貞潔則綾羅如舊，若失貞則朽爛成筋」(侗戲 1)、「埋三尺紅綾于月月紅下，對天與各路神靈賭誓若貞潔則花紅葉好，若失貞則紅綾化為灰塵」(鼓詞 3)、「埋烏菱于土，賭誓若貞潔則烏菱完好能重栽，若失貞則爛為塵埃」(民歌 49)、「埋七尺紅貢羅（紅羅）牡丹一處，賭誓若貞潔則牡丹花三年後才開，若失貞則紅羅朽爛牡丹開」(歌仔戲 9)、「賭誓貞潔則花鞋不褪色，若失貞則變色」(故事 5)的情節單元。

　　比較特殊的有姑嫂「二人各埋六尺紅綾於豬槽下，賭誓貞潔者之紅綾鮮紅，失貞者之紅綾染髒」(故事 93)、祝父「要求女扮男裝外出求學者若失貞則以七尺紅綾自裁」(彩調劇 1)，英台對媽媽說若「花枯則預兆出事」(故事 109)，而「賭誓若失貞則牆上掛的繡（桂）花失芬芳、院中栽的牡丹凋謝」(故事 18)的情節單元，則多出牆上掛的繡花失去芬芳的神奇細節，似乎暗示牆上掛的繡花本是香氣四溢。也有英台一賭咒，馬上展現「青蓮子頃間發芽長葉花開滿池」(故事 35)，但其後又有「滿池荷花一夜消失的兇兆」，預示山伯英台二人不能成婚，以致連村裡的老人們都不免興嘆，認為英台若不對著青蓮子賭誓，或許二人生前早就結成夫妻了。

　　另有，僅見的「暗自賭誓若失貞則自縊」(故事 120)情節單元，則展現英台對兄嫂激憤的情緒。還有一個「賭誓能去讀書花鮮豔，若不能則花枯；又若失貞則花枯」情節單元，多出能否去讀書則

花榮花枯的賭咒。至於〈飛蝶化彩虹〉(故事15)的故事祝母暗將女兒常穿的一雙紅繡花鞋藏在自己枕頭邊，早晚愛撫看一看，生怕鞋面變了顏色，成了「紅緞花鞋是否變顏色為女子貞操的見證」，顯然不是英台賭誓的情節，卻有趣地表現做為母親的憂心與愛意。

至於，嫂嫂譏誚外出求學的英台是「只怕是肉包打狗，能去不能回」(故事93)，三年回家後必抱子（或外甥(故事5)）而歸(民歌49)、(木魚書4)，甚且有英台在外讀書時，兄嫂「寄去小孩用品譏誚英台必失貞潔」(故事120)的情節。

英台賭誓貞潔之後，常見嫂嫂以沸水燙花、火燻紅綾、或眼紅妒忌及驗收賭咒結果的情節單元，如：「滾水燙花花不枯，且出陣陣幽香」(故事4)、「滾水淋花花開鮮豔」(故事109)、「滾水潑花，紅花變黑紫--圓仔花黑紫花色的由來」(故事127)、「鹽湯水澆布紅綾綢而布紅綾更新」(故事96)、「一日三遍潑臭污水于豬槽底下紅綾，三年紅綾鮮豔如昔」(故事93)、「滾湯澆花花盛開，火焚薰紅綾，紅綾越鮮明」(鼓詞3)、「烏菱澆滾水沒變壞」(民歌49)。另外，也有英台嫂嫂並無使壞的故事，然而依舊出現神奇的情節，如：「瓶內牡丹三年花色不敗」(故事4)、「花鞋置陰溝顏色不變」(故事5)、「三年白蓮花開滿塘（四季開花），且開一朵粉紅並蒂花」(故事35)、「埋牡丹花下錦羅三年色新如昔，牡丹三年花鮮如昔」(故事100)、「埋牡丹花盆裡紅綾三年鮮豔如初，牡丹未開花」(故事16)，另有不止「埋牡丹花下紅綾三年色鮮可人」，且有「月月紅變牡丹花」(鼓詞3)的奇特情節單元。

2. 巧計使人不識紅妝

英台扮男裝與山伯同住同宿，甚至同床而眠，為防範山伯識破，英台巧計「床中置物為界越者受罰」是基本的情節單元，通常是杯水，或書箱或書箱上置盆水為界，「銅盤水」(豫劇 2)，或「床四方置四碗清水」(民歌 22)、「四個床柱置滿四碗水，告誡睡者不可亂動」(故事 15)、「扁擔放碗水」(民歌26)的有趣情節，有時也用毛巾(故事 17)、手巾(故事 125)、白巾(故事 109)、包巾(故事 127)、汗巾(故事 16、歌仔戲 9)，或布團(故事 100)、「金磚界牌」(山東琴書 16、豫東琴書 1)、「界牌」(民歌2、大調曲子 1、河南墜子 1、三弦書 1)、「紙箱」(鼓詞 3)、「裝沙紙盒」(小說 6)、「書箱上置油燈」(小說 14)，或「床中置碗白米」(音樂劇 1)，或「畫線」(故事 18)為界，或英台以「書箱作隔室之牆」(黃梅戲 3)者。另有山伯英台在草橋關相遇結拜同行，共宿旅店同床而眠時，英台便以杯水為界，且伴說襯衫有三百顆鈕釦，和衣而眠的情節(故事4)。

也有老師能知過去未來，已知梁祝是一男一女，故意「用法術讓人睡覺時不能動」(故事 8)，並置水於床中，規定打翻者罰紙一刀的情節，或師娘知英台是女子，怕兩人出事兒，而在「被窩裡立磚塊」(故事 110)的防護措施。

至於受罰之物與方式，常是紙、墨、筆，或被打手掌(侗戲 1)、四十竹板(民歌2、22)、四十戒尺(山東琴書 16)、二十戒尺(河南墜子 1)，也有罰錢(故事 128)、「罰抄三千七百字」(故事 96)、「罰作七篇文章」(鼓詞 3)，或調皮地要求「罰半斤蚊子乾」(故事 120)者，甚至有英台以巫師所送的「匕首」(故事 18)伺候的刺激情節。

　　另有英台知山伯家貧，所以「故意碰倒床中為界碗水自罰紙筆助人」（故事5、127），但有時是故意踢倒水（故事96），或移動布團（故事100），或碰觸毛巾（故事109）、汗巾（歌仔戲9、10），以測試嚇阻越界的計謀是否得逞。也因為英台的機伶與巧計，致使「男女同床三年，男子不識同伴雌雄」是梁祝故事基本發展的背景情節之一。

　　求學時，英台正是豆蔻年華的少女，在日常生活中，難免會不經意地顯露出女性的特徵，所以，除了得防山伯識破真正身分之外，也常要面對同學或山伯書僮，甚至是師母的偵測，而有「佯稱立姿小解，污氣沖天褻瀆神明（蹲姿小解者聰明（故事120），巧設男子蹲著撒尿」（故事5、民歌22），或「佯稱蹲姿小解讀書人，立姿小解是牛馬」（民歌17）、「故意污黃（或用水射（故事109））牆壁，巧計使男子蹲姿小解」（故事127）、「茶壺裝水澆壁，佯稱他人胡亂小解，巧計使男子蹲姿小解」（歌仔戲9）、「佯稱三人同行小解，尿糞擠塞無路淨，小便無禮對天光，巧計使人小解不能同行，出入得翻紅黑字牌，違者罰責十板」（鼓詞1）的情節單元。

　　另有「女扮男裝者（佯稱許願（侗戲1））與男子同床三年和衣而眠」（故事93、彩調劇1），或英臺佯稱「為免三年之災，衣裳前後一百二十對紐扣」（故事18）、「衣裳扣子二百多個」（故事93）、「衣裳上有三十六同心結、下有七十二馬披環」（故事96）、「衣裳三百多鈕釦」（民歌16）、「衣裳三百六十個扣子」（音樂劇1）、「滿身都是同心結」（鼓詞1）、「衣裳同心結二十四，鈕釦十二雙」（民歌22）、「衣裳全身上下四百個暗扣子」（黃梅戲3）、「衣有三十六節」（小說6），有時「佯稱裸體是野蠻行徑，巧計使人先將潔淨衣裳從袖洞拉進，

再解外面髒衣」(故事 120)、「先將乾淨衣服套在髒衣上面,再從裡面拉出髒衣更換」(故事 128)以防他人識己為紅妝。

　　還有在山伯送英台回家時,遇江河,英台「和衣過河」(民歌26、歌仔戲9)、「三寸金蓮過河不脫鞋,托言四海有龍王水神巡江」(民歌 17)、「托言赤身失禮海龍王」(木魚書 4)、「穿衫鞋過河」(歌仔戲 12),或「設計引人離去,自己先渡河」,有時托言要山伯借竹篙子(故事 12、93)、測河水深淺,有時佯稱忘了某字字義(清曲 1),故意將「女字反寫」(鼓詞 3),山伯回書齋問先生,英台留一隻金蓮鞋,戲弄梁書呆。有時打啞謎「丁字懷把口字藏」(民歌 16)、「水浸龍門丁字口,將近浸到可字旁」(民歌 22),讓山伯費疑猜。

　　也有為了破解他人「睡蕉葉觀色澤 (或測體溫) 分辨男女」(故事 14、17、18、125)測驗,而「暗將蕉葉夜受露水使不變色以解困」(故事 17、18、125),或將蕉葉抽出(故事 14)的巧計,甚且有嫂子「寄嬰兒用品譏誚失貞」(故事 120)的事情,也能巧言解說,讓人不起疑竇。

3.　借事物偵測男女

　　儘管英台已極盡所能以防他人知悉己為紅妝,但仍有多種跡象讓人起疑,如耳環痕是最常見的一種,她大抵以年年廟會扮觀音來辯說,有時佯稱幼時多病,習俗使然;也有同學大夥兒「用石頭砸鴛鴦比賽力氣」,她常是力氣小,被疑為閨女樣,有時是「打棗力氣小」(民歌 22),或三年「和衣而眠,夜裡與山伯兩頭睡」(民歌 16),或「天熱不洗澡」(民歌 16)、「天熱不脫衣」(小說 6)、「六月炎天不脫衣裳 (滿身都是同心結)」(鼓詞 1)、「打拳不脫衣裳」(民

歌 26）。還有比較奇異的事，是「蹲著看文章」，宗師說：「英台這人真奇怪」（民歌 26），英台雖然辯說「讀書之人行規矩」，心中已知宗師試探她。

至於日漸活脫的女性特徵，也常是被懷疑的原因，如：「胸前大乳房」（民歌 16、17、鼓詞 1、清曲 1、侗戲 1）、「丁香奶」（民歌 22）、「蒲桃大乳形」（鼓詞 3）、「蜜蜂屁股、螳螂腰、柳葉眉」（民歌 49）、「打秋千腰身如楊柳」（清曲 1）、「手軟腰飄似女子」（豫劇 2）、「面有宮粉氣、腰肢軟、聲音輕」（民歌 2）、「行動似女嬌娥、聲音細碎碎」（秦腔 1）、「走路女子樣、女子聲、杭粉迹」（鼓詞 3）、「走路扭扭怩怩、說話細聲細氣、十指尖尖步步纖纖」（電視連續劇 6）、「女子花香」（侗戲 1）、「以扇撲蝶、眉纖細、膚白嫩」（崑劇 1）、「乞巧，有幾分媚氣，會針線」（小說 6），也能補衣裳，也能描龍繡鳳（電視連續劇 6）、描花樣（電視連續劇 2）、「風吹英臺衣，略疑三分女裙衩」（民歌 22）、「自己露紅衣」（黃梅戲 3）、「手細嫩，內著紅妝」（黃梅戲 3）、「褲底染紅伴稱點胭脂」（故事 104）。另外「不爬樹吃李子（打棗（侗戲 1））」（故事 108）、「上游洗澡」（故事 14）、「蹲姿小解」（故事 108、109、民歌 8、22、49、歌仔戲 9），甚至沒有男人喉結（小說 14），都是致命的疑點。

因為他人懷疑英台是紅妝，故有「藉射箭撒尿比賽分辨男女」或「以左右腳何者先進門分辨男女」（故事 4、141）、「以磕頭左右膝何者先跪分辨男女」（故事 12）、「故意灌醉他人驗身知男女」、「踩小腳」（民歌 49）的偵測情節。也有因聽小便聲響異於男人而起疑，而有「以小便聲響分辨男女」（故事 16、17、125）的趣味情節單元，但因山伯忠實成性，不敢當面說破，有時是士久聽見而告知山伯，

亦被山伯斥罵了一頓(故事16)。偶有山伯托言忘記某字字義，想在英台「胸前寫字偵測男女」，卻被英台威脅「梁兄說話不聰明，有字不把先生問，半夜三更問誰人？明日去把先生稟，不打戒方是你孫」，山伯聽得吊了魂(鼓詞3)，或山伯夜來生一計，夜裡上床同被臥時，想在英台「肚上寫文章，打個啞謎猜字，我見一字成八劃，四劃橫來四劃長，不知此字是何字？」英台想來是日間露出白胸膛，被他起疑，便說「自家肚皮自家劃，怎來我肚寫文章？入學未曾識此字，來朝早起問先生」(鼓詞1)，而解除了危機。

4. 借事物暗喻己為紅妝表露情愫

山伯老實，不解英台早已萌生愛意，在她學成回家，或被父母召回時，與山伯分離；山伯「十八里相送」，途中英台乃借各種事物，或贈詩，或贈歌，或打啞謎，不斷暗喻自己是女紅妝，與山伯可成佳偶，然山伯竟是呆魂，總不領情。有的故事解釋其原因是山伯「魂魄被攝而不解風情，至情人回家後魂魄始歸竅」(越劇25)。至於英台所借事物，從單一的「磨子坊－－上扇不忙下扇忙」(故事108)、「雌雄花」(故事5)到最多的譬喻有十八種：(1)並蒂蓮、(2)同窗有嬌娥、(3)牛郎織女、(4)狀元狀元娘、(5)戴花、(6)竹竿、(7)死人、(8)葡萄、(9)白鵝、(10)繡花鞋、(11)星星草（公公）蘿蔔絲（婆婆）、(12)薺薺菜女婿、(13)瓜、(14)小狗、(15)木匠、(16)牡丹、(17)魚、(18)姜子牙姜婆(山東琴書16)，其他故事有林林總總的情節單元素[13]，都不能點醒呆秀才，有些故事英台甚且

---

[13] 案：其他故事「情節單元素」之差異，參第六章第一節「梁祝故事情節單元素變異」。

「露出三寸金蓮」(豫東琴書 1、歌仔戲 11)、或大膽「露出乳房表情愫」(歌仔戲 9、15、音樂劇 1)、「示絲綢肚圍」(歌仔戲 11)，或直接表明身份求愛(故事 16)。山伯卻說「別哄我憨秀才」(山東琴書 16)，而壞了好事。

最後英台只好使出「托言為妹訂親，實則以身相許」的計策，通常是以家中小九妹為說辭，也有以為朋友說親為由(故事 108)的故事。偶有以白玉(京劇 2)、玉蝶一雙(粵劇 7)、蝴蝶玉扇墜(漫畫 3)為聘，要山伯百日內(京劇 1、粵劇 6)到家求親的情節。但大部分的故事總是英台以「啞謎喻婚期」、通常是「二八三七四六」，有時是「一九二八三七」(清曲 1)、「二九十八」(民歌 2、三弦書 1)、「三七四六」(故事 127、木魚書 4)、「三七二八」(故事 4、鼓詞 3)，大抵是以十天為期，也有以「一七二八三九（三十天）」(豫劇 2)三十天為期的，但山伯常是「誤猜啞謎日期造成悲劇」，總是來遲，有時三十日之後，有時甚且到三年後才來(清曲 1)。

另外，英台回家之前，常有「以物為聘托媒（師母）自訂終身」的情節單元，通常以蝴蝶玉扇墜，有時是花鞋、白玉環做為證物。

梁祝 749A 類型附屬的情節單元頗多，大抵都是講述者，或撰寫者加油添醋附麗故事的材料。如為梁祝的身世做安排，甚至合理解釋悲劇的產生是宿命姻緣所致，而有金童玉女下凡，三世或七世姻緣的情節增益。其情節單元如：〈蝴蝶的傳說〉(越劇 9)說英台母「夢蝶而生」，而《梁祝》(電視連續劇 6)則不止有祝母夢蝶生英台的情節，連梁山伯的出生也是梁父垂釣時，「蝴蝶撲面而來，

化作白玉」，留在手中，回家後梁母便生下山伯的神奇情節。〈順口溜梁祝〉（民歌 40）故事說山伯英台是「玉帝座前金童玉女」，因為「嬉笑動凡性降落紅塵做凡人」。〈七世夫妻梁山伯與祝英台〉（電視連續劇 4）則是「天庭觀音座前金童玉女日久生情，遭玉帝妒忌貶謫凡塵」，而有「七世姻緣」。〈道情　梁山伯與祝英台〉（長篇吳歌）（民歌49）更在故事開端提及「梁山伯是牛郎或金童，祝英台是織女或玉女[14]的來歷」，因此兜合「盤古開天地」、「女媧造人」、「牛郎織女受罰每年七夕相會」、「太白金星奏玉帝二世姻緣少母愛，玉帝動惻隱心下令牛郎織女上天來」、「王母以為天下婚姻歸她管，玉帝不應插手而令托塔天王李靖執法，三世姻緣贖前罪，再帶牛郎織女回天庭」、「李靖打天雷拆散牛郎織女家庭，對二星搖起收魂牌，曉喻四世才圓姻緣夢」、「李靖手舞紅黑二牌，呼風喚雨吹仙氣，使金童玉女至國山縣各自投胎」等神奇情節單元。

〈三生三世苦夫妻〉（故事 51）故事則從三世姻緣說起，牛郎織女相戀，眉來眼去私自約會，而被王母娘娘貶罰人間受苦；第一世轉世投胎為萬喜良與孟姜女「埋骨長城，哭崩長城，撞長城殉情」；第二世轉世投胎成梁山伯祝英台；第三世轉世投胎為白素貞和許仙[15]。而〈梁山伯與祝英台〉（故事 93）也是三世姻緣，梁祝為

[14] 案：此故事最前是牛郎織女貶罰凡間（頁307），而後又以「金童玉女至國山縣各自投胎」（頁308）二者有異。

[15] 案：此故事兜合888C*「孟姜女」類型故事，共有「女子沐浴被窺見與窺視者成親」、「埋人於長城下」、「女子哭崩長城現尸骨」、「女子撞長成殉情而死」四個情節單元。參 Ting, Nai-Tung, *A Type Index of Chinese Folktale*, (Helsinki, Academia Scientiarum Fennica, 1978.VOL.XCIV₃ NO.223)：「888C* Faithful Wife Revengs Husband's Death. I Loss of Husband. II. Search for Husband's Bones. III. Revenge.」(P.138-139)，（美）丁乃通撰，

第一世，第二世投胎轉世成魏奎元與蘭玉蓮，兩人雙雙「跳河殉情」，第三代投胎為玉堂春與王三公子，才得團圓成婚。〈山伯英台〉(侗戲 1)故事最後「仙人（太白金星）在三十三天雲頭上看牛郎織女星在世不能成婚，下凡詢問二人是否願意回天堂，二人同意；於是太白星君帶牛郎織女回天上，一個打在河東，一個打在河西，又得一年見一次面」。另外〈前世今生蝴蝶夢〉(歌仔戲 13)的故事也是「牛郎織女歸仙鄉，化成天星照人間」。

〈梁山伯十二個月花名〉(民歌 32)故事的山伯英台是金童玉女下凡，兩人殉情死後歸上界，大羅天上列仙台。〈挖花調梁祝〉(民歌 34)則是玉帝座前金童玉女動凡心，貶罪落紅塵做凡人，山伯婚姻受阻病死後，英台出嫁路過胡橋鎮，忽然墓開上天庭。

〈金童玉女風月記〉(故事 3)的故事最是熱鬧，「金童玉女受罰下凡投胎」，全是因為「王母娘娘五千歲大壽」，眾仙應邀參加蟠桃大會開始，於是有了「神仙駕五彩祥雲」、「金葫蘆中有三顆千年金丹」、「蟠桃五百年一小結，一千年一大熟」、「齊天大聖拔身上一根毫毛吹氣化小猴，瞬間化四萬八千小猴」、「齊天大聖吹氣四萬八千小猴消失空中，招手變出毫毛，又長回身上」、「金童玉女受罰下凡投胎」、「南極老翁變毛頭姑娘」、「太白金星張開慧眼察看人間毫光」、「懷胎十二月」、「神童讀書順口成誦」等情節單

孟慧英、董曉萍、李揚譯：《中國民間故事類型索引》（瀋陽：春風文藝出版社，1983 年）作：「孟姜女」（頁 94），（美）丁乃通撰，鄭建成、李倞、商孟可、白丁譯《中國民間故事類型索引》（北京：中國民間文藝出版社，1986 年）為「貞妻為丈夫復仇」（頁 275-277）；金榮華撰：《民間故事類型索引》中冊（臺北：中國口傳文學學會，2007 年 2 月）將 888C*改為 888C 型作「貞節婦為夫復仇（孟姜女）」（頁 340-342）。

元。〈觀音寺結緣〉(故事8)的故事則是觀音娘娘身旁仙童仙女時常說耍話,被觀音「貶謫下凡,七世不成婚」,仙童是梁山伯,仙女是祝英台。觀音娘娘化身長老先生,監視他們不能做凡事而失掉他們的道行,不止常用聖賢「食不言,寢不語」之言訓示他們,甚且「施用法術,讓兩人睡時不能動」。現在的善權洞就是長老先生所造的石屋,是當時梁祝的讀書處。另有故事也有「女子夢日貫懷而受孕」、「懷胎十二月」(文獻3、24-1)的情節單元。

　〈魂縈蝴蝶情〉(小說14)故事開端,以「先生吃肉」的笑話來暗諷老師是飯桶,藉而襯托英台機伶調皮的個性。英台的聰慧,偶以「巧智者要求施罰者,若能找像地一樣大的白紙,寫天一樣大的字,則被罰者始找一顆五寸長的棗子」(民歌16、偈戲1)的情節呈現,不僅為受罰同學們解圍,也充分表現英台的臨場機智,這是兜合875B.5「巧姑娘以難制難」[16]類型故事。

　至於山伯也偶有「神童(故事3)讀書過目成誦」(故事128)的聰慧描寫,而且有「雙手過膝」(民歌16、鼓詞3)、「兩耳垂肩」(鼓詞3)的偉人形象,女扮男裝的英臺則是「三寸金蓮」,偶有「三寸金蓮套大鞋」(故事110)挑水的趣味敘述。而英台山伯兩人也有「容

---

[16] Ting, Nai-Tung, *A Type Index of Chinese Folktale*, *VOL.XCIV₃ NO.223*, (Helsinki, Academia Scientiarum Fennica, 1978.):「875B5 Clever Girls, Other Counter–Tasks.」(P.130),(美)丁乃通撰,孟慧英、董曉萍、李揚譯:《中國民間故事類型索引》(瀋陽:春風文藝出版社,1983年)作:「聰明的姑娘的其它試題」(頁88);(美)丁乃通撰,鄭建成、李倞、商孟可、白丁譯:《中國民間故事類型索引》,(北京:中國民間文藝出版社,1986年)作「聰明的姑娘給對方出別的考題」(頁257);金榮華撰:《民間故事類型索引》中冊(臺北:中國口傳文學學會,2007年2月)作「875B.5　巧姑娘以難制難」(頁321-324),今採金師榮華說法。

貌姿色蓋全城，剎時圍觀人擠人」(民歌 19)驚豔場面。

　　另外梁祝故事中的山伯常是讀書士子的身份，偶有「解元」(鼓詞 1)的角色。《梁祝》(電影 6)故事中的英台調皮愛玩，夜裡讀書得「懸髮」才能免於瞌睡蟲的侵襲。《梁山伯與祝英台》(電影小說 1、漫畫 2、電影 9)中的英台女扮男裝讀書時，同學的戲劇表演－－《河伯娶親》再由「男裝扮女裝」的反串情節。而梁祝讀書處是宜興碧鮮庵，故有「碧鮮庵的由來」(文獻 7、15、21)的情節單元。

　　英台求學期間，馬文才最是覬覦英台，偶有馬桶放「大百腳」(民歌 49)嚇她，甚至「打啞謎罵人」說：大烏龜「兩三八(梁山伯)」、小烏龜「十三點」。

　　馬文才得知英台是女子時，至英台家求婚，祝父「以詩論婚」，馬文才「冒用山伯詩稿求親得逞」(越劇 9)。銀心有時以昨夜「燭花結雙蕊喜事來」向英台報喜，不想求親者竟是馬文才。也有祝父誤聽英台說自己已「自婚配自做媒，找了同窗梁山伯」，以為「兩三百」是女兒說的笑話，而接受馬家的聘禮，喝了馬家的酒(故事 5)。因此〈梁山伯與祝英台〉(秦腔 1)老師寫信給祝父為兩人做媒，也為時已晚。以致山伯來求婚時，英台得「佯稱有人進來使山伯回頭望，巧計奪回訂親信物」(鼓詞 3)。

　　山伯在訪英台之前常有占卜的情節，如：「占卦得知真相」(民歌 22)、「借卜卦驗知男女」(民歌 19)、「占卦預示婚姻不諧」(電視連續劇 4)，或「擲骰子預言婚姻」(故事 96)，或「夢中白虎坐中堂，預示悲劇」(侗戲 1)。

　　有時山伯得知英台是女子時，硬要與英台成親，「花神菩薩用枴杖打跑」山伯(故事 96)。

　　也有〈英台姑娘與山伯相公〉(故事 14)故事，英台回家，臨走留信告知真相，山伯知英台是個姑娘而放聲大哭，先生勸他給他「一匹紙馬，叫他騎了追趕，遇水時扛著走」。一路上碰到錦雞、白鵝、斑鳩、鴨子、水牛、老鴉、山羊、孔雀，一路問英台去向，因此有了「人向動物詢問某人去向」、「錦雞毛色花花綠綠的來由」、「白鵝長脖子的來由」、「斑鳩鳥色成灰的來由」、「鴨子扁嘴的來由」、「水牛角一圈圈印記的來由」、「老鴉白脖頸的來由」、「山羊彎角的來由」、「孔雀美麗羽毛的來由」及錦雞、白鵝、斑鳩、孔雀……等「動物作人語」，既諧趣又神奇的情節。而〈梁山伯與祝英台〉(故事 18)故事也有「山伯一路向動物問英台去向」的「白鵝長頸脖的由來」、「螞蜊（青蛙）扁頭的由來」情節，其中只有鴛鴦告知山伯(「鴛鴦作人語」)，英台「走過三天啦！」，而且「兩隻鴛鴦架山伯肩膀游過河」[17]，所以有了「鴛鴦毛色漂亮的由來」的情節單元。

　　山伯因為婚姻不成，相思纏身，常有梁母至英台家求藥的情節，英台總以「世上所無藥方」回應，如：(1)東海老龍鱗一片外加一斤重人蔘，天河水煎湯茗、(2)鳳凰羽毛一兩外加北斗星一盆、(3)九天麒麟心一具外加六月雪一斤、(4)仙鶴大眼睛一對外加雨夜月一輪、(5)鰲魚腰一個外加龍宮土一寸、(6)炎天瓦上冰

---

[17] 此情節單元僅見於〈梁山伯與祝英台〉，(中華民族故事大系編委會編：《中華民族故事大系・壯族》第三卷 (上海文藝出版社，1995 年 12 月)，頁 547)，及〈梁山伯和祝英台〉，(中國民間文學集成全國編輯委員會編：《中國民間故事集成・廣西卷》(北京：中國 ISBN 中心，2001 年 12 月)，頁 222)。另外，〈英台作詩托終身〉，(周靜書主編：《梁祝文化大觀・故事歌謠卷》(北京：中華書局，1999 年 12 月)，頁 108) 及周靜書編：《梁祝的傳說》((北京：中華書局，2001 年一版)，頁 105-106)，並無此情節單元。

一兩外加月宮桂一根、(7)鳥蟲小眼睛一對外加螞蝗骨一斤、(8)靈芝草一兩外加孔雀翅一斤、(9)千年酒一罐外加萬年姜一斤、(10)仙女背上筋一兩外加王母桃一林等十種，尚有附味藥「竹林窩內一女子，台字下面巧安排，除非此人親自來」(民歌16)；而〈白族山伯英台〉(民歌26)的故事除了藥方十種之外，「引子要用夜明珠，吃藥要用玉龍碗」，真是妙藥仙丹。

　　另有四種藥方，如：(1)貓腱水蛙毛、(2)鳳腸、(3)金雞腦中髓、(4)鳳凰蛋(歌仔戲9)，或(1)三寸太陽兒、(2)雨師公公趾腳皮、(3)忽閃娘娘腳丫垢、(4)螞蝗骨頭半斤(故事96)，或(1)六月曆頂霜、(2)龍肝鳳腹腸、(3)峨眉千年靈芝草、(4)天頂蟠桃雲中央(歌仔戲16)，最少的也有「七月白霜」(民歌19)藥方一種。另外〈結義兄弟攻書傳〉(鼓詞1)故事中，英台尚且「中指刺鮮血，寫藥方於胸前掛衫繡衣裳上」，付與梁郎。至於其他多種故事中的十味藥方，也都是極盡想像能事的產物[18]。

　　另外，偶有山伯以鶯哥傳書，向英台討「世上所無藥方」的情節，如〔梁山伯與祝英台〕(歌仔冊2)山伯「寫自己八字向情人討藥方」(四九也學樣向仁心討藥方)，於是有了「六月曆頂霜」、「龍肝鳳腹腸」、「貓腱水圭毛」、「飛鳥傳書」(歌仔戲9)、「鳥以人語勸人」(歌仔冊2)的神奇情節單元。而英台則以「褲頭（三寸）絲繩燒灰治相思」(歌仔戲15)、「褲帶（三寸(歌仔冊2)）煎水治相思」(歌仔戲9)，或「汗衣煎水喝以防相思病」(故事125)的藥方相贈。

---

[18] 如：故事15、民歌8、16、大調曲子1、歌仔冊2、鼓詞2、崑曲1、黃梅戲3、5、歌仔戲5、川戲3、侗戲1。案：以上所有故事「情節單元素」之差異，參第六章第一節「梁祝故事情節單元素變異」。

也有〈淚井的傳說〉(故事75)，相傳山伯英台樓台相會，知英台許配馬家，揮淚痛別，想去馬莊說服馬文才易婚，途中風起雲傾，疾呼蒼天，痛訴與英台傾幕互愛之心情，立誓生無緣份，死後也要結連理時，忽「跪膝凹陷，杵地成潭」，定情物蝴蝶玉扇墜掉入潭中，山伯「以手掘泥，尋玉墜，掘成深井」，泉口湧湧，渾濁酸澀。他精疲力盡手扶竹杖，「竹杖插地，生根長葉，變成淚痕斑斑之淚竹」，「斑鳩引路」，前導山伯回家而後病死。英台外穿紅妝內著素衣祭墳，「撞柳樹殉情」，「淚水洒井，混濁酸澀泉水變清澈甜水」，從此結束馬鄉沒有甜水的歷史。這就是「淚井、淚竹及馬鄉有甜水的來歷」。

〈魂縈蝴蝶情〉(小說14)故事中梁山伯死時咆嘯的九龍墟立即風平浪靜，晉孝武帝敕封山伯為「義忠王」(故事2)，當地百姓說梁縣令的忠魂能避災降妖、逢凶化吉，於是有了梁山伯的「墳土置灶上可避蚊蟲百腳之邪」、「墳土撒床頭床尾能保夫妻恩愛百年好合」的情節單元。也有故事是夫妻要白頭偕老得到梁山伯廟祝禱，而有「寧波俗語：若要夫妻同到老，梁山伯廟到一到的來歷」情節單元(故事119)。

另有故事是山伯「鬼魂顯靈助戰有司立廟(文獻17)合祀梁祝」(文獻29)、「鬼魂顯靈效勞於國封為義忠有司立廟」(文獻16、小說2)、「夜夢陰魂助力却賊」(文獻21-2)、「陰魂托夢助戰退敵，夜果烽燧熒煌兵甲隱見而退敵」(文獻3、23-1)、「義忠神聖王的由來」(文獻3、23-1、33)，又有「新婚三年夫妻同瞻義忠神聖王（山伯）神像得保偕老」(文獻33)，也有「旱澇疫癘商旅不測禱祝顯應」(文獻3、23-1)，還有〔梁山伯與祝英台〕(文獻31)故事中梁山伯為鄞縣令，「預言

自己死期，且可定天下劫運」，其後果如其言，與祝英台化蝶飛去，謝安奏封義冢，「仙籍封山伯為守義郎，封英台為鍾情女，冊居第五十六，大隱山福地之甄山」，最為特殊。

英台不願嫁給馬文才，偶有「母親以死要脅女兒出嫁」(歌仔戲 11)、「新娘出嫁途中情人陰魂沿路叫其名」(電視連續劇 4)的情節單元。及至英台投墳，偶有馬文才發瘋(小說 14)，或「五雷擊頂，人死屍體化灰」(民歌 49)，或馬文才酒醉被嚇醒，從此變紅臉－－「馬文才塑像紅臉的由來」(故事 65)。

英台死後常有「義婦塚由來」或「義婦的由來」或「義塚的由來」(文獻 31)的情節單元，也偶有山伯英台「琴劍塚處生三樴叉奇竹，取名英台竹」(民歌 49)，或「義婦祝陵村的來歷」(民歌 45)、「祝陵的由來」(文獻 29)的情節單元。

另有〈唱祝陵〉(民歌 45)故事最為不同，英台是「能文能武行俠仗義」的女子，不止「女扮男裝外出求學」，而且「身殉知己」而化蝶(「蝴蝶節的由來」)。也有故事說英台有「過目不忘」的本事(故事 18)。

其餘的情節單元，如:「情人父是殺父共犯」、「抗旨逃婚」、「血書」(電視連續劇 4)、「(長老)人能知過去未來」(故事 8)、「神仙駕祥雲上西天」(侗戲 1)、「鬼魂立雲端」(歌仔戲 15)、「鳥解人事」、「鳥作人語」(電影 9、電影小說 1、漫畫 2)，都是踵益衍說的情節。另有「牛郎織女七夕鵲橋會」、「王母娘娘以金釵劃開銀河，牛郎織女分隔兩岸」、「男觀世音得道成女菩薩」(小說 14)的情節單元是小說作者鋪陳的典故與梁祝二人故事，並不相干。

第二節　梁祝 749A.1「生雖不能聚，死後不分離，死而復生」類型故事

　　749A.1 型梁祝故事的基本結構是「女扮男裝外出求學」、「戀人婚姻受阻而殉情」，或「生雖不相聚，死後不分離」、「死而化物或連理枝，或物落處生物」、「死而復生」四個主要情節，及「賭誓貞潔」、「巧計使人不識紅妝」、「借事物偵測男女」、「借事物暗喻己為紅妝表露情愫」四個次要情節。主要情節：

1. 女扮男裝外出求學

　　女扮男裝外出求學常是梁祝故事開始的情節，今所見 749A.1 型故事，除了少數故事將重點移至梁祝殉情後化蝶，如：〈祝英台化蠶〉(故事 112)、〈英台化蠶〉(故事 85)兩個故事都是從英台出嫁的時候，路過梁山伯墳，前者是英台從花轎跳出一頭碰死，後者是英台下轎哭祭墓裂投墳殉情，二人化蝶開始；又如：〈馬俊告狀〉(故事 54)也從英台哭祭墓裂開始，〈馬文才與梁祝雙狀元〉(故事 101)從梁祝樓台會後，山伯相思病死開始之外，大抵有此情節，這些故事雖然轉移重點，但講述的故事實際上是承著梁祝殉情而來，而且主要結構不變，故仍屬此型。

　　英台外出求學之前，常常增加「女扮男相士瞞過父母（或父親）」、「女扮盲相士瞞過父親、舅舅」(粵劇 5)及「丫環扮裝書僮外出伴讀」的情節單元，偶有〈梁山伯歌〉(民歌 3)故事中英台「爹娘就把八卦詳，三個金錢斷陰陽」，占了吉卦而准許女兒扮男裝求學的特殊情節，都是為英台外出遊學先做鋪陳的橋段。也有故事

是「神人送靴帽藍衫，叫女子扮男裝上衣（尼）山攻書」(棠邑腔1)的特殊情節。

　　英台、山伯遊學相遇之後，志投意合，常有共結金蘭之舉，「女扮男裝者與人結拜為兄弟」是常見的情節單元，有時連隨身伴讀的丫環、書僮也結為兄弟，而有「丫環扮書僮與人結拜為兄弟」的情節單元。結拜時常有「生無同生來相娶，死願同死活同活」(歌仔冊11)的誓言，也偶有立誓「效法桃園結義情誼，若負誓約永墜酆都地獄」(福州平話2)、「榮昌共享，生同羅帳死同穴，若有異心死在陰間不超生」(寶卷5)、「富貴榮華同享，日間同桌夜同宿，生同羅帳死同墳，有官同做，有馬同騎，若三心二意死化灰塵」(鼓詞6)、「富貴貧窮無二心，若負誓言下地獄變畜生」(彈詞2)、「有福同享，生死相顧，患難相托，如有私心神明殛之」(小說5)、「若辜負情義，遭雷打身死成路旁屍（三伯）、落血池（英台）」(歌仔冊4、5)，有時以「雷公電母風伯雨師為證」(彈詞2)，或「對日月三光」(歌仔冊4、5)立誓，最特別的是《訪友》(寶卷6)立誓「若失約則變為蝴蝶」及《山伯英台》(歌仔戲6)英台賭誓若失約則「浸血池」或成「無身屍」，而祝福三伯能「食百貳（活百歲）」；三伯也自誓失約則被「雷打」。另有《山伯英台》(歌仔戲2)故事士久也依樣發誓，若負約則被雷打死；仁心則是浸血池。或山伯說若失約則「死在路邊狗拖屍」，英台則說「死落陰司浸血池」，其後更是跪地祝告日月三光眾神，立誓若失約定則「五雷打死火燒屍」(歌仔戲5)，也有士九仁心跟著結拜，立下若失約定則成水流屍(歌仔戲5)[19]。

---

[19]　李坤樹藏《山伯英臺》(歌仔戲5)為殘本，情節至「人化蝶」、「情人殉情化

2. 戀人婚姻受阻而殉情，
或生雖不相聚死後不分離

　　婚姻受阻殉情的情節，最常見的是山伯相思病死，也有「吞信噎死」(彈詞1、寶卷1、2、3、6、7、木魚書1)、「吞衫哽死」(木魚書6)、「吞羅帕哽死」(民歌21)、「氣死」(故事102、民歌24、歌仔戲8)、「憂鬱而死」(故事45、喪鼓曲1)、「喝褲帶煎水命歸陰司」(歌仔戲6)，也有樓台會後，山伯「千愁萬恨鬱結心竅」，捱到家就死了的感傷情節(故事101)。山伯死前偶有見「祖先來了」(寶卷5)、「見兩差人前來，知死期已至，叫家人代穿衣服」(鼓詞6、小說5)[20]，或「左手脈熱右手脈無」(歌仔冊4、5、歌仔戲2)，也有向英台要相思藥方，而英台則以「褲帶（四五寸(歌仔戲3)、二三寸(歌仔戲4、8)、三寸(歌仔戲5)、尺二(歌仔戲6)）煎水治相思」(海陸豐戲1)，或「藥加青絲汗衫血書共煎」(寶卷6)藥方相贈。三伯也果真有以「褲帶煎水淋浴祈求病癒」(歌仔戲3)的行徑。也有三伯自己向英台討「裙頭三寸二煎水治相思」有趣又悲傷的情節，而英台也如其所願相贈(歌仔戲7)。

　　山伯死之時，偶有「死前金童玉女盤請人名」、「天兵天將滿屋叫人名」(歌仔戲5)的情節。山伯死後，偶有英台「以死要脅為情人弔孝」(鼓詞6、歌仔冊4、11、竹板歌1、歌仔戲5、小說5、9)，或「佯

　　二青石，將青石分東西，東長杉（梁山伯），西長竹（祝英臺）」為止，案：此齣歌仔戲與歌仔戲2、3、4、6、7、8等六種，均是現存臺灣早期（日治時期到臺灣光復初期）的傳鈔本及當代宜蘭本地歌仔的口述本，此殘本雖然沒有「死而復活」情節，但與前六種歌仔戲系統接近，推其全本，當亦是749A.1類型，故先置於749A.1類型。
[20] 案：小說5「差人」誤作「美人」，葉十三前。

稱書友死亡之夜裡托夢討錢而生病，得弔孝始能消災」(歌仔冊 10)，
有時父親不受威脅(鼓詞 6、小說 5)，有時要「女兒扮男裝弔孝」(歌
仔冊 4、10、11、歌仔戲 5、閩劇 1、粵劇 5)，有時連隨侍在旁的丫環，
也要「女扮男裝」，始能弔孝(歌仔戲 8)。而英台弔孝時，山伯偶有
「死不瞑目」(故事 9)、「死不瞑目，一隻眼開一隻眼閉(竹板歌 1)，
至情人說中心事才閉上雙眼」(鼓詞 6)，或英台「嘴唇吻合死者雙
目」(故事 9)的深情表現。

　　英台之深情也可見於「雙碑墓」(鼓詞 6)，或「陰陽雙名碑」(歌
仔冊 10、歌仔戲 3、8)的情節單元。另有英台「領山伯紙魂牌位，供
在高樓，早晚燒香換水」(鼓詞 6)的故事，也是令人聞之心酸慟容
的。

　　三伯死後，也有「陰魂托夢要情人墳前燒香」(民歌 69)，或〈三
伯英台歌〉(歌仔冊 1)故事是陰魂不捨英台，仍至英台家「討親成」，
而有「鬼魂向門神說情，門神讓鬼魂入屋」、「鬼魂托夢」的情節；
其後三伯陰魂又回家，在士久守靈睡時顯靈入夢，「預言英台婚
期」、「預言青天白日搶親」，而且「收士久為弟，改其姓名，且允
諾庇佑」，最後又入爹媽夢中，「自己懺悔早夭不孝，勸父母收僕
為子，代己盡孝道」。

　　也有英台出嫁當天「以死要脅祭情人墳」或「佯稱情人冤魂
不散，討女兒共赴陰司而要求祭墳消災」(福州平話 2)、「佯稱情人
鬼魂顯靈而腹痛，得祭墳消災」(歌仔戲 2、3、4)，或「佯稱祭情人
墳，可保佑夫妻百二年」(歌仔戲 7)，通常父親或新郎都勉為其難
而答應，但也有強硬的「父親以死要脅女兒出嫁」(閩劇 1、粵劇 5)；
或「新郎心驚(歌仔冊 4、5)，差人買紙錢牲禮」(歌仔冊 4、5、歌仔戲 2、

7)。最奇特的故事是，新郎（馬俊）是孝義人士，所以對新娘（英台）提出出嫁時祭拜同窗好友的要求，以為識禮義，而欣然答應，且差人買酒、禮金、紙錢(歌仔冊1)。於是便有了「新娘素服哭祭」(故事45、閩劇1、粵劇5)、「新娘外穿喜服內著素服白綾」(故事6、寶卷5)的離奇情節。

　　另外，英台出嫁時，也偶有「情人陰魂不散，白日顯靈起陰風(小說5)，飛沙走石，阻擋女友出嫁陣容前行」(鼓詞6)，或「新郎答應新娘祭情人墳而未履行，花轎至其地時，陰風呼喝塵土沖天無法前行」，得至新郎禱祝應允祭墳後，才天清氣朗(福州平話2)。

　　而殉情的主要情節單元，通常是「新娘哭祭墓開人進墓（或墓合）」，有時是忽霹靂天昏地暗(民歌18)，有時是黑風萬丈(民歌23)，有時是黑氣萬丈(湖北小曲1)，有時是天昏地暗，風雲雨佈，霹靂轟雷，飛砂走石，墳開人進墓，倏忽雲淡月光明，墓合(寶卷1、6)，有時是金釵插墓（頭拳撞墳(寶卷3)）黑雲起墳頭，有時是金釵插墓牌，陰魂展神威，墓開響如雷，人進墓(歌仔冊11)，新娘投墳陰間結成雙(鼓詞5)，有時是陰魂未散，扣死新娘(寶卷6)，有時是即景口授祭文，忽雷雨大作，墓開，陰魂顯靈拉人同歸陰(故事142)，有時是讀祭文，墳內聲響，黑氣萬丈，開出丈長大路，人進墓(民歌41)；有時是讀祭文，金釵打墓牌，禱祝顯應，青天白日墓開人進墓(歌仔戲2、4、7)，或「新娘哭祭禱祝顯靈，墓開人進墓（或墓合）」，有時是黑雲罩墓(民歌20)，或顯靈拉人同歸陰(棠邑腔1)，有時是攝人進墓(閩劇1、粵劇5)，有時是陰魂顯靈(寶卷5)，有時是陰魂迷人進墳(潮州說唱1)，有時是忽起烏雲黑風，鬼哭人叫，墓開人進墓，天日光明(寶卷7)，有時是殉情者還陽，墓裂九尺（或三

尺[21]），擁抱新娘入墓(竹板歌 1)，有時天昏地暗，狂風暴起，大雨不住，雷公雷母風婆雨師，格炸一聲如雷響(鼓詞 6)，有時是新娘投墳，新郎拉其衣裙，二人同進墓（三人同穴）(故事 6)，有時是金釵插墳台，瞬起烏雲，日月不明，墓開三尺(民歌 3、竹板歌 1)，有時是忽起狂風霹靂墓開(民歌 21)，有時是以金釵打墓牌，瞬間狂風大作，烏天暗地(歌仔冊 4、5)，青天白日（陰魂展神威(歌仔冊 4、5、11)）墓開(歌仔冊 1、歌仔戲 2、3、4、5、6、7)，有時是金釵刺墓牌，陰魂腳踏踩雲降凡間，掠人進墓(歌仔戲 8)，有時是拔金簪插墳，墳頭起黑雲人進墓，至陰間與情人成雙(福州平話 1)，有時是新娘日夜哭祭禱祝，陰魂見墳頭燭火，踏陽台望見情人，喝聲「收命鬼」墳開，攝住新娘陰間結鴛鴦(木魚書 1)。

　　偶有「新娘過情人墳，跳花轎碰死墳前，墳裂」(故事 112)，或「新娘佯稱小解，下轎哭祭，向山神土地禱祝顯靈，墓開人進墓」(木魚書 6)，或「新娘拜墳，雷電不止，炸開墓，人進墓」(小說 5)，或「女子哭祭，撞墳殉情」(粵劇 14)的情節單元。

3. 死而化物或連理枝或物落處生物

　　英台投墓合穴之後，常見馬文才「掘墓尋妻」，偶有馬父或馬家「掘墓尋媳婦」(竹板歌 1、寶卷 4、小說 1)、「掘墓尋子及媳婦」(民歌 1、鼓詞 6)、「告官掘墓尋人」(民歌 69)，或馬太守「掘墓尋子」，聽「墓內有聲音，將馬文才從墓中拉出」(故事 6)，或扛轎人不安心而「掘墓尋人」(民歌 20)的情節。其後梁祝死後化物，最常見的情節是「人化蝶」、「墓出蝶」，偶有「人於紫霧中消失」、「紫霧中

---

[21] 頁 168 作「九尺」，頁 169 作「三尺」。

出蝶」(故事9)，或「人魂化蝶」(寶卷1、寶卷2)、「攝他妻化蝶形(寶卷6)」情節單元，也都等同「人化蝶」。而化蝶後有時會有上天庭(寶卷5)，或飛上天的描述。

　　除了人化蝶之外，尚有物化物「裙角化蝶」(故事102)、「裙邊化蝶」(閩劇1)、「羅裙尾化蝶」(民歌20、福州平話1)、「繡花裙化蝶」(福州平話2)、「一幅繡花裙化蝶」(鼓詞6)、「半幅花裙化蝶」(小說5)、「衣衫碎片化蝶」(歌仔冊21)等愛屋及烏的情節，其後有時也會有雙蝶上天庭或飛上天的敘述。至於其中情節單元素的變化，則端視拉新娘的人扯住何物而定。另外也有多物化物的故事，如「裙帶化蛇」、「素妝鞋化孤雁」、「羅裙碎片化蝶（花蝴蝶的由來）」(木魚書1)的情節，便是依物的形象神似何物變化而來的。

　　另外，又衍化出「人化蝶」，加上「人化二石，石上書文字（無緣不見郎，至囑馬俊莫思量）」(竹板歌1)；或「墓出蝶飛上天」，加上「墓出二青石碑，分至東西二方」(歌仔戲5、7)；或「裙尾化蝶」，加上「墓出二石，一石擲一邊」(木魚書6)；或「羅裙碎片化蝶（飛往洛陽）」，加上「墓中鴛鴦石下藏，雙雙飛起入天堂」(歌仔冊3)；或「羅裙碎片化蝶上天台」，加上「掘死人枯骨棄江（長江）」(民歌3)情節。

　　除了人化蝶加上化石、化鴛鴦的情節單元外，也有單純的「墓出二青石坊」(歌仔戲6、7、8)、「人化二白石，白石上寫文字（無緣不見郎，兩位仙人歸天去，他是注定結鴛鴦，奴家行嫁對此過，梁兄攝我別處藏，因由在先讀書日，梁兄同我共學堂，日裡三餐共飲食，夜裡同房共一床，仙伯為我思想死，捉去奴家別處藏）」(歌仔冊21)、「墳開人化白鶴沖天（而去上天庭(鼓詞6)）」(小說5、9)

的情節。

梁祝故事的物化情節，偶有連續變形的方式，如：《山伯英台》(歌仔戲 5)故事梁山伯墓出雙蝶飛上天，墓底二片青石邦，馬俊將二青石分置東西，東邊長杉（梁山伯），西邊長竹（祝英台），這也是「人化石，石化杉及竹」的連續變形。又如：「墓出蝶飛上天」，加上「墓出二片青石分置東西，一長杉（梁三伯）一長竹（祝英臺）」(歌仔冊 1、歌仔戲 4)、「墓出二片青石邦（枋），一片丟東（或溪東(歌仔冊 1)，或溪頭(歌仔戲 7)），一片丟西（或溪西(歌仔冊 1)，或溪尾(歌仔戲 7)），一生竹（祝英台），一生杉（梁三伯），杉竹相連（或並作一排(歌仔冊 1)）」(歌仔冊 4、5、歌仔戲 3)，都是「人化石，石化杉或竹」連續變形的情節，也是「杉竹的由來（杉今出有梁三碧，竹今芳（方）有祝英台）」(歌仔戲 7)。

又有〈畬族傳說故事歌〉(民歌 20)故事是「裙尾化蝶」，加上「人化一合石蛋」、「石蛋自動滾動」、「石蛋化杉樹柴（梁山伯），或毛竹笋（祝英台）（杉樹造桶篾來箍）」；或〈梁祝歌〉(民歌 14)故事是「人化蝶」，加上「人化一雙石卵在墳心」、「石卵滾過界，山伯化杉樹樺、英台化毛竹笋（杉樹造桶篾箍齊），兩棵龍樹葉葱葱，頭椏扳來結紐子，二椏板來結成親（連理枝）」，另有畬族〈仙伯英台〉(民歌 69)則是「人化蝶」加上「人化石（墳中出一對白石）」、「一對白石化兩桁龍樹（成連理枝）」；或〈壯族梁山伯與祝英台〉(民歌 21)故事「衣衫碎片化蝶」，加上「棺中出白鵝卵石」、「二石置何處皆自動聚攏，錘子捶不扁，斧頭砸不爛，火燒三日無異狀」、「石落兩岸成樹，枝葉相交，根根盤繞，風吹樹葉出聲罵人」的驚悚情節，也都是「人化石，石化杉或竹或樹（連理枝）」的連續

變形。另外，也有直接化石的故事，如〈梁山伯與祝英台〉（故事102）故事是「墓出二石卵，一個丟西邊，一個丟東邊；兩石自動滾在一起，又分放兩座山崗頭，兩石再次滾合」、「兩石卵分別埋於南山北山；北山埋石處長出杉柴（梁山伯），南山埋石處長出一棵竹（祝英台），杉做椽子，竹做竹釘，成篾箍杉桶」的情節。

特別有趣的是〈祝英台化蠶〉（故事112）故事，梁祝死後化蝶，馬文瑞氣死，陰魂到閻王前告狀，閻王礙於馬家權勢，卻又同情梁祝是三代姻緣，而把難斷官司推給牛頭馬面，牛頭馬面也覺為難，便叫英台自己挑選，於是英台與山伯回陽作夫妻，氣得馬文瑞回陽後聽說山伯出遠門，便偷偷摸摸來找英台，英台一見馬文瑞，便往外跑，眼看快被追上時，就「化為鳥飛上天」，馬文瑞見狀在地上打個滾，也「化為老鷹」繼續追；英台又落地打一個滾，「化為小老鼠」，馬文瑞又跟來，「化成青蛇」追，英台再鑽進養蠶人家「化成蠶」，與其他蠶一塊吃桑葉；馬文瑞又「變成蒼蠅」進屋，屋裡一個老婆兒見到蒼蠅，拿起蠅拍結束馬文瑞的生命。山伯回家時不見英台，到處打聽，老婆兒告訴他英台變了隻蠶，馬文瑞變成蒼蠅，叫我打死了（「人知他人變形為蠶、蒼蠅」），他在屋裡找半天，不知哪隻蠶是妻子，心想蠶愛吃桑葉，我就「變顆老桑樹」吧！說著，就變成桑樹，英台為了和他在一起，就「整天爬到桑樹上吃葉吐絲」，這個故事是複雜的連續變形，有「人化鳥，鳥化老鼠，老鼠化蠶」（祝英台）、「人化老鷹，老鷹化青蛇，青蛇化蒼蠅」（馬文瑞）、「人化桑樹」（梁山伯）的情節單元。

而〈英台化蠶〉（故事85）故事也同樣有趣，梁祝化蝶後，新郎倌馬文才心急騎驢趕來，見狀嚇得魂飛魄散，從驢背上滾下，腦

袋開花死了，三人的陰魂到閻王殿前求公斷，閻王眼珠一轉，說「好不為難，本王不管，隨便英台」，寫完判詞，喝令牛頭馬面將三個新鬼轟出殿去，不得再來嚕嗦。閻王表面上撒手不管，其實骨子裡是偏袒山伯英台的，因為梁祝生前誓言「生前不能終身伴，死後也要常相隨」，英台自然選了山伯。三人回陽之後，馬文才仍糾纏不已，趁著山伯不在家，便闖進去搶英台。英台慌忙「變成喜鵲」從窗洞飛去，馬文才即「化禿頭老鷹」後面追趕，英台往地上一落，又「化成小白鼠」，馬文才搖身一變，「成花蛇」，英台急忙「化蠶」鑽進蠶匾，混在蠶寶寶堆裡；馬文才也「變成麻蒼蠅」進來搜尋，英台害怕了，把身子捲起來，露了餡，麻蒼蠅對準她飛，下來要咬死她，不想養蠶娘子及時趕到，揮動蠅拍打了麻蒼蠅，為了防止牠再來搗蛋，便用紙把蠶房牆壁的縫都糊住了，英台一想這裡最安全，不想離開，沒再變回人，就一直做條蠶了。山伯得訊趕來，「變成一個山（山是供蠶結繭用的稻草把）」，蠶寶寶上山吐絲，就是「蠶在稻草把（山）吐絲的由來」，而吐不盡的絲，就是梁祝之間訴不完的情囉！這個故事也是複雜的連續變形，有「人化喜鵲，喜鵲化小白鼠，小白鼠化蠶」（祝英台）、「人化禿頭老鷹，禿頭老鷹化花蛇，花蛇化麻蒼蠅」（馬文才）、「人化山（供蠶結繭用的稻草把）」（梁山伯）的情節單元。

4. 死而復生

英台投墳化物之後，常有「新娘投墳，新郎氣死陰間告狀」的情節單元，新郎常是氣死，或吊死，或懸梁自盡，或撞死，或咬舌自盡，也偶有自盡（寶卷 7）、自縊（民歌 70）、纏死（鼓詞 5）、碰死

（故事102）、急奔墓前不小心碰死（故事45）、服毒身亡（民歌21、27-2）、撞墓門死（福州平話2）、當場嚇死（棠邑腔1）、嚇得魂飛魄散從驢背滾下跌死（故事85）、嚇得跌破頭顱而亡（寶卷5）、搥胸吐血氣死（歌仔冊11），或咬舌自盡（歌仔冊1）歸陰司，沿路啼哭尋妻（歌仔冊4、5），最無辜的是「天煞日娶親，天神下降，忽然房中起火燒死新郎」（歌仔冊6）、「無名火塊滾進新房，冥冥之中有人扯住新郎烈火燒身而亡（或新郎迎親日遭天火燒死）」（彈詞2)的情節。

　　另有奇特的故事是新郎馬圳嘆五更生病在床，一命即將嗚呼，太白神仙降凡欲贈仙丹，說死後百日滿可回生，但馬圳卻不願意而咬舌自盡，死後神魂歸陰司，一路經過三板橋、城隍廟、冷水坑、大山墩、三角埔、北勢湖、四川、皇泉，最後到鬼門關，鬼卒斥罵何以無故至此？馬圳告知山伯奪妻之事，鬼卒同情他帶至閻王處告狀（歌仔戲6)。

　　也有故事是「山神土地詢問啼哭陰魂（馬圳）」（歌仔冊4)、「山神土地指點陰魂向閻王（上森羅殿（歌仔冊1)）告狀」（歌仔冊5)、「山神土地一路帶領陰魂陰間告狀」、「一路行經陰陽界、鬼門關、業鏡台、森羅城，入森羅殿向閻王喊冤」（歌仔冊1)。

　　還有故事是梁祝馬三陰魂同至閻王殿，求閻王公斷姻緣（民歌18、故事85)，或五殿閻君處（棠邑腔1)，而非新郎告狀奪妻。又有〈梁祝情深上天庭〉（故事6)故事是梁祝馬同穴後遊地府告狀，梁山伯、馬文才互告破壞姻緣，從秦廣殿過梵江殿、牢帝殿至五關殿，一路對質，都無結果，直至閻羅殿，閻君才道明三人姻緣。也有〈梁山伯歌〉（民歌3)故事中馬洪到東岳廟燒香，而有「陽間人向陰間東岳大帝申冤」的奇趣情節。更有英台「新死陰魂借問小鬼自身

置何方」，回說「此間梁墓是陰靈」（福州平話 1），其後「吊死新郎陰魂扯住投墳殉情新娘陰魂，至閻王前告狀」（寶卷 5、福州平話 1）的故事。

死而復生最重要的情節常是梁祝殉情，馬文才不甘新娘為鬼所攝自殺身亡，而三人至陰間閻王殿前找閻王公斷，因此「閻王斷姻緣」及「閻王斷陰魂回陽復生」是兩個最重要的情節單元。749A.1 類型梁祝故事的「死而復生」情節變化萬端，複雜有趣，首先有閻王陰間排場的情節單元，如：「閻王坐殿（金原殿（歌仔戲 3）），馬面牛頭（彈詞 1、2）（或牛爹馬爹（歌仔戲 4））（或牛頭將軍、馬面將軍（歌仔冊 4、5））（或小鬼（歌仔戲 8））排兩邊」（歌仔冊 1、歌仔戲 2）、「閻王天子坐殿，文武百官排兩邊，牛頭鬼卒朝拜，左右掛放交牌」（歌仔戲 6）、「陰司十殿閻王」（木魚書 1、5）、「五殿閻君在陰司銀安殿迎接鬼王」（民歌 3），也有細說「陰府金、銀、奈何三橋分別由梁長者、李道人、施典刑三人掌管」（歌仔冊 4、5）。

其次有陰魂初到陰間發生的奇特情節，如：英台「鬼魂不知自己已死」（閩劇 1、粵劇 5），山伯「陰魂啼哭欲尋情人誤入森羅殿，遇紅鬚判官尋求指引」（彈詞 2）、「鬼魂到陰司尋情人錯至鬼門關見牛頭馬面在兩邊，滿路鬼卒小鬼，中堂一位判官司」（歌仔冊 6）、「陰魂不散」、「判官告知（山伯）陰魂，其情人將死而入枉死城」、「（山伯）相思病死，（英台）隨之殉情而死，英台陰魂入鬼門關九曲灣」、「殉情男女（山伯、英台）陰間相會」、「生前訂婚夫婦（馬大求、祝英台）陰間相遇」、「陰曹解差手中拿無情棍喝令陰魂（馬大求）前行」（彈詞 2），還有山伯英台「冤魂死後至枉死宮」、「持銀感謝鬼卒恩情，要求赦放」（潮州說唱 1）的悲慘遭遇，但也偶有山伯英台

歡樂結局的故事，如：「殉情男女死後陰間度蜜月」（故事54、海陸豐戲1）、「前生注定梁山伯，天上降下祝英台，在生三年同書院，死入陰司得成雙」（鼓詞5）的美滿情節。

至於馬俊陰魂至陰司，有時是見「閻王天子坐殿中，查簿掌錄擺兩旁，牛頭馬卒持鐵索，叱問告狀者是何人」（潮州說唱1），有時是馬俊黃泉路上遇「山神土治（土地公）詢問緣由」、「土地帶陰魂至陰府告狀」（歌仔冊11），有時是馬圳「人死往枉死城」、「小鬼問陰魂手提狀紙為何事」、「小鬼帶陰魂告狀」（歌仔戲2）、「經鬼門關至第一殿楚江大王處，鬼使喝阻前行，告知冤情，鬼卒放行」（寶卷6）、「牛頭馬面阻擋啼哭（馬俊）陰魂入（閻王）殿，告知冤情後，牛頭馬面才放行」（寶卷1、2）或「閻王殿前（惡鬼）牛頭馬面不許（馬俊）冤魂進入，告知冤情後，牛頭馬面才放行」（寶卷7）。也有日落黃昏時，馬圳「陰魂托夢母親，要其母做狀文，給他陰府告狀」、「陰司小鬼告知馬圳枉死，得於枉死城安身」，氣得馬圳直奔閻王殿前，「閻王坐殿，掛告牌字，牛馬將軍叱喊陰魂告狀」（歌仔戲7）的情節。

馬俊向閻王告山伯奪妻官司後，常有「閻王差人捉拿鬼魂（山伯英台）問案」的情節。有時是差小鬼（或鬼使、鬼卒、牛頭馬面、夜叉、左右、差役、陰差）拿銅牌鐵鐺（歌仔戲3），或火票共火牌（歌仔冊4、5），或火占（歌仔戲7），出地獄堂（民歌18），至枉死城提陰魂問案，有時是發簽（或火簽牌票（歌仔冊1））調陰魂問案（竹板歌1），有時是閻王持鐵牌寫名字，令鬼卒捉拿陰魂問案（潮州說唱1），有時是「第一殿閻羅奉秦廣王差小鬼調陰魂問案」（歌仔戲8）[22]，

---

[22] 案：《山伯英台》（歌仔戲8）有兩種版本，一是陳旺欉藏本，一是陳旺欉口

也有「閻王調土地（土地公）問案」(歌仔戲 7)。

　　另外，也有四角戀愛的《裙邊蝶》(閩劇 1)，故事是梁祝與馬文才及其始亂終棄而自殺的女友－－陳小娥，四人「陰魂齊至陰府申冤」的奇特情節。

　　閻王問案時，偶有三伯問英台何以「甘願嫁鬼婿」，英台說「梁哥佐（做）人真文理，杭州讀書困（睏）三年，不敢乙（一）點私情意」，英台為之動情，愛之極深，奈何不成連理，自願入墓殉情(歌仔冊 1)。

　　其後，「閻王斷案」(故事 90)是主要的情節單元，最常見的是閻王查姻緣或婚姻(潮州說唱 1)簿斷案，偶而也有查生死簿(故事 101、小說 5、9)、生死婚姻簿(木魚書 6)、生死陰陽簿(福州平話 2)、總簿（生死簿）(故事 54)、陰陽大簿(歌仔戲 8)，或令判官至七十二司案前(鼓詞 5、福州平話 1)、天齊殿(寶卷 2)、東嶽大殿(寶卷 3)查姻緣簿斷案，或令簿官查陰陽大簿(歌仔戲 2、3、4、7)，或令文判崔先生呈姻緣號簿斷姻緣(歌仔冊 4、5、11)的斷案情節。也有十殿閻王令判官開大簿斷案(歌仔戲 6)，又有閻羅大王派判官至天齊殿，請天齊大帝尊查姻緣簿斷案(寶卷 1)，也有鬼王（東嶽大帝）至陰司查輪迴（生死）簿斷案(民歌 3)，也有閻王修表文上奏上天玉皇，玉皇敕令太白金星即至媒星宮查姻緣簿(寶卷 6)的情節單元。

　　也有故事是馬俊對閻王斷「義夫（梁）節婦（祝）正合理，馬俊有錢強佐親，不准殿上再交纏」的結果不甘心，認為有失公允，自言「是憑媒去定聘，鬼魂現死無甘心」，閻王一想也有幾分

述本（詳參考故事出處表），藏本頁 485 有此情節單元，口述本頁 141 只有「第一殿閻王秦廣王」的情節單元，並無差小鬼調陰魂的情節。

道理，只好吩咐判官，開緣簿斷案(歌仔冊1)。

其中最奇特的情節單元是「閻王爺叫牛頭夜叉將三人（梁祝馬）頭髮置盆中，倒水後二人（梁祝）頭髮浮在一起，結成一串；另一人（馬）頭髮飄至盆邊」、「結髮夫妻的由來」(故事45)或「閻王以水中結髮定夫妻」、「馬文才暗用糖膠塗髮，以求與祝英台結髮，糖膠落水變硬而適得其反」(民歌69)。也有斷案的人是包公，包公讓英台「灘頭洗髮，梁馬二人分立河兩岸，長髮飄往哪岸和哪家結親」(故事9，附記)[23]，以斷姻緣。

另外，因為閻王查姻緣簿斷案，而衍生了五種次要情節單元：（一）「姻緣（或婚姻或姻緣號簿(歌仔冊4、5、6、11)，或緣簿(歌仔冊1)，或陰魂簿(歌仔戲2、3、8)，或大簿(歌仔戲6)，或總簿（生死簿）(故事54)）註明今生（或後世，或今生來世，或五百年前、五百年後(木魚書6)，或宿世(民歌3)）夫妻姻緣」(歌仔戲7)，也有「姻緣簿載明某人無姻緣」(故事102)，也有「緣簿註明人世姻緣，貧富貴賤」、「金童玉女降凡有夫婦緣分」、「燈猴神（馬俊）下凡」(歌仔冊1)，也有「生死陰陽簿註明金童玉女降凡夙世姻緣」(福州平話2)，也有「天星（梁祝）降凡投胎」、「五鬼精（或星）（馬俊）投胎」(歌仔冊11)，也有故事明言「姻緣前生定」(民歌24、41)、「夫妻姻緣天註定」(歌仔戲7)的情節。

另有有趣的故事是，馬圳知柴七娘是他註定的老婆，要求先見其容貌，而有「陰魂陰府望鄉台見陽間註定姻緣之髮妻（掃箒精）」，因見七娘貌醜，異想天開請求換妻，否則寧願剃頭當和尚，

而為閻王斥責，及至回陽時，告知母親髮妻七娘是醜婦，經母親勸解始回心轉意(歌仔戲 7)。也有「閻王差小鬼司至陽間，提襁褓中柴七娘的陰魂至陰府」，馬俊見七娘「猿頭貓鼠耳」，是人間少見的醜女，竟起歹心持石捶打七娘，欲置之死地；所幸只打了臉頰，腫了一塊，及至回陽無主張，而與母親細思量，自覺無臉見人，到深山當和尚去了(歌仔冊 11)。這是兜合 930A「命中注定的妻子」類型[24]故事。

　　(二)「閻王斷今世後世姻緣」的情節最常見，但也有「夫妻前生許願未了，閻王罰今世二人分處兩地」(寶卷 3)、「今世註定之夫妻，前生欠了東嶽願，今世夫妻得死而還陽始成婚」(寶卷 7)、「前世欠東嶽願今世夫妻若斷魂，陽壽未盡當轉世回陽夫妻團圓」(寶卷 1、2)，或「閻王告知今世後世姻緣」(民歌 20、喪鼓曲 1)，或「殉情男女至閻王殿，閻君示因果，且預言死後將化蝶上天」(故事 142)，或「閻王預告鬼魂還陽五十年後化蝶」(福州平話 2)，或「閻王預言前世（三伯）註定今生小登科後大登科」(木魚書 6)的情節。另外，也有說明原委的人不是閻王，而是媒翁，「媒翁告知（梁祝）陰魂原是觀音門前一對蝴蝶，動了凡心貶紅塵有宿世姻緣」(寶卷 6)。

---

[24] Thompson, *The Types of the Folktale*,（Helsinki, Academia Scientiarum Fennica, 1973.）：「930A　The Predestined Wife」(P.326-327)，Ting, Nai-Tung, *A Type Index of Chinese Folktales*,（Helsinki, Academia Scientiarum Fennica, 1978. VOL.XCIV$_3$ NO.223）：「The Predestined Wife」(P.152)，（美）丁乃通撰，孟慧英、董曉萍、李揚譯：《中國民間故事類型索引》（瀋陽：春風文藝出版社，1983 年）作「未婚妻」(頁 109)；（美）丁乃通撰，鄭建成、李倞、商孟可、白丁譯：《中國民間故事類型索引》（北京：中國民間文藝出版社，1986 年）作「命中注定的妻子」(頁 307-308)；金榮華撰：《民間故事類型索引》中冊（臺北：中國口傳文學學會，2007 年 2 月）作「命中注定的妻子」(頁 400-401)，今採金師之說。

（三）「閻王斷陽壽未盡者還陽」的情節之前，常是「閻王令判官（或交簿官員(歌仔冊11)）查簿看生死斷案」，有時看生死簿，有時看枉死簿(寶卷3)，有時看生死陰陽簿(福州平話2)，有時看姻緣簿(鼓詞5)，閻王查知陰魂陽壽未盡之後，便有「閻王（或閻羅菩薩(鼓詞6)）斷陰魂還陽（或結姻緣）」，或「閻君斷有夙世姻緣者還陽成親」(粵劇5)，另外，偶有「閻君判陽壽未盡節義閨女（英臺）（或善家人子（山伯））回陽夫妻團圓」(歌仔冊6)，或「閻羅王判死人（梁祝）回歸天庭」(故事6)，或「閻王判殉情陰魂轉世投胎配為夫妻」(喪鼓曲1)，或「鬼王令牛頭馬面接催生送子娘，送殉情男女（梁祝）轉世投胎（一至張家，一至李家）成夫妻」(民歌3)，或「閻羅王令鬼判送陰魂還陽，待五十年後魂遊地府化為蝴蝶」(彈詞2)，更有「夜夢閻王勾魂落陰司酆都山，閻王審訊甲願與乙丙何人結婚」(木魚書5)的幻境情節。也有斷案者是閻君包爺，而有「閻君（包爺）斷案，令鬼魂各自投胎」、「一世姻緣未成，二世投胎成親」(民歌41)的情節。

除了梁祝還陽，也有「閻羅王判陽壽未盡者（馬文才）還陽與已同床女子（李鳳雙）結婚」(故事6)，或「馬俊向閻王求情，閻王因其人有孝義，放返陽間」、「領取文憑部札回陽」、「因屍身朽爛，借身（附身佐（做））馬公還陽」(歌仔冊1)，或「閻王判告狀者當頭層地獄判官，天天以銅錘捶打鬼魂發洩無名火」(故事101)，或「閻王判本命有災星原要受百日罪者，因娶妻投墳嚇死而消災」(寶卷5)，或「閻王判陰魂回天牢頓禁五百年後，轉世配姻緣」、「小鬼押陰魂入天牢」(木魚書6)，或「閻王判拆散天地緣之陰魂被棍棒重打、下油湯，再罰回陽變鑽地屎克螂」(民歌21)。

　　另外，也有「閻王斥罵陽壽未盡者到枉死城」(歌仔戲 2)、「鬼卒斥責自盡之亡魂自行前來陰府」(歌仔戲 6)，或「閻君徵求陰魂同意允諾還陽，違者打入酆都地獄，永不輪迴」(閩劇 1)的有趣情節。更有「閻王爺把難斷官司推給牛頭馬面」、「牛頭叫冤魂自行決斷以推卸責任」(故事 112)、「閻王將難斷案件推給陰魂自行處理，且喝令牛頭馬面轟新鬼出閻王殿，不得再上訴」(故事 85)的黑色喜劇故事。

　　但也惹出馬文才「不服閻君判定，大鬧陰府」(故事 6)，或「請求閻王將註定之醜妻換美婦」(歌仔戲 6)，甚至犯下「人知姻緣註定髮妻醜陋，持石捶打襁褓中（或七歲幼童(歌仔戲 3[25])）之妻，其後仍娶該女為妻(歌仔戲 6)」(歌仔戲 2)的惡行[26]，也有馬俊採取柔軟攻勢，「向閻王乞放回陽事奉父母」(潮州說唱 1)，或「向文判關說」(歌仔戲 8)的可愛故事；而山伯也有「陰魂為父母要求判官送其回陽」、「判官答應上稟閻羅，結果則視其造化」(彈詞 2)的情節。

　　至於《正字梁山伯祝英台全本》(木魚書 5)故事中，英台更有癡情行徑，向巫覡陳三舍相託，而有「巫覡落陰尋人（山伯）」、「巫覡左手差兵三十六，右手攜神七十二，落陰間尋人」、「巫覡落陰遊十王殿」、「一殿秦廣王、二殿楚江王、三殿宋帝閻羅、四殿五官玉帝、五殿黑面閻羅、六殿卞成王、七殿泰山王、八殿平政閻君、九殿都市閻王、十殿轉輪定王」、「閻王允許巫覡入東岳酆都院覓鬼魂」的情節，甚至在巫覡尋到山伯時，有「英台落陰與情人鬼魂相會」，所謂「勾魂相會」的感人行徑。這個情節的粘合，

---

[25] 案：歌仔戲 3 文本後面殘損，所見內容尚無其後仍娶該女為妻的情節。

[26] 這是兜合 930A「命中注定的妻子」類型故事，參註 24。

與今日民間流行「觀落陰」習俗必有極大的關係。

（四）「善惡必報」的情節，在閻王斷案時常被強調，如：「陰府閻君斷案善惡有報」(閩劇1)、「閻君於閻王殿審判陰魂善惡輪迴報應」(粵劇5)、「閻君賞善魂升天，罰惡鬼地獄受凌遲」(歌仔冊6)，甚至有「閻羅天子奉上帝旨，統轄鬼神察生前善惡判陰府冤魂」，及明言「善有善報惡有惡報」(彈詞2)的宣誓情節。因此有了馬大求「生前作盡欺心事，白日青天被鬼迷死在陰司，遭報應受刑罰」、「生前作惡多端，死後墜地獄，又打傷解差，閻羅判永墮阿鼻地獄，萬劫不得翻身」(彈詞2)、馬俊「生前做虧心事，死後陰司架枷戴頭鐵鍊鎖咽喉」(歌仔冊6)的情節單元。

另外，閻王斷案中常有遊地獄，以知報應的附帶條件，如：「閻王賜陰魂遊地獄，以知善惡報應之不爽」(潮州說唱1)、「嚴君標賞（山伯英台）陰魂遊地獄」(歌仔戲2)、「閻君判有罪金童玉女陰魂遊地獄後上天曹團圓」(歌仔冊4、5)的情節。還有陽間馬洪向東岳大帝（鬼王）告狀，閻王查生死簿，知梁祝是星和斗的百年夙世姻緣，且有「頭髮洒不乾」、「馬洪頭髮不沾身」，與英台非結髮夫妻，而「牛頭馬面捉拿活人入地獄遊十八地府」的故事(民歌3)；也有閻王斷案前，「山伯陰魂引新死者（英台）遊陰間」(粵劇5)，或「馬圳咬舌自盡後，自陰間遊蕩從三板橋、城隍廟、冷水坑、大山崁、三角埔、北勢湖、四川、皇泉七日到鬼門關」，後來閻王令鬼卒帶他到十殿告狀，而有「遊十殿地府」(歌仔戲6)的情節。

梁、祝、馬三人遊地獄，見到惡鬼在地獄受刑罰，或行善人得善報，如：「陽間貪贓枉法縣官（或毒婦、或大盜、或皮條婆），死後陰間酆都牛頭獄卒持利刃動刑」(粵劇5)、「第一地獄、鬼門關、

刀山、奈何橋、亡山」、「第一地獄灶君土地排兩邊」、「陽間不孝子，死後在陰府不得出世」、「陽間虐待公婆者，死後上刀山」、「陽間不認丈夫者，死後落亡山」（歌仔戲2）、「陽間行兇作惡者，陰間頭帶枷手帶杻」、「陽間惡棍強徒，陰間變無頭鬼」、「陽間忤逆不孝者，陰間上刀山」、「陽間不敬翁姑者，死後上油鍋」、「陽間一夫兩妻者，陰間鋸子鋸」、「陽間淫惡婦人，陰間磨子磨」、「陽間欠人宿債者，陰間上剝衣亭，來生變牛馬還人債務」、「陽間行善人，陰間幢旛接引過奈何橋」、「陽間行惡人，陰間打下三寸寬萬丈高，橋下有虎豹蛇郎之奈何橋」（鼓詞6）、「一殿閻王秦廣王，設刀山抱柱鐵管刑具」、「二殿閻王楚江王，設油鍋大煙筒、鐵搥、石斬刑具」、「三殿閻王宋帝，設刀鎗銅鐵鈀、牽鋸菊鋸鈉刑具」、「四殿閻王五官，設連環大棍、光叉鐵雙眼刑具」、「五殿閻王，設銅搥鐵大刀，風鼓石磨刑具」、「六殿閻王變（卞）成，設落地獄刑臼、刀鎗藤牌銃刑具」、「七殿閻王太山，設幾十層刑臼，刀鎗銅鐵板刑具」、「八殿閻王平政，設大鋸銅鐵箱，刀鎗藤牌銃刑具」、「生前罵地怨天，死後投胎做畜生」、「生前問路不肯示，死後投胎成瞎子」、「生前學話拐鄰居，死後投胎割口舌」、「生前生子不慈愛，死後投胎浸血池」、「生前借錢放重利，死後投胎五馬分屍」、「生前拐人妻兒，死後投胎做娼妓」、「生前食蟲又食血，死後投胎做姑系」、「生前食銅又食鐵，死後投胎無半文錢」、「生前無情無義，死後投胎無半世」、「生前無禮不惜字，死後投胎成瞎子」、「生前不孝不義，死後投胎成釣餌」、「生前無兄無弟，死後投胎居天邊」、「九殿閻王都帝，設刀鎗銅鐵叉，交鐮刀鎗鈀刑具」、「生前好心敬神明，死後投胎上天庭」、「生前好心做好事，

前私通，毒死親夫，侵佔財產者，死後至西獄，過火坑，屍身燒化成炭；業風吹過復活，再被擲地踐踏，皮開肉裂後，又拖往別獄再受刑罰」、「生前貪官，死後往西獄，刮舌句火芰、刺心肝；三年刑罰後，輪迴出生成雞鴨還債」。遊至南獄－－金剛地獄，見「陽間不孝父母、不敬賢人、棄妻兒逼死人命、放火燒屋、搶人財物者，死後至南獄受罰，十日斬頭去五尖、破腸、抱銅柱、刀刺身體一次」、「陽間尪姨假作神明起乩，騙人錢財，死後至南獄，關入鐘內火燒；三年刑滿後，輪迴出生」、「陽間和尚破戒，姦淫婦女，死後惡鬼夜叉帶至南獄打眼睛，鬼兵斬其手腳」。遊至北獄－－寒冰池，見「陽間財主穿綢穿緞，糟踏糧食，死後至北獄寒冰池凍死」、「陽間婦人生產滿月，穢物置灶邊，死後至北獄落八百里血湖池」。十八地獄遊遍後，來到「牛爺馬爺看守兩端的奈何橋」，又見「陽間媒人敗女節烈，害人性命，官司訴訟，死後至北獄奈何橋下，被銅蛇纏身，狗咬腰部」。

奈何橋過了到望鄉台，三伯見士久守靈，大叫母親，「陰陽相隔，呼叫不應」，傷心落淚。及至枉死城，又有鬼兵開城點名，見著各種鬼影森森，觸目驚心。「矮仔鬼」、「竹高（高個子）鬼」、「吊死鬼」、「落胎鬼」、「青冥（瞎眼）鬼」、「猖狂鬼」、「大頭鬼」、「毛神鬼」、「花會鬼」、「冤枉鬼」、「乞食（乞丐）鬼」、「無頭鬼」、「大食（貪吃）鬼」、「允龜（駝背）鬼」、「啞狗（啞巴）鬼」、「不成（才）鬼」、「細病鬼」、「甘阮（甘願）鬼」、「毿毛鬼」、「大度（肚）鬼」、「風流鬼」、「查某（女）鬼」、「拔筊（賭）鬼」、「亞片（鴉片煙）鬼」、「白賊（說謊）鬼」、「空坎（魯莽）鬼」、「無影（說謊話）鬼」、「酒醉鬼」，真是鬼影森森，觸目驚心。

　　三伯英台遊遍地獄，知道喝了茶，便「忘卻前生父母，輪迴出生」。見「註生娘娘坐殿，宮娥綵女排兩邊；花公花婆排紅花、白花（紅花出生為男子，白花出生為女子）讓陰魂輪迴出世（歌仔歌冊1）」，「註生娘娘是管理陰魂輪迴出生」者，而輪迴出世的細則是「前生富有積德者，領牡丹花，輪迴出生為太子登地位」、「前生為人良善者，領荷蓮花，輪迴出生為好人家子弟，連科及第」、「前生為人不行孝義者，領射榴花，輪迴出生為乞丐」、「前生騙人錢財者，領苿茉花，輪迴出生為媒人」、「前生為人心太僥者，領鴛瓜花，輪迴出生為駝背」、「前生為人良善助人者，領連招花，輪迴出生為富翁，福祿雙年六十年」、「前生孝順父母者，領樹蘭花，女子輪迴出生為男子，子孫福蔭一世」、「前生有錢無德者，領金鳳花，男子輪迴出生為女傭，一世煮飯洗衣受折磨」、「前生富有賑濟災貧者，領谷白花，輪迴出生當官、中狀元」、「前生損人利己者，領水錦花，輪迴出生為母豬還債」、「前生學話多言語者，領雞冠花，輪迴出生為癲瘋患者」、「前生貞潔烈女，拜佛誦經燒好香，領梅花，輪迴出生為皇后」，真是「出世容易佐（做）為難」，做人皆受苦痛。

　　另外，偶有梁祝「陰魂在望鄉台見陽間家鄉（悲聲不絕（彈詞2））」（歌仔冊5、福州平話2），或馬圳在「陰府望鄉台看陽間世界」、「看見自己陽間屍首」（歌仔戲6），山伯「陰魂離開望鄉台至奈何橋」、「土地神引領陰魂看陽間未婚妻（英台）撞死墳頭」（粵劇14）的情節單元。

　　（五）「閻王賜陰魂（或陽壽未盡者）喝魂水（或反魂湯，或還陽湯（或丹））回陽」是還陽最常見的方式，也有細節描述的情節

單元，如：「陰魂喝還魂湯入魄，如夢覺醒」（寶卷 6）、「閻王令小鬼給陰魂吃還魂藥，死人還陽」（故事 54）、「閻王賜陰魂吃還魂湯回陽，鬼使大喊『好驚人（或好驚心（鼓詞 5））』，三人驚醒如一夢（或驚醒為一夢還魂（鼓詞 5））」（福州平話 1）、「閻羅天子（或閻王（寶卷 2））賜陽壽未盡者還陽魂湯，令鬼卒（或鬼使（寶卷 2））送到幽冥三界，推下奈何津還陽（或推下河橋各各驚醒（寶卷 2））」（寶卷 1）。又有「閻王令武判取回魂水給陽壽未盡者之陰魂回陽」、「陰魂飲回陽水，借石回陽」的情節單元，其中「借石還陽」為何以梁墓中出二青石的奇特情節做了清楚的解釋。

　　而在喝魂水的當刻，馬圯常有驚人的舉動，而被「閻王令重打三十二板」（歌仔戲 2），或「下酆都萬萬年」，經馬圯跪求之後，則「遭減短回陽壽命二十四年」（歌仔戲 6），或「文判（或閻王（歌仔冊 11））斷其回陽壽命少十二年」（歌仔戲 8）；其原因是「甲（馬）陰魂喝下魂水後，故意將乙、丙（梁、祝）魂水潑地，閻王再賜乙、丙魂水回陽」（歌仔戲 2、3、4、6），或「閻王賜三份回魂水予三陰魂還陽，甲陰魂喝下一份後，故意將其他二份潑地」所惹的禍。

　　其後，梁、祝、馬還陽，偶有「閻王令真日鬼送陰魂出酆都城還陽」（寶卷 5）、「鬼卒（彩旗金鼓（歌仔冊 6））送陰魂回陽」（福州平話 2）、「陰間判官引領陰魂出幽明路（或離枉死城出鬼門關（彈詞 2））回陽」（寶卷 3）、「閻王令夜叉（或小鬼（歌仔冊 15））帶三陰魂出陰城，指明回家路還陽（或出陰城回陽（歌仔冊 15））」（木魚書 1、5）、或「陰間公差引陰魂轉回陽」（歌仔冊 21），或「冥王查生死簿知人陽壽未盡，令鬼使送還陽世」（小說 5）。比較特殊的故事是「土地

公公指引落陰者（英台）回陽路」、「鬼頭風吹落陰者回陽」(木魚書 5)；另外，「閻君令鬼卒領四陰魂（梁、祝、馬、陳）至關王廟還陽」故事的「至關王廟還陽」情節，是否透露出作者暗喻人世忠義價值是值得重視的？亦未可知。

　　陰魂還陽的方式也是神奇精彩的，有時是「死而復生者開棺自出」(歌仔冊 21)、「死後陰魂回陽（或陰魂原神入魄，還陽轉世(寶卷 2)），推棺而出如夢一般」(寶卷 1)、「死後還陽魂歸屍身，推開棺木而出」(彈詞 1)、「死者回陽，自行開棺走出立墳上（或自身坐起(鼓詞 6、小說 5、9)，或爆墳開棺坐墳頭(粵劇 5)）」(寶卷 3)、「還魂入七魄，死者埋葬後七日開棺復活」(福州平話 1)，也有「死者投魂復活，拋棄屍骸現人形」(潮州說唱 1)的神奇情節單元。另有「還魂者告知家人開棺復活」(寶卷 1、2)及「家人開棺，死而復生者屍骸面目無損，片刻甦醒」(福州平話 2)的喜劇收場，其後又有「死而復生者告知凡人陰間事故」(福州平話 2)的傳奇情節，而最趣味橫生的是，「閻王令小鬼若無事收起鬼門關」(歌仔戲 8)打烊收攤的行徑。

　　至於好色馬俊還陽前，閻羅王告知馬俊沒有老婆的命，馬俊不服，逼得閻羅王無奈，叫了很多美女讓馬俊選一個做老婆，馬俊卻說全部都生得好，而惹得閻羅王火大如此貪色之人，「用腳在他身上一踢，變成豬獅轉世」(故事 102)，另外，〈馬文才變公豬〉(故事 90)故事中的馬文才面對七個美女，口水直流，說：「個個都愛」，閻王發火，令鬼差推出閻王殿，變成公豬，這便是「景寧英川人稱趕公豬為趕馬文才的來歷」；〈仙伯英臺〉(民歌 69)也是「閻王讓馬文才挑伴侶，馬以十八女子個個好，而不能取捨，閻王判其轉世做豬哥」的有趣情節。

　　另有《山伯英台》(歌仔戲 6)故事，英台三伯死而復生是閻王所斷，但故事中也穿插「神仙下凡以仙丹救人，百日以滿再回生」的情節，還有《訪友》(寶卷 6)故事，閻王難斷梁、祝、馬三人姻緣，而上奏表文與上天玉皇，玉皇敕令太白金星到媒星宮查看，得知梁、祝宿世姻緣，而令「金星下天門帶領天神天將軍、六甲神將施法提起棺木」，「金星放下靈丹藥，陰司靈魂送還生」，最後是「觀音座前雙蝴蝶，降凡修成真果，仍回觀音紫竹林，永不輪迴托生」的美滿結局，其中雖是金星給丹藥，但仍是「陰司靈魂送還生」，而去幽冥的馬俊陰魂則是喫了還陽湯，入魄如夢覺醒而還陽，也當是閻王斷案復生的結果。

　　而《三蝶奇緣》(故事 9)故事中，梁、祝、馬死後，清明節梁、祝、馬三家都上墳掛青，吵得天地不寧，剛好包公巡察到柳州，停轎問來由。三家各說各話，「包公睡陰陽枕，魂遊太上老君宮」，「太上老君指示救活死人」，「挖墳搬棺救人」，「灌死人蔘湯，死者復活」，三人各說各的理，包公以「英台灘頭洗長髮，梁、馬分立河南北兩岸，長髮飄向哪岸，便與哪家結親斷案」，仍是「斷案復活」的情節，只是主事者由閻王變成包公，與 749A.1.1「神仙相助，死而復活」類型中的故事，均是「神仙相助而復活」的情節不同。也有《三伯英台歌》(歌仔冊 1)故事「閻王斷下凡金童玉女陰魂遊地獄後回天台」、「閻王斷下凡燈猴神還陽事奉父母，與姻緣註定髮妻結婚」；梁、祝遊過東、西、南、北地獄之後，「觀世音佛祖乘五彩雙雲遊地獄」、「點破金童玉女姻緣」、「乃是玉帝貶罰犯錯金童玉女下凡受苦，不成婚姻」、「凡間業緣完滿，佛祖派五彩祥雲送三伯、英台上天去」，故事中雖然只有馬俊復生還陽，

而梁、祝二人並無回陽情節，但都有「斷案復活」情節，而佛祖
只是點化梁、祝，派祥雲送回天界，並無相助，死而復活情節，
故亦不入 749A.1.1 類型。也有故事「在陰府的仙伯還上京求官」(民
歌 69)，英臺怕他有異心，仙伯表志的有趣情節。

梁祝 749A.1 類型的四個次要情節：

1. 賭誓貞潔

賭誓貞潔的情節，通常是英台欲外出遊學時，家人有時是父
母，大部分是嫂嫂反對，英台立下誓言，遊學必貞潔自愛若有辱
門風，則花樹枯萎，或綾綢臭爛，或花裙褪色，於是有「折牡丹
花插瓶（或金瓶(寶卷 6)），或佛前花瓶(彈詞 1)，對天地三光(歌仔冊
6)，賭誓若貞潔則花鮮，若失貞則花枯」(寶卷 1、2、3、6、7)、「折
楊柳供蓮台，賭誓若失貞則柳枝墜倒，若貞潔則青枝綠葉柳花開」
(彈詞 2)、「埋紅綾於樹下，賭誓若失貞則綾爛」(民歌 18)、「摘牡丹
花插瓶對火神（或大神(木魚書 5)）賭誓，若貞潔則花鮮（或花無
傷痕(木魚書 5)），若失貞則花枯（或花殘葉敗(木魚書 5)）埋七尺紅
羅于地對三光賭誓，若失貞則紅羅宵爛」(木魚書 1)、「埋（七尺(歌
仔冊 4、5)或九尺(民歌 3)）紅綾於牡丹花下（對神(民歌 3)賭誓，若
失貞則綾羅朽爛、牡丹開（或天雷打死(民歌 3)））」(歌仔戲 6)、「埋
綾羅於牡丹邊，賭誓若貞潔則牡丹三年不開」(歌仔冊 10)、「埋七尺
紅羅於牡丹花盆，賭誓若失貞則紅羅臭爛、牡丹開」(歌仔冊 1)、「七
尺紅羅埋花叢，賭誓失貞則牡丹開透滿樹紅」(歌仔戲 7)、「埋七尺
紅貢與牡丹一處潑水施肥，賭誓貞潔則牡丹花三年後開，若失貞
則紅羅朽爛、牡丹開，又若失貞則讓人當馬騎」(歌仔戲 5)、「埋七

尺（或七寸二(歌仔戲 2、4)）紅綾（羅）於花下，賭誓失貞則羅爛花不開（若貞潔則花開紅綾無褪色(歌仔戲 2、4)）」、「埋三尺紅綾於土，上栽月月紅一棵（或埋於月月紅花旁(小說9)），賭誓貞潔則花紅葉放（或花開鮮紅(小說9)），若失貞則三尺綾化為灰塵」(鼓詞6、小說5)、「埋三尺紅綾於柏樹下向過往日遊神，賭誓若失貞則紅綾化爛百年、老樹永不萌芽，若貞潔則柏樹萬葉、紅綾色更鮮明」(寶卷5)、「折楊柳插瓶供蓮台、埋紅帕於芭蕉樹下，賭誓若貞潔則春枝綠葉楊柳開花、紅帕丹紅，若失貞則柳枯紅帕褪色」(福州平話2)、「禱告天神，賭誓若貞潔則瓶中牡丹花（或春羅花(閩劇1)）鮮，若失貞則花殘葉放」(粵劇5)、「賭誓出外求學三年，若貞潔則紅羅牡丹鮮紅，若失貞則無氣色」(歌仔冊3)、「賭誓出外求學，若失貞則月季花不開」(海陸豐戲1)。

　　偶有故事中的英台相當剽悍激動，如：「賭誓若失貞則牽去河邊開殺」(木魚書6)，或「墮酆都地獄」(木魚書1)，而「賭誓若失貞則讓人當馬騎」(歌仔戲 2、4)則是常見的情節，也有英臺「以挖雙目賭誓，埋紅綾綢於月季花旁，若貞潔則綢如故，若失貞則變色霉爛」(故事6)的情節。另有特殊的例子，〈三蝶奇緣〉(故事9)是英台「天天栽花一菀，賭誓若能外出讀書則花鮮豔，若不能去則花乾枯；又若求學時失貞，則花枯死」，於是有「頭天栽花，二天轉青，三天長花苞」，祝員外夫婦認定這是天意，而嫂子仍不放心小姑獨自外出，半夜燒了一鍋滾水淋花，便有了「滾水淋花（四天）花開鮮豔」的驚奇情節單元。也有英台「紅裙丟溝壑賭誓，若失貞則褪色，若貞潔則獲准完成三年學業」，如是出外求學的英台便得戰戰兢兢地維持貞潔，免得三年期間紅裙褪色，隨時被父母召

回；而歹心的阿嫂卻天天拿「滾湯潑溝壑裡紅裙」，不想「紅裙顏色越來越紅」，家人也只能等英台學成再回家了(故事 102)。

英台嫂嫂以沸水燙花，或尿水澆紅綾牡丹，或倒梳頭水澆樹，或火燒紅綾，是英台賭誓貞潔之後，常見的情節單元，如：「每日澆水牡丹三年才開花，埋牡丹盆下綾羅三年不爛」(歌仔戲 6)、「每日以滾湯灌月月紅花、夜來火炭燻紅綾(而花越開放紅綾更鮮明(鼓詞 6))；三年埋花下紅綾仍舊鮮紅可愛」(鼓詞 6、小說 5)，甚至有了「月月紅變牡丹花」(鼓詞 6)的離奇情節，或「煎湯灌澆紅綾綢，綢色不變」(故事 6)、「日日倒梳頭湯水於芭蕉樹下，三年後芭蕉樹下所埋紅綾依舊丹紅」(福州平話 2)。

也有故事是天上花神幫助英台，所以「埋綾羅牡丹邊（嫂子）澆尿水三年，綾羅紅豔；牡丹三年不開」(歌仔冊 10)。還有神助的故事，如《梁山伯與祝英台》(歌仔戲 5)「太白金仙」領玉旨駕彩雲在天上察看，令土地公照顧節義女子，至有人以尿水滾水潑紅羅牡丹時，得使紅羅不爛牡丹青翠，因而有「牡丹花三年不開，埋花叢紅羅鮮豔如昔」的情節單元。又有英台是「下凡織女，禱祝過往遊神；遊神上奏天庭，如其所願」，所以有「滾湯水淋老樹，老樹萌芽更盛；火燒紅綾，紅綾似黃金色鮮明」(寶卷 5)。也有神奇見證的故事，如英台「折楊柳插瓶，埋紅帕於芭蕉樹下，賭誓若貞潔則楊柳開花，紅帕丹紅；三年瓶中楊柳開花，紅帕依舊丹紅，唯胸前兩乳曾為人所見，故丹帕點污了一點」(福州平話 2)。

另外，也有英台嫂子並無使壞的行徑，但有神奇的情節，如：「埋牡丹花下紅綾，三年依舊鮮明」(民歌 3)、「女子貞潔紅羅牡丹三年依舊花盛羅新」(歌仔冊 3)、「七尺紅羅埋地三年依舊鮮明」(木

魚書 1、5)、「埋樹下紅綾三年顏色仍十分新」(民歌 18)。還有「瓶
中牡丹三年色新如昔（或仍鮮枝綠葉(彈詞 1)，或依然鮮豔(寶卷 1、
2)），眾人稱讚貞潔女(寶卷 6)」(歌仔冊 6、寶卷 3、7)、「綾羅埋牡丹
花盆三年色澤鮮紅如新」、「貞潔女名聞鄉里」(歌仔冊 4、5)，但也
因為名聞鄉里，而惹來馬俊聞聲求婚，成為悲劇的開始。

　　至於，嫂嫂譏誚外出求學的英台是「妖（餓）貓想吃臭腥魚」
(歌仔戲 5)、「貪圖才子結朱陳」(木魚書 1)、「此去得新郎」(歌仔冊 3)、
「回來必帶丈夫」(民歌 20)、「出門讀書帶行李，回家雙手抱孩兒」
(歌仔冊 4、5)、「去時冊中攬巾去，返來冊壼攬孩兒」(歌仔戲 2、4)、
「三年書籠裝孩兒」(歌仔冊 10)、「恐怕多了小囝囝」(海陸豐戲 1)、
「回家抱子歸」(福州平話 2)、「抱外甥回來」(故事 6、寶卷 5)、「回來
公公抱外孫」(鼓詞 6、小說 5)、「讀得三年書義滿，姑丈外甥帶轉鄉」
(民歌 69)。

2. 巧計使人不識紅妝

　　英台扮男裝與山伯同住同宿，甚至同床而眠，為防範山伯識
破，英台巧計「床中置物為界越者受罰」是基本的情節單元，為
界的通常是汗巾，或翰巾(歌仔戲 2、3)，掯巾(歌仔戲 8)，有時是「碗
水」(粵劇 5)、半碗水(故事 102)；有時是線(福州平話 2)，或絲線(民歌
20)；有時是紙牆(故事 6)，或紙糊箱(鼓詞 6、小說 5)；有時只是床中
畫條界(民歌 21)，或床舖拉線畫界(民歌 69)。

　　也有「孔丘知知弟子乃牛郎織女下凡，以防他人知（英台）
女扮男裝而應允織女與牛郎同床，但床中得置紙箱為界」(寶卷 5)，
及先生猜算出梁、祝二人必有一女，但又只剩一間房一張床，只

好「床中置碗水，水潑出則得另投名師」的方便策略，顯然是老師恐怕梁祝二人同床而宿，日長時久，會有情愛關係發生，而想出阻止他們的技倆(故事 9)。

至於受罰之物與方式，有時是紙筆(歌仔戲 3)，或「紙筆滿學內」(歌仔冊 1、4、5、歌仔戲 2、3、6、7)，或「一天讀書用的紙」(故事 102)，或「紙三千聯」(民歌 20)；有時是「文房四寶分賞同學」(故事 6)；有時是「罰做七遍好文章」(鼓詞 6、小說 5)，或「罰寫一百篇字，跪三日聖人」(粵劇 5)，也有英台以巫師所送的「匕首」(民歌 21)伺候的驚險狀況。

也有不是「床中置物為界」，而是「案桌以硯為界，越者罰白米頭三石，好酒四埕」，而英台「自己立禁，卻故意違反受罰，儆戒他人勿重蹈覆轍」(木魚書 6)，也有「假意喝止他人蹬破隔床紙箱，以防人識己為紅妝」(寶卷 5)，或「故意（連續三日(歌仔冊 10)）伸腳越過翰巾（或汗巾(歌仔冊 10)）床界，受罰筆二百枝，紙五刀，以防他人越界知己為紅妝」(歌仔冊 10、歌仔戲 3)的慧詰手段。也有英台知山伯家貧，所以「故意伸腳越過汗巾床界，受罰紙筆，使貧者不敢越界」(歌仔冊 1、4、5、11、歌仔戲 2、4)，或「故意將寒巾提來當被單，受罰一百枝筆三刀紙，使貧者不敢越界」(歌仔戲 6)，以此測試嚇阻越界的計謀是否得逞的策略。也因為英台的機伶與巧計，致使「男女同床三年，男子不識同伴雌雄」，是梁祝故事基本發展的背景情節之一。另有〈三伯英台〉(歌仔戲 7)故事，英台也是「故意伸腳越汗巾床界，自願受罰紙筆，以防三伯越界識己為紅妝」；比較不同的是三伯仍不知所以，而「後面士久得知機」，但士久並未說破，致使英台仍安全過關。

　　求學時，英台正是豆蔻年華的少女，在日常生活中難免會不
經意地顯露出女性的特徵，所以，除了得防山伯識破真正身份之
外，也常要面對同學或山伯書僮，甚至是老師、師母的偵測，而
有「佯稱立姿小便是賤骨，蹲姿小便貴兒郎，巧計使男子蹲姿小
解」(竹板歌 1)、「佯稱立姿小解不潔淨，巧計使男子蹲姿小解」(歌
仔冊 1)、「佯稱直立撒尿犯天怒，《感應篇》說撒尿不可對三光」(彈
詞 1)、「佯稱小解共人一處大壞斯文，巧計男女解手不同行」(歌仔
冊 6)、「捧水潑窗佯稱尿漬，巧計使男子蹲姿小解」(潮州說唱 1)、「在
粉壁寫字故意硯水潑壁成黑，佯稱立姿小解尿濺字跡，不知禮儀，
巧計使男子蹲姿小解」(歌仔冊 4、5)、「故意水（或茶壺攜水(歌仔戲
6)）潑灰壁似生苔痕，巧計使男女學子用尿桶蹲姿小解（及如廁關
門(歌仔戲 5)）」(歌仔冊 10、歌仔戲 5、6)、「提議學生小解全為坐姿，
免致牆倒」(民歌 69)。

　　英台策略之所以能夠成功，有時是因為孔夫子看英台「分明
是個女佳人」(寶卷 1、2、5、6、彈詞 1)，或老師「看三伯男生作，我
看英台是女兒」(歌仔戲 1、2、3)[27]，或先生疑英台是女子(木魚書 1)，
或老師從「左腳進門男子漢，右腳進門女子身，看她不是凡間女」
(鼓詞 6)，或老師沒有明言先生知英台是女子，但從要祝英台「改
名作祝九紅，山伯還叫梁山伯」(小說 9)，可推知老師已猜想得知
英台是女子，因為老師知英台是女子，卻「知在心中不說破，孔
子腹內自評論」(寶卷 1、2、5)，所以暗助英台，解決男女小解立姿

---

[27]　案：歌仔戲 1、2 故事中英台回應老師說：「男人大乳有福氣，女人大乳有
　　孩兒」，雖然文本中並未明言，但可推斷老師應該是從英臺乳房大於一般
　　男子而起疑。

蹲姿不同的困境，而有「佯稱蹲姿小解是有福之人，無福之人狗澆牆，男人信以為真，蹲姿小解」(鼓詞 6、小說 5)、「佯稱立姿小解，賤污灰壁成窟窿，巧計使男子蹲姿小解」(歌仔戲 3)、「故意墨水潑粉壁似生苔痕，巧計使男子蹲姿小解」(歌仔戲 4)、「整夜用水噴花壁似生苔痕，巧計使男子蹲姿小解」(歌仔戲 2)、「終日水潑灰壁，巧計使男子蹲姿小解」(歌仔戲 7)、「女扮男裝者小解不許男子同行」(寶卷 7)、「女扮男裝者要求小解得掛牌輪流不同行，違者打二十記戒尺(寶卷 6)（或打二十手心(寶卷 1)，或打手心十記(寶卷 2)，或打二十荊條(彈詞 1)）」(寶卷 1、2、5、彈詞 5)、「女扮男裝者以尿水淋牆，假賴同學射尿上牆無禮，巧計使男子蹲姿小解，違者罰一枚高紙劄」(木魚書 1、5)的情節，有時英台更機伶地「要求自罰，以防他人識己為紅妝」(木魚書 1、5)。

　　另有，英台「和衣而眠與山伯同床三年」(彈詞 1、潮州說唱 1)，或「佯稱從小多病（或自小冷嗽肚痛病(寶卷 3)，或身疾(寶卷 6)）和衣而眠與山伯同床三年」(民歌 20、69、寶卷 1)，或「佯稱避災，衣裳前後鈕扣百二對，重重鈕扣繡鴛鴦，和衣而眠與山伯同床三年」(民歌 21)，或「佯稱衣衫上下三百銅鈕扣，和衣而眠，以防被識破紅妝」(故事 9)，或「佯稱寢衣千百結，和衣而眠」(歌仔冊 3)，或「衣裳三百紐絲六十扣」(民歌 3)，或「滿身都是銅結鈕，通身上下結無數」(福州平話 1)，或「條衣三百六十鈕」(木魚書 6)；也有奇特情節，如：英台「佯稱有疥瘡，與山伯同床異被」(木魚書 1)、英台「和衣而眠，山伯意欲掀被窺探究竟，英台佯稱有賊，扼止其行動」(寶卷 5)。

　　還有山伯送英台回家時，遇江河，英台「佯稱脫衫褲者逆天」

（歌仔戲 4、5），或「佯稱（上有青天下有地(歌仔冊 3、竹板歌 1)）赤身露體觸龍王」(木魚書 1)，而「和衣過江」(歌仔 21、歌仔戲 2、4、6)，也有「佯稱怕冒犯上帝海龍王，等天黑始和衣過河，可以避災」（民歌 21），或「恐脫鞋渡河為人見三寸金蓮」(寶卷 5)，而「設計引人離去，自己先解帶脫衣巾過河」(民歌 3)，有時托言要山伯借竹篙探河深淺(民歌 3)，有時佯稱忘了某字字義，故意將「女字反寫」，請山伯回去問先生(鼓詞 6、寶卷 5、小說 5)，山伯途中看懂字義，或問先生，被罵「梁家小書獃」，說英台哄他，山伯埋怨英台不該騙他，趕快回到河邊理論(鼓詞 6)，返回時，英台已過河(寶卷 5)。有時則是打啞謎「丁字反把口字藏」(民歌 3)、「哥哥問我水深淺，都都浸到可思邊，可思邊來甚麼字，只迴轉去問先生」(歌仔冊 21)，讓山伯費疑猜。

　　也有為破解他人「以蕉葉為席，男人睡過青綠，女人睡過瘀色分辨男女」(木魚書 1、5)，或「男身冷女身煖，蕉葉敷床，男子臥蕉葉先鮮，女子臥蕉葉黃槁分辨男女」(木魚書 6)的考驗，英台「夜裡偷鋪蕉葉於瓦面至天亮，使蕉葉青綠」(木魚書 1、5)，或「夜裡暗將蕉葉霧露漂青」(木魚書 6)，讓人不知己為紅妝。

3.　借事物偵測男女

　　儘管英台已經極盡所能以防他人知悉己為紅妝，但仍有多種跡象讓人起疑，如耳環痕是最常見的一種，她大抵以年年廟會扮觀音或昭君(鼓詞 6、小說 9)來辯說，有時佯稱「命不好避災」使然(民歌 21)；也有同學大夥兒「用石擊鴛鴦比力氣」，她常是力氣小，被疑為閨女樣，也有眾人打鞦韆，只有九紅比別人打得精，同學吃

吃笑說「九紅是個女釵裙」，惹得英台急忙辯稱「自幼學的軟腰法，因何把我當釵裙」(鼓詞 6)，或九紅見眾人打鞦韆，個個打的汗濕衣襟，要顯她的本事，一上場打了許多架式，鯉魚三跌子、金鉤掛玉瓶，打得比別人分外出色，眾人見了，個個喝采，九紅道這乃是自幼在家常玩的，無非是軟腰之法(小說 9)。或「穿衣渡河」(歌仔冊 3、木魚書 1)、「三年和衣而眠」、「不脫衣裳」(民歌 3)、「六月炎天不脫衣裳（佯稱小時候有病(彈詞 1)）」(木魚書 1、寶卷 1、2、3)、「未見換衣裳」(鼓詞 5)、「不脫小衣襟入寢」(寶卷 5)。

　　至於日漸活脫的女性特徵，也常是被懷疑的原因，如：「胸前雙大奶」，或「胸前兩高墩」(寶卷 6)，或「炎天露胸」(彈詞 1)，或「沐浴後尚未扣衣，露胸前兩大乳」(福州平話 2)或「打鴛鴦露乳」(民歌 69)，英台常以「女人乳大作夫人，男人乳大高為宰相」的說詞，模糊焦點。也有「蒲桃大乳形」(鼓詞 6、小說 5)、「白胸膛」(福州平話 1)、「女花香」(民歌 3)、「香氣」(粵劇 5、閩劇 1)、「面上花粉迹」(寶卷 5)、「梳粉跡」(鼓詞 6)、「面肉幼嫩」(歌仔冊 10)、「肌膚似女形」(寶卷 3)、「眉目面貌似女子」(福州平話 1)、「說話女人聲」(寶卷 5、鼓詞 6、福州平話 1)、「移步不過三寸」(寶卷 5)或「腳小移步不似男郎」，英台幾乎出醜，自覺不如及早回家去(木魚書 5)、「走路手骨有恰春（手較長）」(歌仔冊 10)、「走路似女子」(歌仔冊 10、歌仔戲 6)、「天生秀氣」(歌仔冊 10)、「十指纖纖，揸針線勝過女子」(粵劇 5、閩劇 1)、「會針線」(竹板歌 1)。比較致命的疑點是「繡鞋脫分床頭下」(民歌 20)，或山伯發現「白綾小襟月經跡」，英台辯稱因鼻子破（或苦讀精神虧虛，鼻內流血(寶卷 5)）所致(鼓詞 6、小說 5)。或山伯邀九紅脫衣衿，藕花池內洗個澡(寶卷 5)，自己「渾身

都脫去，跳在藕池去散心」，九紅紅了臉，藕花池邊站不住，連忙轉回書房(鼓詞6)、「暑天脫衫落塘洗身偵測男女」(木魚書6)，或被發現「蹲姿小解」(鼓詞6、彈詞1、寶卷1、3、7、竹板歌1、歌仔戲4、8、小說9)、「小便面向內」(竹板歌1)、「小解不與人同行」(寶卷2、6)。

因為他人懷疑英台是紅妝，故有「藉比賽小便過水溝分辨男女」(寶卷2)、「以小便尿高低分辨男女」(木魚書6)、「以左右腳何者先進門分辨男女」(鼓詞6)的偵測情節。也有山伯不能早知英台是女子，回家後得相思，母親斥責山伯真是「呆如土」(歌仔戲2)，說及女子走路、坐相、說話，甚至胸前二乳，都是分辨男女的方式；士九也在一旁笑說，光聽英台「小便聲響不同於男子，也可分辨男女」，而遭山伯怒罵；但山伯也只能徒呼扼腕，痛恨自己錯失良機(歌仔冊1、4、5、11、歌仔戲2、3、5、6)，甚至大罵英台「死娼厚心事」(歌仔戲8)。另有故事是梁山伯的父母說「三年同食同鴛鴦，共讀書詞共看文」，何以不知「女子讀書聲細細，常道喉嚨似囀鶯；女人肉地揸來軟，二則已經色澤白似銀；重兼奶大眉彎細」(木魚書1)。

比較有趣的故事是〈牡丹記〉(木魚書1)，山伯出啞謎「一字更連三點水，橫來九劃一企中央」、「假意詢問此字字義，提議在英台肚上寫字，偵測男女」(木魚書1)，也有山伯晚上「假意詢問鬞字義，偵測男女」，卻遭英台威脅「明日稟知先生，不打你二十戒方，也不算事」，而嚇得魂飛天外，趕快求情告饒，英台不依，仍然稟告先生，山伯因而被斥責一番(小說9)。也有山伯見了英台蒲桃大乳形之後，疑心英台是女子，雖然英台以「男子乳大為官職，後來必定上金階」，陡然生一計，三更半夜「佯稱忘記某字字

義，提議在英台胸前寫字，偵測男女」，當然最後也因英台告狀而
受老師斥責，便將紙糊箱置兩人床中為界(鼓詞6)。

4. 借事物暗喻己為紅妝表露情愫

山伯老實，不解英臺早已萌生愛意，在她學成回家，或被父
母召回時，與山伯分離；山伯「十八里相送」，途中英臺乃借各種
事物，或贈詩，或贈歌，或打啞謎，不斷暗喻自己是女紅妝，與
山伯可成佳偶，然山伯竟是呆魂，總不領情。至於英臺所借事物，
從單一的「鴛鴦」或「牡丹」(故事142)到最多的譬喻有十六種：
(1)前世姻緣、(2)斑鳩、(3)樵夫、(4)紫金仙丹、(5)龍爪花、(6)
大西瓜、(7)野草花、(8)石榴、(9)鵝、(10)紅繡鞋、(11)船岸、(12)
犬、(13)土地堂、(14)金童玉女、(15)雁、(16)吊桶(鼓詞6)，其他
故事有林林總總的情節單元素[28]，都不能點醒呆秀才，有些故事甚
且「露出三寸金蓮」(歌仔冊10)，「三寸弓鞋穿靴女扮男裝」(歌仔戲
5)，或大膽「露出乳房表情愫」(歌仔冊4、5、10、歌仔戲2、3、4、5、
6、7、8)，三伯最先的反應常是微笑說「男人乳大有福氣，女人乳
大有孩兒」，等到英臺生氣斥責三伯癡呆，才恍然大悟；要求燕好；
也有英臺「脫落繡羅衣示愛」，「三伯看見驚半死，早知賢弟是女
兒，冥日宰肯放身離」，色急攻心可笑的情態，英臺則嗔罵：「是
爾呆魚不食痴，塗佐（土做）文頭酵（吃）未起，豬母上樹驚拔
（跌）死」，三伯被罵心歡喜，仍是力攬英臺「弄獅戲球變身汗」
(歌仔冊1)。而其他故事中的英臺常是半推半就，有時也說「牡丹
未開不通彩（不可採），彩（採）了花心亂花欉」(歌仔戲3)，但三

---

[28]　參第六章第一節「梁祝故事情節單元素變異」。

伯一心求愛，而兩人相偕上床，奈何總被祝母差遣前來盤請英臺回家的仁心（或安童(歌仔冊 4、5、歌仔戲 7)）「打門緊如箭」，而壞了好事，三伯只能徒然責罵仁心壞其好事，但總被伶牙俐嘴的仁心譏笑「口內有肉汝不食，透風即來想海魚」(歌仔戲 6)。也有山伯知英臺是女子，便直接要求燕好，但奈何為英臺母親前來接英臺回家的仁心敲門而未能成其事(歌仔戲5)的故事。

　　比較特殊的有《英臺獻計歌》（下本）(歌仔冊 10)及《英臺賞百花歌》（下本）（第五集）(歌仔冊 11)故事，在英臺露出乳房表情惀時，三伯仍是不省真意，而說「不知汝肉真白」，英臺急說「春手（伸手）來摸，無要謹（沒關係）」，奈何三伯卻恭喜英臺「男人大乳有福氣，女人大乳有孩兒」，氣得英臺罵一聲枉費她的心思，原來這是「神明保護節義女子，故示愛不成」，也是「神仙使人迷目，不知八字重(歌仔冊 10)女子之示愛」的結果。

　　後來英臺與三伯遊亭，看完四幅（或十幅(歌仔冊 11)）古代壁畫、詩詞之後，英臺忍不住又「露三寸金蓮」，暗示自己是紅妝，三伯仍不知其意，而斥罵「賢弟腳骨變者（如此）細，到位（到那裡）穿人一雙鞋」，而躲在一旁的「馬圳看著笑半死，英臺不是真男兒，通知學中正（眾）兄弟」；三伯不明所以，仍是「神明迷目看不知」、「神明保護節義女子，致使示愛不成」所致。

　　另外，也有驚人豔情的故事，如：《最新繪圖梁山伯祝英臺夫婦攻書還魂團圓記》(鼓詞 6)是山伯造訪英臺後才知英臺是裙釵女，也不管英臺已經許配馬文才，竟然扯住羅裙，兩手伸入紅袴內，而英臺堅拒，始未得逞，後來二人只能淚淋淋地在花園談心。

　　至於，大部分故事中的梁山伯為何總是不識風月情，有些故

事做了解釋，如：〈梁山伯與祝英臺〉(故事 102)故事中，孔子是聖人，見了這兩個弟子便知是一陰一陽，為了不讓他們在學堂鬧出醜事，便有了「人名被（孔子）壓硯台下變成半痴」，後來英臺托言為妹訂親，實際是為自己私訂終身，要山伯到家後趕緊叫人來提親。但是孔子在二人離開學堂，危機解除後，忘了把山伯的名字從硯台下取出，山伯仍是半痴人。一個月後，孔子記起這件事，才將山伯「名字從硯台下取出人變清醒」，奈何英臺已許配給了馬俊。另外又有一說：「下凡織女牽牛星欲互表衷情，為值日神明察見上奏天庭，上帝令太白星君失牽牛星魄，使其從此不動情」(寶卷 5)，或「女扮男裝者欲調戲情人，驚動玉皇張帝尊（或做玉皇大帝尊、上方張玉尊）差金星李太白將男子換呆魂，使人總不動情」(鼓詞 6)、「女扮男裝者欲吐真情，驚動玉皇天尊，令太白星君下凡攝男子真魂換呆魂上身」、「太白星君駕祥雲出南天門下凡塵，將人真魂換呆魂」(小說 5)、或「太白金星奉玉帝命，攝人真魂換成呆魂」、「太白金星化成酒保，讓人喝＂符身酒＂而失靈性」、其後「太白金星送真魂歸人身，使＂符身酒＂醒」，山伯才大夢初醒，快到祝家求親(故事 6)。或山伯「魂魄被攝而不解風情，至情人回家後魂魄始歸竅」(和劇 1)，也只能徒呼奈何了。

在英臺借事物示愛不成之後，只好使出「托言為妹訂親，實則以身相許」的計策，通常是以家中小九妹為說辭，甚至說出「擇個丫環給你做二房」的條件(木魚書 1)，讓山伯到祝家來求親，山伯也樂於娶與英臺年齡相同、面貌相似的九妹為妻，但也有以為九妹是「賢弟之妹我同胞，那有兄妹聯婚配，但求兄弟早相逢」(福州平話 2)的故事。

至於求婚的日期，英臺總以「啞謎喻婚期」，常是「二八三七四六（十日）」，或「三七四六」(木魚書 1)，或「三七二八」(鼓詞 6)，大抵十天為期，也有「二六六三六一六（三十天）」(故事 9)、「一七二八三六四九（將一二三四去下，所剩七八六九相加正好是三十天）」(故事 6)、「一八三七四九」(鼓詞 5)三十天，或「五六日期（十一日）」(歌仔冊 10)、「三七四九」(民歌 21)為期的，但山伯常是「誤猜啞謎日期，造成悲劇」，總是來遲，有時是一個月之後，有時也到幾個月長之後才回鄉(木魚書 1)。《山伯英臺》(歌仔戲 8)的故事中，英臺調皮的將啞謎字條貼在三伯背部，機伶的士九見到之後，猜說啞謎日期是十天，三伯則堅信是一個月的約期，因而造成悲劇。

也有不是山伯誤猜約期，而是「錯聽日期造成悲劇」的故事，如：《圖像英臺歌》(歌仔冊 3)故事，英臺回鄉前留一封書在床，要仙伯三日後拆開看再做主張，英臺囑咐「莫把封書等閒看，看了封書情意長，仙伯聽的心頭亂，聽錯封書三月半」，悲劇也因此而生。

另外，英臺回家之前，常有「以物為聘托媒（師母）自訂終身」的情節單元，通常以紅繡花鞋，有時是扇墜(故事 9)做為證物。

梁祝 749A.1 類型故事附屬的情節單元頗多，大抵都是講述者，或撰寫者加油添醋附麗故事的材料。如為梁祝的身世做安排，甚至合理解釋悲劇的產生是宿命姻緣所致，而有金童玉女下凡，或牛郎織女投胎，三世或七世姻緣的情節增益。其情節單元如：「山伯英臺原是仙，金童玉女撥落凡，世上人傳做板樣，在朝做官快活仙」(民歌 20)。至於金童玉女何以被貶下凡，有時是「金童玉女

互生愛意，打破九龍杯；玉帝罰投胎凡間，三世夫妻（孟姜女與萬喜良、牛郎與織女、梁山伯與祝英臺）不得團圓」（故事 6），或「玉陰大帝壽誕，金童玉女於凌霄寶殿談情說愛，打破琉璃瓶；玉帝降旨至斬仙台斬死，太白金星說情，貶謫凡間七世不得成婚」，而在「玉女貶凡間經南天門時，遇五鬼星；玉女見其醜而失笑，五鬼星誤以為玉女愛上他，偷落凡塵來搶親」[29]，其後「五鬼婆見五鬼星下凡，亦隨之下凡轉世，天庭宿世姻緣註定兩人凡間仍是夫妻」[30]，因此便有了英臺、山伯、馬圳、柴七娘四人的凡塵孽緣（歌仔戲 8）。

也有〈梁祝情深上天庭〉（故事 6）故事是玉帝差令小鬼下凡拆散梁、祝姻緣的情節，而有「上界金童玉女負罪下凡，三世姻緣不團圓」、「玉帝差小星（馬文才）下界拆散梁、祝姻緣，與祝無姻緣之份，但與蘭花園青樓女子李鳳雙有緣，閻君判馬陽壽未盡，可返陽間完婚，馬不服而大鬧陰府」，致「閻君令小鬼趕馬文才出地府，還陽人間娶李鳳雙為妻，梁、祝則回歸天庭」的情節單元。又有《增廣英臺新歌全傳》（歌仔冊 5）、《特別改良最新增廣英臺留學歌》（歌仔冊 4）二故事，梁、祝是「金童玉女降凡十八年」，「燈猴成精」，「降落陽世」成馬俊而與梁、祝糾纏不清，但「姻緣簿載紫氏女（或柴氏女（歌仔冊 4））」是馬妻；及至梁、祝、馬三人死後至陰司，「閻君告知金童玉女相戲弄，貶落凡間過劫難」的因緣，而斷「燈猴精陰魂領火牌回陽做馬王」，再判「金童玉女有罪遊地獄後，再送天曹團圓」，其後「鼓聲幢幡接引金童玉女上天台」。

---

[29] 參註 22，此情節單元僅見於口述本。
[30] 同前註。

也有故事是「金童玉女打破天宮琉璃盞，貶謫下凡」(故事 142)，或「金童玉女打破玻璃盞，玉皇大帝貶罰凡間走三巡，三世不成婚」，得至「三世歸上界上天台」，但因英臺是「天仙女，總有神明保佑(鼓詞 6)」(小說 5)。另有故事將金童玉女貶罰人間的是觀音佛，而有「觀音佛貶動凡念之金童玉女下凡受苦，不成夫妻」(故事 102)的情節單元。

另有故事梁、祝是「星斗投胎為人」(民歌 3)，或說明是「牛郎織女投胎」，如：《梁山伯寶卷》(寶卷 5)故事，祝氏「夫妻花園喝酒談天，驚動牛郎織女星動凡性渡銀河」、「太白星君上奏玉皇上帝牛郎織女違犯天規」、「玉帝怒罰牛郎織女下凡，三世無緣結合，期滿原歸仙班」，於是「牛郎投胎梁家去」、「織女投在祝家門」，後來梁、祝長大外出求學，「孔丘夜夢牛郎織女入列七十二門徒，隔日午時果然應兆」，故事的最後是「貶罰人間牛郎織女星，死後化蝶上天庭」。也有故事是「天星（梁祝）降凡投胎，半路遇五鬼精（或星）（馬俊）前來糾纏，而一起投胎」(歌仔冊 11)。還有故事是「蝴蝶投世降生騙世人」(歌仔冊 3)，或不知何方「神仙下凡受苦業滿，玉帝收返再做神仙」(歌仔戲3)[31]，也有單說是「三代姻緣」(故事 112)，或「七世夫妻」(福州平話 1)的故事。

比較突兀的是，一則故事有英臺兄長結婚三天後，上京趕考，「中了探花卻歡喜過度一命歸天」，於是過了兩年，英臺要去廬山讀書想考個狀元回來，補哥哥的遺恨(故事 9)，應是講述者隨口增益故事趣味而穿插的情節。

山伯的形象，偶有故事說他「兩耳垂肩」、「雙手過膝」(鼓詞

---

[31] 案此文本前面殘缺，不知神仙為何？

6)，英臺則是「三寸金蓮」，她常是「三寸小腳穿塞棉花男人烏靴」（寶卷 5），偶有「三寸弓鞋穿靴女扮男裝」（歌仔戲 5）。也有故事說她「詩書過目不會忘」（民歌 21），出口便是好文章。

《新編金蝴蝶傳》（彈詞 1）梁、祝同窗三年，英臺必得轉家門，兩人綢繆情意，講到三更後，英臺提議不要吟詩并作賦，「與你還須論古今」，「略提幾個草蟲名」，她設問「誰人好比花蝴蝶」、「田三嫂」、「蛙蟆咯咯聲」、「蜘蛛樣」、「秋蟬叫采（綠）蔭」、「惡毒如金蠍」、「好比蜜蜂能」，三伯一一對答：「西施好比花蝴蝶，窈窕身材舞不停」、「梅妃謀害蘇皇后，便是蜜蜂點火自燒身」、「妲己好比田三嫂，攪亂江山不太平」、「蟬聲好比琵琶怨，和番出塞漢昭君」、「蜘蛛好比閻婆惜，門前張網等情人」、「費仲尤渾如金蠍，毒必總要害忠臣」、「青草蛙蟬聲聲苦，好似孟姜女啼哭倒長城」。《山柏寶卷》（寶卷 3）也有以草蟲名論古今的問答情節，其中山伯的對答，「蜜蜂點火自燒身」的是貴妃，另外，未明言「梅妃」之名，也沒有「西施比花蝴蝶」，而多出「武則天皇帝心腸毒，好比黃蜂尾上針」，其餘均同前者。

梁、祝二人提罷草蟲名，來到花廳，英臺仍要論古今，「略提幾個鳥禽名」，設問「誰好比安人鳥」、「子規」、「鶗鴂」、「鷺鷥」、「孔雀」、「畫眉禽」、「鵓鴣」、「白頭公鳥」，山伯要英臺一一聽原因：「楊貴妃酒醉朝陽殿，好一似海棠花下美安人」、「咬臍郎一去無消息，卻不道李氏三郎望子規」、「崔鶯鶯不見張生到，黃昏專等點鶗鴂」、「蔡伯喈上京為官職，趙五娘尋夫一鷺鷥」、「唐僧受了多少難，單只為求取孔雀經」、「穆素微想思趙叔夜，卻不道悶坐西樓懶畫眉」、「金蓮願字金敘品，單恨閨繡房中老鵓鴣」、「張

果茶園成親事，可不曉少年配了白頭公」。《山柏寶卷》(寶卷3)也有鳥名問答，只是鳥名略有不同，如「安人鳥」作「鷦鶄」、「鶄鸝」作「青章」、「鵓鴣」作「鷓鴣」，及人名「金蓮」作「錢玉連」，餘皆大抵相同。觀此梁、祝二人草蟲、鳥名之問答，當是創作者藉機呈現其見聞與識器的行徑，也可作為梁、祝二人比才氣見識的趣味橋段。

山伯送英臺回鄉，英臺見山伯道「賢弟，後會有期」，離去之後，悶慨慨的走到了草橋關龍王廟，想起當年結拜事，便入「廟中乞求成雙」(小說5)，但無下文。

山伯在得知英臺是女子之後，偶以占卜或測字來測知未來，而有「占卦預知命運」(木魚書5)、「占卦預言不成雙」、「姻緣前生定，七世收來做一雙」(鼓詞5、福州平話1)、「占卦預言姻緣不成」(鼓詞6)，或「測字預知婚姻不成」(小說5)的情節單元。也有三伯死後，士九為他到地理師處擇日下葬時，「地理師（鬼谷仙）因月老告知二人有夙緣，而預知人死後回生」(歌仔冊10)。

英臺貞潔回家，聞名鄉里，尖嘴猴腮黑心狼的鎮安府土官馬文才，聞名而來上聘單，祝家不好推託，英臺自拿主張，以「對對子招親」，提筆就提「懷遠懷君千夜淚」，沒有文墨的土官，文才一看冒冷汗，只能死皮不要臉，強下聘禮到祝莊(民歌21)。有故事是馬文找媒人阿香向英臺下聘，有「打破茶盤茶杯，預兆婚姻不成」(歌仔戲5)的情節。

山伯造訪英臺時，也有因英臺已許婚馬家，而有英臺「謊稱有人前來，哄人回頭望，藉機取走訂親信物」(鼓詞6、小說5)的殘酷情節。

　　山伯因為婚姻不成，相思上身，常有梁母至英臺家求藥的情節，英臺總以「世上所無藥方」回應，如：(1)東海青龍角、(2)南山鳳凰肝、(3)金雞腳下爪、(4)蚊蟲眼內漿、(5)仙人手指甲、(6)仙女帶來香、(7)西天塘內水、(8)雷公電母光、(9)千年不融雪、(10)萬年不融霜(民歌 3)等十種。

　　另有四種藥方，如：(1)金雞頭上髓、(2)龍肝鳳腹腸、(3)六月厝頂霜、(4)貓腱水蛙毛(歌仔戲 8)；六種藥方如：(1)東海龍膽鳳凰眼、(2)西洋蚊蟲眼仙仁、(3)八仙牙鬚並指掐、(4)金雞腳爪獅肺心、(5)豐額頭上三點血、(6)石人瘡蓋曲鱔筋(寶卷 6)，或(1)六月暑天霜、(2)正月樹梅香、(3)金雞頭上髓、(4)鳳肝龍腹腸、(5)仙蛋煎湯、(6)貓腱水圭(蛙)毛(歌仔冊 4、5)，或(1)狂風四兩、(2)太陽影子一片、(3)孫猴子毛一撮、(4)二郎鬍子五十根、(5)龍王鱗甲二兩、(6)鳳凰心八分，尚有「引子用靈芝草」(小說 5)；八種藥方，如；(1)金雞頭上髓、(2)龍肝鳳腹腸、(3)六月厝頂霜、(4)貓卵水蛙毛、(5)半天鷁鵡屁、(6)加走（蟑螂）口占唯、(7)木虱（虱子）腳大腿、(8)蚜神（蒼蠅）蚊仔歸（喉嚨）(歌仔戲 6)，或(1)狂風三四兩、(2)太陽影子一片、(3)孫猴子毛一大把、(4)二郎鬍鬚五十根、(5)王母娘娘擦面粉、(6)玉皇戴的舊頭巾、(7)龍王鬍子三四兩、(8)一兩鳳凰心，外加「靈芝草觀音瓶水用三盅」當引子(鼓詞 6)；最少的也有三種藥方，如：(1)六月霜、(2)金雞頭上冠、(3)龍肝鳳腸湯(潮州說唱 1)。

　　英臺贈送之藥方，偶以「咬破手指」(歌仔冊 21、竹板歌 1)，或「手指刺血」(彈詞 1、寶卷 3)寫在「絲絹抹胸」(寶卷 7)，或「大紅抹胸」(寶卷 1、2、3、彈詞 1)，或「白衫」(竹板歌 1)上。又有「白衫

背上寫書」(歌仔冊 21)，或「指血寫信」(歌仔冊 3)，加上青絲數尺
（或三尺或幾根）及貼身汗衫贈山伯。偶有山伯請王婆去求親，
帶回英臺「藥方衣衫」藏在山伯席下，「多味好似祝九郎」(竹板歌
1)，或「臭見多香氣，莫非英臺到我房」(歌仔冊 21)，而加重病情
死亡。

　　山伯回家得相思病，也偶有以鶯歌傳信給英臺，要求寄予「世
上所無藥方」治相思，因而有了「飛鳥傳書」、「鳥解人語」、「鳥
作人語」(潮州說唱1)、「鳥叫人名」、(「金雞頭上髓」、「龍肝鳳腹腸」、
「六月曆頂霜」、「空內水雞毛」) (歌仔戲3)的神奇情節單元，英臺
得信之後，常以「褲帶（四五寸）煎水喝以治相思」藥方相贈，
也有「鶯歌解其意」，不表贊同，而說「庫（褲）帶煎水我不信」，
致使英臺回信給三伯的故事(歌仔戲 3)。

　　也有故事是，梁母擔憂三伯病情，叫士久上街找醫生診治，
結果卻請個「一年醫死百外人（百餘人）」的蒙古大夫，終是無效，
只好入廟向死後變神的王公（亡夫）點香祈求保佑，其後王公返
家告訴梁母說：三伯「身魂四線已亡失」，「預言其子為愛相思而
死」(歌仔戲3)。

　　三伯死後，士久趕到越州城向英臺報喪，仁心拿水讓士久喝
下，是「報喪者得飲水消災除晦」的習俗(歌仔戲 8)。梁祝還陽結
成夫妻後，偶有士久想娶仁心為妻，英臺做主張，讓他到越州祝
家報喜，帶回仁心；英臺再「飛鳥傳書」告知母親此事，祝母也
以「飛鳥傳書」，應允婚事(歌仔冊11)。

　　梁祝婚後，偶有「收拾裙衫上京城，山伯文章蓋天下，中的
狀元第一名」(民歌 20)，或山伯過太守府前，上掛黃榜：「三月初

三開南省，廣招天下讀書人」，山伯回家向英臺、雙親稟明上東京趕考，中了狀元(鼓詞5、福州平話1)，或山伯聞知逢大比，「二月春闈求考試」，稟過爹娘到北京城，獨占鰲頭高中狀元(木魚書1)；遊街時遇李惟方丞相（或李丞相、李泰師、李相）女兒「綵樓拋繡球（或繡毯(民歌 20)）招親」，繡球拋下狀元身，狀元以家有妻子回絕，得罪丞相，上奏君王，令山伯北番買馬，或帶兵平番(民歌20)。〈三蝶奇緣〉(故事9)[32]故事中，山伯上京考中狀元，韓宰相招女婿，山伯不肯。韓宰相面奏皇帝，封梁為元帥，領兵三萬北上抗擊匈奴，被圍在陽城。英臺見夫三年不歸，女扮男裝，上京尋夫。訪得音訊，適逢朝廷大比，也考中狀元；韓相招為女婿，洞房花燭夜對韓女講明真相，韓女同情，雙雙揭黃榜出征，救回山伯，皇后做主將韓女配給山伯為妻，於是有「女扮男裝上京尋夫」、「女扮男裝中狀元」、「女狀元娶親」的奇情情節。此故事兜合 884A₁「女駙馬」類型[33]故事。

又有《梁仙伯祝英臺歌》(歌仔冊 21)的故事，仙伯進京考得狀

---

[32]　案：此內容僅見於中國民間文學集成全國編輯委員會編：《中國民間故事集成·廣西卷》（北京：中國 ISBN 中心，2001 年 12 月）附記（頁 232），另外，周靜書主編：《梁祝文化大觀·故事歌謠卷》（北京：中華書局，1999 年 12 月，頁 52-63）、《梁祝的傳說》（北京：中華書局，2001 年一版，頁 49-58）均無。

[33]　Ting, Nai-Tung, *A Type Index of Chinese Folktale* VOL.XCIV₃ NO.223, (Helsinki, Academia Scientiarum Fennica, 1978.)：「884A₁, A Gril Disguised as a Man Marries the Princess.」(P.137)，（美）丁乃通撰，孟慧英、董曉萍、李揚譯：《中國民間故事類型索引》（瀋陽：春風文藝出版社，1983 年）作「女駙馬」（頁 93）；（美）丁乃通撰，鄭建成、李倞、商孟可、白丁譯：《中國民間故事類型索引》（北京：中國民間文藝出版社，1986 年）作「一個姑娘化裝成男人和公主結婚」（頁 273）。

元，也因招婿不允，得罪首相李惟方，李陷害仙伯北蕃買馬。一去五載，李相又奏唐王，速調仙伯回朝，誣言「住久必定起禍端」，唐王召回仙伯，反而遂其回鄉心願。後來英臺也想上京科考，她說「奴家讀書千萬卷，我个文章賽過人」，於是「女扮男裝科考中狀元」，朝中高臣相招為婿，「狀元女娶親」，「洞房花燭夜佯稱發願不能同床」，明日狀元女帶妻子回鄉，仙伯便又多了一個女佳人為妻。至於害人的李惟方丞相，偶有「七孔流血身亡」的驚悚結局(竹板歌 1)。比較有趣的例子，是仙伯、英臺二人分別科考時，「取了解元並會元，取了進士並翰林，還有三個高才者，不知那個是人才」，唐朝天子都將三份卷子置金盤內，祝告神明擇才，而有「君王祝告天地神明鑒別何者為狀元」(歌仔冊 21)的既荒謬又趣味的情節單元。

也有《三伯英臺》故事(歌仔戲 7)，三伯科考中狀元，李立丞相一生做官害賢人，想招三伯為婿，三伯不允，李立上奏三伯征東蕃，只點小兵三四千予三伯出征。番王見三伯生得標緻，欲招為婿，三伯不從而被困。其時三伯英臺兒子梁成已十五歲，「遇神仙教兵器法力」，知父親有難，拆了金榜，領雄兵十萬，打敗番王救三伯，一家團圓，富貴好名聲。而〔梁三伯與祝英臺〕[34](歌仔冊

---

34 歌仔冊〔梁三伯與祝英臺〕並非全本，據林佩伶撰：《臺灣梁祝歌仔冊敘事研究》（嘉義：玉珍漢書部發行，1933、1935 年）一書所列資料，及筆者下載王順隆先生網站所錄嘉義玉珍書局、新竹竹林書局資料，及筆者取得民國七十六年五月第八版新竹竹林印書局資料，及傅斯年圖書館藏竹林印書局資料，可知嘉義玉珍書局漢書部 1933 年的〔梁三伯與祝英臺〕最早，1935 年戴三奇所作（嘉義玉珍書局漢書部發行）的〔梁三伯與祝英臺〕稍晚，其後新竹竹林書局則是翻印前二者者。今歸納各種資料，大抵有二類資料：(1)1933 年玉珍書局漢書部發行者，有：《新編流行英臺回

11)故事更為複雜，也是三伯帶士九上京趕考；當時皇帝是建康（或作康帝），主考官是李立承相，三伯中狀元，李立也想招三伯為婿，三伯拒絕，李立上奏三伯去和南番，三伯叫寺久（士九）帶信回越州告知英臺。士林蕃王見三伯生標緻，亦欲招為婿，三伯不從而被囚禁於仙洞。英臺得知消息時，梁成出生才滿月，過了七年，一日「太白金星心血來潮出仙洞」，來到武州市，欲「渡梁成武曲星，一陣風吹得梁成入洞內，告知日後征番救父，得先入山學法」，於是梁成在仙洞學得武藝十八般。三伯被禁十五年，中原全不知消息。蕃王又派兩個「學仙法識天機」女兒討伐中原。君王貼皇榜求出征元帥。「太白金星告知梁成，將來必與番王小女兒結親義」，要他即時下山。梁成揭了皇榜，晉見君王，告知父親是梁山伯，自己學法八年，今欲征番救父，君王令其領兵十萬。兩軍交戰，陣前番女見元帥好人才，頓生愛意，其時「太白金星駕雲勸阻有夙緣男女之戰鬥」，番女假意敗陣，番王要求三伯為女招親，

家想思歌》、《新編流行三伯探英臺歌》、《三伯英臺離別新歌》、《新編流行英臺祭靈獻紙歌》、《英臺拜墓新歌》（即馬俊娶親下集）、《三伯英臺馬俊陰司對案歌》，案：此六本歌仔冊林侑伶依序編為 B3003、B3004、B3005、B3006、B3007、B3008。(2)1935 年戴三奇編撰，玉珍書局漢書部發行者有：《三伯英臺看花燈歌》（英臺出世第三集）、《三伯英臺賞百花歌》（英臺賞百花歌上集下本（第四集、第五集））、《三伯回陽結親歌》、《新編流行三伯和番歌》、《最新流行梁成征番歌》。案：此五本歌仔冊林侑伶分別編為 B3001、B3002、B3010、B3011、B3012。今考其編號次第，是依故事發展的次第為序，雖然此二類作者不一，但均是玉珍書局發行，今因資料不全，已不可得知 1933 年當時歌仔冊的狀況；而 1935 年署名戴三奇所著歌仔冊亦不全，惟此二類資料互補可成一較完整故事，也許初戴三奇原先也是承繼 1933 年故事編撰，亦未可知，故採用林侑伶的說法，將此合為一類，擬題為〔梁三伯與祝英臺〕（本書擬題均以〔〕標識）歸入 749A.1型故事（詳細資料見梁祝故事出處表，歌仔冊 11）。

三伯父子相見，梁成與公主成親，且帶降書入京城。君王得知三伯和番原委，免除李立官職回鄉，三伯封為尚書，梁成官封萬侯，一家福祿正團圓。「原來三伯英臺本是仙人，降凡受苦，回魂結婚成奇緣」。

英臺的聰明才智，不只由她科考上狀元來表現而已，也有《畲族傳統故事歌》(民歌 20)故事說：「番邊進貢龍珠寶，朝中無人穿的行。那是無人穿的來，番王就要打過坝，英臺穿珠分他看，番賊著警即時退」，可惜這九曲龍珠如何穿過的計策，並不知曉。另有兩個故事是西番進「九曲明珠」，言說穿得九曲明珠則年年進貢；反之則拜為小邦，要錦綾一千疋，黃金三千兩，連珠付回西番去，君王只好「午門出榜招英俊」，山伯見到穿珠榜，回家告訴妻兒，英臺自願幫忙，說「只消三日便穿成」，果然以「螞蟻頭上用油，腳繫白絲；點香薰蟻，穿過九曲明珠」(鼓詞 5、福州平話 1)。又有故事，英臺是以「九曲連環珠洞口置蜂蜜；誘引腿繫絲線草蟻，穿過九曲連環珠至另一端」的方法，而使番使稱臣，皇帝也特賜英臺為「女狀元」(故事 101)。此四則故事均兜合 851A₁「對求婚者的考試」類型中的「九曲珠」試題解法情節單元[35]。另外，西

---

[35] Ting, Nai-Tung, *A Type Index of Chinese Folktale*, VOL.XCIV₃ NO.223, (Helsinki, Academia Scientiarum Fennica, 1978.)：「851A* Tests for Princess' Suitors. The princess is usually Chinese. The tests which foreign ambassadors have to perform in the court of the Chinese emperor include (a) putting a thread through a winding hole in a piece of jade (smearing one end of the hole with honey and attaching one end of the thread to an ant.」(P.127)，案：「851A* 公主求婚者的試題，(a)把一根線穿過九曲寶珠(用蜂蜜塗在珠孔的一端，而引誘一端拴著線的螞蟻穿過珠孔)」(美)丁乃通撰，孟慧英、董曉萍、李揚譯：《中國民間故事類型索引》)(瀋陽：春風文藝出版社，1983 年，頁 86) 與此(25)「綁白絲與螞蟻腳上，螞蟻

番進貢之物，尚有「夜明珠」一個(鼓詞 5、福州平話 1)。

偶有故事不只英臺山伯封狀元，更有福祿壽圓滿的結局，如：《雙蝴蝶寶卷》(寶卷 1)「玉皇太帝知人行善念佛，賜其貴子躍門庭」、「觀音菩薩知人闔家大小行善，差仙童仙女執專幡寶蓋賜其福祿永安寧」、「善有善報，惡有惡報」。又如：《雙仙寶卷》(寶卷 2)中山伯英臺一世修行，「灶君皇帝將修行念佛者善行上奏天庭，玉皇大帝賜其功成完滿上天門」。九十歲時「玉皇大帝勒令神仙下凡上壽」，於是各路「神仙駕彩雲，下凡上壽」、「終南老人點名為金結美酒上壽」、「(三醉岳陽之)呂洞賓送長生金丹」、「(童顏鶴髮之)張果老(每日蓬萊走一遭，夜來打動雲陽板)手捧玉液獻蟠桃」、「訪道修行鐵拐李，雲遊學道赴仙溪，特來上壽進門台」、「(學道人)湘子單詔上天庭，共赴瑤池蟠桃會」、「曹國舅跨海雲遊」、「采和來瑤池慶壽，花籃藏靈芝草，金盤托出獻如來」、「荷仙姑功成行滿成仙，自來且吃長生酒，自來自飲趙葉茶」，八洞神仙齊來到；又有「觀音大士駕祥雲下天門，善才龍女分左右」、「觀音大士告知仙童女，思凡落紅塵，苦修幾十載，特來度上天門」、「梁祝二人跨白鶴騰雲上天庭」、「靈霄殿玉帝封贈插香童子(山伯)、執幡玉女(英臺)永不思凡下凡塵」，後來梁家子弟個個修道，將來也要上天庭。

頭沾油穿過九曲明珠」的情節，雖然缺少以「蜂蜜」誘引螞蟻，而代之「以頭沾油」穿過九曲珠的細節，然仍是「智穿九曲珠」的情節，故列於 851A*類型，唯 851A*智穿九曲珠者乃向公主求婚者，與此故事是祝英台為君王解決番邦所出難題細節有異；金榮華撰：《民間故事類型索引》中冊 (臺北：中國口傳文學學會，2007 年 2 月)，將 851A*改為「851A.1 對求婚者的考試」，①「穿九曲珠」，(頁 308)，今採金師之說。

　　其餘的情節單元，如：「亡母（救女(彈詞2)）附身於後母身上，使其自打自摑自罵（或自掌嘴巴(彈詞2)）」、「亡夫附身姦婦勾魂，姦婦七孔流血而死（或扑倒而亡(彈詞2)）」(福州平話2)、「陰魂白日索命，阻止前夫風流」、「歇後語」八種，猜人姓氏：(1)「一刀兩（段）」、(2)「絕子絕（孫）」、(3)「天災神（賀）」、(4)「千江落（海）」、(5)「馬出角（馮）」、(6)「斬頭笋（尹）」、(7)「滅口君（尹）」、(8)「半開門（尹）」(彈詞 2)，均是歧出情節中次要人物的故事，與梁祝故事不相干。

第三章　梁祝故事結構（二）

第一節　梁祝 749A.1.1「生雖不能聚，死後不分離，死而復生，神仙相助」類型故事

749A.1.1 類型梁祝故事，共有〈尼山姻緣來世成〉（故事 11）、〔梁山伯與祝英臺〕（故事 134）、《柳蔭記》（鼓詞 2）、《梁山伯祝英臺還魂團圓記》（鼓詞 4）、《三伯英臺新歌》（歌仔冊 12）、《三伯英臺歌集》（歌仔冊 13）、〈客家人梁山伯與祝英臺〉（竹板歌 2）、《梁山伯祝英臺、梁山伯祝英臺續集》（越劇 1）、《柳陰記全本》（川劇 11）[1]、〔梁山伯與祝英臺〕（黃梅戲 2）[2]、《新刊淮劇大王路鳳鳴觀花－－梁山伯五集》（以下簡稱《路鳳鳴觀花》）（淮劇 2）等十一種。

其中〔梁山伯與祝英臺〕（故事 134），記錄故事者是鄭勁松，

---

[1] 案：今所見《柳陰記全本》（川劇 11）一書是中央研究院歷史語言研究所藏本，其內容有：Ch04-031 上冊（臥龍橋文明書社木刻本）劇目：柳陰結拜、英臺辭館、山伯送行、英臺歸家、罵媒、山伯訪友、求藥方及 Ch04-032 下冊（臥龍橋文明書社木刻本）劇目：英臺下山、百花樓、英臺打樓、封官團圓。今察各劇目並非同一時期出版品，內容上也常有重複、矛盾之處，而且缺少英臺、山伯殉情情節的部分。然筆者不可得知原書原貌，暫將該書之匯整資料視為一體。

[2] 黃梅戲《梁祝》有《下天台》、《柳蔭記》、《上天台》、《三世緣》等劇目，周靜書主編：《梁祝文化大觀・戲劇影視卷》（北京：中華書局，1999 年 12 月，頁 262-292）只選《柳蔭記》、《上天台》兩篇。未選的《下天台》內容為梁山伯祝英臺出世；《三世緣》則是梁祝殉情後，修道學仙，建功立業，姻緣圓滿的故事（參周書頁 291-292）。今合併《柳蔭記》、《上天台》二劇為一，擬題〔梁山伯與祝英臺〕。

此故事採自榮昌縣安福鎮的老人，鄭氏撰寫〈人仙妖之戀〉[3]一文時提及前生、今生、來生三位一體的時空觀時，舉例他從此地聽老人所說的故事有梁祝的前傳和後傳，所以特別清楚寫出此故事的前傳梁祝是太上老君的仙鶴與煉丹的玉爐貶凡，與後傳是梁祝化蝶後陰魂被神仙救活又投生人間，對於今世梁祝故事本傳僅以一段淒切的姻緣輕輕帶過，只明白地說及「梁祝化蝶」，今從其文前面已敘及梁祝故事「英臺學窗臨別，托師母為媒，決心與梁山伯偕老終身。不料歸家後，父親強行許婚與太守子馬文才。待梁山伯趕到祝家求婚時，美滿姻緣已成泡影。梁悲慟欲絕，歸家病亡。英臺被迫出嫁時，繞道梁兄墓前祭奠，墳墓暴裂，英臺以身躍入」來看，則此則故事大約也不離婚姻受阻殉情化蝶的情節，故將此故事視為 749A.1.1「生雖不能聚，死後不分離，死而復生，神仙相助」類型。又：《梁山伯祝英臺還魂團圓記》(鼓詞 4)，錄於周靜書《梁祝文化大觀・故事歌謠卷》[4]，後面附記「根據路工先生提供清代民間江蘇民間藝人抄本編入，參照《梁祝故事說唱集》中，鼓詞《柳蔭記》校勘。」按：周氏將此內容歸入漢族敘事歌，恐有疑義，蓋其內容文字與石印本鼓詞上海美術書局（中央研究院傅斯年圖書館藏）《梁山伯還魂團圓記》（又名《繪圖梁山伯祝英台還魂團圓記後傳》）大抵相同，且其形式乃韻散夾雜之說唱體，納入「敘事歌」體，並不妥當，故今編入鼓詞資料。考其內

---

[3] 鄭勁松撰：《人仙妖之戀》，見周靜書主編：《梁祝文化大觀・學術論文卷》（北京：中華書局，2000 年 10 月），頁 633-634。

[4] 《梁山伯祝英臺還魂團圓記》，見周靜書主編：《梁祝文化大觀・故事歌謠卷》（北京：中華書局，1999 年 12 月），頁 604-642。

容，首先從「山伯英臺書已錄，現刻后部接前因」開始宣說，則知當以《後梁山伯還魂團圓記》或《繪圖梁山伯祝英台還魂團圓記後傳》題名為是，因是承接「前傳」，故事中便在文本中前前後後有「女扮男裝外出遊學」、「相思病死」、「新娘哭墓殉情」的基本情節敷張說明，故雖未得見「前傳」資料，但仍可列入749A.1.1類型故事。

另外《路鳳鳴觀花》故事，是新刊淮戲大王《梁山伯》第五集，本是梁山伯故事的一部份，但因其中關於梁祝故事「女扮男裝外出求學」、「相思病死」、「神仙相助」的基本情節大抵都備及，故仍列入此型。

749A.1.1類型梁祝故事的基本結構是「女扮男裝，外出求學」、「戀人婚姻受阻而殉情」，或「生雖不相聚，死後不分離」、「死而化物或連理枝，或物落處生物」、「死而復生」、「神仙相助」五個主要情節，及「賭誓貞潔」、「巧計使人不識紅妝」、「借事物偵測男女」、「借事物暗喻己為紅妝表露情愫」四個次要情節。主要情節：

1. 女扮男裝外出求學

女扮男裝外出求學常是梁祝故事最先的情節，通常為父母所拒，或嫂嫂譏誚小姑外出求學是「餓貓想食臭鹽魚」，說是「去時包書，後日回來書巾包孩子」(歌仔冊12、13)[5]、「要下年抱外甥來見

---

[5] 《三伯英臺新歌》(歌仔冊12)是梁松林初印，1935、1936年所編撰的歌仔冊，從《特編英臺出世新歌》至《特編三伯奏凱新歌》共55冊。由臺北周協隆書局出版。其後新竹竹林書局刪去作者及出版書局等資料，翻印梁書55冊內容，除各冊行數及書名與梁松林本稍異之外，其他大抵相同，【另

外婆」(黃梅戲 2)，於是有「女子誆稱神人送帽靴藍衫，讓她女扮男裝外出求學」(故事 11)，或「棉花裝靴內裏住三寸金蓮，頭戴方巾，手拿金扇扮男兒，瞞過父母」(鼓詞 2)，或「扮卜卦郎瞞過父母」(竹板歌 2)，也有逕自「內穿三寸金蓮，外著靴子扮男人」與嫂子賭誓，苦勸母親應允(歌仔冊 12、13)的故事，而要「丫環（人心）打扮書僮隨行伴讀」(歌仔冊 12、13)；《柳陰記全本》(川劇 11)故事中祝母贊同英臺去攻書，一路上有「人心女扮男裝服侍」便是使得，祝父雖然嗔說「大人做事，壞在你們婦人之身，又是慈母多慣女」，但也只能勉強應允。

英臺外出求學，大抵是有志如男兒一般讀書，但也有因姑嫂不和，嫂嫂不是嘲笑她繡花不行，便說想勝妳大哥，除非是「重睡搖籃換搖窩」，英臺便使氣想到杭州攻讀詩書，比在家中與大嫂爭論吵鬧得好(黃梅戲 2)。

英臺、山伯遊學相遇，志投意合，常有「共結金蘭」之舉，有時是在「青松樹下排年庚」(竹板歌 2)，有時是柳蔭樹下結兄弟(鼓詞 2)，有時是尼山求學與同桌同學結為兄弟(故事 11)，也有兩人於投宿旅店相遇，意欲結為兄弟，隔日行至關帝廟前，點清香義結蘭契，賭咒「若失恩義則夭折成水流屍」(歌仔冊 12、13)。

2. 戀人婚姻受阻而殉情，
或生雖不相聚死後不分離

山伯婚姻受阻，大抵是「相思而死」，也有〈尼山姻緣來世成〉

外，戴三奇所編歌仔冊《梁三伯與祝英臺》，嘉義玉珍漢書部出版，及華南書局，也翻印第 37-55 冊內容，易名為《梁三伯與祝英臺》(《臺灣通俗歌選集》第三集，《特選通俗民謠集》)。】

(故事 11)故事說山伯訪英臺知婚姻不成，回家發憤讀書，考上進士，放為鄞令，常常想念同窗好友祝英臺，終身未娶。後病死，葬於胡橋北岸。其病死之因似乎未必全是相思所致。《柳陰記全本》(川劇 11)也只提及婚姻受阻而死。

　　山伯相思病重之時，偶有〈客家人梁山伯與祝英臺〉(竹板書 2)故事，梁母到祝家求婚，英臺以昨夜「神仙交藥方十件(1)仙人手指甲、(2)玉女頭上香、(3)九天河內水、(4)雷公腦上漿、(5)東海龍王骨、(6)西山鳳凰腸、(7)千年樹上雪、(8)萬年瓦上霜、(9)嫦娥肚中血、(10)金雞肚內腸」，寫在貼身衣裳相贈，不想藥方化作陰司票，山伯看得跌落地中央，一命哀哉見閻王。也有《柳蔭記》(鼓詞 2)故事，山伯病危，讓四九送信給英臺，要取「紅繡鞋一隻」、「半子髮」、「眉毛數十根」、「鴛鴦帶一根」、「羅帕一紅綾」，說是「藥在姑娘的身上，姑娘身上有人參」。英臺得書，樣樣贈物備齊，另外寫得「世上所無藥方」十種：(1)東海龍王角、(2)王母身上香、(3)千年陳壁土、(4)萬年瓦上霜、(5)羊雀蛋一對、(6)蟠桃酒一缸、(7)觀音瓶中水、(8)六月降寒霜、(9)金童煎藥、(10)玉女送茶湯，送給山伯。且說山伯若亡故，可埋在南山大路旁；她若嫁在馬家去，來來往往好燒香。

　　《柳陰記全本》(川劇 11)故事也是士久奉山伯令到祝家下書求藥方，英臺也給藥方十種，除了「蟠桃酒一缸」換成「南海酒一缸」、「羊雀蛋」作「陽雀蛋」之外，與《柳蔭記》相同。比較不同的是士久是小丑形象，與人心對話或自忖自語時，常是逗趣粗鄙的。後來英臺也在「墳台把命染」殉情而死。

　　〔梁山伯與祝英臺〕(黃梅戲 2)故事，山伯四九回鄉前一晚，

梁母做了惡夢，夢見女客到家弔香，隔日山伯回家面如菜籽花黃，為英臺相思病苦，梁母只好親自到祝家描寫藥單，英臺含悲寫了十種：(1)老龍頭上角、(2)鳳凰尾上漿、(3)蚊蟲肝和膽、(4)螞蝗腹內腸、(5)無風自動草、(6)六月炎天瓦上霜、(7)七仙姑娘頭上髮、(8)八十歲婆婆鮮奶漿、(9)千年陳臘酒、(10)萬年不老生姜。梁母問：「何物為引，熬藥煎湯」，英臺摘下金牌耳環相贈。梁母說三伯若有不測，祝九姑妳一定前來弔香。

《三伯英台新歌》(歌仔冊 12)、《三伯英台歌集》(歌仔冊 13)兩個故事特別令人傷心扼腕，士久到越州送書求藥治相思，邀請英臺到武州見三伯，英臺唯恐為人非議，不敢前行，便寄士久三百圓予三伯，又「剪斷褲帶當藥方，贈三伯燒灰煎湯治相思」，士久一路經過黑樹林，要回武州。其時，「八卦仙山雲陽洞中的南華老祖心血來潮，屈指神算，知三伯有難，駕彩雲下凡」，告知士久，三伯三日內外「陽壽該終」。士久「願替主人身亡，懇求神仙相救」，南華老祖賜「救急回雲（魂）丹」兩粒，「一顆先救魂回陽，一顆磨陰陽水，再收三魂七魄」，囑咐士久「不可洩漏天機，否則仙丹罔救」，又提「三道靈符」給士久。「口唸真言咒語，步罡踏斗燒符書，施法力，瞬間狂風大作，助士九騰雲飛往武州」。三伯拿到英臺所贈褲帶，生氣英臺如此絕情，病情更加沈重，而一命歸天。士久告知梁母白氏神仙贈金丹救人之事，洩漏了天機，致使三伯服下金丹，仍是罔效而歸陰。

山伯死後，偶有士久報喪，英臺意欲前往弔孝，母親不允，英臺以死要脅，嫂子玉英也在一旁譏諷英臺武州尋契兄，英臺斥罵其嫂，其後母親只好叫家奴萬仔備馬，讓「英臺、人心二人女

扮男裝，前往武州弔孝」。

〔梁山伯與祝英臺〕(黃梅戲 2)故事，山伯死後，英臺前往弔孝哭靈，夜裡「山伯陰魂入了英臺、梁母夢中」，「托開英臺與梁母的火焰罩」，說自己是金童，英臺是玉女，兩人在「蟠桃會笑王母娘娘梳妝不正，搽粉不勻，被打下凡間二十一載」，「期限已滿，應歸仙界」，我「奉命（領玉旨）下凡，接賢弟重上天台回凌霄」。後來馬文才迎親時，英臺下轎祭墳，「禱祝顯靈墓開三尺，英臺進墓」。

《柳蔭記》(鼓詞 2)故事，英臺思想梁兄好傷心，暗地差人打聽消息，得知梁兄身亡故，獨自淒涼嘆五更，「禱祝陰魂入夢成真」。山伯陰魂不散，東行西來往前遊，不覺來到祝家門，「門神阻擋山伯陰魂入室」，「山伯陰魂說情，哀求門神放行；門神同情而放行」，「引魂童子在前引陰魂入門，長生土地隨後跟行」，於是「山伯陰魂入英臺夢中敘舊情」。山伯囑咐「若還走我墳前過，千萬把我叫一聲，大哭三聲梁山伯，為兄做鬼也有靈」。英臺出嫁當日，果真路過南山大路口梁郎墳前，要下轎拜墳，接親娘子吃吃笑說：未見新人大路傍下轎，不知下轎有何情？英臺志氣昂昂不氣生，說及兩人情事，接親娘子允其祭奠，於是有「新娘讀祭文，哭祭禱祝顯靈，墓開，陰魂往外走，新娘往內行，墓合」的情節單元。

《梁山伯祝英台還魂團圓記》(鼓詞4)也有山伯「陰魂托夢」、「新娘出嫁泣墓，怨氣擾天庭」、「玉皇坐凌霄殿，耳紅面熱不安寧，吩咐善神凡間走一巡，查善惡」、原來是「靜池月德星與黑煞星降凡」，因為「前世因緣失約，今世夫妻先離後合」，於是「玉

帝差陷地神開墓門」、「眾神推開墓門，陰魂往外走，新娘往內行」，
接親娘子慌張了，雙手扯住繡羅裙的情節。

〈客家人梁山伯與祝英臺〉(竹板歌 2)，山伯死後，陰魂心不
死，夜裡來到祝家園，「神壇社廟門神放陰魂進房，入夢會英臺」。
因為「下凡金童（山伯）人間殉情，玉女（英臺）嘆息，驚動天
上眾神明上奏玉皇」，「玉皇令眾仙下凡，托人凡骨轉天庭，風雨
雷神、招魂、攝影兩童子齊領命，至南山守時辰」，待得馬家娶親
日，英臺女出嫁到南山，下轎「拜墳哭祭，禱祝顯靈，墳開棺見，
人進墓」。

《三伯英台新歌》(歌仔冊 12)、《三伯英台歌集》(歌仔冊 13)故
事，英臺前往武州弔孝，禱祝三伯顯靈娶她，三伯陰魂果然顯靈，
當時「灼火變青色，又變紅色，攝英臺魂魄同歸天庭」。

〈尼山姻緣來世成〉(故事 11)故事，英臺被迫結婚後，也時時
想念山伯。一天她與丈夫馬士恒有事乘船外出，突遭風雨阻擋前
行，驚問艄公，始知岸邊是山伯墓，便上岸「哭祭，即景口授祭
文，忽雷雨交加，山伯顯靈，拉英臺同歸陰」。

《梁山伯祝英台》(越劇 1)故事是英臺哭靈，文才親迎而英臺
禱墓碰碑墓裂，英臺縱身躍入。

3. 死而化物或連理枝，或物落處生物

《柳蔭記》(鼓詞 2)故事，英臺進墳之後，接親娘子慌張拉住
繡羅裙，「扯破羅裙半隻角，片片蝴蝶上天庭」。〈客家人梁山伯與
祝英臺〉(竹板歌 2)則是抬轎人「扯破衣衫成蝴蝶」，山伯英臺「上
天庭」。馬家聞言「掘墓開棺尋人」，只見一對「白石色色新」。〔梁

山伯與祝英臺〕(黃梅戲2)是馬文才帶人「掘墓尋人」，眾人說：「蝴蝶雙雙飛往天庭」，馬文才問知屍首未曾朽壞，便用桐油、乾柴焚燒屍首，要讓他倆化骨揚灰。〔梁山伯與祝英臺〕(故事134)則是梁祝化蝶。另外，〈尼山姻緣來世成〉(故事11)，是「閻王預言山伯、英臺，他日將化蝶上天」。也有故事是馬德芳一夢驚醒，記得陰間告狀事情，實在心有不甘，便帶家人數十去挖梁姓墳，驚動雲端太白星、梨山老母，「二仙知悉梁祝前世今生姻緣，夫妻該別八年始團圓」，也知將來「一個朝中封上位，一個三邊女將軍」，於是出手救梁祝，當時「一陣青煙黑殺人，忽然只見紅煙起，青紅結成帶一根，世人稱為一條虹，自古流傳到而今」，不只人化虹，而且是「世上有虹的開始」(鼓詞2、4)。

4. 死而復生

英臺投墳之後，有故事是「新郎憂憤而死」(鼓詞2)，或「氣不過，忽然一命入幽冥」(鼓詞4)，或「新郎拉住新娘衣裙而隨之入墓」(越劇1)，或「當場嚇死」(故事11)。其後有「新郎入幽冥閻君殿前告狀」(鼓詞2、4)，或「山伯、英臺、馬士恒死後齊至閻王殿，閻君示因果」，說山伯、英臺本是「金童玉女打破天宮玻璃盞，貶罰下凡人間」(故事11)。於是有「閻王差小鬼拿陰魂問案」、「閻王告知陰魂，神簿註明人間世」，梁祝「前世因緣失約，今世夫妻先離後合」，馬德芳本與英臺結成婚，卻貪戀紅花柳氏女，拋棄妻女，因此今世夫妻也不得成。最後閻君吩咐三人均不得收入枉死城」(鼓詞2、4)。也有故事是「英臺為梁兄遊過十殿」(川劇11)或「地府告狀」，經十殿閻王一殿一殿審下來，方知真相，閻王向山伯、

英臺說明，「夫妻不能團圓是命中註定。」「馬文才與蘭花院李鳳奴有緣，命小鬼趕馬文才還陽，與鳳奴結婚團圓」，而「山伯英臺回歸天庭」(越劇 1)的情節。

〈客家人梁山伯與祝英臺〉(竹板歌 2)故事中，山伯英臺殉情驚動玉皇，令「招魂、攝魂童子、太白星君，脫骨換胎下凡塵，立即黑風猛雨，飛砂走石響雷庭，度脫山伯英臺死尸成仙人」、「點化兩人得道上天庭」；「滿山眾神相送二人升天後，雨散雲收，各神歸位」。新郎馬再生得知英臺投墳後，「懸梁自盡陰司告狀」，「陰魂至陰司第一殿，懇請把門小鬼通傳」。閻王接了狀紙，「查陰陽簿斷案」，簿上註明英臺配山伯，便判馬再生有罪，但「因馬氏前生修好心，減其一等罪，但得加鎖帶鏈至枉死城受苦刑」。原來「山伯英臺是玉帝貶謫下凡的金童玉女」，而判二人還陽成婚。

《三伯英台新歌》(歌仔冊 12)、《三伯英台歌集》(歌仔冊 13)兩個故事較為特殊，馬圳得知英台投墳後，便叫一聲，願「下陰間去輸贏」，說了幾句話後暈了過去，家人趕快上街找醫生。其時三伯、英臺兩人齊至「上界封神台，找玉帝評理。經過南天門時，遭雷部護法大天君阻擋；阻擋不住，稟過李天王，當時太白金星便出聲說姻緣」，「英臺是天上碧女，三伯是玉童，十八年前，酒醉失落聚仙旗，貶凡受苦十八年」，其後「遇見八大護法天君、哪吒三太子、降魔大元帥」。又到「廣明殿內看天書」，「廣明殿中四大天師排兩邊」，殿後是「聚寶堂」，有「七十二地煞」死在「萬仙陣」，又有「降魔幡」、「斬妖臺」；兩人遊過「東西南北四天門」，見識了「王母蟠桃園」、「仙桃三千年結果，六或九千年成熟」、「魔家四天王」、「混元金傘」、「封神台」、「金角大仙」、「太陰星君」、

「太陽星君」、「開路神」、「值年神將」、「值月太歲」、「值日神將」、「值時太歲」、「金光聖母」、「水德星君」、「招財使者」、「二郎神」、「彩雲仙子」、「東南西北方使者」、「靈霄殿」、「文武曲星」、「王魔」、「四聖元帥」，說當時「王母以法力種仙桃於蓬萊島」，由「笑面童子看守」，「齊天大聖偷吃長生不老仙桃，仙童、七依仙女稟知王母」，「齊天大聖又偷喝仙酒，吃仙丹，大鬧天宮，殺退天兵天將」，「老君上奏玉帝，齊天大聖偷八卦爐仙丹，玉帝大怒」，最後由「西天佛祖降伏齊天大聖，嵌在太行山中」。

梁、祝二人至玉帝前，雙腳跪地奏說：「五鬼凡塵轉世為馬圳，奪人親事不應該」，於是「玉帝便差值日功曹駕彩雲帶馬圳魂魄，上天庭靈霄寶殿斷案」，原來「碧女下凡投胎時，路過南天門，遇五鬼，笑其醜；五鬼誤以為碧女示愛，隨之下凡投胎追求」。玉帝告知五鬼（馬圳）之妻是梅花鄉的花七娘，她是「採藥童女轉世」，警告馬圳若逆玉旨，得用捆仙索縛於通天寶柱浸毒水河，馬圳只好答應。「玉帝便差神將帶三人（梁、祝、馬）出丹池，過北天門經碧霞院回陽」。

其時凡間三伯已死七日，「南華老祖變成和尚下凡」，「口唸真言咒語，步罡踏斗，施法水救三伯回魂」，同時也救活了英臺。

也有故事是梨山老母知山伯、英臺遭遇，搶救二人到崑崙山修練(故事11)。或說梨山老母、南陽呂洞賓因知山伯、英臺有「宿世姻緣」，老母「救英臺回山林，呂洞賓刁山伯上仙山」(川劇11)，或「純陽大仙下凡，救得相思病死的山伯到大山根」(淮劇2)，或「呂洞賓、梨山老母知梁祝二人是凌霄殿上之金童玉女貶凡，孽緣已盡，帶二人回仙山學道」(黃梅戲2)。

5. 神仙相助

〔梁山伯與祝英台〕(故事 134)梁祝化蝶以後,陰魂不散,尼山老母、太上老君各收祝英臺、梁山伯為徒弟,功成又投生人間。祝英臺聚眾起義,成了一方女寨主;梁山伯則考取狀元,被招為駙馬,率兵前往鎮壓。二人戰場相認團聚。《柳蔭記》(鼓詞 2)、《梁山伯祝英台還魂團圓記》(鼓詞 4)兩個故事,山伯英臺殉情,馬德芳掘墓,驚動呂洞賓[6]、老母,兩神仙知二人有夙緣,前來解救,「神風吹到九雲霄」,英臺去梨山修兵書,能知戰策陣勢,「呼風喚雨般般會」[7]、「千變萬化件件能」。洞賓帶山伯回朝陽洞看五經,習得百般武藝。

英台想念山伯,不知其去處,哭問師父,梨山老母告知山伯於朝陽洞習文練武,「預言將來二人自有團圓會,都是國家棟樑臣」。便賜英臺「無價寶」,下山走一遭,英台得了「紅繩黑索」[8]、「包天羅帕」,牢記「真言咒語」,拜別師父。來到古朝陽,巧遇山伯叔父之妻女;原來山伯叔父梁全,官拜錢塘縣令,陞官欲往京城就任,路過吳江朝陽,遇白虎關督都田文與賊人熊文通、李子真所開黑店百花樓,一家二十口被殺,唯剩美如嫦娥的妻女王氏與梁氏,賊人欲娶為妻,二人不允被囚。英臺知悉賊人惡行,「口唸真言咒語,吞食六甲靈文,兩臂掌力千金重,奪壺殺了賊人文通」,又「微搖包天羅帕,包了數百匪徒」,一個個用「捆仙繩捆

---

[6] 《柳蔭記》頁 140 前面作「太白星」,後面及 141 頁以後均作「洞賓」,而《梁山伯祝英台還魂團圓記》解救山伯,傳授武藝的神仙是呂洞賓,今考兩故事內容大抵相同,此處「太白星」當是「洞賓」之誤。

[7] 《柳蔭記》無此情節單元。

[8] 《梁山伯祝英台還魂團圓記》作「紅羅套索」(頁 3)。

了」，又將李子真「抽筋刮骨熬油點天燈」；後來田文帶兵叫陣，英臺「用手一指，陣前擺馬便跌下馬來」，被英臺殺了。與田文對陣，又唸起「真言」，手指南方，將「紙人紙馬放起，一計三升芝麻兵，個個手拿槍一桿」（或「紙人紙馬齊放出」(鼓詞4)），來到陣前殺敵，又用「九股繩」，一喊「捆了罷」，田文「馬上不動身」，隨手一刀，頭落地；再將賊人滿門抄斬斷了根。

其後，接梁氏夫人與小姐，到帥府門，差官兵到蘇州接父母、人心，一家團圓。「英台又扯起紅旗招新兵，四百州縣歸她手，自任督都，自食吳江祿，聞名各國」。

再說山伯在朝陽洞學習兵書戰策，而有「倒山移海之能」。一日，暗自思量英台去處，辭別師父下山，到路家莊，山雨難行，飢腸轆轆，在牆下躲雨，心有所感，題詩解愁，巧遇辭官歸家宰相的女兒路鳳鳴，兩人對詩情挑；鳳鳴小姐見山伯貌如潘安，俊俏風流，又「兩耳垂肩，雙手過膝」當非凡人而心生愛意。路父出面邀山伯與小姐對五經，山伯心內自思想，「好似尼山一段情」，便去「書樓對考」；及至路女欲與成婚，山伯又恐辜負英台，便題詩婉拒。路女願委二房，路父亦贊同其事，兩人當日便一拜結成親；夜裡「新郎夜讀經書不入洞房」，隔日拜別入京科考。

山伯考中狀元，奸臣馬力（或馬方(鼓詞4)，以下同）欲招為婿，山伯苦推不承當，馬力大怒，計害梁郎到北海討伐叛反的北平王。山伯大勝，北平王修降表，進貢「五色馬一匹」、「白玉南天帶一圍」、「山河地理裙一條」。

馬力又上奏朝陽反了女將，要山伯移兵朝陽剿女將，聖上傳下聖旨，山伯人馬便從燕山直向朝陽進伐。

路鳳鳴在家一年，不知山伯音訊，便「女扮男裝進京尋夫，也想求取功名」；與堂弟二人進京趕考，三人分別中了狀元、探花、榜眼，當時三清王爺女兒「結綵樓拋繡球招親」，繡球打到「女扮男裝的狀元路鳳鳴，招為駙馬」，鳳鳴連衣臥床，不進洞房。

山伯安營於吳江朝陽不遠處，因糧草不足，修本進京求糧，國王見山伯本章，傳旨宣新科狀元開讀，馬力又奏狀元三元可押糧前往。正中路鳳鳴之意，一路歡喜；不到三月便達山伯大營，山伯只覺狀元面熟，不知何人。夜裡鳳鳴彈琴，山伯和之。

明日，兩軍對陣，英台「包天羅帕拿在手，六甲靈文口內吞，輕將寶帕微微繞，十員大將不見形」；又來李總兵，取出「紅絨九股繩」，英台「口唸真言，飛沙走石遍地生」，法術變出「水火葫蘆，上燒千尺火焰，下傾洪水」，三軍一起都跪下，總兵勒馬回頭，英臺催馬後隨，山伯跨上七星桃花馬，陣前救人，二人見面，當下退兵。一時梁祝兩家團圓，山伯與英台、鳳鳴，三人成婚。次晨轉回京城。

其時，馬力盜朝內無價寶，勾結番蠻波羅國吉力大王，帶番兵數十萬殺進花錦城，逼死君王，自立為王坐北京，與番王平分江山。忠臣堯天吉帶太子逃生。山伯、英台回京，與番王交兵，斬了波羅，扶太子登位，將馬力一家「刮骨熬油點天燈」，眾功臣一一封賞。山伯封定國王，英臺為定國正夫人，路鳳鳴定國王次夫人，「紅瑞公主先招狀元為駙馬，今歸梁山伯」，封為定國王宮后。四九與人心亦成姻緣。所謂「到底路遙知馬力（或到底路道寬宏大（鼓詞4）），四九自然見人心。因此纂成書一本，留在世間勸化人（或因此再成書一本，留與世上眾人聽。知音君子買一本，

此書獲益不非輕(鼓詞4))」。此兩則故事兜合884A₁「女駙馬」類型故事。

《柳陰記全本》(川劇11)故事，「梨山老母救英臺回仙山修道」，習得「灑豆成兵，來去無形影」的法術。一日，老母告知英臺可下山與山伯相會，「預言相聚應在今春」，賜與「無影飛劍」、「捆仙寶繩」寶物。山伯亦為「呂洞賓救回仙山修練兵法」，十八般武藝樣樣能，後來也下山保定大周社稷。山伯來到元帥張忠兵營，被拜為先鋒，前去討賊，與落草為寇的女將英臺相會，得知英臺殺了開黑店百花樓的熊文通，報了梁山伯叔父的仇，救了山伯嬸娘妹子。其後，二人戮力朝廷，伐兵征賊，皇帝封山伯為平息侯，英臺封為節義夫人。

〈尼山姻緣來世成〉(故事11)則是「梨山老母救二人到崑崙山修練」。兩人習得般般武藝，又能「呼風喚雨」，下山解救黎民百姓免於番邦侵擾，皇上讓他們掛帥征南，大獲全勝，山伯封為定國公，英臺是誥命夫人。兩人活到一百餘歲而終。〔梁山伯與祝英臺〕(黃梅戲2)故事，梨山老母、呂洞賓也因「凌霄上之金童玉女臨凡，梁祝孽緣已盡，帶二人到仙山學道」。

〈客家人梁山伯與祝英台〉(竹板歌2)故事，招魂、攝魂童子、太白星君點化山伯英臺得道上天庭後，玉帝放他倆下凡塵，回家侍父母，結成姻緣。其時文武科考到，府縣山伯考第一，明年上京大科考。山伯考取狀元，探花名字劉天亮，「原係前世馬再星」[9]，馬生「前世恩怨未了，今世再報前仇」。當時番賊擾國，君王派

---

[9]　前文均作「馬再生」，唯此處作「馬再星」(頁682)。

狀元掛帥，探花做副將運糧官。劉天亮將鹽潑地上，又將軍糧丟
落七都海，連「牛頭馬面查見此事」，都「上奏閻王記於善惡簿中」。
山伯無糧出征，坐困山上；「觀音下凡撒蓮水於山中，山林長芋頭，
每顆有九十斤重」，兵士吃得笑吟吟，一百零八日後吃光芋頭；「觀
音又拿路邊草子一撒山，三日成麥，每條麥串成斤」，吃了五十日，
又絕了糧；「觀音再揀竹米撒山中，成穀麥在山林」，將士又有糧
食，山伯看見笑吟吟，同時君王再發十萬軍隊來解圍，終於勝戰
回朝，上奏君王副將運糧填海，劉天亮被治罪，押出朝門斬身。

　　山伯回朝後，拜會駙馬爺，覺得面熟，原來他是英台女，當
年山伯進京赴考，一去三載無回音。英臺聽梁母話，「女扮男裝進
京訪夫君」，途中黃婆店內問得音訊，知新科狀元領兵掛帥征番。
此時正值大科年，英台科考得狀元，君王喜配公主，招為駙馬；
洞房花燭夜在黃金椅上裝睡或看書。公主相問，她答「待等明年
八月尾」再入洞房，公主勉強答應。

　　此刻，英台見到山伯，告知自己是蘇州府內祝家人，說明成
為駙馬的緣由。兩人團圓，告知公主同意，兩女同嫁一夫，其後
面奏皇君，封誥英台女狀元，從此夫妻狀元天下聞，生子亦登金
榜，五條金帶掛朝廷。此則故事也是兜合 884A」「女駙馬」類型故
事，唯此次女狀元是祝英台，而非路鳳鳴。

　　《三伯英台新歌》（歌仔冊 12）、《三伯英台歌集》（歌仔冊 13）兩
故事，南華老祖下凡變成和尚救山伯、英台回魂，兩人結為夫妻，
「洞房花燭夜吟詩達旦」，後來科期近，三伯想上京都求功名，與
英臺、母親商量後，帶著與人心新婚的士九一道同行，路過黑風
山，猛虎攔路，被五浪海島煉氣士清淨洞法摩祖師的弟子朱萬敵

相救，朱萬敵練過硬軟功夫，「仙家法寶逐項有」，奉師令下山打虎救人，且一路隨行，保護三伯上京城，後來朱、梁、士九三人結拜為兄弟。三伯高中越國狀元，馬圳密函給在越國為大夫的王蜜，計害三伯前往征伐匈奴，君王令三伯為平蠻元帥，朱萬敵是開路先鋒，士九為運糧官，領武藝高強二十萬兵攻打青龍山。

匈奴英英公主身邊四女婢是「金光聖母徒弟，曾上仙山學仙法」，親自帶兵征戰，「祭出攝魂鈴，致人落馬」，又「祭一支遮魂針，瞬間天昏地暗，狂風大作，飛沙走石，令人不辨東西」、「祭仙人帕，致人落馬」，朱萬敵上前迎敵，陣前公主與萬敵見對方英俊貌美，彼此有好感；英英公主且「陣前招親」，萬敵不允，兩軍交戰，公主「唸咒語成烏天暗地，雷直搗」，萬敵也「用仙術，將烏天暗地打雷變成炎天赤日」。公主又用「日月仙人帕使煙霧衝上數十丈，且金光燦爛成清光」，萬敵則祭起「陰陽乾坤袋，出二道紅光，將煙霧吸成白灰墜地」，公主再祭起「七粒金光沙」，萬敵祭出「飛鉢相鬥，致金光沙墜地變石頭」。公主又祭「空中仙人網，陣上得萬人」，萬敵祭出「八卦乾坤鏡」，使「仙人網敗陣墜落」。公主想起下山前師父叮嚀，若有敵不過的敵人，可用攝魂玲，而且告知她與萬敵之「宿世姻緣」，當下便用「攝魂鈴攝萬敵心魂」，致萬敵落馬被縛回營；萬敵也想起下山時，法摩祖師提及姻緣之事，便答應成為駙馬，其時番王也因「金光聖母下凡，來信說明宿世姻緣」而應允婚事，從此兩國交好，年年進貢。三伯班師回朝，取出降書、貢禮，越王大喜。後知是王蜜通番來犯，滿門抄斬，馬圳也驚嚇而自盡。三伯封為文武忠孝王，萬敵是英武忠勇王，士九是英烈侯，英台、公主為王妃。

梁祝 749A.1.1 類型的三個次要情節:

1. 賭誓貞潔

賭誓貞潔的情節通常是英臺欲外出求學時,家人有時是父母,大部分是嫂嫂(或堂嫂(川劇11))反對,英臺立下誓言,如:「埋七尺綾羅於牡丹花下,撥水及青尿,賭誓若貞潔則牡丹三年後開,若失貞則綾羅臭爛、牡丹開」(歌仔冊12、13),或「埋七尺紅綾羅於牡丹花根,姑嫂擊掌賭誓,若失貞則成爛泥,若貞潔則色更鮮明」(黃梅戲2),或「埋七尺紅綾於牡丹花下,賭誓若失貞,則紅綾朽敗」(川劇11),或「埋綾立誓」(越劇1)。

英臺外出之後,有故事是嫂嫂暗用尿水潑牡丹,又燒滾水潑牡丹,但因「太白金星上奏玉帝,凡間女子清潔義,其嫂相害;玉皇上帝令太白金星護持,太白金星出丹池,令土地公照顧」,所以「土地神日夜護持而致燒茶、滾水,潑牡丹不死,撥尿水綾羅無損」。三年後,英臺回鄉與嫂嫂掘紅綾作證,卻有「牡丹潑水、施肥,三年不開花,三年後開花」;而「埋牡丹下紅綾,三年終日澆水,顏色更鮮紅」的奇異結果(歌仔冊12、13)。也有故事英臺守貞潔,三年學滿回來,與嫂嫂到花園挖七尺紅綾,「埋牡丹花根紅綾羅三年仍顏色鮮新」,嫂子柏氏只好面陪小心,願妹妹莫記恨(黃梅戲2),或「驗綾挖目」(越劇1)。

2. 巧計使人不識紅妝

英臺扮男裝與山伯同住同寢,甚至同床而眠,為防範山伯識破,英臺巧計「床中置汗巾(或腰巾(歌仔冊12、13))為界,越者罰百枝筆、三刀紙」(歌仔冊12、13),或「床中置籠箱為界,越者

打戒方」(黃梅戲 2)，或「共床設牆」(越劇 1)，甚至有「床帳中間隔界，越者不罰黃金千萬兩，而是一罰三斤蚊子骨，二罰紙錢灰十缸，三罰鳳凰鳥百隻，四罰虎皮一千張」的調皮情節單元(竹板歌 2)。有時英臺「故意越床界，連續受罰三日紙筆，使貧者不敢越界，而防人識紅妝」(歌仔冊 12、13)。

又因為男女之別，英臺使出「一日多次水潑灰壁作青苔，佯稱壁邊濺尿，牆必崩壞，巧計使同學如廁不同行」，其他同學小解用尿桶，而她小解在書房，且關上門，以防他人知悉是紅妝(歌仔冊 12、13)。還有，山伯、英臺上尼山訪學堂途中相遇，結拜同行；來到長江，英臺「連衣不脫過長江」，山伯有疑，英臺佯稱「上有青天下有地，水通四海有龍王，此江原是東海口，又有水神來巡江，讀書之人敬天地，豈肯脫了靴一雙」。二人入了學堂，拜過先生孔夫子，二人日同桌案夜同床，山伯問英臺睡覺何以不脫衣裳，英臺又言「身上羅衣鈕釦廣，解得完來天又光」，哄得山伯無言可說(鼓詞 2)。

也有故事，山伯英臺結拜同行，過河時，英臺「連衣過江」，山伯起疑？英臺笑言「上有青天下有地，赤身露體犯河江」，待兩人日同書館、夜同床，山伯又疑心英臺睡眠何不脫衣裳，英臺便說「身上衣裳千百結，解得結開天會光」。又見英臺「胸前冬冬為哪樁」，英臺則說「男人奶大有官職，女人奶大有孩郎」。山伯再疑眾人立姿小解，獨你小解坐尿缸，英臺辯言「坐倒屙尿係君子，企倒屙尿狗射牆」(竹板歌 2)。

山伯送英臺回鄉，有故事是過河時英臺「佯稱命中犯了一個水府三官星，而且五湖四海有龍王，讀書人敬天地，不脫靴過河」

(川劇11)。也有英臺托言不知長河深淺，要山伯到人家借篙棍，以識深淺好過河，待得山伯離去，英臺急忙解帶脫衣巾過河，以防山伯知己為紅妝(黃梅戲2)。

3.　借事物偵測男女

儘管英臺已經極盡所能以防他人知悉己為紅妝，但仍有多種跡象讓人起疑，如：眾人打棗，手上三五粒，唯獨英臺連往袖籠裝，學友叫說「英臺定是女紅妝；耳環痕在兩耳上，胸前一對大乳」，滿園學友哈哈笑，祝英臺辯說「男人乳大可拜相」，梁山伯再問「夜晚何不脫衣巾」？逼得英臺只能說「讀書應該禮為上，稟告先生打戒方」，大伙兒到孔先生處，英臺訴說學友都把棗子搶，不該逼我脫衣裳，同學言語太放蕩。孔先生罰各人跪地，每人要交「棗五寸長」，英臺回答，自從盤古分三皇，哪有棗子五寸長？先生「若能寫天大的字」，學生便有「棗五寸長」。「天大的字」縱能寫，也難得「地大紙一張」。先生把紙粘起來寫，學生把棗接起來量，這是兜合875B.5「巧姑娘以難制難」類型故事。孔先生大讚英臺才學是英豪，心中暗忖可惜是個女兒身。後來山伯訪英臺，悔恨自己愚痴，想起英臺「床中放置籠和箱」，二人睡覺分兩頭，「三年夜裡不脫衣裳」，英臺說「上身三百絲扣，下身四百扭扣絲黃」，解得扣來天了光。三月天氣狂風吹來，聞到英臺「身帶女花香」，英臺說「莫非前生－－」，山伯說「是女子」，英臺說「今生還做－－」，山伯說「女花香」，又被英臺給誑了，還有胸前大乳房，棗子用袖籠裝的事，也只能徒呼扼腕(黃梅戲2)。

也有五月端陽放假，眾人上樹扒李吃，英臺樹下淚汪汪，山

伯樹上低頭望，要摘李子與弟嚐。英臺恐人識破行藏，欲轉回鄉(鼓詞2)，也有山伯懷疑「祝九郎胸前兩奶長」，英臺無話可講，拜別老師轉回鄉(川劇11)，也有「遊園露紅」，為人所疑(越劇1)。也有故事三伯當時不知英臺是女子，回想英臺「和衣而眠」、「床中置界」、「如廁在書房，不與他人同行」，自己竟然不疑有他而懊惱，母親說女子胸前凸出何以不知？士九也說看過英臺以腰巾纏胸，告知三伯而反被責罵，母親又說英臺「露乳、露三寸金蓮示愛」，而三伯自己不解風情，又能怪誰(歌仔冊12、13)？也有山伯懊惱，當時英臺四時為之洗衣巾，還會使針縫衣，平日打扮似觀音，櫻桃小口，體態妖嬈，面似桃花，眼如秋波、眉又清，何以「如此佳人同房睡，怎麼半點不知情？」(鼓詞2)。也有《梁山伯祝英臺、梁山伯祝英臺續集》(越劇1)，解釋何以山伯總是不解風情，原來是山伯「夢中被天上太白金星用"醐心酒"迷住心竅，攝去真魂，換進痴魂」，致使山伯與英臺「同床三載，不辨雌雄」，而錯過良機，延誤婚事。

4. 借事物暗喻己為紅妝表露情愫

　　山伯老實，不解英臺早已萌生愛意，在她三年學成，或恐他人知悉己為紅妝而轉回鄉時，與山伯分離；山伯「十八里相送」，途中英臺乃借各種事物，不斷暗喻自己是紅妝，與山伯可能佳偶，然山伯終是不領情。有故事說英臺借(1)磨房、(2)井中雙影、(3)一對白鶴、(4)廟堂雙神缺媒郎、(5)藤纏樹、(6)石榴、(7)花花蛇、(8)戴花、(9)一對鵝、(10)不知河深淺，月到十五又團圓等事物暗喻情愫(川劇5)。也有以(1)鴛鴦、(2)麒麟、(3)石榴、(4)西瓜、(5)

井中影、(6)如來觀音、(7)蜜蜂採花、(8)土地公婆、(9)牛郎織女、(10)鯉魚漁翁、(11)鵝公鵝婆來暗喻衷情，後來送到長河邊，英臺借說探水深淺，讓山伯向人家借篙棍，而自己先行過河，待得山伯借篙回來，英臺打個「字謎－丁字反把口字藏」，山伯不解，轉杭州問師台。英臺說回杭州問師母便知原因(黃梅戲 2)。

也有故事，英臺拜別師母托聘之後，對山伯說「莫怪賢弟來騙你，涯是陰來你係陽，自古陰陽有配合，單望阿哥作主張」，不想山伯「恰似風吹過耳旁」，心中羞又顏容變，想是「世間難尋柬蠢郎，莫非神鬼來阻隔，硬來拆散雙鴛鴦」；但在山伯相送時，仍然一路借(1)雙雙白鶴、(2)路邊花木、(3)水打河堤、(4)石榴、(5)畫眉、(6)白蓮、(7)廟堂陰陽金聖筶、(8)戴花喻己為紅妝，但山伯仍是不解，英臺甚至暗示也想「開胸現下寶」，又說「樵夫砍柴為哪儕？你為哪儕送下山？」奈何山伯笑答「樵夫砍柴為妻子，涯為賢弟下山來」，到得河邊花前，英臺只能空想「眼前有花你唔採，過後想起恨心間」，兩人分手前，英臺囑咐山伯回家時千祈到我家來(竹板歌 2)。

也有故事山伯、英臺一路相隨，過了一山又一山，過了一廟又一廟，來到紫金山，英臺說，「紫金山上樣樣有，唯獨缺少鮮花共牡丹。梁兄，你要鮮花我隨身有，家中還有花牡丹」，接著打了十二個啞謎，但山伯始終沒有領會(故事 11)。

還有故事英臺辭別孔夫子、眾書友之後，方來辭別梁山伯，說她有數首相思句相贈，要哥哥細思量，若解其中意，一般滋味兩來嚐；若不解其意，就此兩離各分張。英臺共用了十個譬喻：(1)磨房、(2)石榴、(3)一雙鴛鴦、(4)井中容顏、(5)白鵝一雙、(6)

廟堂陰陽兩尊神聖、(7)廟庭座上男女神人、(8)對對魚兒、(9)牡丹花、(10)啞謎(「問水深淺，淹到可字邊」)，最後又說「若要可字開口說，月到十五不團圓」。奈何山伯不解其中意，待得過訪英臺賢弟，已「遲來三日，兩下分」(鼓詞2)。

　　也有故事山伯、英臺共學三年，英臺忍不住寫詩喻春情，「郎姿蓋世一風流，朝住暮宿幾春秋，淑女都有懷春守，君子如何不好逑」，三伯看得臉帶紅，斥責英臺說兩人都是男子漢，何以寫詩嬉弄？三月清明時，英臺邀山伯遊西湖賞花，又忍不住說自己是山伯的牽手(太太)，要帶他去越州，山伯又是一陣斥責。英臺看到公雞追求母雞(或鴛鴦)，又嗔說山伯不解風情，當然也是徒勞無功。英臺只好「露出胸部」，哪想三伯竟說「不知汝肉真白」，英臺叫三伯「春手(伸手)來摸，無要緊」，三伯恭喜賢弟肉白如絲，又說「男人大乳有福氣，女人大乳有孩兒」，英臺當場氣絕，但也莫可奈何。只有一路再找機會，又以花木成雙、鴛鴦交頸為喻男女之情，且摘玉蘭花插三伯頭上，惹得三伯不樂。最後英臺「露出三寸金蓮」，暗示己為女身，山伯卻又罵英臺「賢弟腳骨變即小(這麼小)，何位(何處)穿人一雙鞋，不驚奉笑查某體(不怕別人笑是女人樣)」，英臺氣翻天，不想躲在一旁偷看的馬圳，看得真開心，馬上回鄉到祝家求婚。至於三伯何以如此痴呆？原來是「神明保護節義女子，致使示愛不成」，因此「三伯迷目，不知同窗英臺是女子」(歌仔冊12、13)。後來英臺因為表姊出嫁而回鄉。

　　英臺借事物示愛不成之後，只好使出「托言為妹訂親，實則以身相許」的計策，有故事說「我小妹二八許哥為婚」，說家有兄

長及姊妹二人，「祝英臺號九紅，與妹同名」，要山伯離杭州，先到小弟寒門商論良緣(黃梅戲 2)，也有故事說「我家裡有個妹妹生得很聰明，模樣與我一般無二，我回去後定和父母商量，把她許配給你，不過，你要早點到我家裡去求親才好」(故事 11)。也有故事是英臺留信給山伯，囑咐他離開後才能打開，再三吩咐三伯要依信中日期來訪。信中提及要將小妹匹配三伯為妻，約定「二六三四」到她家，三伯想是二十四日，士九認為是十二日，士九且告知英臺是女子，三伯偏是不信。三伯因「誤猜啞謎」，而延誤日期造訪英臺。英臺在家思想梁哥而致相思病重，母親看著家奴禮仔占卜，卦象說「貴人近日到來，果然驗證」，奈何英臺婚事已許給馬圳，落得三伯只能回家相思，夢中求親，最後終究是悲劇收場(歌仔冊 12、13)。

而最離譜的故事是，山伯、英臺戀戀不捨地分別後，山伯回家兩年了；一天，才忽想起祝英臺，又聯想起臨別的婚約，即刻動身。此時英臺已許配給馬士恒，致使兩人婚姻終是不成(故事 11)。

也有故事，英臺要回家時，告知師母自己是個紅妝，以「紅繡花鞋為聘，托師母為媒，自定終身」(竹板歌 2、黃梅戲 2)。

梁祝 749A.1.1 類型故事另有附屬情節，〔梁山伯與祝英臺〕(故事 134)梁山伯是天河邊上太上老君的一隻仙鶴，看守煉丹的玉爐，爐台就是祝英臺的前身。仙鶴思凡，到爐台上遙望人間。玉爐是女身（陰性），仙鶴是男身（陽性），玉爐以為仙鶴欺侮自己，將身一搖，仙鶴跌落天河。太上老君撞見以為二仙物犯戒，貶下凡間此則故事仙鶴與玉爐之間並無情愛發生，純粹是誤會造成悲劇，與其他梁祝故事常是二仙人動凡心相戀情節有異。《梁山伯祝

英臺、梁山伯祝英臺續集》(越劇 1)故事，原來祝英臺是玉女投胎，梁山伯是金童投胎。當時「金童玉女動凡心，蟠桃會上打破琉璃杯，王母貶罰轉世人間」。在《路鳳鳴觀花》(淮劇 2)故事中提及三伯「手長過膝」、「兩耳垂肩」的非凡相貌，又說路鳳鳴是「三寸金蓮」，與三伯是五百年前的「宿世姻緣」，後來山伯進京趕考，中了狀元，主考官馬方為女求婚未成，陷害山伯征戰北海，毫無音訊，她便「女扮男裝上京尋夫，且求取功名」去了。

第二節　梁祝故事 885B「戀人殉情」類型故事

885B 型梁祝故事的基本結構是「女扮男裝外出求學」、「戀人婚姻受阻而殉情」兩個主要情節，及「巧計使人不識紅妝」、「借事偵測男女」、「借事物暗喻已為紅妝表露情愫」三個次要情節。

1. 女扮男裝外出求學

女扮男裝外出求學常是梁祝故事開始的情節，偶有「女子幼與男子共學」(文獻 7)，或「女扮男裝與人共讀」(文獻 9、15)而有的故事英臺父母「為家產傳男不傳女之族規，讓英臺自幼扮男裝，設法繼承家產」(故事 22、137)。因為英臺天生聰明絕頂，好學成性。祝父與碧鮮庵主持商量，在碧鮮庵建立學館，聘師教學。英臺與梁山伯、馬文才共學十年。英臺文武精通，山伯、文才亦出類拔萃，三人同去齊魯、東吳游學訪友。而有「女扮男裝者與男子游學訪友」(故事 137)的情節單元。另有〈清白里的來歷〉(故事 136)故事馬文才從小便與梁山伯、祝英臺一起在碧鮮庵讀書。三人結

拜為兄弟，學習成績也都很優秀，英臺最為突出，山伯次之，文才第三，三人共學五年後一起到齊魯游學、東吳訪友，又到京師拜見宰相謝安，被謝安舉薦為三賢士。也有祝員外請私塾先生到家裡來教書，村上的小孩也來一道讀書，山伯是前村梁家村的小孩，與英臺同坐讀書而有「女子從小扮男裝與男子共讀」(故事22)的情節單元。

另有故事是祝員外想兒子想痴了，而「將女兒從小扮男裝，瞞過他人」。英臺九歲時要求父親讓她去書院讀書，祝員外不答應，英臺勸說我們家是書香門第，為啥不讓我念書，祝員外想想也有道理，便派老家人的「女兒銀心扮成書僮伴讀」，到善卷洞口的碧鮮庵讀書(故事7)。

至於其他女扮男裝外出求學的故事，偶有祝父咨嘆無子顯要門閭，英臺用了「女扮男裝瞞過家人、鄉鄰」的策略，而後說服父母「畢竟讀書可振門風，以謝親憂」(文獻10)，也有刺激地「以絕食要脅外出求學」(故事 130)的行徑，才得以出外求學。也有是「英臺扮男裝娛父母」，而為父母從耳下蕩著一雙明珠及身上衣衫是母親的針線活，窺知拆穿。英臺更進一步要求外出求學，說自己若到集市走一遭不被認出是女子，便要父母應允。於是有了「女扮男裝逛市集」、「丫環扮書僮逛市集」的有趣情節(小說15)。

英臺、山伯遊學相遇，志投意合，常有「共結金蘭」之舉，偶有「誓言生生死死，不離不棄」(故事 146)或「白頭到老永不分離」(故事 7)的誓言。另有特殊的故事不只梁祝結拜為兄弟，馬文才也是一表人才，好學聰明的結拜兄弟(故事136)。

2. 戀人婚姻受阻而殉情

山伯婚姻受阻，大抵是「相思而死」，偶有山伯相思病重，英臺「剪青絲髮做藥引」。但終是罔效，以致山伯臨終仍戀念英臺，而「死不瞑目」(民歌31)的情節。也有山伯英臺十八里相送，約定第二天到祝家莊相見，奈何山伯回家後，父母相繼去世，拖了兩年才到英臺家求婚。英臺已許配馬文才，山伯回到家中終日神思恍惚。某日路上救了府尹的小孩，被薦為臨縣縣令，任職三、四年間，勞苦過度而「為公殉職」(故事130)。

另有故事是英臺、山伯二人在碧鮮庵共讀三年後，山伯要到杭州繼續讀書求取功名，英臺則不能同行，山伯將傳家寶劍及一張琴送給英臺，英臺回贈題「碧鮮」兩字的扇子，意思是：「我的心就像世間少有的無瑕碧玉一樣，後來英臺讀書處就稱為『碧鮮』」，也是「碧鮮庵的由來」。

其後英臺十里相送山伯上杭州。那年應試，馬文才的父親「賄賂考官，偷樑換柱讓馬文才中解元」，而致山伯「名落孫山，氣出病來」；回家後，銀心來報英臺已許婚給馬文才，當場雙腳一軟，昏倒在地，幾天後就咽了氣。英臺出嫁當日，聽到凶信，「抱琴劍，跳樓殉情」，好心的銀心將琴劍埋在梁祝讀書處。後人在此豎起「晉祝英臺琴劍之冢」八大字，這就是「琴劍冢」的由來(故事7)。也有山伯求婚不成，回家「憂鬱而死」，英臺接著也「相思病死」(故事136)，村民感慨惋惜，將祝墓附近村名改為「祝陵村」(故事136)。

還有故事是山伯相思病死，英臺在家也相思病倒而亡，馬文才迎親沒有娶到英臺(故事140、146)，但因對英臺的敬佩與愛慕，

而拜祝文遠為義父，願替英臺盡孝道(故事 146)。另有較特殊的〈梁祝故鄉在四川〉(故事 115)故事，是梁祝分別後，一直沒有通信。某日，山伯赴渝（今重慶市），路經合州，途中到廟中躲雨，見寺內有「烈女塑像」（「烈女廟的由來」），覺得面熟，一問才知英臺深愛自己，回家後題「大歡喜」，掛在高房，天天盼山伯來說媒。山伯一直沒有露面，英臺鬱憤而題「錯歡喜」。後被祝員外逼嫁馬家，「跳花轎，撞地而死」。山伯始知英臺是紅妝，為己殉情，回家「積鬱而病死」，臨終吩咐家人死後與英臺合葬。

又有故事山伯求婚不成，英臺臨行「贈情人短劍（短見）暗喻殉情之決心」（「英臺劍的來歷」），山伯回家悔恨自己與英臺共讀、遊學、訪友，多年相處，竟然不識英臺是紅妝而成疾，最後不治身亡。一年後馬德望來祝家提親，英臺要求婚嫁途中向梁墓祭靈，馬家答應。英臺在胡橋「祭靈，失聲痛哭，厥死於墓前」，謝安奏封英臺為「義婦」，皇上准奏，在葬地建陵，這便是「祝陵村的來歷」，鄉親們不知馬文才曾經抗婚而與馬德望不歡而散的事情，不滿馬文才的介入，害死梁、祝二人，而罵馬文才天理難容，馬文才大呼冤枉，一聲怒吼：「還我清白」，這便是「清白里的來歷」，今日宜興梁、祝、馬故鄉一帶，還建有「三聖祠」，紀念三賢士（「三聖祠的來歷」）(故事 136)。

也有山伯「相思病死」，英臺不能獨生而「悲傷致死」，少間，愁煙滿室，飛鳥哀鳴，聞者驚駭。馬郎旋車空歸，鄉黨士夫（或世人(故事 140)）謂其令節，從葬山伯之墓，以遂生前之願（「殉情男女合葬同塚」）（文獻 10、故事 146）。還有故事梁祝不能成婚，是因為祝員外知馬坡秀才馬文才，出身名門，已考取功名，進入仕

階層,而委託同村(九曲村)馬文才姥娘說媒。師母聽到消息,趕到山伯家,告知山伯,並將英臺定情物蝴蝶玉扇墜交給山伯。山伯急至九曲村求婚,英臺難抗父命,與山伯樓台相會而分離。山伯回家相思病重,山伯母親趕到九曲村告知英臺,英臺剪下頭髮,囑咐梁母,將青絲放入山伯懷中,一同埋葬。英臺出嫁路過山伯墓,「下轎哭祭而死」,世人感念二人情意,將二人「合葬」,遂其生前心願(故事139)。另有〈梁山伯與祝英臺的傳說〉(故事19)故事,除了女主角是朱英臺,父親是朱員外之外,其餘情節與前者無異。至於何以有祝英臺、朱英臺之異,則是方言和語音的不同與演變,說故事者說:這是「外地人將朱英臺訛讀為祝英臺,但汝南這裡一直仍叫朱英臺」。

還有故事「慟哭身亡」的是山伯,梁家將他葬在京漢古道之東,立碑樹墓。英臺「出嫁時全身穿白孝服,頭戴麻冠」,哭祭之後,「撞柳樹殉情」,祝家將她葬在山伯墓隔路,遙遙相望。汝南父老十分同情梁祝遭遇,便在每年農曆七月十五日中元節當天做白色紙燈籠,到晚上點上紅燭,男女老幼,成群結隊提著紙燈,在梁祝「墓前插滿整路發光的紙燈,為梁祝照路,讓兩人一年一度相會」,這便是「河南汝南農曆七月十五日送紙燈的由來」,農曆七月十五這一天「陰世放假,鬼魂可與陽世親人團聚」(故事79)。又有山伯相思病死,英臺「成親當日突然雙目滴血而殉情」,馬文才空轎而回,但憐憫祝父母二人無依無靠,常來走動;祝員外、銀心才將英臺外出求學與山伯共學的事告知文才。後來鄉黨士大夫也感慨二人真情,將二人「合葬在馬坡山伯葬地」(小說15)。

也有山伯相思病死,死前請求梁父做成「雙棺夫妻塚」,墓碑

上題山伯英臺名，說要擋住英臺出嫁花轎前面，問她是否記得三年前的約定。死後要懷中放英臺送的木梳，脖間掛著英臺送的白玉蝴蝶墜下葬。果然英臺出嫁當日在東錢湖邊梁山伯墓下轎「祭墳，自題碑文，撞碑而死」(小說 13)。還有〈澗河潭殉情〉(故事 22)故事是祝員外答應了官大、財大的馬家婚事，英臺便與山伯「緊抱跳澗河潭殉情」，事後祝父與馬太守都是要面子的人，便「謊稱英臺、山伯原是天上仙童、玉女，觸犯天條，玉皇大帝貶罰下凡，七世不得團圓，此為第一世，以掩真相」。

另外，英臺殉情的情節，常見「新娘哭墓地裂而殞（或並埋同葬）」的情節單元，有時泣墓，墓裂而殞遂同葬(文獻 9)，有時哭墓地裂而埋壁(文獻 27)，有時是哭祭，墓忽自啟，身隨以入(文獻 25)，有時是哭祭，地忽自裂陷，人並埋其中(文獻 2、11-3)，也有「新娘白衣孝服哭祭，墓開，人進墓」(民歌 31)，或「新娘哭祭突雷電霹靂，墓裂，人進墓，墓合」(故事 130)。或「女子弔墓，下基裂而殞，遂同墓」(文獻 15)。最為特殊的是〈況山伯與娘英台〉(布依戲 1)，故事是英台因不願嫁馬家而死，山伯到英台墓前「碰碑進墓合葬」。

英臺殉情而死之前，常有「新娘舟經情人墓，風濤不能前行」(文獻 2、11-3、23-1、25、27、32、故事 130)、或「新娘經情人墓，風雷不能前行」(文獻 25)。最後常有「義婦冢的由來」(文獻 2、9、11-3、15、23-1、25、27、32、故事 130)，及因祝英臺陵墓所在而有的「祝陵村的由來」(故事 7)，或「祝陵的由來」(故事 137)的情節單元。也有故事為了紀念祝英臺，端午節那天，家家門上都插了艾草。艾者，愛也，表達世人對英臺的摯愛，這便是「端午節插艾草的由

來」(故事 130)。另外，因為梁祝的悲慘遭遇，「祝英臺的老家河棚鎮泉石村，及梁山伯老家南港向山一帶，都不許唱梁祝戲曲」(故事 130)。

又有故事在梁祝死後，有神奇事蹟的發生，〈梁祝墓借碗〉(故事 140)故事，傳說「好人或孝子到梁祝墓祠祭拜，可得美滿婚姻」，還發生過「窮孝子結婚向梁祝墓祈禱能借到喝喜酒的碗，隔日果如其願，墓前出現很多碗。孝子借碗用畢，連夜送回原處，再一天，碗自動消失」，其後又「兩次向梁祝墓禱祝借碗，均如其願」的神奇事件。

梁祝 885B 類型的三個次要情節：

1. 巧計使人不識紅妝

英臺扮男裝與山伯，晝則同窗，夜則同寢，為防範識破，而有「床中置十二碗水」(電影 8)、「三年衣不解」(文獻 10)的策略，但因挑水不慎濺濕鞋子和衣衫，師娘讓英臺到房裡換衣服，無意間從「小腳」(故事 19)發現英臺是女兒身，而在梁祝「床中置界牌，以防發生意外」(故事 19、139)，也有故事是英臺在嶧山學習不久，就被細心的師母發現是女子，為了保護英臺，就在「床中置隔木為界，越界者重罰」(故事 146)、或師父不見秀英洗浴，暗囑其妻灌醉秀英，知是女子，便在「床置界牌」為界(五調腔 1)。

2. 借事物偵測男女

英臺被疑為紅妝，常是耳環痕的緣故，她則以廟會扮觀音菩薩(民歌 31、小說 13)，或扮菩薩求雨(故事劇 1)辯說。也有英臺、山伯與同學用石頭砸鴛鴦，英臺細腰閃了一下，同學就喊：祝九弟像

女人一樣(故事 139)，或力氣小砸不中鴛鴦，同學便笑她是個女的，連石頭也丟不遠（後來鄉親稱這河為「鴛鴦河」）(故事 79)。還有，不與同學或山伯一道洗澡，或下河沖涼(小說 15)，有時學生一道在水塘洗澡，英臺托言不會鳧水(故事劇 1)，或夏天穿厚衣(小說 15)。

　　至於日漸活脫的女性特徵，也常是被懷疑的原因，如：〈山伯琴劍英臺扇〉(故事 7)故事中，馬文才便對「蜜蜂屁股螳螂腰」、「走路扭呀繞」、「面孔白篤篤」、「兩條細眉毛」、「十指尖又尖」、「說話女聲女調」的英臺調笑，又動手動腳。也有山伯笑對英臺說：「枉穿一身男兒衣，膚如凝脂瑩瑩玉，聲若黃鸝妖滴滴，十指尖尖筍樣細，身段柔柔叫人迷」，又來情挑說英臺若是女子多好(故事劇 1)。還有師娘見英臺說話細聲細氣，房子收拾最乾淨，髒衣也從來不央求她洗，又覺得英臺極其嫵媚、甜蜜相，便勸酒灌醉英臺，果真見著英臺女子天足及耳際淺淺耳環痕(故事劇 1)。另有故事，英臺挑水賤濕衣、鞋，更換時被師母窺見「小腳」，而識破紅妝(故事 19)。

3. 借事物暗喻己為紅妝表露情愫

　　山伯老實，不解英臺早已萌生愛意，在他回鄉與山伯分離時，山伯「十八里相送」，途中英臺乃借各種事物，不斷暗喻自己是紅妝，與山伯可成佳偶，然山伯總不領情。英臺所借喻事物，從單一的「井中雙影」(故事 130)、「姜子牙背姜婆」(故事 146)到最多的譬喻十一種：(1)花、(2)十八學子中有一女子、(3)牛郎織女、(4)官娘娘、(5)戴花、(6)蘆葦做門窗、(7)棺材中死人、(8)公鵝母鵝、(9)狗、(10)木匠打嫁妝、(11)鴛鴦(小說 15)，其他故事有林林總總

的情節單元素，都不能點醒梁山伯這個呆秀才。偶有故事是英臺在對牛彈琴之餘，路過西湖月下老人祠，便求了一枝籤，奈何竟是一支下下籤，連解籤的老道士對「預示未來的籤詩」都深深嘆息(小說13)。也有秀英「以紅襖蓋身」暗喻紅妝，山伯卻誤以秀英以師母之物戲耍而擲回(五調腔1)。

　　英臺示愛不成，只好使出「托言為妹訂親，實則以身相許」的策略，通常是以家中小九妹為說辭，也有英臺送山伯到杭州讀書途中，「托言為他人作媒，實則自訂終身」的故事(故事7)。至於求婚的日期，有以「啞謎喻婚期」（一七、二八、三六、四九）的情節(故事19、139)。

　　另外，英臺回家之前，偶有「以物為聘托媒自訂終身」的情節單元，以蝴蝶玉扇墜(故事139)、或玉蝴蝶(小說13)做為證物，至於媒人，有時是師母(故事 19)，有時是老師(小說 13)。也有故事是英臺「自寫婚姻紙，以泰山為媒，黃河為證，私定終身」(小說15)。

　　梁祝 885B 類型故事也有些踵事增華的附屬情節，如：河南汝南鄉親稱山伯、英臺共植的銀杏樹為「梁祝銀杏樹」，便是「梁祝銀杏樹的來歷」，而梁祝一起用石頭丟鴛鴦的河流，便是「鴛鴦河的來歷」。梁山伯沿京漢古道相送英臺十八里路，也即是「梁祝十八相送路的來歷」(故事79)。

　　另有《況山伯與娘英台》(布依戲 1)，也有「人向動物詢問某人行蹤」，但胡子魚不答，山伯一腳將牠踩扁；螃蟹不答反而橫行擋道，山伯揮鞭躍馬，踩蟹背而過」的情節。又有「孝子故意留不利己之資料，使其父不致因喪子而過度悲痛」(小說13)的情節單

元是歧出情節次要人物的故事，而「草橋的由來」(故事 130)、「大石自立」、「國山的由來」、「丞相潭的來歷」、「玉帶橋的來歷」、「一姓轉世三宰相，三生造寺一姻緣詩句的由來」(故事 137)、「鳧山之上滾磨成親傳說」、「大水過後，伏羲女媧兄妹成親，立下人煙」、「愛女橋的來歷」(故事劇 1)、「婚姻受阻殉情化蝶」、「蝴蝶泉的來歷」(小說 13)等均是與梁祝故事不相干的情節單元。

第三節　其他不屬梁祝類型故事

梁祝故事除了 749A、749A.1、749A.1.1、及 885B 型之外，尚有很多不屬梁祝類型的故事，可分為六類：(一)取 749A、749A.1、749A.1.1、885B 四型單折或多折獨立而成的故事、(二)749A、749A.1、749A.1.1、885B 四類型故事殘缺者、(三)依 749A、749A.1、749A.1.1、885B 四類型故事部分情節獨立發展的故事、(四)非 749A、749A.1、749A.1.1、885B 四類型梁祝故事、(五)其他、(六)無情節單元者。分別就故事重點[10]略述於下：

(一) 取 749A、749A.1、749A.1.1、885B
四類型單折或多折獨立而成的故事

這類故事大抵是從 749A、749A.1、749A.1.1、885B 四類型梁祝故事中取其重要，或耳熟能詳，或精彩的部分作一主題，單獨搬演，或歌唱而成。主要是戲劇、地方曲藝或歌曲文本。可分為

---

[10] 詳參書末索引，二、情節單元索引，(五)「不屬梁祝類型故事情節單元索引」。

單折及多折兩種。今就單折、多折故事的故事重點，分類如下：

(1)單折

1. 金童玉女下凡，如：〈拉君〉(拉場戲 3)。

2. 女扮男裝者與人夜間同宿象牙床，如〈梁山伯〉(民歌 5)。

3. 女扮男裝者外出求學，如：《英臺山伯‧殺嫂調》(錦歌 2)、《梁山伯與祝英臺下山‧慢板(二)》(山東琴書 5)、〈英臺抗婚〉(湖北小曲 2)、《祝英臺‧雙飛燕》(利川小曲 1)、《梁山伯與祝英臺‧七字反》(大廣弦說唱 1)、《英臺山伯‧訪友‧駐雲飛》(十番八樂 10)、〈山伯訪友〉(寧夏小曲 2)、〈山伯訪英臺〉(寧夏小曲 5)、〈梁祝下山〉(東北二人轉 5)、〈十八里相送〉(又名〈拉君〉)(東北二人轉 9)、《梁祝下山‧一路同行到長亭》(拉場戲 1)、〈金磚記〉(定縣秧歌劇 1)、《中國越劇　呂瑞英和她的藝術－－梁祝》(選段)(越劇 21)、《梁祝姻緣‧書館夜讀‧耳聽得更鼓來山外》(贛劇 3)、〈山伯訪友〉(睦劇 4)、《柳蔭記‧訪友‧尼山攻書有三春》(川劇 7)、〈三伯英臺〉(歌仔戲 14)、〈山伯訪友〉(婺劇高腔 1)、〈山伯訪友〉(西吳高腔 1)、〈山伯訪友〉(侯陽高腔 1)、〈山伯訪友〉(調腔 1)、《柳蔭記‧闖帘》(廬劇 1)、《梁山伯與祝英臺‧光陰似箭轉眼三年》(北京曲劇 3)、《梁祝姻緣‧訪友》(長沙花鼓戲 2)、《梁祝姻緣‧見雙親淚洒懷》(湖南花燈戲 4)、《山伯訪友‧一見賢妹交紅綾》(萍鄉採茶戲 1)、《梁

山伯與祝英臺・梁兄我一個愚蠢人》(寧都採茶戲2)、《英臺抗婚・我小姐生來志氣大》(晉北道情1)、《梁山伯與祝英臺・聞言語痛心懷》(四川曲劇1)、《梁山伯與祝英臺・從此不是籠中鳥》(四川曲劇23)。

4. 女扮男裝與人結拜為兄弟，如：《梁祝・一見靈牌魂膽消》(彈詞10)、《梁山伯與祝英臺・我這裡凝秋水將兄來望》(京劇3)、《山伯訪友・二人涼亭來結拜》(黃梅戲10)、《梁山伯與祝英臺・自從弟兄轉歸家》(四川曲劇18)、《梁山伯與祝英臺・下山》(山東琴書8)、〈英臺嘆梁兄〉(選段)(陝南花鼓1)、《柳蔭記・罵媒・背地思量情慘傷》(川劇1)、《柳蔭記・思兄・與梁兄分別後心煩不爽》(河北梆子1)、《梁山伯與祝英臺・祭墳・一見墳碑淚如絲》(白字戲2)、《梁山伯與祝英臺・見玉環止不住淚流滿面》(北京曲劇4)、《梁山伯與祝英臺・我家有個小九妹》(花朝戲1)、《春靈庵・好個痴呆呆的梁仁兄》(龍江劇1)、《山伯訪友・美不美鄉中水》(武寧採茶戲7)、《山伯訪友・不枉結拜情義長》(四川曲劇5)、《梁山伯與祝英臺・梁兄在何方》(四川曲劇21)。

5. 賭誓貞潔，如：《英臺出世歌》(歌仔冊20)、《梁山伯與祝英臺・你聽喳》(南音5)、〈東樓會〉(楚劇1)。

6. 巧計使人不識紅妝，如：《三伯英臺罰紙筆看花燈》(歌仔冊17)、《英台山伯・吊喪・叨叨令・醉太平・落平》(十番八樂5)。

7. 女扮男裝者風吹女花香被疑為紅妝，如：《山伯訪友‧三月天氣陽氣往上》(黃梅採茶戲3)。

8. 女扮男裝者醉酒被識破紅妝，如：《英臺下山‧三杯酒猜破我這女娥皇》(東路二人台1)。

9. 女扮男裝者獻乳、三寸金蓮示愛，如：《新刻梁山伯祝英臺夜思五更》(雜曲2)、《三伯英臺遊西湖歌》(歌仔冊10)、《三伯英臺遊西湖》(歌仔冊18)。

10. 借事物暗喻己為紅妝表露情愫，如：〈梁祝送別〉(民歌7)、〈梁山伯與祝英臺〉(民歌9)、〈十八相送九觀景〉(民歌36)、〈梁山伯與祝英臺〉(民歌51)、〈梁山哥〉(民歌71)、〈梁山伯下山〉(雜曲4)、〈梁山伯下山〉(鼓詞9)、《梁祝‧送兄、我是有興而來敗興回》(彈詞9)、〈山伯送行〉(四川清音2)、《送行‧長城調(五)》(四川清音4)、《山伯送行‧兄送賢弟到牆頭》(四川花鼓4)、〈梁祝下山〉(河南墜子2)、《梁山伯與祝英臺‧十八相送》(山東琴書7)、〈梁山伯下山〉(山東琴書10)、〈梁祝下山〉(山東琴書12)、〈梁祝五更〉(山東琴書14)、〈十八相送〉(揚州清曲1)、《梁祝遊春‧花鼓調》(錦歌4)、《梁山伯‧平調》(跳三鼓2)、《梁山伯與祝英臺‧十八相送》(伬唱1)、《梁山哥與祝秀英‧蓮花落調》(寧夏小曲4)、〈十八相送〉(寧夏小曲6)、《梁祝下山‧拉君調(一)》(東北二人轉2)、〈梁祝下山〉(二人台3)、《新刊全家錦囊祝英臺記》(明傳奇1)、〈英伯相別回家〉(明傳奇3)、〈山伯賽槐陰分別〉(明傳奇5)、〈河梁分袂〉(明傳奇6)、《梁

祝下山・太陽一出紫靄靄》(呂劇1)、〈梁山伯下山〉(呂劇2)、〈梁山盃全本〉(洪洞戲1)、《越劇名段卡拉 OK－－十八相送、記得草橋兩結拜、英台托媒》(越劇13)、《華派經典唱段(二)－－梁山伯與祝英台・十八相送》(越劇14)、《越劇精粹優秀劇目片段(三)－－梁山伯與祝英台・回十八》(越劇15)、《范瑞娟藝術集錦－－梁山伯與祝英台・回十八》(越劇17)、《越劇流派紛呈(一)－－梁祝・十八相送》(越劇19)、《越劇名段薈萃－梁祝・十八相送》(越劇23)、《梁山伯與祝英台・回十八》(越劇26)、〈新十八相送〉(紹興文戲1)、〈相送〉(閩劇2)、〈梁山伯下山〉(豫劇1)、〈山伯送行〉(川劇10)、〈梁山伯送友〉(楚劇3)、〈十八相送〉(錫劇2)、《梁山伯與祝英臺・草橋關初相會》(揚劇 2)、《梁山伯與祝英臺・走過一關又一關》(揚劇3)、〈梁山伯單下山〉(揚劇4)、《梁山伯與祝英臺・單下山・書房門前一棵槐》(揚劇5)、〈藍橋十送〉(滬劇1)、〈小弟領路前頭走〉(彈詞戲《梁祝哀史》)(滬劇2)、〈祝英臺別友〉(粵劇1)、〈山伯英台〉(歌仔戲1)、〈山伯英台〉(歌仔戲6)、《梁祝・十八相送・三載同窗情如海》(盧劇 4)、《梁祝・下山・走一洼來又一洼》(二夾弦 3)、《梁祝姻緣・許什麼來生配絲羅》(岳陽花鼓戲2)、《送友・我送九弟到山窪》(襄陽花鼓戲2)、〈送友〉(花鼓戲1)、《梁祝姻緣・祝賢弟出此言錯把話講》(陽新採茶戲2)、《山伯訪友・我送賢弟出聖堂》(武寧採茶戲5)、《梁山伯與祝英臺・

我送賢弟出書房》(寧都採茶戲 1)、《梁山伯下山・走村
莊過村莊》(晉北大秧歌 1)、《山伯訪友・梁兄送我到河
坡》(堂戲 3)、《梁山伯與祝英臺・兄送賢弟到廟堂》(四
川曲劇 7)。

11. 女扮男裝者以物為托媒自訂終身，如：〈分離・梁祝〉
(歌曲 11)、《梁山伯與祝英臺・回十八》(越劇 26)、《梁
山伯與祝英臺・樓台會・記得草橋兩結拜》(越劇 35)、
《梁山伯與祝英臺・樓台會・你在長亭自作媒》(越劇
37)、《梁山伯與祝英臺・山伯臨終・兒死後也要與她
同墳台》(越劇 39)、《梁祝姻緣・闖帘》(盧劇 2)。

12. 十八相送，如：《梁山伯與祝英臺・彩翼上九天》(歌
曲 9)、《梁山伯與祝英臺・英臺思兄》(泗州戲 1)。

13. 英臺罵媒，如：〈英臺罵媒〉(川劇 2)。

14. 托言為妹訂親實則以身相許，如：《思英臺・憶我郎
(二)》(四川清音 1)、《梁山伯與祝英臺下山》(選段)(山
東琴書 1)、《梁山伯下山》(又名《梁祝下山》)(山東琴
書 10)、《梁祝下山》(山東琴書 11)、《梁祝下山》(山東琴
書 12)、《梁山伯與祝英臺・想起》(南音 2)、〈驚聘〉(京
劇 9)、《梁山伯與祝英臺・草橋・我家有個小九妹》(越
劇 34)、《梁山伯與祝英臺・回十八・祝家莊上訪英臺》
(越劇 36)、〈十八相送〉(新疆曲子劇 1)、《梁祝・下山・
祝家莊上訪英臺》(二夾弦 4)、《梁山伯與祝英台・送
友・訪友》(湖北花鼓戲 1)、《梁祝姻緣・一見九弟怒滿
懷》(岳陽花鼓戲 1)、《梁山伯與祝英臺・你我鴻雁兩分

開》(花朝戲 2)、《山伯訪友·聽罷言來怒滿懷》(黃梅採茶戲 2)、《山伯訪友·那日送你下山去》(吉安採茶戲 2)、《梁山伯與祝英臺·你在長亭自作媒》(撫州採茶戲 1)、《梁祝·曾記得在杭城》(含弓戲 1)。

15. 啞謎喻婚期、誤猜啞謎造成悲劇，或遲來求婚造成悲劇，如：《梁山伯》(民歌 5)、〈訪友〉(民歌 42)、〈山伯訪友〉(民歌 38)、〈山伯訪友〉(木魚書 3)、〈訪友〉(高腔 1)、〈山伯訪友〉(淮北花鼓調 1)、《樓台會·三空半》(錦歌 6)、《新編安童哥買菜歌》(歌仔冊 10)、《最新英臺二十四送哥歌》(歌仔冊 14)、《英臺二十四送哥歌》(歌仔冊 16)、《三伯探英臺歌》(歌仔冊 17)、〈英臺思兄〉(滿江紅 1)、〈祝英臺〉(元戲文 1)、《英臺別·山伯訪英臺》(明傳奇 8)、《同窗記·山伯千里期約》(明傳奇 9)、《同窗記·山伯訪友》(明傳奇 11)、〈訪友〉(崑曲吹腔 1)、《梁祝哀史·哭靈·惟大明辛慶之歲》(越劇 3) 、《梁山伯與祝英台》(選場)(越劇 11)、《張桂鳳藝術集錦(一)－－勸婚訪祝》(越劇 18)、《梁祝·樓臺會》(越劇 41)、《繪圖梁山伯會友》(贛劇 1)、〈祝莊訪友〉(川劇 9)、〈梁山盃探朋〉(洪洞戲 2)、〈梁山伯訪友〉(楚劇 2)、〈山伯訪友〉(睦劇 1)、〈大棚梁婆問親〉(粵劇 4)、〈祝英臺之訴情敬酒〉(粵劇 15)、〈山伯訪友〉(白字戲 1)、《訪友·自那天與九弟河岸分手》(荊州花鼓戲 1)、〈山伯訪友〉(劇本 1)。

16. 三寸金蓮，如：《訪友·英臺女坐深閨思念學友》(東

路花鼓戲 1)、〈新刻梁山伯祝英臺夜思五更〉(雜曲 2)。

17. 伴稱有人過來引人轉頭看趁機拿回定婚信物，如:《梁山伯‧樓台相會‧想馬家要抬是官抬》(越劇 31)。

18. 世上所無藥方治相思，如:《四九求方‧英臺轉樓上》(四川花鼓 5)、《山伯英臺‧相思引》(錦歌 3)、〔梁山伯與祝英台〕(歌仔冊 7)、《新增英臺二十四拜》(歌仔冊 8)、《三伯相思討藥方歌》(歌仔冊 17)、《四九求方》(四川連廂 1)、〈梁山伯相思〉(拉場戲 2)、《柳蔭記‧四九求方‧痛斷肝腸》(川劇 8)、《山伯訪友‧描藥方》(黃梅戲 7)、《山伯訪友‧一要點天上老龍角》(上饒採茶戲 2)。

19. 雙碑墓，如:〈樓台會〉(錦歌 12)、《的篤班新編紹興文戲梁山伯‧梁山伯藕池》(又名《梁祝哀史》(紹興文戲 2)、《梁山伯與祝英台‧園會》(淮劇 1)、〈樓台會〉(瓊劇 1)。

20. 相思病死，如:《小曲柳陰記哭五更》(雜曲 1)、《哀情三伯歸天歌》(歌仔冊 10)、《英臺山伯‧吊喪‧寬小桃花》(十番八樂 4)、《梁山伯與祝英臺‧山伯臨終》(粵劇 2)、〈梁山伯與祝英臺〉(粵劇 3)。

21. 死不瞑目（一隻眼閉一隻眼開），如:《英臺哭靈‧悲調》(宣卷 1)、《梁山伯與祝英臺‧英臺哭靈》(越劇 12)、《祝英臺哭靈‧我看你一隻眼兒閉》(越劇 2)、《祝英臺‧哭靈‧我看你一隻眼兒閉》(越劇 30)、《梁祝‧哭靈‧蒼天不隨人的願》(二夾弦 2)。

22. 新娘哭祭禱祝墳開，如：《梁山伯與祝英臺·獻紙錢》(南音 4)、《梁山伯與祝英臺·賣藥哭調(二)》(薌曲說唱 5)、〈祭墳〉(河北梆子 2)、《梁祝恨史·願為蝴蝶繞孤墳》(粵劇 16)。

23. 婚姻受阻，殉情而死，如：《英臺山伯·吊喪·寬香羅帶》(十番八樂 2)、《梁山伯與祝英臺·梁兄殉了情》(北京曲劇 2)。

24. 人化蝶，如：〈化蝶〉(歌曲 1)、〈美麗的傳說－－中國寧波梁祝婚俗節主題歌〉(歌曲 2)、〈雙飛·梁祝化蝶〉(歌曲 12)、〈梁祝禱墓化蝶〉(越劇 24)、《梁山伯與祝英臺·彩虹萬里》(錫劇 3)、《梁山伯與祝英臺》(序曲)(四川曲劇 2)、《梁山伯與祝英臺》(尾聲)(四川曲劇 3)、《梁山伯與祝英臺·化蝶·雨過天晴百花開》(安徽曲劇 2)。

25. 回陽，如：〈祝英台歌〉(民歌 44)、〈三伯英台回陽〉(歌仔戲 18)。

(2) 多折

1. 女扮男裝外出求學，如：〈梁祝姻緣〉(贛劇 2)。

2. 巧計使人不識紅妝，如：《祝英台辭學梁山伯送友》(大鼓書 1)。

3. 女扮男裝者借事物暗喻己為紅妝，如：〈河南民歌五首〉(民歌 37)、《梁山伯與祝英臺》(彈詞 4)、《訪友》(明傳奇 10)、《十八相送、記得草橋兩結拜、英臺托媒》(越劇 13)、《越劇小百花(一)－－我家有小九妹、英台說

出心頭話、十八相送》(越劇 22)、〈新送友〉(滇戲 1)。

4. 誤猜啞謎造成悲劇,如:《英臺別‧山伯訪英臺》(明傳奇 8)。

5. 雙碑墓,如:《梁祝‧十八相送》(越劇 40)、《梁山伯與祝英臺‧十八相送、樓台會》(秦腔 2)。

6. 相思病死,如:〈梁山伯與祝英臺〉(民歌 27)、〔梁山伯與祝英臺〕(歌仔冊 7)、《英臺送哥‧埋喪合歌》(歌仔冊 9)、〔梁山伯與祝英台〕(歌仔冊 17)、《山伯訪友》(滇戲 2)。

(二) 749A、749A. 1、749A. 1. 1、885B 四型故事殘缺者

這類故事有時是原資料本已殘缺,如:〈梁山伯與祝英臺〉(閩劇 3),有的是筆者所見資料是節選或不全,如:〈花牌梁祝〉(民歌 50)、《英臺卷》(寶卷 8)、《三美圖寶卷》(寶卷 9)、《全本姻緣記歌》(木魚書 6)、〈梁山伯與祝英臺〉(節選)(灘簧 1)、《山伯英臺》(歌仔戲 14)。

(三) 依 749A、749A. 1、749A. 1. 1、885B 四型故事部分情節獨立發展的故事

這類故事情節繁複多樣,就其故事重點,分類如下:

1. 金童玉女下凡三世不團圓,如:〈梁山伯為什麼傻〉(故事 98)、〈三世不團圓〉(故事 105)、〈蘭橋斷〉(故事 111)、〈梁山伯出生〉(故事 132)、〈梁祝下凡國山縣〉(故事

133）。

2. 祝母採花受孕與山伯孕中訂親，如：〈姑嫂結冤〉（故事 28）、〈梁祝出世〉（故事 25）。

3. 女扮男裝外出求學，如：〈師母巧編竹牆隔梁祝〉（故事 36）、〈紙糊帳〉（故事 37）、〈祝英臺挑水〉（故事 38）、〈續詩交友〉（故事 39）、〈祝英臺夢遊善卷洞〉（故事 40）。

4. 賭誓貞潔，如：〈焦骨牡丹女兒心〉（故事 29）、〈英臺發誓栽月季〉（故事 30）、〈顯示貞潔月月紅〉（故事 31）、〈紅絹為證〉（故事 32）、〈祝英臺打賭〉（故事 32-2、32-3）、〈米湯澆花花更紅〉（故事 33）、〈一隻繡花鞋〉（故事 34）、〈從前的百日紅花沒有現在的深紅〉（故事 122）、〈牡丹祝英臺〉（民歌 47）。

5. 誤聽同音造成悲劇，如：〈一句氣話毀姻緣〉（故事 41）。

6. 諺語、雙照井、村名、河水、地名、港名、亭名、橋名、閣名、庵名、物的由來，如：〈三句壯族俗語的由來〉（故事 81）、〈山伯愛憎對飛禽〉（故事 82）、〈雙照井〉（故事 63）、〈梁祝終身不娶嫁〉（故事 46）、〈祝家莊和望梁村的傳說〉（故事 68）、〈鴛鴦河〉（故事 69）、〈十八灣的來歷〉（故事 70）、〈馬郎港的成因〉（故事 72）、〈曹橋結拜〉（故事 73）、〈梁祝雙墓的傳說〉（故事 76）、〈襪套的來歷〉（故事 83）、〈"斷橋"隔斷梁祝情〉（故事 145）、〈萬松書院〉（故事 20）、〈沒人吃的老鼠魚〉（故事 10）、〈碧鮮庵和三生堂〉（民歌 46）。

7. 對詩譏蠢才，如：〈英臺對詩譏蠢才〉（故事 43）。

8. 謎語指引路的方向，如：〈梁山伯問路〉(故事 92)。

9. 死不瞑目，如：〈死不瞑目〉(故事 44)。

10. 死後還陽，如：〈清官明斷結秦晉〉(故事 47)、〈祝英臺疆場建奇功〉(故事 48)、〈梁祝還魂團圓記〉(故事 53)、〈蠅蟻狗會反魂說〉(故事 123)、〈十二月好唱祝英臺〉(民歌 30)。

(四) 非 749A、749A.1、749A.1.1、885B 四型梁祝故事

這類故事沒有殉情情節，如：〈夫妻恩愛白頭吟〉(故事 21)、〈歷盡磨難終成婚〉(故事 52)、《正月好唱祝英臺》(民歌 53)、《正月好唱祝英臺》(民歌 72)、《梁三伯·同窗琴書記·時調演義》(南管 1)、〈祝英臺與梁山伯〉(莆仙戲 1)、《梁山伯與祝英台》(電視連續劇 1)、《梁山伯沒死……之後》(小說 16)。

(五) 其他

這類故事與梁祝殉情故事無關，大抵是以梁山伯、祝英臺，或銀心、馬文才為中心而渲染的故事。另有較早方志所載梁祝故事。今就故事重點分類如下：

1. 金童玉女下凡投胎或觀音送子，如：《蠶繭粘住蚤子草》(故事 84)、〈養了伢伲了〉(故事 131)、〈梁山伯出生〉(故事 132)。

2. 山伯吃鵝蛋以開七竅，如：〈梁山伯吃蛋留風俗〉(故事 77)。

3. 女扮男裝求學，如：《寶慶四明志》(文獻 6)、《鄞縣志》

〈文獻 30-1〉、《鄞縣通志》〈文獻 34-1〉。

4. 月夜聯佳句，如：〈英臺月夜聯佳句〉〈故事 27〉。

5. 義婦塚或義婦與人同塚，或同學合葬，如：《乾道四明圖經》〈文獻 1〉、《延祐四明志》〈文獻 8-2〉、《寧波府志》〈文獻 11-2〉、《鄞縣志》〈文獻 30-2〉、《鄞縣通志》〈文獻 34-2〉。

6. 花轎鎖門的原因，如：〈花轎鎖門之傳說〉〈故事 129〉。

7. 縣官治水殉職，如：〈梁縣令治水〉〈故事 56〉。

8. 江中九龍安民，如：〈梁山伯墓的傳說〉〈故事 66〉。

9. 死後還陽，如：〈和尚踢煞抱曉雞〉〈故事 49〉。

10. 山伯顯靈助戰封王，如：《嘉靖寧波府志》〈文獻 11-1〉、《康熙鄞縣志》〈文獻 19〉、〈祝英臺陰配梁山伯〉〈故事 23〉、〈席草計〉〈故事 58〉、〈千萬陰兵助康王〉〈故事 59〉、〈托夢助陣退倭寇〉〈故事 60〉、〈梁聖君廟的傳說〉〈故事 62〉、〈蝴蝶墓與蝴蝶碑〉〈故事 67〉。

11. 山伯顯靈指點生意，如：〈梁山伯指點缸鴨狗〉〈故事 61〉。

12. 縣官托夢治蟲或梁墓土治蟲，如：《鄞縣志》〈文獻 30-3〉、〈梁縣令托夢治蟲〉〈故事 57〉、〈梁山伯墓〉〈故事 107〉。

13. 摸神足治足痛，如：〈梁山伯廟〉〈故事 114〉。

14. 陰配合葬，如：〈清官俠女骨同穴〉〈故事 24〉、〈開倉分糧濟百姓〉〈故事 55〉。

15. 大俠清官合葬，如：〈大俠與清官〉〈故事 50〉。

16. 梁祝讀書洞（或除妖洞）的由來，如：〈嶧山梁祝讀書洞〉（故事 143）。

17. 人參娃娃，如：〈梁祝鬧五寶〉（故事 144）。

（六）無情節單元者

另有民歌、地方曲藝及戲劇的戲曲唱段雖也是梁祝故事，但並無情節單元，有的因為所見地方曲藝或戲曲是部份單元唱段，有的民歌所詠唱的重點不在梁祝故事，而是起興聯想，如《祝英台》（民歌 11）：

> 正月裏要唱個祝英台，娘家拉驢叫我來，一來叫我浪娘家，二來叫我看小妹。
>
> 二月裏要唱個祝英台，青草綠葉長上來，路邊花草迎風擺，好像在唱祝英臺。
>
> 三月裏要唱個祝英台，這幾排楊柳罩路來，樹根隨著葉兒擺，好像在唱祝英台。
>
> 四月裏要唱個祝英台，根根絲線隨鞋擺，好像在唱祝英台。
>
> 五月裏要唱個祝英台，一把涼扇手捉開，涼扇扇風風不來，好像在唱祝英臺。
>
> 六月裏要唱個祝英台，鴨子到河裏浮水來，上河裏浮水是梁山伯，下河裏浮水是祝英台。
>
> 七月裏要唱個祝英台，牛郎又會織女來，折一樹葡萄當禮行，喜鵲搭成鵲橋來。
>
> 八月裏要唱個祝英台，娘家拉馬叫我來，油漆鞍子梅家鐙，我是心急沒騎走着來。

九月裏要唱個祝英台，黃菊花兒滿山開，奴家娘家沒浪夠，
小叔子拉馬叫我來。

十月裏要唱個祝英台，六棱雪花白皚皚，家家戶戶送寒衣，
哭聲在唱祝英台。

唱辭是小媳婦回娘家，而正月至十月均以祝英臺起興，每月第一
句都唱「正月裏要唱個祝英臺」，最後面一句或唱「好像在唱祝英
臺」、或唱「上河裏浮水是梁山伯，下河裏浮水是祝英臺」、「家家
戶戶送寒衣，哭聲在唱祝英臺」。又如白族〈讀書歌〉（民歌25）：

哪個一起來下棋？	梁山伯和祝英臺。
什麼做棋盤？	青天做棋盤。
什麼做棋子？	星星做棋子。
棋盤擺面前，	山伯不會下。
哪個一起彈琵琶？	梁山伯和祝英臺。
什麼做琵琶？	大地做琵琶。
什麼做弦線？	道路做弦線。
琵琶擺面前，	山伯不會彈。

歌中以青天做棋盤、星星做棋子、大地做琵琶、道路做弦線為喻，
而問「哪個一起來下棋？」「哪個一起彈琵琶？」是「梁山伯祝英
臺」，奈何「山伯不會下」、「山伯不會彈」，終是枉然。這是歌者
的慨嘆吟詠。又如雲南情歌《祝英臺》（民歌74）：

正月阿拉拉的好唱滴里里的祝英咕嚕嚕的臺喲，

一對阿拉拉的蜜蜂滴里里的採花咕嚕嚕的來，

蜜蜂阿拉拉的只為滴里里的採花咕嚕嚕的死喲，

山伯阿拉拉的只為滴里里的祝英咕嚕嚕的臺。

以蜜蜂為採花而死比喻山伯為英臺殉情。也有民歌所唱主題雖是梁祝故事，但無情節單元，僅是局部情節的詠唱，如楚歌〈羅江怨〉（民歌1）：

> 紗窗外，月影歪，山伯來訪祝英臺；
>
> 冤家悶得無聊賴，在杭州賣盡巧乖。
>
> 今日裏訴出情懷，教人牽惹得想思害。
>
> 想當初老實痴呆，誰猜你是個裙釵？
>
> 這場瞞哄真奇怪；想前生分薄緣虧，
>
> 今世裏不得和諧，生生再結同心帶！

這是英臺孤枕思想心肝梁哥。又如《山伯英臺》（民歌73）：

> 杭州那彩還啊，越州城啊，
>
> 瞑日思鄉三伯兄噯哼喂，杭州甲哥仔斷約定噯哼喂，
>
> 不知何時阮厝行噯哼陣，不知何時阮厝行曖三伯我兄喂。
>
> 日落不知啊，是黃昏伊，
>
> 英臺伊點燈啊入房門噯哼喲，瞑目思想伊，袂食困噯哼喂；
>
> 思想梁哥仔伊，飯袂吞噯哼喂，思想梁哥噯哼啊，心肝梁哥唉。
>
> 掀起蚊帳刈心肝，思想梁哥仔千萬般，
>
> 孤床獨枕無人看，可比孤鳥尋無伴。

也是英臺思想梁兄，等待他來訪求親。更有奇特的雜曲〈三十六蟲名〉(雜曲 3)，從「正月梅花陣陣香」開始，唱到「十二月臘梅朵朵放」，內容從「螳螂叫船遊春場」到「蛐虫蚰當破衣裳」，共有三十六蟲名，二月裏有「蜜蜂開起茶館來，梁山伯相幫倒開水，坐柜姐姐祝英臺」，則梁山伯、祝英臺也是「三十六種蟲名」之一、二。

　　至於地方曲藝及戲曲的唱段有：

　　　(一)地方曲藝，《梁祝·哭靈·與你陰陽阻隔話難云》(彈詞 8)、《梁祝寶卷·灑淨詞兒》(寶卷 10)、《梁山伯與祝英臺·粉蝶引(二)》(四川清音 3)、《山伯訪友·三月桃花開(二)》(四川花鼓戲 2)、《英臺拜墓·上流》(大調曲子 2)、《梁山伯與祝英臺下山·慢板(四)》(山東琴書 3)、《梁山伯與祝英臺下山·慢板(三)》(山東琴書 4)、《山伯英臺·彩調》(錦歌 13)、《梁祝下山·上河調》(山東琴書 15)、《山伯英臺·補甕調》(錦歌 1)、《山伯探英臺·廈門調(二)》(錦歌 5)、《山伯英臺·安童鬧》(錦歌 7)、《梁祝·十八相送·五空仔硬陽關》(錦歌 8)、《英臺山伯·七字仔反》(錦歌 9)、《英臺山伯·七字仔》(錦歌 10)、《英臺山伯·四空仔》(錦歌 11)、《山伯訪友·三棒鼓腔(六)》(湖南三棒鼓 1)、《梁山伯與祝英臺·平腔(五)》(湖南三棒鼓 2)、《梁山伯·歡調》(跳三鼓 1)、〈英臺流落揚州城〉(漁鼓 1)、〈英臺勸兄〉(選段)(漁鼓 2)、《梁山伯與祝英臺·悲腔(十一)》(漁鼓 3)、《山伯訪友·擺酒宴》(漁鼓 4)、《英臺山伯·病重·懷胎調》(盲人走唱 1)、《英臺山伯·派藥·二空半》(盲人走唱 2)、《英臺山伯·做詩》(盲人走唱 3)、《山伯英臺·賣藥哭老調》(大廣弦說唱 2)、《梁山伯與祝英臺·看病·賣藥仔哭調 (四)》(大廣弦說唱 3)、《梁山伯與祝英臺·大哭

調(一)》(蕪曲說唱 1)、《梁山伯與祝英臺‧七字哭》(蕪曲說唱 2)、《梁山伯與祝英臺‧望春調》(蕪曲說唱 3)、《梁山伯與祝英臺‧愛玉調》(蕪曲說唱 4)、《英臺山伯‧訪友‧繡停針》(十番八樂 1)、《英臺山伯‧吊喪‧望高樓》(十番八樂 3)、《英臺山伯‧吊喪‧寬上小樓‧皂羅袍‧落袍》(十番八樂 6)、《英臺山伯‧吊喪‧蠻牌令》(十番八樂 7)、《英臺山伯‧訪友‧江頭送別》(十番八樂 8)、《英臺山伯‧訪友‧望故鄉》(十番八樂 9)、《梁山伯與祝英臺‧嫻隨官人》(南音 1)、《梁山伯與祝英臺‧不覺是夏天》(南音 3)、《英臺別友‧銀紐絲》(扶餘八角鼓 1)、《梁祝‧下樓調（花調）》(涼州賢孝 1)、《梁祝‧廣東調（花調）》(涼州賢孝 2)、《梁山伯與祝英臺‧慢板(一)》(四股弦書 1)、《梁山伯與祝英臺‧慢板(二)》(四股弦書 2)、《梁山伯與祝英臺‧慢板(三)》(四股弦書 3)、《梁山伯與祝英臺‧慢板(四)》(四股弦書 4)、《梁山伯與祝英臺‧十八相送‧慢八板》(叮叮腔 1)、《梁山伯與祝英臺‧勸嫁‧快八板》(叮叮腔 2)、《梁山伯與祝英臺‧十八相送‧平韻》(叮叮腔 3)、《梁山伯與祝英臺‧十八相送‧下山》(叮叮腔 4)、《英臺思兄‧梳妝臺》(南京白局 1)、《英臺思兄‧一字三哼滿江紅》(南京白局 2)、《山伯訪友‧梁山哥調(一)》(寧夏小曲 7)、《送英臺‧梁山哥調(二)》(寧夏小曲 3)、《梁山伯祝英臺‧梁山哥調(三)》(寧夏小曲 1)、《樓臺會‧英雄悲(二)》(東北二人轉 1)、《樓臺會‧送水調(一)》(東北二人轉 3)、〈梁祝五更〉(東北二人轉 4)、《梁祝下山‧拉君調(二)》(東北二人轉 6)、《十八里相送‧二流水武咳咳》(東北二人轉 7)、〈倒捲帘〉(東北二人轉 8)、《樓臺會‧喇叭牌子(七)》(東北二人轉 10)、〈梁祝下山〉(洛陽琴書 1)、〈梁山伯與祝英臺〉(湖北花鼓 1)。

　　(二)戲曲，《英臺抗婚‧老爹爹你好狠的心腸》(京劇 4)、《柳

蔭記‧自從別兄轉家鄉》(京劇 5)、《柳蔭記‧上寫拜上多拜上》(京劇 6)、《柳蔭記‧悲切切慘淒淒止不住淚濕羅衣》(京劇 7)、《祝英臺遊園‧主婢相伴進園中》(越劇 4)、《梁山伯與祝英臺‧我山伯到祝莊站定觀看》(越劇 5)、《梁山伯與祝英臺‧樓臺會‧英臺說出心頭話》(越劇 6)、《梁祝‧樓臺會‧與你分別是重相會》(越劇 33)、《梁山伯與祝英臺‧勸婚‧怪不得我好言相勸勸不醒》(越劇 38)、《梁祝姻緣‧自古多少女賢才》(贛劇 5)、《梁山伯與祝英臺‧常倚紗窗把梁兄盼》(淮劇 3)、《梁山伯與祝英臺‧梁兄為我得了病》(淮劇 4)、《山伯訪友‧尊一聲梁兄長》(淮劇 5)、《山伯訪友‧梁山伯表家居揚州府》(睦劇 2)、《山伯訪友‧我在書房側耳聽》(睦劇 3)、《柳蔭記‧訪友‧金烏西墜玉兔東升》(川劇 4)、《柳蔭記‧訪友‧才相逢又離分》(川劇 5)、《柳蔭記‧送行‧雲山疊疊江水茫茫》(川劇 6)、《柳蔭記‧別家‧還須要好言來商量》(川劇 13)、《山伯訪友‧十種藥引無有一樣》(黃梅戲 1)、《山伯訪友‧觀二堂好似閻羅寶殿》(黃梅戲 8)、《山伯訪友‧我送九弟到橋頭》(黃梅戲 9)、《山伯訪友‧梁哥哥來我想你》(黃梅戲 11)、《梁祝‧生離死別難相會》(黃梅戲 12)、《梁山伯與祝英臺‧樓臺會‧梁兄你千萬珍重》(錫劇 1)、《祝莊訪友‧直奔祝莊》(揚劇 1)、《梁山伯與祝英臺‧送兄送到藕池東》(揚劇 6)、《梁山伯與祝英臺‧我家有個小九妹》(揚劇 7)、《梁山伯與祝英臺‧送兄送到荷池東》(揚劇 8)、《梁山伯與祝英臺‧那有閑情論雌雄》(粵劇 17)、《梁山伯與祝英臺‧訪友‧有約前來訪故人》(白字戲 3)、《山伯訪友‧聽見羊聲》(婺劇 1)、《拉君》(又名《梁祝下山》)(海城喇叭戲 1)、《拉君‧日頭出來紫靄靄》(海城喇叭戲 2)、《梁祝姻緣‧勸九紅》(武安落子 1)、《梁祝‧我想你》(盧劇 3)、《梁山伯

與祝英臺‧英臺做事太任性》(盧劇 5)、《打棗子‧遠看棗林青變紅》(盧劇 7)、《山伯闖帘‧繡樓驚動我祝英臺》(盧劇 8)、《梁祝‧山伯訪友‧白綾小扇忙展開》(二夾弦 1)、《梁祝‧十八里相送‧不為心肝怎能上梅山》(二夾弦 5)、《梁山伯與祝英臺‧鶯飛草長豔陽天》(北京曲劇 1)、《山伯訪友‧四九問路》(湖南花燈戲 1)、《山伯訪友‧好像鋼刀刺我心》(湖南花燈戲 2)、《山伯訪友‧梁山伯坐在雕鞍上》(湖南花燈戲 3)、《訪友‧一見紅綾好傷心》(長沙花鼓戲 3)、《訪友‧要到祝家會同窗》(長沙花鼓戲 4)、《訪友‧三條大路走中間》(長沙花鼓戲 5)、《訪友‧好似雲開出太陽》(長沙花鼓戲 6)、《山伯訪友‧三魂渺渺又轉來》(邵陽花鼓戲 1)、《山伯訪友‧看你祝賢弟怎發落》(衡州花鼓戲 1)、《山伯訪友‧揚鞭催馬去祝府》(衡州花鼓戲 2)、《山伯訪友‧好似月裏一嫦娥》(衡州花鼓戲 3)、《訪友‧叫過來祝賢弟細聽端詳》(襄陽花鼓戲 1)、《山伯‧點藥‧用手兒拆小書仔細觀望》(襄陽花鼓戲 3)、《訪友‧山伯痴來山伯呆》(東路花鼓戲 2)、《小隔帘‧不是為你怎麼得的病》(衛調花鼓戲 1)、《英臺弔孝‧哭梁兄不由我淚往下流》(皖南花鼓戲 1)、《梁祝‧手扒鞍腳踏凳》(皖南花鼓戲 2)、《山伯訪友‧我送梁兄到牆頭》(皖南花鼓戲 3)、《梁祝‧四九按馬聽從頭》(皖南花鼓戲 4)、《山伯英臺‧看花‧一小姐來看花》(貴兒戲 1)、《梁山伯與祝英臺‧梁仁兄難認出結拜之人》(茂腔 1)、《柳蔭記‧罵媒‧提馬家高聲罵》(評劇 1)、《柳蔭記‧思兒‧埋怨聲爹媽做事差》(評劇 2)、《梁山伯與祝英臺‧雁兒歸去畫樑空》(評劇 3)、《梁山伯與祝英臺‧梁師兄你不要怒滿胸懷》(評劇 4)、《梁祝姻緣‧掃掃桌椅抹抹臺》(陽新採茶戲 1)、《山伯訪友‧哪怕是天仙女從空下降》(黃梅採茶戲 1)、《山伯訪友‧聽說九弟許馬家》(萍鄉採茶戲 2)、

《山伯訪友·梁山伯騎著善行馬》(萍鄉採茶戲 3)、《梁山伯與祝英臺·梁山伯上過了金絲高頭馬》(贛西採茶戲 1)、《梁山伯與祝英臺·回過頭來罵一聲祝賢妹》(贛西採茶戲 2)、《梁山伯與祝英臺·祝英臺在書房心中暗自想》(贛西採茶戲 3)、《梁山伯與祝英臺·一懷思嫌我梁山伯》(贛西採茶戲 4)、《梁山伯與祝英臺·梁山伯難捨難丟祝賢妹》(贛西採茶戲 5)、《梁山伯與祝英臺·梁兄哥》(寧都採茶戲 3)、《梁山伯與祝英臺·罵馬家罵英臺》(寧都採茶戲 4)、《梁山伯與祝英臺·兄弟們打坐在高堂上》(寧都採茶戲 5)、《山伯訪友·這才是大禍從天降》(吉安採茶戲 1)、《山伯訪友·梁兄哥不必得將弟來想》(上饒採茶戲 1)、《山伯訪友·賢妹妹我想你衣冠不整無心理》(武寧採茶戲 2)、《山伯訪友·叫哥早來哥不早來》(武寧採茶戲 4)、《山伯訪友·拜別賢弟下樓臺》(武寧採茶戲 6)、《送友·太陽一出照山河》(袁河採茶戲 1)、《梁山伯與祝英臺·過了一山又一山》(南昌採茶戲 1)、《山伯會友·美不美鄉中水》(南昌採茶戲 2)、《山伯送友·兄弟雙雙坐書房》(提琴戲 1)、《山伯訪友·三個班鳩飛過灣》(堂戲 1)、《山伯樓臺別·捨不得九弟回頭見》(堂戲 2)、《山伯訪友·結一位好窗友共敬大賢》(堂戲 4)、《柳蔭記·東家去騙吃》(四川曲劇 4)、《梁山伯與祝英臺·悲切切慘悽悽》(四川曲劇 6)、《梁山伯與祝英臺·才得相逢又離分》(四川曲劇 8)、《柳蔭記·自從弟兄把學上》(四川曲劇 9)、《柳蔭記·聞言急得咽喉啞》(四川曲劇 10)、《梁山伯與祝英臺·一杯薄酒奉勸君》(四川曲劇 11)、《梁山伯與祝英臺·深謝賢弟美盛情》(四川曲劇 12)、《梁山伯與祝英臺·悲切切慘悽悽》(四川曲劇 13)、《梁山伯與祝英臺·重重深院鎖清秋》(四川曲劇 14)、《梁山伯與祝英臺·相當初兄把書館上》(四川曲劇 15)、《梁山伯與祝英臺·

八月桂花香》(四川曲劇 16)、《梁山伯與祝英臺‧一心攻書立志向》(四川曲劇 17)、《柳蔭記‧梁兄此時你在何方》(四川曲劇 19)、《柳蔭記‧萬紫千紅春色嬌》(四川曲劇 20)、《梁山伯與祝英臺‧埋怨爹媽做事差》(四川曲劇 24)、《訪友‧兄也難來弟也難》(四川燈戲 1)、《訪友‧梁山伯這一旁忙整衣冠》(四川燈戲 2)、《梁山伯與祝英臺‧八月金秋天漸涼》(新城戲 1)、《梁山伯與祝英臺‧揚鞭催馬康莊道》(新城戲 2)、《梁山伯與祝英臺‧八仙桌來四角方》(隆堯秧歌 1)、《梁山伯與祝英臺‧過了年燈節日開逢迎春》(隆堯秧歌 2)、《梁山伯與祝英臺‧思祝‧四九整行裝》(安徽曲劇 1)、《隔簾‧思哥盼哥肝腸斷》(嗨子戲 1)、《十八相送‧咱二人弟兄成不了個雙》(曲子戲 1)、《梁山伯與祝英臺‧難捨高堂二雙親》(洪山戲 1)、《梁祝‧老身我家住在胡橋鎮》(泗州戲 2)、《勸嫁‧母女雙雙坐樓堂》(淮海戲 1)、《下山‧後跟著盟弟祝英臺》(二人台 1)、《下山》(又名《祝英臺下山》)(二人台 2),均無情節單元。

戲曲也有以祝英臺起興,生(夫)旦(妻)二人對唱的唱段,如《秧麥‧正月好唱祝英臺》(武寧採茶戲 1):

> (旦唱)正月好唱祝(哪)英(啊)臺(也),向聲(哪)
> 　　　當家夫你在那裏來?
> (生唱)我在廣東(啊)廣西來(也),
> (旦唱)一去就要歸(也),(生唱)歸來做什的(哎)?
> (旦唱)正月有個節(呀),(生唱)有個什麼節(哎)?
> (旦唱)正月有一個元宵節。
> (生唱)提起元宵節(羅),為夫也曉得,

　　（旦唱）妻子要觀燈（哎），（生唱）打伴一路行（叻），

　　（旦唱）劉郎哥早轉身來快轉身，早生貴子跳龍（啊）門

　　（哪）。

　　正月好唱祝英臺，最終目的是妻子要外出的丈夫快去快回，
可早生貴子跳龍門哪。

第四章　梁祝故事變異（一）

第一節　唐宋梁祝故事結構變異

今日流播於亞洲地區的龐大梁祝文化網絡現象，相傳肇端於東晉鄞縣縣令梁山伯及上虞女子祝英臺悲戀殉情故事，然其人其事未載諸正史。今見最早的資料載於宋人張津《乾道（1165-1173）四明圖經》卷二〈鄞縣〉引唐人梁載言《十道四蕃志》（文獻 1），僅提及「義婦祝英臺與梁山伯同冢」[1] 的簡單情節，並無祝英臺與梁山伯的生卒年代、身份、事蹟之記載，也不知二人何以同冢，更不清楚稱祝英臺為義婦的理由。

今考梁載言生平事蹟及其論著錄於《舊唐書文苑傳》卷一九〇：

> 梁載言，博州聊城人，歷鳳閣舍人，專知制誥，撰《具員故事》十卷，《十道志》十六卷，並傳於時。中宗時為懷州刺史。……武后時敕吏部糊名考判，唯劉憲、王適、司馬鍠、梁載言。入第二等。[2]

另外，《新唐書劉憲傳》卷二〇二[3]、《大唐新語》卷八[4]，也載其事

---

[1] 宋‧張津等撰：《乾道四明圖經》卷二（臺北：大化書局，1980 年，《宋元地方誌叢書》本，第 8 冊），頁 4977 上。

[2] 五代‧劉昫等撰：《舊唐書》卷一九〇（臺北：臺灣商務印書館，1989 年，《景印文淵閣四庫全書》本，271 冊），頁 577-578。

[3] 宋‧歐陽脩、宋祁等撰：《新唐書‧劉憲傳》卷二〇二（臺北：臺灣商務印書館，1989 年，《景印文淵閣四庫全書》本，276 冊），頁 70 上。

蹟，又《全唐詩》卷八百六十九[5]錄其詩一首。而《新唐書藝文志》卷五十八錄其著作：《具員故事》十卷、《具員事跡》十卷、《四公記》（一作盧詵撰）、《十道志》十六卷[6]，均佚。

查屏球〈新見最早的《梁山伯與祝英臺傳》－－兼論梁祝故事在唐宋流行〉[7]一文提及梁載言《十道志》一書，宋人《太平寰宇記》[8]、《元豐九域志》[9]、《會稽志》[10]、均曾引用，但與鄭樵《通志‧藝文志》[11]、清晁公武《郡齋讀書志後志》卷一[12]、陳振孫《直

4　唐‧劉肅撰：《大唐新語》卷八，《稗海》（臺北：藝文印書館，1969年，《百部叢書集成》本），頁11。

5　清‧清聖祖敕編：《全唐詩》卷八百六十九（臺北：臺灣商務印書館，1986年，《景印文淵閣四庫全書》本，1431冊），頁493。

6　宋‧歐陽脩、宋祁等撰：《新唐書‧藝文志》卷五十八（臺北：臺灣商務印書館，1989年，《景印文淵閣四庫全書》本，273冊），頁67、78、70。

7　查屏球撰：〈新見最早的《梁山伯與祝英臺傳》--兼論梁祝故事在唐宋流行〉，見西北大學文學院編：《中國古代文學研究高層論壇論文集》（北京：中華書局，2004年11月），頁72-85。

8　案：宋‧樂史（930-1007年）撰：《太平寰宇記》卷五十四、一百六十九、一百七、一百八十八（臺北：迪志文化出版社，1999年11月，電子版《文淵閣四庫全書》本），頁17、頁14、頁15、頁11，均引《十道志》文。

9　案：宋‧王存等撰：《元豐九域志》卷五（臺北：迪志文化出版社，1999年11月，電子版《文淵閣四庫全書》本），頁44，引「梁載言《十道志》」文。

10　案：宋‧施宿等撰：《會稽志》（臺北：迪志文化出版社，1999年11月，電子版《文淵閣四庫全書》本），所引《十道志》有五十三處之多，文繁茲不詳錄。

11　宋‧鄭樵撰：《通志‧藝文略》卷六十六（臺北：商務印書館，1986年，《景印四庫全書》本，374冊），頁362：「《十道志》十六卷，梁載言撰」。案：查氏所引為《通志‧藝文志》「《十道四蕃志》三卷，梁載言撰」，二者有異，不知其所據版本為何？

12　宋‧晁公武撰：《郡齋讀書志後志》卷一（臺北：臺灣商務印書館，1986年，《景印文淵閣四庫全書》本，674冊），頁386。案：《郡齋讀書志》卷八亦載此內容（臺北：廣文書局，1963年12月，《書目續編》本），頁585。

齋書錄題解》卷八[13]、《宋史・藝文志》卷二百四[14]、《文獻通考》卷二百四[15]等目錄志所著錄該書卷數、書名有異，版本系列亦有不同，推論「宋代流傳署名為梁載言的《十道志》有唐咸通後人所加內容。」查氏文又引唐裴庭裕《東觀奏記》卷中言「（韋澳）奉宣旨即以《十道四蕃志》更博採訪，撰成一策，題曰"處分居"」，而斷言[16]，早在唐宣宗時，即有人對《十道四蕃志》加以增補，所以宋人引梁祝之言，不一定是梁書原著。又說：「今人多認為《十道四蕃志》中引用的那段話是出自宋人張津的《乾道四明圖經》。本書已不存在，僅可于《寶慶四明志》卷十三有引用」[17]。

今考查氏說法恐有疑義，首先，查氏就目錄志所錄梁載言《十道四蕃志》資料有異，而推論今所見該則資料不一定是梁載言原著，且斷言梁祝故事材料出現的時間，「其下限可以推論到晚唐宣宗或咸通時期，這就是說關於梁祝故事產生晉代的說法，有可能出於唐咸通後」[18]之說法，並無不可，但卻非必然。

---

[13] 宋・陳振孫撰：《直齋書錄解題》卷八（臺北：藝文印書館，1969年，《百部叢書集成》本），頁534-535：「唐《十道四蕃志》十卷（案：《文獻通考》作十三卷），唐太府少卿梁載言撰，其書廣記備言頗可觀。載言不見於史，又有《具員故事》，題鳳閣舍人，及《梁四公記》亦云載言所錄。」

[14] 元・托克托撰：《宋史・藝文志》卷二百四（臺北：迪志文化出版社，1999年11月，電子版《文淵閣四庫全書》本），頁18：「梁載言，《十道四蕃志》十五卷」。

[15] 案：元・馬端臨撰：《文獻通考》卷二百四（臺北：迪志文化出版社，1999年11月，電子版《文淵閣四庫全書》本），引「《十道志》十三卷，……唐梁載言撰」。

[16] 唐・裴庭裕撰：《東觀奏記》卷中（臺北：藝文印書館，1969年，《百部叢書集成》本），頁6-7。

[17] 同註7，頁75-76。

[18] 同註7，頁77。

　　再者，查氏又引另一則材料，南宋周必大《文忠集》卷一六七〈泛舟游山錄〉：「……善權……按：舊碑寺本齊武帝贖祝英臺莊所置」[19]推測，事情的原委可能是這樣的：「在南齊時此地有一祝英臺莊，齊武帝曾將之贖回並建有寺碑」[20]，又引清人《江南通志》卷四十五[21]、明人章潢《圖書編》卷六十[22]，關於善權寺、善權洞的資料，而推論「在南齊時在宜興一帶梁祝故事已甚流傳，以致有齊武帝為贖地建寺之事。以這則材料至少可以印證《風俗編》所引《宣室志》中的梁祝故事是有一定的傳說淵源的，不太可能是明清人杜撰出來的。」[23]

　　案：宋人張津《乾道四明圖經》一書，今可見，錄於《宋元地方志叢書》第八冊，是清咸豐四年刊本[24]，查氏未見此書，而引羅濬《寶慶四明志》卷十三「梁山伯祝英臺墓」[25]條資料，以為《十道四蕃志》僅可見於《寶慶四明志》，其說誤矣。

　　今考《寶慶四明志》所載梁祝故事雖與《乾道四明圖經》大抵相同，然該書原先是由胡榘於南宋理宗寶慶三（1227）年就張津

[19] 南宋・周必大撰：〈泛舟游山錄〉，《文忠集》卷一六七（臺北：臺灣商務印書館，1986 年，《景印文淵閣四庫全書》本，1148 冊），頁 804。

[20] 同註 7，頁 77。

[21] 清・黃之雋編撰：《江南通志》卷四十五（臺北：臺灣商務印書館，1986 年，《景印文淵閣四庫全書》本，508 冊），頁 429。

[22] 明・章潢撰：《圖書編》卷六十（臺北：臺灣商務印書館，1971 年，《四庫全書珍本》本），頁 26。

[23] 同註 7，頁 77。

[24] 今人李逴揚所主持之中國地志研究會精選宋、元兩代地方志三十七種，印成《宋元地方志叢書》（臺北：大化書局，1980 年），精裝十二鉅冊。

[25] 宋・羅濬等撰：《寶慶四明志》卷十三（臺北：成文出版社，1983 年），頁 33。

《乾道四明圖經》舊本重加增訂，其後因調往他處而中輟，同里胡瀎適遊四明，胡氏遂屬之編定，凡一百五十日而成書[26]。離張津撰於南宋孝宗乾道五（1169）年，已有五十餘年。

且在羅瀎之前，南宋寧宗嘉定十四（1221）年王象之所撰《輿地紀勝慶元府》卷十一也云：「義婦冢，在鄞縣西十里接待院之後，即梁山伯祝英臺之冢也」[27]，此義婦冢記錄雖未提及所由，但亦不異《十道四蕃志》「義婦祝英臺與梁山伯同冢」的記載，另外北宋徽宗時李茂誠作於大觀年間的《義忠王廟記》文末云：「宋大觀元（1107）年季春，詔集《九域圖誌》及《十道四蕃志》，事實可考」，則知宋大觀元（1107）年時乃可見《十道四蕃志》，今考李茂誠《廟記》所載梁祝故事是祝英臺臨山伯冢祭奠，地裂而埋璧致同冢，而為謝安奏請封為「義婦塚」，此與張津《乾道四明圖經》所引《十道四蕃志》內容當無不同，所以說「事實可考」。則恐怕不可言宋人所引《十道四蕃志》梁祝資料定非梁載言所著。

綜上所言，可知宋人張津《乾道四明圖經》卷二所引梁載言《十道四蕃志》未必不可信，則梁祝於唐高宗或武后（684-705 年）時期的流傳狀況之一端，言「義婦祝英臺與梁山伯同冢」的說法，當亦可據。

張津《乾道四明圖經》卷二云：

　　按：初《十道四蕃志》云：義婦祝英臺與梁山伯同冢，即

---

[26] 李迺揚編：《宋元地方志叢書》（臺北：大化書局，1980 年），574 冊，頁 4951。

[27] 宋·王象之撰：《輿地紀勝》卷十一（上海：上海古籍出版社，1995 年，《續修四庫全書》本），頁 163。

其事也。（文獻4）

據此可知《十道四蕃志》有「義婦與人同冢」一個情節單元。

唐梁載言之前，宋史能之咸淳四（1268）年編修之《咸淳毗陵志》卷二十七載云：「祝陵在善權山……然考《寺記》，謂齊武帝贖英臺舊產建，意必有人第，恐非女子耳。」[28]按此《寺記》之「寺」所指為何？陳健〈梁祝史實三考〉一文，據《咸淳毗陵志》卷二十九：「碧鮮庵，字在善權（善權，即善卷。公元四九九年，因避南齊東昏侯蕭寶卷諱，改"卷"為"權"[29]。）寺方丈石上」[30]、卷二十五：「廣教禪院在善卷山，齊建元二年以祝英臺故宅建。唐會昌中廢，地為海陵鐘離簡之所得，至大和中，李司空蠙于此借楊肄業後，第進士。咸通間贖以私財重建，刻奏疏於石」[31]，及宋《寰宇記》、宋薛季宣〈遊祝陵善卷洞詩〉、宋李曾伯《善權禪堂記》等記載，認為該《寺記》即《善卷寺記》，而推斷「善卷寺是齊武帝在贖買的故英臺故宅上所建」[32]，其說大致可信。

至於《毗陵志》卷二十七言「齊武帝贖英臺舊產建」[33]，與

---

[28] 宋·史能之撰：《咸淳毗陵志》卷二十七（臺北：成文出版社，1983年3月一版，清嘉慶二十五年刊本，《中國方志叢書》，422冊），頁3699。

[29] 參宜興市政協學習和文史委員會、宜興市華夏梁祝文化研究會編《宜興梁祝文化--史料與傳說》（北京：方志出版社，2003年10月一版），頁12註2。

[30] 同註28，卷二十九，頁3709。

[31] 同前註，卷二十五，頁3689。

[32] 陳健撰：〈梁祝史實三考〉，收於宜興市政協學習和文史委員會、宜興市華夏梁祝文化研究會編：《宜興梁祝文化--論文集》（北京：方志出版社，2004年11月），頁191。

[33] 同註28。

卷二十五云：「齊建元二年以祝英臺故宅建」[34]，二者有異，按齊建元乃齊高帝年號，建元二年為西元四八〇年，而齊武帝則是西元四八三年之後繼位，陳健認為可能是「善卷寺於建元二年在祝英臺故宅上始建，至齊武帝時辦妥贖買祝英臺故宅並建成善卷寺和確定善卷寺"寺額"」[35]。陳氏說法雖然推論成份居多，但亦無不可。再者，唐李蠙當也見過《善卷寺記》，李氏於《題善權寺石壁》詩序云：「常州離墨山始自齊武帝贖祝英臺產之所建……」[36]，所載與《毗陵志》不異。

　　今考《咸淳毗陵志》所載梁祝資訊有三：1. 英臺是齊高帝或齊武帝之前或同時的人；2. 祝陵在善權山；3. 善卷山之廣教禪院在齊建元二年建於祝英臺故宅，即今日江蘇省宜興縣國山東南。至於其人其事為何，則不得而知，史能之所言：「意必有人第，恐非女子耳」，也只是推測之辭，不足為據。但據《咸淳毗陵志》所載，已知咸淳四年史能之所見《（善卷）寺志》，英臺是齊高帝或齊武帝之前或同時的人，她的故宅及葬地（祝陵）是今日江蘇省宜興縣國山東南，與張津載梁、祝同葬於鄞縣（今之浙江省寧波市）有異。

　　明末徐樹丕《識小錄》卷三所載一則梁祝故事之後，自加按語云：「梁祝事異矣！《金樓子》及《會稽異聞》皆載之。」[37]其

---

[34] 同註 28，卷二十五，頁 3689。

[35] 同註 32，頁 190。

[36] 唐・李蠙撰《題善權寺石壁》，收於明・方策編：《善權寺古今文錄》卷六（北京：書目文獻出版社，1998 年，《北京圖書館珍本叢刊》本），頁 723。

[37] 明・徐樹丕撰：《識小錄》卷三（臺北：新興書局，1985 年），頁 435。

言《金樓子》及《會稽異聞》均載梁祝事，然與其所載故事不同。今日已不可得知此二書之梁祝故事內容，其中《會稽異聞》一書，古今書目皆未載及；而梁元帝（508-554）蕭繹所著《金樓子》，據清《四庫全書總目》卷一百十七所載，原書在明代已湮晦，散亡[38]，今可見的有《說郛》摘本[39]及從《永樂大典》輯錄本子[40]二種，均無梁祝故事記載，則今日僅知梁元帝蕭繹時，也有梁祝故事的流傳而已。

《十道四蕃志》之後，晚唐張讀（生卒年不詳，約唐宣宗大中（847-860）年間在世）《宣室志》也載梁祝故事，但今可見之《宣室志》[41]並無該則故事。宋人《太平廣記》及宋人各類筆記均無記錄，惟見諸乾隆時翟灝（1736-1795）《通俗編》卷三十七[42]，及梁章鉅（1775-1849）《浪跡續談》卷六[43]，兩書所引內容幾乎相同，僅「問」字後者作「聞」，「方」字後者作「仍」，「英臺」後者作「祝英臺」及「鄞」字後者作「鄮」，鄮與鄞均是今日浙江省寧波市鄞州區。李劍國《唐五代志怪傳奇敘錄》以為《宣室志》所載

---

[38] 清·紀昀等撰：《欽定四庫全書總目》卷一百十七（臺北：迪志文化出版社，1999 年 11 月，電子版《文淵閣四庫全書》本），頁 18。

[39] 明·陶宗儀撰：《說郛》卷十下（臺北：迪志文化出版社，1999 年 11 月，電子版《文淵閣四庫全書》本），頁 28。

[40] 明·姚廣孝、解縉等編撰：《永樂大典》（臺北：世界書局，1962 年 2 月）。

[41] 唐·張讀撰：《宣室志》（臺北：廣文書局，1968 年 6 月）。

[42] 清·翟灝撰：《通俗編》卷三十七（臺北：國泰文化事業有限公司，1980 年 1 月初版），頁 833。

[43] 清·梁章鉅（嘉慶、道光時人）撰：《浪跡續談》，收於李劍國撰：《唐五代志怪傳奇敘錄》（天津：南開大學出版社，1993 年 12 月一版），頁 832-833。

皆唐事，祝英臺事乃在東晉，自不應載於本書[44]。另有路曉農〈梁祝尋根新考〉查閱明萬曆商濬《稗海》、《四庫全書》內府藏本所收《宣室志》均無梁祝故事。[45]

　　查屏球也引南宋周必大《文忠集》卷一六七〈泛舟游仙錄〉所載「宜興善權洞」條，其後之案語「舊碑寺本齊武帝贖祝英臺莊所置」，及清人《江南通志》卷四十五「善權寺」條、明人章潢《圖書編》卷六十「善權洞」資料，推斷《風俗編》所引《宣室志》中的梁祝故事有一定的傳說淵源，不大可能是明清人士杜撰出來的[46]。今就故事情節的發展而言，《通俗編》卷三十七所引《宣室志》的梁祝故事：

> 英臺，上虞祝氏女，偽為男裝游學，與會稽梁山伯者同肄業。山伯字處仁。祝先歸二年，山伯訪之，方知其為女子，悵然如有所失。告其父母求聘，而祝已字馬氏子矣。山伯後為鄞令，病死，葬鄞城西。祝適馬氏，舟過墓所，風濤不能進。問知有山伯墓，祝登號慟，地忽自裂，陷祝氏，遂並埋焉。晉丞相謝安表奏其墓曰：義婦冢。（文獻2）

此段資料，1.已載明梁祝鄉里，英臺是上虞、山伯是會稽人。2.山伯字處仁，後為鄞令，病死，葬鄞城西。3.英臺字馬氏子。4.

---

[44] 李劍國撰：《唐五代志怪傳奇敍錄》（天津：南開大學出版社，1993 年 12 月一版），頁 833-834。

[45] 路曉農撰：〈"梁祝"尋根新考〉，收於宜興市政協學習和文史委員會、宜興市華夏梁祝文化研究會編：《宜興梁祝文化--論文集》（北京：方志出版社，2004 年 11 月），頁 279。

[46] 同註 7，頁 77。

此故事的情節單元已增益為：(1)「女扮男裝外出求學」、(2)「婚姻受阻（相思）病死」、(3)「新娘舟過情人墓，風濤不能進」、(4)「新娘哭情人墓，地忽自裂，新娘陷入，並埋而卒」、(5)「義婦冢的由來」五個情節單元，屬梁祝 885B「戀人殉情」類型故事。

　　據查屏球於韓國新發現唐僖宗、昭宗（874-904）時詩人羅鄴的〈蛺蝶〉詩，該詩收於《夾註名賢十抄詩》卷下，此書是韓國高麗時代初之唐詩選本《十抄詩》的註釋本，註者序稱「東都海印宗老僧」，韓國學者認為此註釋本約在西元一二〇〇年前後撰成，即中國南宋寧宗時期。羅鄴〈蛺蝶〉詩不錄於《全唐詩》[47]、《全唐詩外編》[48]，其詩曰：

> 草色花光小院明，短牆飛過勢便輕。
>
> 紅枝裊裊如無力，粉翅高高別有情。
>
> 俗說義妻衣化狀，書稱傲吏夢彰名。
>
> 四時羨爾尋芳去，長傍佳人襟袖行。（詩 1）

查屏球〈新見最早的《梁山伯與祝英臺傳》－－兼論梁祝故事在唐宋流行〉一文，據《唐摭言》「羅鄴，餘杭人……」[49]的記載推斷，羅鄴生活地與梁祝故事發源地接近，自然熟知梁祝傳說。羅

---

[47] 清・聖祖敕編：《全唐詩》（臺北：臺灣商務印書館，1986 年，《景印文淵閣四庫全書》本）。

[48] 木鐸編輯室，王重民、孫望、童養年輯錄：《全唐詩外編》（臺北：木鐸出版社，1983 年）（匯編王重民《補全唐詩》、《敦煌唐人詩集殘卷》、孫望《全唐詩補逸》、童養年《全唐詩續補遺》四種為一書）。

[49] 五代・王保定撰，姜漢椿新譯：《新譯唐摭言》卷十（臺北：三民書局，2005 年 1 月），頁 348-349。

鄱詩中「義妻」及「化衣」之事與此皆相符，詩中明言“俗說”，
表明他是引用民間傳說入詩的[50]。案：查氏此說大抵可信。

　　羅鄱詩有兩個情節單元「義妻」、「衣化蛺蝶」。羅鄱是唐僖宗、
昭宗時人，可以推知晚唐（874-904）民間傳說梁祝故事已發展至
「衣化蛺蝶」了，已屬749A「生雖不能聚，死後不分離」類型，
而「衣化蛺蝶」的情節發生必在婚姻受阻殉情之後，始可稱為「義
妻」。因此《宣室志》(2)「婚姻受阻山伯（相思）病死」、(3)「新
娘舟過情人墓，風濤不能進」、(4)「新娘哭情人墓，地忽自裂，
新娘陷入，並埋而卒」三個情節單元的發展鋪陳當是合理的，也
因此《浪跡續談》卷六、及《通俗編》卷三十七所載《宣室志》
屬885B類型「戀人殉情」梁祝故事，雖未必為張讀所撰，但所載
故事時代亦在晚唐。

　　今考六朝吳歌中二十五首〈華山畿〉，其一：

> 華山畿，君既為儂死，獨生為誰施？歡若見憐時，棺木為
> 儂開。[51]

吳歌是吳地的民歌，主要地域流行於江東，即長江下游及太湖一
帶古吳地，而以南朝京都建業為中心，即今日江蘇、浙江省一帶，
以南京為中心，可見此〈華山畿〉民歌流行於江南江蘇、浙江一
帶，詩中已有「君為儂殉情而死」及「禱祝君棺本為儂開」的情
節單元，雖不可直接證明為梁祝「婚姻受阻殉情」及「新娘禱祝

---

[50] 同註7，頁83。
[51] 宋・郭茂倩編撰：《樂府詩集》卷四十六（臺北：里仁書局，1981年），
頁669。

顯靈墓開人進墓」情節的原始來源，但在南齊武帝（483-493）時，
已有江蘇宜興善權寺碑載祝英臺莊一事[52]，而此華山畿民歌又流行
於江、浙一帶，地域相同，當可作為《通俗編》卷三十七所載梁
祝故事即便非張讀（847-860 年間在世）原文所載，則時代恐亦不
晚的證據，再說晚唐羅鄴（874-879 時人）〈蛺蝶〉詩已有「衣化
蛺蝶」的情節，則化蝶之前，當先有殉情、投墳情節，誠屬自然。
故今可斷言，唐末宋前梁祝故事已有「女扮男裝外出求學」、「婚
姻受阻（相思）病死」、「新娘舟過情人墓，風濤不能進」、「新娘
哭情人墓，地忽自裂，新娘陷入，並埋而卒」、「義婦冢的由來」、
「義妻」、「衣化蛺蝶」的情節，當屬無疑。

　　至於「化蝶」的情節，在羅鄴詩之前時有所見，有時是「木
蠹生蟲，羽化為蝶」（晉干寶《搜神記》卷十三[53]）、有時是「人化

[52] 同註7，頁77-78。又案：查氏〈新見最早的《梁山伯與祝英臺傳》——兼
論梁祝故事在唐宋流行〉文以為南宋高宗紹興（1131-1162）時人薛季宣
《浪語集》卷四〈游竹陵善權洞二首〉之一詠及英臺事，但未及齊武帝贖
祝英臺宅之事，而斷言「可能也是此後出現的傳說」（頁 78）一說，恐亦
未必如此，蓋不可因其事未見載於薛季宣書，而推論必是不存在其事，也
許只是薛氏不知其事而已，故今仍據為南齊武帝時已有江蘇宜興善權寺碑
載祝英臺莊一事，而不採後出之傳說說法。

[53] 晉·干寶撰、黃滌明譯註：《搜神記》卷十三（貴陽：貴州人民出版社，
1991 年 1 月一版），頁 375：「木蠹生蟲，羽化為蝶」。另案：錢南揚〈梁
祝故事敘論〉一文曾引「晉干寶《搜神記》云："宋大夫韓憑，娶妻美，
宋康王奪之，憑自殺。妻陰腐其衣，與王登臺，自投臺下，左右攬之，著
手化為蝴蝶"」（見錢南揚編輯，婁子匡校纂：《祝英臺故事專號》，《民俗
週刊》第九十三、四、五期合刊（原 1930 年 2 月 12 日出版）（臺北：東
方文化書局，1970 年冬季復刊），頁 14）。今查現存《搜神記》有二種：
一為二十卷本（貴陽：貴州人民出版社，1991 年 1 月一版），一為八卷（見
《龍威秘書》，臺北：新興書局，1969 年）均不見此文，不知錢氏引文何
所據。而查宋人樂史所撰《太平寰宇記》卷十四（臺北：臺灣商務印書館，

蝶」(晉陶淵明《搜神後記》卷八[54]),有時是「裙幅化蝶」(段成
式《酉陽雜俎》卷十七)[55]。另在羅鄴稍早之前,有李商隱(813-856)
〈青陵臺〉詩云:

> 青陵臺畔日光斜,萬古貞魂以暮霞;
> 莫訝韓憑為蛺蜨,等閒飛上別枝花。[56]

此詩中言「韓憑為蛺蜨」,則李商隱時當已有「韓憑化蝶」的傳說,
但梁祝故事「衣化蛺蝶」的情節與此多種型態的幻化有無直接的
影響,則不能斷言。即便韓憑故事中也是「男女殉情而死」,「死

1986 年 3 月初版,《景印文淵閣四庫全書》),頁 11,「濟州鄆城縣韓憑冢」
引《搜神記》:「宋大夫韓憑娶妻美,宋康王奪之,憑怨王,自殺,妻陰腐
其衣,與王登臺,自投臺下,左右攬之,著手化為蝶」,又云:「與妻合葬,
冢樹自然交柯」。且今見敦煌寫本《韓朋賦》五種,其中只有 S.2922 號卷
末載有「癸巳年三月八日張憂道書了」題記。唐五代有「癸巳」年者有六,
陳麗卿推斷此抄本寫於唐憲宗元和七(813)年以後,最晚不過唐明宗長
興四(933)年;又說《韓朋賦》之撰作,在元和七(813)年以前便完成
(陳麗卿撰:《韓朋故事研究》(臺北:中國文化大學中國文學研究所碩士
論文,1987 年,頁 119-136))。今考此五種《韓朋賦》故事並無「化蝶」
情節,則或可斷言「韓妻衣化蝶」的情節可能遲至宋樂史(930-1007 年)
時始見載於書。

[54] 晉‧陶淵明撰:《搜神後記》卷八(北京:中華書局,1985 年),頁 97:「晉
義熙中烏傷葛輝夫在婦家宿,三更後有兩人把火至堦前,疑是凶人,往打
之,欲下杖悉變成蝴蝶,繽紛飛散,有衝輝夫腋下便倒地,少時死。」案:
錢南揚:〈梁祝故事敘論〉一文誤為《搜神記》內容(見錢南揚編輯,婁
子匡校纂:《祝英臺故事專號》,《民俗週刊》第九十三、四、五期合刊(原
1930 年 2 月 12 日出版)(臺北:東方文化書局,1970 年冬季復刊),頁
15)。

[55] 唐‧段成式撰:《酉陽雜俎》卷十七:「秀才顧非熊少時,嘗見鬱棲中壞綠
裙幅」(北京:中華書局,1985 年),頁 141。

[56] 唐‧李商隱撰:《李義山詩集》卷上(臺北:臺灣學生書局,1973 年 10
月),頁 231。

後化蝶」[57]的情節，但民間傳說故事之間的傳播關係是難以判斷，除非有明確證據，否則說誰影響誰的說法，也是不能定準的。

梁祝故事在宋已有很大的進展，北宋蘇軾《東坡樂府》有〈祝英臺近〉[58]，今雖不知該詞牌作於何時，但與祝英臺故事有關，當無疑義。又東坡此詞寫於何時亦不可考，然至少可以推論東坡時代（宋仁宗景祐三（1036）年宋徽宗建中靖國初（1101）年），梁祝故事已流傳至廣，可惜今不得誠知內容為何。

北宋徽宗（1101-1127）時人李茂誠有《義忠王廟記》（大觀（1103-1110）年間），其文最早見於清人聞道性《康熙鄞縣誌》，查屏球以為此《廟記》行文風格，頗類筆記小說，但宋元文獻似無人提及，而明人《寧波志》及《宜興志》所敘之梁祝故事與此情節相似，但未提及此《廟記》，又引《建炎以來記年要錄》卷十一，記李茂誠在建炎元（1127）年十二月，「戊寅，言者請以臺諫論奏，繫國之治亂，民之休戚，有裨今日政事，可以為鑒誠者……今大臣擇其已施行者編寫進入。京西轉運副使李茂誠請令諸路撫諭官點檢忠義巡社，從之」，而斷言此事與《廟記》的思想似有相

---

[57] 最早的記載是連理枝。韓憑故事最早見於唐初歐陽詢等奉詔編纂之《藝文類聚・鳥部下・鴛鴦目》卷九十二（北京：中華書局，1965 年 11 月），頁 1604，引《列異傳》：「宋康王埋韓憑夫妻，宿夕文梓生，有鴛鴦雌雄各一，恆栖樹上，晨夕交頸，音聲感人」。《隋書・經籍志》有《列異傳》三卷，題為魏文帝（186-226）撰；《新唐志》、《舊唐志》並題張華（232-300）撰。不管魏文帝或張華，均早於干寶（約西元 317 年前後在世），（參陳麗卿撰：《韓朋故事研究》臺北：中國文化大學中國文學研究所碩士論文，1987 年 1 月，頁 47。）案：《列異傳》所引韓朋故事只有「宿夕文梓生，雌雄鴛鴦交頸栖樹」情節，並無「化蝶」情節。

[58] 宋・蘇軾撰：《東坡樂府》卷一（臺北：新文豐出版公司，1989 年，《叢書集成續編》本），頁 420。

合之處，但時間上已晚了近二十年。因此認為《廟記》有可能是後人偽託。另外又說「清人吳騫《桃溪客語》卷一與焦循《劇說》卷二都說有概述相同的情節，都對此表示了懷疑。焦循見到《寧熙寧波志》上的“廟記”並說“此說不知所本，而詳載志書如此”。」[59]

查氏所言明人《寧波志》及《宜興志》所敘梁祝故事情節與《廟記》相似，雖未明言為何本《寧波志》及《宜興志》，但考現存明黃潤玉《寧波府簡要志》有「女扮男裝與人共讀」、「女子過情人墓哭祭，墓裂而殞遂同葬」、「義婦塚的由來」三個情節單元。明張時徹《嘉靖寧波府志》卷二十·志十七有「女扮男裝外出求學」、「新娘舟經情人墓風濤不能行」、「新娘哭墓地裂而埋壁」、「義婦冢的來歷」四個情節單元。明王升（萬曆十八（1590）年）《宜興縣志》卷一載：「善權禪寺，宋名廣教禪院，在縣西南五十里，永豐鄉善卷洞側。齊建元二年以祝英臺故宅創建」[60]，並無故事情節。

再者，李茂誠《義忠王廟記》：

神諱處仁，字山伯，姓梁氏，會稽人也。神母夢日貫懷，孕十二月，時東晉穆帝永和壬子三月一日，分瑞而生。幼聰慧有奇，長就學，篤好墳典。嘗從名師過錢塘，道逢一子，容止端偉，負笈擔簦。渡航相與座而問曰：子為誰？

[59] 同註7，頁80。
[60] 宜興市政協學習和文史委員會、宜興市華夏梁祝文化研究會編：《宜興梁祝文化--史料與傳說》（北京：方志出版社，2003年10月一版），頁23。

曰：姓祝，名貞，字信齋。曰：奚自？曰：上虞之卿。奚
適？曰：師氏在邇。從容與之討論旨奧，怡然自得。神乃
曰：家山相連，予不敏，潘鱗附翼，望不為異。於是樂然
同往。肄業三年，祝思親而先返。後二年，山伯亦歸省。
之上虞，訪信齋，舉無識者。一叟笑曰：我知之矣。善屬
文者，其祝氏九娘英臺乎？踵門引見，詩酒而別。山伯悵
然，始知其女子也。退而慕其清白，告父母求姻，奈何已
許鄮城廊頭馬氏，弗克。神喟然歎曰：生當封侯，死當廟
食，區區何足論也。後簡文帝舉賢良，郡以神應召，詔為
鄮令。嬰疾弗療，囑侍人曰：鄮西清道源九龍墟為葬之地。
瞑目而殂。寧康癸酉八月十六日辰時也。郡人不日為之塋
焉。又明年乙亥，暮春丙子，祝適馬氏，乘流西來，波濤
勃興，舟航縈迴莫進。駭問篙師。指曰：無他，乃山伯梁
令之新塚，得非怪與？英臺遂臨塚奠，哀慟，地裂而埋璧
焉。從者驚引其裙，風裂若雲飛，至董谿西嶼而墜之。馬
氏言官開槨，巨蛇護塚，不果。郡以事異聞于朝，丞相謝
安奏請封“義婦塚”，勒石江左。至安帝丁酉秋，孫恩寇
會稽，及鄮，妖黨棄碑于江。太尉劉裕討之，神乃夢裕以
助，夜果烽燧熒煌，兵甲隱見，賊遁入海，裕嘉奏聞，帝
以神功顯雄，褒封“義忠神聖王”，令有司立廟焉。越有
梁王祠，西嶼前後二黃裙會稽廟，民間凡旱澇疫癘，商旅
不測，禱之輒應。宋大觀元（1107）年季春，詔集《九域
圖誌》及《十道四蕃志》，事實可考。夫記者，紀也，以紀

其傳不朽云爾。為之詞曰：生同師道，人正其倫。四同窀穸，天合其姻。神功于國，膏澤于民。諡義諡忠，以祀以禮。名輝不朽，日新又新。（文獻3）

此則梁祝故事，除有(1)「女扮男裝外出求學」、(2)「婚姻受阻（相思）病死」、(3)「新娘舟過情人墓，風濤不能進」、(4)「新娘哭情人墓，地裂埋壁」的主要情節之外，尚有踵益的情節單元：(5)「新娘埋壁，新郎言官開槨」、(6)「巨蛇護塚」、(7)「義婦塚的由來」、(8)「夢日貫懷受孕」、(9)「懷胎十二月」、(10)「陰魂托夢助戰退敵」、(11)「義忠神聖王的由來」、(12)「旱澇疫癘商旅不測，禱祝顯應」。比較前所引明人《寧波府簡要志》、《嘉靖寧波府志》的情節單元，除(1)、(4)、(7)的主要情節單元相似，另外九個情節單元為明人府志所無，今就故事發展的角度而言，(1)、(4)的情節單元是故事的主軸，其餘十個情節單元的有無並不致影響該故事的成立與否，是有可能為後來增益而成，則查氏的懷疑亦有不能否定的原因。

然而就前文所考翟灝《通俗編》所載《宣室志》梁祝故事，雖未必是晚唐張讀所錄，但該故事已有(1)「女扮男裝外出求學」、(2)「婚姻受阻（相思）病死」、(3)「新娘舟過情人墓，風濤不能進」(4)「新娘哭情人墓，地忽自裂，新娘陷入並埋而卒」、(7)「義婦塚的由來」五個主要情節單元，再說《廟記》所錄梁祝鄉里、名諱、事件與《宣室志》所載(1)英臺是上虞、山伯是會稽人、(2)山伯字處仁，為鄞令，病死，葬鄞城西、(3)英臺字馬氏子、(4)晉丞相謝安表奏其墓曰義婦冢，大抵相同。極有可能在唐禧宗、

昭宗時人羅鄴《蛺蝶》詩所言「俗說義妻衣化狀」故事之前。至
於查氏所言宋元文獻，明人《寧波志》、《宜興志》未提及此廟記
且其文頗類筆記小說，亦不能斷言該《廟記》必為偽託。前文推
論梁祝 749A 類型「生雖不能聚，死後不分離」故事在唐僖宗、昭
宗之前應已流傳，則至宋大觀（1107-1110）年間而有李茂誠《廟
記》所載梁祝故事，並不突兀，故在未有明確證據之前，仍以此
《廟記》為宋大觀年間李茂誠所撰。此故事已有神奇情節，故屬
749A「生雖不能聚，死後不分離」類型。

南宋紹興（1131-1162）年間薛季宣（1134-1173）〈遊祝陵善權
洞〉詩云：

> 萬古英臺面，雲泉響珮環。
>
> 練衣歸洞府，香雨落人間。
>
> 蝶舞凝山魄，花開玉想顏。
>
> 幾如禪觀適，游魸戲澄灣。（詩 2）

從此詩提及「萬古英臺面」、「練衣歸洞府」、「蝶舞凝山魄」、極可
能當時梁祝故事已有英臺「穿著喪服進入善權洞殉情」，死後「化
蝶」的情節，故事屬 749A「人化蝶」類型。

南宋張津《乾道（1165-1173）四明圖經》（乾道五（1169）年
修成）卷二：

> 義婦塚即梁山伯、祝英臺同葬之地也，在縣西十里，接待
> 院之後有廟存焉。舊記為二人少嘗同學，比及三年而山伯
> 不知英臺之為女也，其樸質如此。（文獻 4）

可知在張津之前之「舊記」梁祝故事及張津時代已有「祝英臺女扮男裝與梁山伯共讀」、「（梁山伯與祝英臺同葬之地）義婦塚的由來」兩個情節單元，而且梁祝同葬之地在鄞縣西十里接待院之後，稱「義婦塚」，已有廟存在；至於是梁山伯廟，或祝英臺廟，或梁祝合祀廟，則不可得知。另外「其樸質如此」一詞，當是張津所加案語，蓋讚嘆梁山伯與祝英臺樸質、貞定之話語。其後南宋寧宗嘉定四（1221）年王象之所撰《輿地紀勝》〈慶元府〉卷十一也載〈義婦塚〉云：「在鄞縣西十里接待院之後，即梁山伯祝英臺之塚也」(文獻 5)，所載內容與張津同，惟「縣西十里」特別註明為「鄞縣」而已。

另據元張鉉《至大金陵新志》卷十一：「福安院，《乾道志》在城西南新林市東，去城二十里，俗呼祝英臺寺。」[61]可知在宋孝宗乾道（1165-1173）年間，梁祝故事傳說流行，恐怕已非一地。據此資料，可知在元武宗至大（1308-1311）年間，金陵江寧縣的福安院，俗呼祝英臺寺。金陵乃今日江蘇省南京市，則當時其地必已有梁祝故事流傳，惟不知內容為何，且也不能知何以俗呼福安院為「祝英臺寺」的緣由。

韓國高麗時代（918-1392）唐人詩選本《十抄詩》的註釋本《夾註名賢十抄詩》，註者序稱「東都海印宗老僧」，韓國學者認為這是西元一二〇〇年前後撰成，即南宋寧宗（1195-1224）時期[62]。《夾註名賢十抄詩》於羅鄴〈蛺蝶〉詩：「俗說義妻衣化狀」夾註註文

61　元・張鉉撰：《至大金陵新志》卷十一下（臺北：臺灣商務印書館，1986年，《景印文淵閣四庫全書》本，492 冊），頁 435。
62　同註 7，頁 81。

引《梁山伯祝英臺傳》：

> 大唐異事多祚瑞，有一賢才自姓梁。常聞博學自榮貴，每
> 見書生赴選場。在家散袒終無益，正好尋師入學堂。云云。
> 一自獨行無伴侶，孤村荒野意徘徨。又遇未來時稍暖，婆
> 娑樹下風雨涼。忽見一人隨後至，唇紅齒白好兒郎。云云。
> 便尋英臺身姓祝，山伯稱名僕姓梁。各言拋舍離鄉井，尋
> 師願到孔丘堂。二人結義不相忘。不經旬日參夫子，一覽
> 詩書數百張。山伯有才過二陸，英臺明德勝三張。山伯不
> 知它是女，英臺不怕丈夫郎。一夜英臺魂夢散，分明夢裡
> 見爺娘。驚覺起來情悄悄，欲從先返見父娘。英臺說向梁
> 兄道，兒家住處有林塘，兄若後歸回王步，莫嫌情舊到兒
> 莊。云云。返舍未逾三五日，其實山伯也思鄉。拜辭夫子
> 登歧路，渡水穿莊到祝莊。云云。英臺緩步徐行出，一對
> 羅襦繡鳳凰。菌麝滿身秀馥郁。千嬌萬態世無雙。山伯見
> 之情似（迷）[63]，（莫）辨英臺是女郎。帶病偶題詩一絕。
> 黃泉共汝作夫妻。云云。因茲（生得）相思病，當時身死
> 五魂揚。葬在越州東大路，托夢英臺到寢堂。英臺跪拜哀
> 哀哭，殷勤酹酒向墳堂。祭曰：君既為奴身已死，妾今相
> 憶到墳傍。君若無靈教妾退，有靈需遣塚開張。言訖塚堂
> 面破裂，英臺透入也身亡。鄉人驚動分又散。親情隨後援
> 衣裳。片片化為蝴蝶子，身變塵灰事可傷。云云。賜。（詩
> 3）

---

[63] 原文闕，括號內字為查屏球所加，同註7，頁83。

查屏球以為此首長詩，至少不晚於周必大（北宋欽宗靖康初（1126）年至南宋寧宗嘉泰四（1204）年）的時代[64]，又說此詩「可能是由高麗使者由宋帶入韓島的，註者並沒有交代本詩的出處，由詩體及語言看，可能是當時的一首傳抄的俗詩，主要是提供講唱之用的，自然也就無具體出處了。」[65]又推論註者「他所見的就是一種單本《梁山伯與祝英臺傳》。由詩歌風格看，它接近於民間說唱鼓書之類的韻文，想必其初也只是作為坊刻俗本在民間流傳，不入文人之目。故不見於文人著錄。但一當輸出入他國後，雅俗界線自動消失了，所以他可以出現在《十抄詩》的註釋中」[66]。今案：查氏之說所據為何，不可得知，然因未見其原文及相關資料，暫採其說，今見此則梁祝故事有(1)「女扮男裝外出求學」、(2)「女扮男裝者與人結拜兄弟」、(3)「相思病死」、(4)「陰魂托夢」、(5)「女子哭祭情人墓，禱祝顯應，塚堂面破裂，人進墓身亡」、(6)「衣裳片片化蝴蝶子」六個情節單元。屬749A類型故事。另有資訊：(1)男女主角為唐人梁山伯與祝英臺、(2)老師是孔丘、(3)英臺家是祝莊、(4)梁山伯葬在越州東大路。又案：此則故事仍是「衣裳化蝶」，而「肉身已化塵灰」，尚無「人化蝶」，或「魂化蝶」的情節單元，但有衣化蝶的神奇情節，也是749A「生雖不相聚，死後不分離」類型故事。

　　南宋羅濬《寶慶（1225-1227）四明志》卷十三亦有「梁山伯、

---

[64] 同註7，頁83。
[65] 同註7，頁83。
[66] 同註7，頁84。

祝英臺墓，縣西十里接待院之後……初不知英臺之為女也」，內容
與張津所載相同，其後羅氏云：「以同學而同葬，見《十道四番志》
所載。舊志稱義婦塚，然祝英臺女而非婦也（文獻 6）。」則羅氏對
「義婦」一詞不符英臺身分，發出異議。其後南宋史能之《咸淳
（1265-1274）毗陵志》（文獻 7）卷二十七云：

> 祝陵在善權山，巖前有巨石，刻云：祝英臺讀書處，號碧
> 鮮菴。昔有詩云：胡蝶滿園飛不見，碧鮮空有讀書壇。俗
> 傳英臺本女子，幼與梁山伯共學，後化為蝶。其說類誕。
> 然考寺記謂齊武帝贖英臺舊產建，意必有人第，恐非女子
> 耳。今此地善釀，陳克有祝陵沽酒清若空之句。

此則記載梁祝故事有「女子幼與男子共學後化為蝶」及「碧鮮菴
的由來」兩個情節單元，屬 749A 類型故事。另外，史能之因所見
《寺記》謂「齊武帝贖英臺舊產建」，而認為當是人家宅第，但並
非女子之宅第，則史氏恐不以為祝英臺是一女子。

　　至於《咸淳毗陵志》卷二十五：「廣教禪院在善卷山，齊建元
二年以祝英臺故宅建」（文獻 7）、卷二十九：「碧蘚菴，字在善權寺
方丈石上」（文獻 7），兩處記載均無梁祝故事。另外，宋末元初人
顧逢有〈題善權寺〉詩，首句提及「英臺修讀地」[67]，也無故事記
載。

　　民國二十三年金壽楣《陽羨奇觀》載「唐梁載言《十道志》

稱：「善權山南，上有石刻曰祝英臺讀書處」。」[68]不知金氏何所據，且資料年代相當晚，今先不予採用。

元劉一清（生平事蹟不可考）《錢塘遺事》卷九載嚴光大《祈請使行程記》云：「二十九日（德祐丙子三月）易車行陵州西關，就衛河登舟。午后，過林鎮，屬河間府，有梁山伯祝英臺墓。夜宿于岸。」[69]德祐是宋恭帝年號，在西元一二七五至一二七六年，而「丙子年」分屬宋恭帝德祐三年及宋端宗景炎元年。至西元一二七九年宋亡。據嚴光大所言林鎮於其時屬河間府，而河間府乃今日河北省河間市，則林鎮當是今日河北省河間林鎮，可知宋恭帝之前河北省河間林鎮已有梁祝故事的流行。

綜上所言，可知宋時梁祝故事仍是 749A「生雖不能聚，死後不分離」類型，除了「衣裳化蝶」之外，已推展至「人化蝶」的情節。

---

[68] 參(1)江蘇宜興市文化局編：〈史實傳說風物──盡道宜興 "梁祝"〉(《民間文化》，2004 年第 10 期)，頁 17、24。(2)路曉農撰：〈梁祝 "梁祝" 尋根新考〉，收於宜興市政協學習和文史委員會、宜興市華夏梁祝文化研究會編：《宜興梁祝文化──論文集》(北京：方志出版社，2004 年 11 月)，頁 277，註 2。(3)王海琴、路曉農撰：〈史實、傳說、風物與宜興 "梁祝"〉，收於宜興市政協學習和文史委員會、宜興市華夏梁祝文化研究會編：《宜興梁祝文化──論文集》(北京：方志出版社，2004 年 11 月)，頁 311，註 1。案：《陽羨奇觀》的作者(1)作「金壽桶」，(2)、(3)作「金壽楣」，未見原書，不知何者為是。又金氏書出版年代(1)作「民國二十三年」，(2)、(3)作「民國二十四年」，亦不知何者為是。

[69] 宋‧嚴光大撰：《祈請使行程記》，收於元‧劉一清撰：《錢塘遺事》，見電子版《文淵閣四庫全書》(臺北：迪志文化出版公司，1999 年 11 月)，頁 9。

第二節　元明梁祝故事結構變異

元王實甫《韓彩雲絲竹芙蓉亭》，[70]今只剩一套殘曲，其中有借韓彩雲的口，唱出許多歷史人物和故事人物的名字，表演她求愛的苦悶心情，「哎！你個梁山伯不采（睬）我祝英臺，羞的我快快而來」。王實甫生平事蹟不可考，只知是大都人，約與關漢卿（生於約（1200-1216）年，卒於（1297-1300）年）同時，則可推知元初梁、祝故事已為人所熟知。

元鍾嗣成《錄鬼簿》載白樸（1226-？）有《祝英臺死嫁梁山伯》[71]雜劇一種，明寧獻王朱權《太和正音譜》題為《祝英臺》[72]，此劇已佚。天一閣明鈔本《錄鬼簿》記其題目正名為：「馬好兒不遇呂洞賓，祝英臺死嫁梁山伯」[73]，可知白樸此劇中梁祝故事已有「神仙道化」的發展，嚴敦易〈古典文學中的梁祝故事〉一文：「元明間人＂神仙道化＂戲的關目，向例是男女主角多為金童玉女下凡，並以＂三度＂之後＂證果朝元＂，為劇情的最終發展。所以，很可能本劇是以呂洞賓的參加控制，阻止梁祝塵世的肉體的結合，……白樸生於金正大三年（公元 1226 年），由此我們略可體認到在十三世紀中葉梁祝故事的面影。白氏一生，除晚年在金陵

---

[70] 元・鍾嗣成撰：《錄鬼簿》卷上作「芙蓉亭，韓彩雲絲竹芙蓉亭」，見《續修四庫全書》影印寧波天一閣博物館藏抄本，（上海：上海古籍出版社，2002 年），頁 146。

[71] 元・鍾嗣成撰：《重校錄鬼簿》（臺北：鼎文書局，1974 年 2 月初版），頁 107。

[72] 明・朱權撰：《太和正音譜》卷上（臺北：學海出版社，1980 年 9 月），頁 43。

[73] 同註 70，頁 145。

外，悉寓北方，他所吸取的故事的來源，如非增飾己意，應當說北方所傳佈的即係如此。另外一個角色，梁山伯的競爭者，劇稱馬好兒，姓是相同的，"好兒"則是元代的一種口語，形容人的性格及品質，而非名字，如評話中將一個神出鬼沒的小偷兒，稱為"好兒趙正"，看起來"好兒"一辭，究竟是讚美還是諷刺還難判定。這樣，劇中這一人物，會不會用淨丑角來扮演，也不易確指的。」[74]今就此題目正名可確知的是，此則故事除梁祝主角二人以外，山伯的競爭對手是「馬好兒」，至於馬好兒的角色，除了是英臺出嫁的對象之外，其人其事則不可得知；而呂洞賓的角色可能是度化梁、祝，甚至是度化馬好兒的神仙，然而何以說「馬好兒不遇呂洞賓」，其中的「不遇」，究竟何所指，也不清楚。但從「祝英臺死嫁梁山伯」來看，應可斷言英臺、山伯二人是「婚姻受阻殉情而死」，二人只能死後成為夫婦，故言「死嫁」。因此，此則梁祝故事至少有「婚姻受阻殉情而死」及「神仙"度化"」兩個情節單元。至於白樸的故事之所本，亦難斷言。

元無名氏《風雨像生貨郎旦》雜劇第四折，敍述做場說唱的情形：

> （副旦做排場敲醒睡科）〔詩云〕
> ……這話單題著諸葛亮長江舉火燒曹軍八十三萬，片甲不回，我如今的說唱是單題著河南府一樁奇事。（唱）〔轉調貨郎兒〕也不唱韓元帥偷營劫寨，也不唱……也不唱梁山

---

[74] 嚴敦易撰：〈古典文學中的梁祝故事〉，收於周靜書編：《梁祝文化大觀・學術論文卷》（北京：中華書局，2000年10月），頁118-119。

　　伯，也不唱祝英臺。（小末云）……[75]

此段說「說唱貨郎兒」提及梁山伯、祝英臺，雖不能得知其所言梁祝故事為何，但至少可知梁祝在元代民間已經是家喻戶曉的故事了。

　　山東濟寧市鄒陽嶧山有梁祝祠，位於嶧山之陽，又名萬壽宮。萬壽宮是古邾國一所古殿堂。後為祭祀的場所，元世祖忽必烈至元（1264-1294）年間，世人崇尚梁祝，以漢白玉刻像，與神祀同列。據《舊嶧山志》記載：「石像為元代刻石，像下有序文，附清人陳雲琴題詩：「信是愛情兩未終，閑花野草盡成空。行人至此偏酸眼，小像一對萬壽宮」，可以確認梁祝祠即萬壽宮，萬壽宮梁祝原為石像，一九四九年以前，祠中像已是泥塑，祠堂毀於日軍破壞[76]。可知元世祖至元年間以前梁祝故事已在山東鄒縣嶧山普遍流傳，致使有「梁祝祠」的建立。

　　元袁桷《延佑（1314-1320）四明志》卷七(文獻8)所載梁祝故事內容與宋羅濬《寶慶四明志》相同，唯於最後斷言舊志曰義婦塚，「然此事恍忽，以舊志有姑存」稍異。

　　元南戲劇目著錄未見梁祝故事，明鈕少雅《彙纂元譜南曲九宮正始》收錄「《祝英臺》元傳奇」三曲：

　　　〔醉落魄〕傍人論伊，怎知道其間的實。奴見了心中暗喜，

---

[75] 元・無名氏撰：《風雨像生貨郎旦》，收於明・臧晉叔編：《元曲選》（臺北：正文出版社，1999 年），頁 1650。

[76] 張自義、胡昭穆、上官好嶺、卞雄杰等撰：〈梁祝故事在濟寧〉，收於周靜書主編：《梁祝文化大觀・學術論文卷》（北京：中華書局，2000 年 10 月一版），頁 669。

一別尊顏，不覺許多時。

〔傍妝臺〕細思之，怎知你喬裝改扮做個假意兒。見著你多嬌媚，見著你□□□。見著你羞無地，見著你怎由己。情如醉，心似痴，劉郎一別武陵溪。

〔前腔換頭〕奴家非是要瞞伊，自古道得便宜處誰肯落得便宜。爭奈我為客旅，爭奈我為女孩兒。爭奈我雙親老，爭奈我身無主。今日裏，重見你，柳藏鸚鵡語方知。（元戲文 1）

錢南揚以為此三曲「俱係梁山伯訪祝英臺事，宮調、音韻並同，當是同在一套中的曲。……此書係增補元天歷（1328-1330）間人所編的〈九宮〉、〈十三調〉兩譜而成，它所徵引的的確都是古曲」[77]，而嚴敦易認為「此書是清初集錄，恐是由明人作品摘來，殊不可靠，……雖說這幾支曲文可以視為較早的南戲，但仍只是權宜的假定」[78]，今考此三曲曲文之內容，是梁祝故事中"訪友"的情節。〔醉落魄〕是英臺心聲，〔傍妝臺〕是山伯此刻才知英臺是女扮男裝的嬌媚女子，不覺得情醉心痴。〔前腔換頭〕又是英臺解說話語。其中僅有「女扮男裝與人〔共讀〕」的情節單元。今依原題所稱視為元傳奇。

　　綜上所言，元代梁祝故事仍不出 749A「殉情化蝶」類型。然至明朝梁祝故事已然蔚然大觀，不只史志記載，小說、戲曲也敷

---

[77] 錢南揚輯錄：《梁祝戲劇輯存》（上海：古典文學出版社，1956 年 7 月），頁 1-2。
[78] 同註 75，頁 119。

張成為複雜的故事，甚至大明正德十一（1516）年山東也立了《梁山伯祝英臺墓記》碑。而詩人詞客以梁祝為詠歌題材者亦頗可觀。

首先是明黃潤玉（1389-1477）《寧波府簡要志‧鄞》卷五云：

> 義婦塚，縣西十六里。舊志：梁山伯祝英臺二人少同學，比及三年，山伯不知英臺為女子。後山伯為鄞令，卒，葬此。英臺道過墓下，泣拜，墓裂而殯，遂同葬焉。東晉丞相謝安奏封為「義婦塚」。（文獻9）

此則記載，有「女扮男裝與人共讀」、「女子祭情人墓，墓裂而殯，遂同葬」、「義婦塚的由來」三個情節單元，屬 885B 類型故事。

其後有二〇〇三年十月廿七日於山東省微山縣馬坡鄉出土明正德十一（1516）年趙廷麟撰寫的《梁山伯祝英台墓記》：

> 梁山伯祝英台墓記
>
> 丁酉貢士前知都昌縣事古郫趙廷麟撰
>
> 文林郎知鄒縣事古衛楊環書
>
> 亞聖五十七代世襲翰林院五經博士孟元額《外紀》二氏出處費詳。邇來訪諸故老傳聞：在昔濟寧九曲村，祝君者，其家鉅富，鄉人呼為員外。見世之有子讀書者往往至貴，顯要門閭，獨予無子，不貴其貴，而貴里胥之繁科，其如富何？膝下一女，名英台者，聰慧殊常。聞父咨嘆不已，卒然變笄易服，冒為子弟，出試家人不認識；出試鄉鄰不認識。上白於親：畢竟讀書可振門風，以謝親憂。時值暮春，景物鮮明，從者負笈，過吳橋數十里，柳蔭暫駐，不約而會鄒邑西居梁太公之子，名山伯，動問契合，同詣嶧

山先生授業。畫則同窗，夜則同寢，三年衣不解，可謂篤
信好學者。一日，英臺思曠定省，言告歸寧。俟經半載，
山伯亦如英臺之請，往拜其門。英台肅整女儀出見，有類
木蘭將軍者。山伯別來不一載，疾終於家，葬於吳橋迤東。
西莊富室馬郎親迎至期。英台苦思：山伯君子，吾嘗心許
為婚，第無父母之命媒妁之言，以成室家之好。更適他姓，
是異初心也。與其忘初而愛生，孰若捨生而取義，悲傷而
死。少間，愁煙滿室，飛鳥哀鳴，聞者驚駭。馬郎旋車空
歸。鄉黨士夫，謂其令節，從葬山伯之墓，以遂生前之願，
天理人情之正也。越茲歲久，松楸華表，為之寂然。俾一
時之節義，為萬事之湮沒，仁人君子所不堪。矧惟我朝祖
宗以來，端本源以正人心，崇節義以勵天下。……

大正明德十一年丙子秋八月吉日立

捲里社林戶周孜

石匠梁圭(文獻 10)

按：此墓記所載梁祝故事，乃趙廷麟於當時訪問故老傳聞。其中
有四則資訊：(1)女主角祝英台是濟寧九曲村人，父親祝員外，其
家鉅富，英台是獨生女，聰慧殊常，聞父咨歎無子顯要門閭，而
易服外出求學、(2)男主角是鄒邑西居梁太公之子梁山伯，死後葬
於吳橋迤東、(3)梁、祝二人於吳橋柳蔭相遇，同詣嶧山先生授業
三年、(4)英台許婚於西莊富室馬郎、(5)英台殉情後，鄉人以其
令節從葬山伯之墓。而其故事情節單元有五：「女扮男裝瞞過家人
鄉鄰」、「女扮男裝外出求學」、「三年衣不解」、「相思病死」、「女
子因情人病死而悲傷致死」、「殉情男女合葬同穴」，屬 885B 類型

故事。

明都穆（1459-1525）《善權記》：「寺在國山東南，齊建元中建，蓋祝英臺故宅也。」又：「右偏石壁刻"碧鮮庵"三大字，即祝英臺讀書處」[79]，此則已載無梁祝故事情節。

明張時徹（1504-？）《寧波府志》(文獻 11)（明嘉靖三十九（1560）年刊本）卷十五：

> 義忠王廟，縣西十六里，接待亭西，祀東晉鄞令梁山伯。山伯故有墓在焉，詳遺事志。安帝時孫恩寇鄞，太尉劉裕夢山伯効力，賊遁去。奏封義忠王，令有司主廟祀之，宋大觀中明州事李茂誠撰記。

此則記載安帝時山伯托夢助戰顯應而奏封義忠王，立廟祀之之事本李茂誠撰記。又卷十七：

> 梁山伯祝英臺墓，在縣西十里接侍（待）寺之後，有廟存焉，舊志稱義婦塚，然英臺尚未成婦，故改今名，具載遺事。

張氏以英臺未成婦，故改為「梁山伯祝英臺墓」。又卷二十：

> 晉梁山伯，字處仁，家會稽。少遊學，道逢祝氏子，同往肄業。三年，祝先返。後二年，山伯方歸。訪之上虞，始

---

[79] 明·都穆撰：《善權記》，收於清·嘉慶《重刊宜興縣舊志·名勝》卷九，收於宜興市政協學習和文史委員會、宜興市華夏梁祝文化研究會編：《宜興梁祝文化--史料與傳說》（北京：方志出版社，2003 年 10 月一版），頁 101-102、106。

知祝女子也，名曰英臺。山伯悵然。歸告父母求姻，時祝已許鄮城馬氏，弗遂。山伯後為鄞令，嬰疾弗起，遺命葬于鄮城西清道原。明年，祝適馬氏，舟經墓所，風濤不能前。英臺聞有山伯墓，臨塚哀慟，地裂而埋璧焉。馬言之官，事聞於朝，丞相謝安奏封“義婦塚”。

此則與《宣室志》所載梁祝故事大抵相同，惟多載馬氏鄉里「鄮城」，而山伯遺命葬於「鄮城西清道原」，與《宣室志》「葬鄮城西」有異。另外，謝安之所以奏封「義婦塚」，乃因馬氏將英臺殉情事言之官，聞於朝而成，也與《宣室志》是謝安表奏其事不同。

明王穉登（1535-1612）《荊溪疏》卷一：「西汍五十里至祝陵，祝英臺葬地。山人業採石，斧鑿鏗鏘，翠微破碎矣。」此則資料沒有梁祝故事記載。[80]

今日浙江省寧波有明嘉靖二十六（1547）年鄞州縣令徐易所立的〈晉封英臺義婦塚〉碑。[81]

明朱孟震（1582 年前後在世）《浣水續談》卷一：

會稽梁山伯與上虞祝英臺同學。祝先歸，梁後過上虞訪之，使知為女，告于父母，請娶之，而祝已許馬氏子。梁悵然若失。後三年為鄞令病死，遺言葬清道山下。又明年祝適

---

[80] 明・王穉登撰：《荊溪疏》卷一，收於宜興市政協學習和文史委員會、宜興市華夏梁祝文化研究會編：《宜興梁祝文化--史料與傳說》（北京：方志出版社，2003 年 10 月一版），頁 127。

[81] 參錢南揚撰：〈寧波梁祝廟墓現狀〉，收於錢南揚編輯，婁子匡校纂：《祝英臺故事專號》，《民俗周刊》第九三、四、五期合刊（原 1930 年 2 月 12 日出版）（臺北：東方文化書局，1970 年冬季復刊），頁 35-36。

馬，過其處，風濤大作，舟不能進。祝造梁塚，哀慟失聲，
地忽裂，祝投而死焉。馬氏聞其事於朝，丞相謝安請封為
義婦。和帝時，梁復顯靈異，效勞於國，封為義忠，有司
立廟於鄞。云：吳中有花蝴蝶，婦孺俱以梁山伯、祝英臺
呼之。近有作為傳奇者，蓋祝男服從師，與古木蘭、近世
保寧韓貞女、河西劉方事類。（文獻 12）

此則故事前半部與《宣室志》大抵相同，惟「地忽裂，祝投而死」
與《宣室志》「地忽自裂陷，祝氏遂並埋焉」有異，前者是英臺主
動投墳，後者只是地裂陷，祝氏遂並埋，並無投墳的情節。又山
伯為鄞令三年病死，《宣室志》沒有三年之期；另外山伯遺言死葬
「清道山下」，而《宣室志》惟言「葬鄞城西」。又「馬氏聞其事
於朝，丞相謝安請封為義婦」與《宣室志》，「謝安表奏其墓曰：
義婦冢」有異，而與張時徹《寧波府志》卷二十相同。

　　至於後半部份為《宣室志》所無，多了和帝時，梁「復顯靈
異，效勞於國，封為義忠，有司立廟（於鄞）」及吳中婦孺稱「花
蝴蝶稱梁山伯與祝英臺的由來」兩個情節單元。又朱氏言「近有
作為傳奇者，蓋祝男服從師」，則知其時已有梁祝傳奇戲劇的流行。

　　明王升編纂《宜興縣志》（文獻 13）（明萬曆十八（1590）年刻
本）卷十〈古蹟志〉：

祝陵在善權山，其岩有巨石刻，云：祝英臺讀書處，號碧
鮮庵。俗傳英臺女子，幼與梁山伯共學，後化為蝶。古有
詩云：蝴蝶滿園飛不見，碧鮮空有讀書壇。（許有穀詩：故
宅荒雲感廢興，祝英臺去鎖空陵。年年洞口碧桃發，蝴蝶

滿園歸未曾。）[82]

又寺觀云：

> 善卷禪寺宋名廣教禪院，在縣西南五十里永豐鄉善卷洞
> 側，齊建元二年以祝英臺故宅創建。

案：〈古蹟志〉所錄梁祝故事與宋《咸淳毗陵志》卷二十七「祝陵」
條相同，屬749A類型故事。

　　明揚州人彭大翼《山堂肆考》（萬曆二十三（1595）年成書）
卷二百二十六云：「俗傳大蝶必成雙，乃梁山伯、祝英臺之魂。」
(文獻14)則此記載有「人死魂化蝶」的情節單元。

　　明陸應陽《廣輿記》卷十一〈浙江寧波〉：

> 義婦塚，府城西。梁山伯、祝英臺二人少同學，梁不知祝
> 乃女子，後梁為鄞令，卒葬此，祝氏吊墓，下基裂而殞，
> 遂同葬。謝安奏封義婦塚。(文獻15)

此則記載有「女扮男裝與人共讀」、「女子吊情人墓下基裂而殞遂
同葬」、「義婦塚的由來」三個情節單元，屬885B類型故事。

　　明萬曆二十八（1600）年《增訂廣輿記》卷三：「善卷洞，國
山東南即祝英臺故宅也。周幽王時洞忽自開，寬廣可坐千人，中
有立石高丈餘，號玉柱。」[83]又：「祝陵，善卷山南有石刻。云：

82　（　）中內容為文末雙行夾註。
83　明萬曆二十八（1600）年《增訂廣輿記》，收於宜興市政協學習和文史委
　　員會、宜興市華夏梁祝文化研究會編：《宜興梁祝文化--史料與傳說》（北
　　京：方志出版社，2003年10月一版），頁27-31。

祝英臺讀書處，號碧鮮庵。[84]」此兩則資料沒有梁祝故事記載。

明馮夢龍《古今小說》（初刊於明天啟（1621-1627）初）二十八卷〈李秀卿義結黃貞女〉入話：

> 祝英臺，常州義興人氏，自小通書好學，聞餘杭文風最盛，欲往遊學。其哥嫂止之曰：古者男女七歲不同席，不共食，你今一十六歲，卻出外遊學，男女不分，豈不笑話！英臺道：奴家自有良策。乃裏巾束帶，扮作男子模樣，走到哥嫂面前，亦不能辨認。英臺臨行時，正是夏初天氣，榴花盛開，乃手摘一枝，插於花臺之上，對天禱告道：奴家祝英臺出外遊學，若完名全節，此枝生根長葉，年年花發；若有不肖之事，玷辱門風，此枝枯萎。禱畢，出門，自稱祝九舍人。遇個朋友，是個蘇州人氏，叫做梁山伯，與他同館讀書，甚相愛重，結為兄弟。日則同食，夜則同臥，如此三年，英臺衣不解帶，山伯屢次疑惑盤問，都被英臺將言語支吾過了。讀了三年書，學問成就，相別回家，約梁山伯二個月內，可來見訪。英臺歸時，仍是初夏，那花臺上所插榴枝，花葉並茂，哥嫂方信了。
>
> 同鄉三十里外，有個安樂村，那村中有個馬氏，大富之家。聞得祝九娘賢慧，尋媒與他哥哥議親。哥哥一口許下，納綵問名都過了，約定來年二月娶親。原來英臺有心於山伯，要等他來訪時，露其機括，誰知山伯有事，稽遲在家。英臺只恐哥嫂疑心，不敢推阻。山伯直到十月方纔動身，過

---

[84] 同前註。

了六個月了。到得祝家莊，問祝九舍人時，莊客說道：本莊只有祝九娘，並沒有祝九舍人。山伯心疑，傳了名刺進去。只見丫鬟出來，請梁兄到中堂相見。山伯走進中堂，那祝英臺紅妝翠袖，別是一般妝束了。山伯大驚，方知假扮男子，自愧愚魯，不能辨識。寒溫已罷，便談及婚姻之事。英臺將哥嫂做主，已許馬氏為辭。山伯自恨來遲，懊悔不迭。分別回去，遂成相思之病，奄奄不起，至歲底身亡。囑咐父母，可葬我于安樂村路口，父母依言葬之。明年，英臺出嫁馬家。行至安樂村路口，忽然狂風四起，天昏地暗，輿人都不能行。英臺舉眼觀看，但見梁山伯飄然而來，說道：吾為思賢妹，一病而亡，今葬于此地。賢妹不忘舊誼，可出轎一顧。英臺果然走出轎來，忽然一聲響亮，地下裂開丈餘，英臺從裂中跳下。眾人扯其衣服，如蟬脫一般，其衣片片而飛。頃刻天清地明，那地裂處，只如一線之細。歇轎處，正是梁山伯墳墓。乃知生為兄弟，死作夫妻。再看那飛的衣服碎片，變成兩般花蝴蝶，傳說是二人精靈所化，紅者為梁山伯，黑者為祝英臺。其種到處有之，至今猶呼其名為梁山伯、祝英臺也。後人有詩贊云：

　　三載書幃共起眠，活姻緣做死姻緣。
　　非關山伯無分曉，還是英臺志節堅。(小說 1)

案：此則故事 1.祝家做主的是英臺哥哥，嫂嫂。祝英臺（或稱祝九娘、祝九舍人）十六歲是常州義興人，欲往餘杭遊學，哥

哥不允，後扮男裝且立下貞潔誓言始得成行。2. 梁山伯是蘇州人。
3. 梁、祝二人共讀三年，英臺回鄉之前與山伯二個月內來訪，山
伯有事耽擱，十月才動身，過了六個月才到。4. 英臺哥哥將他許
配給同鄉安樂村馬氏，是大富人家。而情節單元有十三：(1)「女
扮男裝瞞過哥嫂」、(2)「摘榴花插花臺賭誓，若貞潔則花枝生根
長葉」、(3)「女扮男裝外出遊學」、(4)「女扮男裝者與人結拜為
兄弟」、(5)「女扮男裝者三年衣不解帶」、(6)「插臺榴花三年花
葉並茂」、(7)「相思病死」、(8)「新娘出嫁過情人墓，忽狂風四
起，受阻不能前行」、(9)「陰魂顯靈作人語」、(10)「墓地自裂，
新娘跳進，墓合成一線」、(11)「衣服碎片化花蝴蝶」、(12)「死人
精靈化蝶」、(13)「紅蝴蝶為梁山伯，黑蝴蝶為祝英臺的由來」，屬
749A 類型故事。

　　馮氏另有《情史》卷十載梁祝故事，大抵與唐張讀《宣室志》
內容相同，又於其後云：「和帝時，梁復顯靈異效勞，封為義忠，
有司立廟於鄮云，見《寧波志》。」（小說 2），則《情史》所錄《寧
波志》的梁祝故事較《宣室志》、《寧波府志》多一「鬼魂顯靈效
勞封為義忠立廟祭祀」情節單元。

　　馮氏引《寧波志》之後，另加案語：

> 吳中有花蝴蝶，橘蠹所化，婦孺呼黃色者為梁山伯，黑色
> 者為祝英臺。俗傳祝死後，其家就梁塚焚衣，衣於火中化
> 成二蝶，蓋好事者為之也。（小說 3）

則馮氏知當時吳中梁祝故事有「橘蠹化花蝴蝶」、「黃色蝴蝶為梁

山伯，黑色蝴蝶為祝英臺的由來」的情節單元，相較於朱孟震《浣水續談》卷一(文獻12)所載「吳中有花蝴蝶，婦孺俱以梁山伯、祝英臺呼之」的情節，有更進一步發展「橘蠹化花蝴蝶」的情節，及黃色蝴蝶為梁山伯，黑色蝴蝶為祝英臺的明確稱謂；而俗傳更踵益「焚衣化蝶」的情節單元，屬749A類型故事。

明陳仁錫（1581-1636）《潛確居類書》（崇禎（1628-1644）年間刻本）卷二十八：

> 善權洞，在常州府宜興縣國山東南，一名龍岩。周幽王二十四年，洞忽自開。俗傳祝英臺本女子，幼與梁山伯為友，讀書於此，后化蝶。古有詩云：蝴蝶滿園飛，不見碧鮮空。蓋詠其事。南齊建元二年建碧鮮庵於其故宅。刻祝英臺讀書處六大字。……(文獻16)

案：此則故事蓋統合《咸淳毗陵志》卷二十七「祝陵」條與《增訂廣輿記》卷三「善卷洞」條[85]記載而成。《增訂廣輿記》惟言「周幽王時」，此處則說「周幽王二十四年」，考周幽王執政只有十一年，自西元前七八一年至七七一年，並不存在「周幽王二十四年」。

明人詩歌詠梁祝者有：楊璿〈次韻天全公東濟川上人〉（明成化間即試第一）詩云：「英臺仙去名猶存」[86]、谷蘭宗〈祝英臺詞

---

[85] 同註83，頁31。

[86] 明‧楊璿撰：〈次韻天全公東濟川上人〉，收於明‧方策編纂：《善權寺古今文錄》卷七（北京：書目文獻出版社，1998年，《北京圖書館珍本叢刊》本），頁727。

並序〉:「陽羨善權禪寺相傳為祝英臺宅基,而碧鮮岩者,乃與梁山伯讀書之處也。……復作詞一闋,……『但蝴蝶滿園飛去』」[87]、王穉登〈祝陵逢史戶部俄而別去〉詩:「臨岐一吊祝英臺」[88],均無故事情節。惟楊守阯(1465-1483 年)〈碧蘚壇〉詩及許豈凡〈祝英臺碧鮮庵〉有故事情節。楊守阯〈碧蘚壇〉即碧鮮庵,相傳祝英臺讀書處。

> 緹縈贖父刑,……英臺亦何事,詭服違常經,班昭豈不學,何必男兒朋,貞女擇所歸,必待六禮成。苟焉殉同學,一死鴻毛輕。悠悠稗官語,有無不可徵。有之寧不愧,木蘭與緹縈。荒哉讀書壇,宿草含春榮。雙雙蝴蝶飛,兩兩花枝橫。……[89](詩4)

案:詩人顯然對祝英臺女扮男裝外出求學及殉情而死不以為然,而言「何必男兒朋,貞女擇所歸,必待六禮成,苟焉殉同學,一死鴻毛輕」,而對梁祝故事的態度是「悠悠稗官語,有無不可徵」。

---

[87] 明·谷蘭宗撰:〈祝英臺詞並序〉,見清知縣唐仲冕等修:《宜興縣志》卷九。又馬太玄撰:〈宜興志乘中的祝英臺故事〉,收於錢南揚編輯,婁子匡校纂:《祝英臺故事專號》,《民俗周刊》第九十三、四、五期合刊(原 1930 年 2 月 12 日出版)(臺北:東方文化書局,1970 年冬季復刊),頁 37。

[88] 明·王穉登撰:〈祝陵逢史戶部俄而別去〉,收於《王伯穀全集·荊溪疏》卷下,見宜興市政協學習和文史委員會、宜興市華夏梁祝文化研究會編:《宜興梁祝文化--史料與傳說》(北京:方志出版社,2003 年 10 月一版),頁 222-223。

[89] 明·楊守阯撰:〈碧蘚壇〉,收於《荊溪外紀》,見宜興市政協學習和文史委員會、宜興市華夏梁祝文化研究會編:《宜興梁祝文化--史料與傳說》(北京:方志出版社,2003 年 10 月一版),頁 177-179。又見明·張愷撰:《常州府志續集》卷八(臺北:成文出版社,1970 年,明正德八(1513)年刊本),頁 332-333。此未錄序言「即碧鮮庵,相傳祝英臺讀書處。」

此詩有「女扮男裝外出遊學」、「婚姻受阻殉情而死」兩個情節單元，又隱含「人化蝶」及「連理枝」兩個情節單元，屬749A類型故事。

許豈凡（明萬曆之後人）〈祝英臺碧鮮庵〉：

> 女慕天下士，游學齊魯間。結友去東吳，全身同木蘭。伯也不可從，潔己殉古歡。信義苟不虧，先死如等閑。蛺蝶成化衣，雙飛繞青山。舍宅為道院，祝陵至今傳。當年梳妝台，即漢風雨壇。嵯峨石壁下，遺庵名碧鮮。春秋薦蘋藻，靈響來珊珊。晴天披石髮，恍惚見雲鬟。（詩5）

案：此詩有「女扮男裝外出遊學」、「婚姻受阻殉情而死」、「衣化蛺蝶」三個情節單元，另外，也知英臺遊學的動機是「慕天下士」，梁祝遊學處是「齊魯間」，兩人結伴至「東吳」，死後「舍宅為道院，祝陵至今傳，當年梳妝台，即漢風雨壇…遺庵名碧鮮」之資訊，屬749A類型故事。

明傳奇演祝故事者不少，有福建建陽書林詹氏進賢堂，重刊於嘉靖三十二（1553）年的《新刊耀目冠場擢奇風月錦囊正雜兩科全集》十六卷收《新刊全家錦囊祝英臺記》：

> （旦）昨日一同覘長江，爭奈他人不忖量。被他瞧破我機關，拜別梁兄轉家鄉。（生）吾今三載困寒窗，忽聽賢弟叫，我即忙向前，問取端的。兄弟叫我出來，有甚話說？（旦）梁兄，我爹娘有書來，取俺回去。（生）兄弟，你要回去，我且問你個話。（旦）哥哥，何話請說。（生）我與你同窗

三載，早晚間不去裡面衣服，是怎的？（旦）哥哥，此事
有解。因我母親有病在床，許下一個單衫愿，衣服上有七
七四十九度紅絡紐。以此，要解是天光解到晚上。間解間
光。許了三年零六個月，只尊了三年，還有六個月，不曾
滿。以此，不敢去了裡面衣服。（生）兄弟身孝心。又一件，
你立地解手是怎的？（旦）立地解手，□了三光日月，乃
是□□。（生）兄弟，你既回去，待我送你幾程。（旦）小
弟就此拜辭。（生）你就去。（夜行船）花底黃鸝，聽聲聲
一似喚人，遊戲。東風裏，玉勒雕鞍，曾治。佳致，日暖
風和，偏稱對景尋芳拾翠。（旦）如今到牆頭，卻好個石榴。
（旦）哥哥送我到牆頭，牆內一樹好石榴。欲待摘個哥哥
吃，只恐知味再來偷。（生）遙指，杏花村深處酒旗，搖曳。
來到此間是井邊。（生）哥哥送我到井東，照見一對好容顏。
有緣千里能相會，無緣對面不相逢。（生）迢遞，曲逕芳堤，
景香塵不斷往來，羅綺。似亭臺上，急管繁絃，聲催。雙
飛，蝶舞花枝，鶯轉上林魚遊春水。此間好青松。（旦）哥
哥送我到青松，只見白鶴叫匆匆。兩個毛色一般樣，未知
哪隻是雌雄。（生）芳菲，檢點在萬花中昨夜海棠，開未。
來到此間是廟堂。（旦）哥哥送我到廟堂，上坐一對土公娘。
兩個都是泥塑的，未知合房不合房。（又詩）哥哥送我到廟
堂，上面兩個是神明。他們有口難分訴，中間只少做媒人。
（又）東廊行過轉西廊，判官小鬼立兩旁。雙手拋水金聖
筶，一個陰來一個陽。（生）請行。堪題，綠柳蔭中，見鞦
韆高架，綵繩飛起，是誰家士女王孫嬉戲？相疑，奇花映

粉腮，清風盪繡幃，正是動情意。只見遊人在牆外，天聲在牆裏。來到此間好個池塘。（旦）哥哥送我到池塘，池塘一對好鴛鴦。兩個不得成雙對，前生燒了斷頭香。（生）思知，春色二分，怕一分塵土，二分水流。向花前共樂莫負良時。兄弟，如今前面許是長河。（旦）哥哥送我到長河，長河一對大白鵝。雄的便在前頭走，雌的後頭叫哥哥。（生）歌妓，低低唱小詞，雙雙舞柘枝，正是可人意。只見間竹桃花，相伴著小橋流水。來到此間是江邊。（旦）（近腔）芳草池，魚遊戲。翠柳堤，同遊戲。只見士女王孫，幕天席地，高挑一駕鬧竿兒，聲聲步入，杏塢桃溪。對良辰美景，想蓬萊也只如是。休把閒愁計，且留醉歸，光陰迅速，人生能幾。同欣會，同欣會，尋芳意美，奈紅輪不覺墜西。海棠枝上子規啼，聲聲一似，喚春歸去。花陰下，花陰下，人似蟻，花藤橋兒相隨稱。（旦）哥哥送我到江邊，只見一隻打魚船。只見船兒來籠岸，哪見岸兒去籠船。（生）兄弟，你還是從大溪過，從小溪過。（旦）從小溪過，（詩）可笑哥哥痴又痴，說起頭來全不知。我今娶取趙貞女，連藍滯水不沾泥。（生）兄弟，□就過去了。（旦）哥哥，我過來了。（生）兄弟，水淺深若何？（旦）哥哥送我到江邊，上無橋過下無船。哥哥問水知深淺，看看浲到可字邊。（生）兄弟，我不知道。（旦）你不知，回去問先生，便知端的。（詩）哥哥送別轉書房，說起交人淚汪汪。你若知我心下事，強如作個狀元郎。（旦）梁兄，我家一個妹子，未曾許聘他人。你若回時，到我家來，我對爹爹說，把妹子與你

成親，不忘三年之恩。今日就此分別。（詩）與君共學有三
春，誰想今朝一旦分。我是一暴靈丹樂，久後難逢呂洞賓。
（意多喬）心更咽，難斷絕，喜相逢，怕別離。寸腸愁斷
難拋撇。（合）怨分離，別個緊生龜怎脫？（生）同硯席，
三載多，有腸牽掛，思慮想，恩愛情深難棄別。（合前）（尾
聲）謹記河邊分別去，未知何日再相逢。（明傳奇1）

此傳奇的主題是送別，祝英臺回家鄉，梁山伯送行，途中山伯問
英臺何以「三年不去裡面衣服」、「立地解手」，英臺分別以為母病
許願及得罪三光日月為由而搪塞過去。其後英臺連以十三個比喻
暗示己為紅妝表露衷情，山伯是個呆書生，英臺只好托言為妹訂
親，意欲山伯來訪求婚，而後各自回家作結。其情節單元有四：「女
扮男裝者佯稱母病許單衫願，衣服有七七四十九度紅絡紐，三年
不脫裏衣」、「女扮男裝者佯稱立地解手損了三光日月」、「女扮男
裝者借事物（十三項）暗喻己為紅妝，表露情愫」、「女扮男裝者
托言為妹訂親，實則以身相許」。

　　林鋒雄〈明代梁祝戲曲散齣發論〉[90]一文，以為《全家錦囊祝
英臺記》是明嘉靖三十二（1553）年的民間小戲，與《群音類選》
諸腔卷四所收《訪友記‧山伯送別》及刊行於萬曆末年《新鋟天
下時尚南北徽池雅調》所收《英伯相別回家》二齣內容及曲文相
近。又認為《祝英臺記》傳至杭州時，被改以梁山伯為劇中主要
角色，全數刪去祝英臺的唱段，而且《群音類選》本改題為《訪

90　林鋒雄撰：〈明代梁祝戲曲散齣發論〉，收於中國古典文學研究會主編：《古
　　典文學》第十五集，（臺北：學生書局，2000年9月），頁409-429。

友記‧山伯送別》，而《徽池雅調‧英伯相別回家》則仍以祝英臺為主要人物[91]。

今考明胡文煥編《群音類選》（萬曆二十一至二十四（1593-1596）年）諸腔卷四所收《訪友記‧山伯送別》(明傳奇 2)於齣目下書小字：「夜行舡一套，係古曲偷入於此，不全」。其故事從「（夜行船序）花底黃鸝」開始，至「（前腔）……相伴著小橋流水」，生、旦所唱的曲文及兩人對話英臺以石榴、井中影、白鶴一雙、土地公婆、兩神明、金聖筊一陰一陽、鴛鴦一對、大白鵝一對暗喻已為紅妝表白情愫的情節單元素與《全家錦囊祝英臺記》大抵相同。此故事情節單元有一：「女扮男裝者借事物暗喻已為紅妝表露情愫」。

萬曆末年[92]熊稔寰編《新鋟天下時尚南北徽池雅調》所收《英伯相別回家》(明傳奇 3)，故事內容與曲文與《全家錦囊祝英臺記》大抵相同，惟少了山伯與英臺問答「立地解手」一小段，情節單元僅少「女扮男裝者佯稱立地解手損三光日月」，其餘均同。

林鋒雄又言以上三齣戲是祝英臺回家、梁山伯送別的一個系統，另外，又有《群音類選》諸腔卷四所收《又賽槐陰分別》(明傳奇 4)之內容與曲文，含括了《徽池雅調‧山伯賽槐陰分別》，及《堯天樂‧河梁分袂》二段，可是都改題為《同窗記》。林氏又從音樂結構及內容論及「以《群音類選‧又賽槐陰分別》系統的三齣戲，與相同題材的《祝英臺記》及《徽池雅調‧英伯相別回家》比較，《又賽槐陰分別》系統的三齣戲，似乎都失去了，民間小戲

---

[91]　同前註，頁 417-418。
[92]　同註 90，頁 417。

率真表達感情的特質，和隨物取喻的趣味性」[93]。今考《群音類選》所收《訪友記·又賽槐陰分別》故事有情節單元七：(1)「女扮男裝外出求學」、(2)「女扮男裝者佯稱父母病許單衫願，衣服七七個結，三年和衣而眠」、(3)「女扮男裝者佯稱人間方便穢污相承，而出恭入敬大異眾生」、(4)「女扮男裝者與人眠時抵足、體不黏身、恍若女形、十指尖、耳洞痕，被疑為紅妝」、(5)「女扮男裝者借事物（六項）暗喻已為紅妝表露情愫」、(6)「女扮男裝者托言為妹訂親，實則以身相許」、(7)「啞謎喻婚期（三十二八四六）」。

今考《徽池雅調》所收《還魂記·山伯賽槐陰分別》(明傳奇5)，及明殷啟聖編《堯天樂》所收《同窗記·河梁分袂》(明傳奇6)二齣戲之內容與曲文大抵等於《群音類選》之《訪友記·又賽槐陰分別》，《徽池雅調》本梁祝故事之情節單元有七，與《群音類選》本，除第(5)情節單元借喻之事物是「白鶴」、「石榴」、「土地公婆」、「鴛鴦」之外，其餘均同。而《河梁分袂》故事僅有第(5)情節單元，其借喻之事物是「窈窕淑女君子好逑」、「阮肇劉晨遇仙姬」兩項，與《群音類選》本之第(5)情節單元之後兩項情節單元素一樣。

明代山伯訪英臺戲劇現存最早的散齣，是《群音類選》所收的《訪友記·山伯訪祝》(1593-1596)(明傳奇7)，其後另有明萬曆甲辰（1604）年，瀚海書林李碧峰、陳我含刊《新刻增補戲隊錦曲大全滿天春》所收《英臺別·山伯訪英臺》(明傳奇8)、明萬曆三十九（1611）年明襲正我編《摘錦奇音》所收《同窗記·山伯

千里期約》(明傳奇 9)、明沖和居士輯崇禎三（1630）年刻本,《新
鐫出像點板纏頭百練二集》所收《同窗記・訪友》(明傳奇 10)、明
黃儒卿彙選,明末書林四知館刻本,《時調青崑》所收《同窗記・
山伯訪友》(明傳奇 11)、《精刻彙編新聲雅雜樂府大明天下春》所收
《山伯訪友》(明傳奇 12)等五種戲曲選本。林鋒雄以為「這六本散
齣,經過實際的比對,在情節的進展,以及唱辭、賓白,有很多
的相似性,似乎有一個共同的祖本。但是,刊行的時間和聲腔的
不同,使得相似的劇本中,也有明顯的差異」[94]又:「從『問路』
到『初會面』這二段戲,在萬曆年間的舞臺不斷搬演,至《滿天
春・山伯訪英臺》本,大致已經定型;和《群音類選・山伯訪祝》
本比較,可以看作戲劇發展上的兩個時期,或者是不同時其的兩
個系統」[95]又:「從現存刊本比對看來,《大明天下春・山伯訪友》
和《纏頭百練二集・訪友》收錄的部分,幾乎相同,可視為同一
系統同一時期的本子」[96]。

今見《群音類選》之《訪友記・山伯訪祝》(明傳奇 7)故事角
色除了梁山伯、祝九娘（祝九郎）之外,增加祝員外、祝家家僕、
牧童、祝九娘之嫂嫂、梅香、媒人及丑角事久、貼心婢女人心等
八人,而故事的細節也大大地擴張,如:1.山伯、事久到杏花村
時向牧童問路,2.山伯到祝府門口問祝九郎,門內僕人說:我家
只有祝九娘,沒有祝九郎,3.祝員外見了山伯之後出門算帳,梁
祝二人相會,4.梁祝二人擲骰子飲酒,5.事久與人心在故事的角

94 同註 90,頁 422。
95 同註 90,頁 424。
96 同註 90,頁 428。

色吃重，6.丑角事久在英臺敍述當日借事物暗喻衷情時，說「哥哥送我到牆頭，牆內一樹好石榴，欲待摘個哥哥吃，只恐知味又來偷」，丑角事九一旁便搭腔：「東人早知道是那個石榴，連皮都吃了」，其後梁祝二人盡飲分別時，事久偷喝了山伯酒。7.梁祝相別，九娘贈香羅表寸心。至於情節單元也有十一個之多：(1)「托言為妹訂親，實則以身相許」、(2)「女扮男裝者與人結拜兄弟」、(3)「女扮男裝外出求學」、(4)「床中置書跌倒者罰銀三分，買紙予公眾用」、(5)「女扮男裝者蹲姿小解被疑為紅妝」、(6)「女扮男裝者蹲姿小解，佯稱怕厭污日月三光，以防他人識破紅妝」、(7)「埋七尺紅羅於牡丹花下賭誓，若失貞則牡丹花死紅羅朽爛」、(8)「借事物（牆角石榴、廟裡神明、青松白鶴、池內鴛鴦紅蓮、天臺採藥五項）暗喻己為紅妝表露情愫」、(9)「啞謎喻婚期（二八四六三七日）」、(10)「誤猜啞謎造成悲劇」、(11)「埋紅羅於牡丹花下，三年紅羅不爛牡丹色更佳」。

　　《新刊增補戲隊錦曲大全滿天春》之《山伯訪英臺》(明傳奇8)故事角色比《群音類選・山伯訪祝》(明傳奇7)少了梅香，而多了家童一人。其他故事細節大抵相同，只有(7)梁祝相別時九娘贈山伯是羅巾一方、戒指一對，以表殷勤稍異。而故事情節單元有十個，其中與《群音類選・山伯訪祝》(1)、(2)、(3)、(8)（石榴一項）、(9)、(10)、(11)七個情節單元相同，而(7)是「埋七尺紅羅於牡丹花下賭誓，失貞則羅爛花枯，若貞潔則羅鮮花茂」，略有差異。另外又有「三寸金蓮」、「丫環扮書僮與人結拜為兄弟」兩個情節單元。

　　《摘錦奇音》之《山伯千里期約》(明傳奇9)故事角色比《群

音類選‧山伯訪祝》(明傳奇 7)多了安童一人，而女主角叫祝九官與祝英臺，祝員外年登六旬；至於故事細節除 1、5、相同，而 7. 梁祝相別九娘贈香羅、戒指稍異之外，其他有異：2. 事久叫門，回應者是人心。3. 山伯向英臺問「令尊令堂安否？」但不曾相見。另外多了「英臺以酒作媒證，今生不得諧鳳侶，來生定要結姻親，若違誓言七孔流血的誓盟」。而故事情節單元有六個，與《群音類選‧山伯訪祝》(明傳奇 7)之(3)、(7)、(8)（除相同的五項事物之外，多了紅蓮並蒂、關雎詩、卓文君三項，共八項）、(9)、(10)、(11)（牡丹花開稍異）相同。

　　《新鐫出像點板纏頭百練》二集之《訪友》(明傳奇 10)從「三載相親意頗深；誰知半句不真」開始，其後「畫虎畫皮難畫骨，知人知面不知心」至「流淚眼觀流淚眼，只恐相逢在夢中」為止，與《群音類選‧山伯訪祝》(明傳奇 7)故事內容有同有異，有多有少，而角色只有旦、梁官人（生）、人心（貼）三人，而故事細節(7)生、旦相別，旦送梁官人羅巾、戒指，稍有差異，其餘均無。至於故事情節單元有六個，與《群音類選‧山伯訪祝》(明傳奇 7)之(1)、(2)、(7)、(9)、(10)相同，而(8)之情節單元素，除五項相同之外，另多出紅蓮並蒂，關雎詩二項。

　　《時調清崑》之《山伯訪友》(明傳奇 11)從「（生）三載同窗意頗深，為何半句不言真」開始，至「九泉終久重相會，再世相逢議此親」為止，與《摘錦奇音‧山伯千里期約》(明傳奇 9)大抵相同，惟少一段「（丑）東人真個沒志氣……」至「（旦）人心斟上酒來，待我奉梁兄一盃」對話。《山伯訪友》故事角色有旦、生、事久、人心四人。故事細節與《群音類選‧山伯訪祝》(明傳奇 7)

相同者有(5)，而沒有《山伯千里期約》「英臺賭咒若違誓言七孔流血的誓盟」。而故事之情節單元有五個，與《群音類選・山伯訪祝》(7)、(9)、(10)相同，而(8)之情節單元素除五項相同之外，另多出紅蓮並蒂、關雎詩、卓文君三項，及(11)「牡丹花開」稍異。

《精刻彙編新聲雅雜樂府大明天下春》之《山伯訪友》(明傳奇12)與《摘錦奇音・山伯千里期約》(明傳奇9)除了多出開始之《西江月》一段，及最後四句七言詩，及少了梁、祝擲骰飲酒、「攉拍」之外，一段對話之外，內容大抵相同。《山伯訪友》(明傳奇12)之情節單元有八個，與《群音類選・山伯訪祝》(明傳奇7)之(1)、(2)、(3)、(8)（八項）、(9)、(10)相同，另有「三寸金蓮」及「埋紅羅於牡丹花下，賭誓失貞則牡丹花死羅朽爛」。

《時調青崑》之《英臺自嘆》(明傳奇13)角色有英臺、梁兄、祝父母、人心、事久，故事情節單元有七：「埋七尺紅羅於牡丹花下賭誓，若失貞則羅爛，若貞潔則羅鮮花發」、「女扮男裝外出求學」、「丫環扮書僮」、「女扮男裝者與人結拜為兄弟」、「和衣而眠」、「埋牡丹花下紅羅三年色鮮如昔」、「托言為妹訂親，實則以身相許」。故事細節有些特殊，如：人心扮書僮與英臺同行，在松陰樹底遇梁兄、事久之後，便打發人心回家，寬慰父母，及英臺初生之時，爹娘夢見門前一面旗，可惜英臺不是男子，日後也不可能更進一步求取功名。

明萬曆二（1574）年《迎神賽社禮節傳簿四十曲宮調》之「亢金龍・第五盞南蒲囑別補空戲訪友」、「星日馬・第四盞戲山伯訪友補空鞭打楚平王」[97]，據林鋒雄所言是明代民間經常在民間社戲

---

[97]　明・《迎神賽社禮節傳簿四十曲宮調》（明萬曆二（1574）年手抄影印本），

中演出的散齣[98]。另外，白岩〈寧波梁山伯廟墓與風俗調查〉：「在廟會期間，照例演社戲隆重祭祀，明清時代，主要上演《十八相送》和《樓臺會》等折子戲。」[99]可知明民間社戲演出中，有《訪友》、《山伯訪友》或《十八相送》、《樓臺會》折子戲。

明萬曆末年刊行《精選天下時尚南北徽池雅調》中有《山伯賽槐陰分別》一齣，錢南揚云：「書口又題作《還魂記》，這大概是因為原書上齣為《還魂記》的《英伯相別回家》遂致沿誤」[100]。而路工《梁祝故事說唱合編》所錄《山伯賽槐陰分別》註明是「《還魂記》中的一齣」。[101]今雖難斷言二人說法何者為是，然可確知明萬曆末年已有《還魂記》傳奇。又明人祁彪佳（明萬三十（1602）年生，至乙酉閏六月卒）所撰《遠山堂曲品》載朱少齋（明嘉靖至崇禎（1522-1644）時人）撰「《英臺》即《還魂》，祝英臺女子從師，梁山伯還魂結褵，村兒盛傳此事。或云即吾越人也。朱春霖傳之為《牡丹記》者，差勝此曲。」[102]此傳奇今雖未見，但已可確定明傳奇中梁祝故事已有「還魂」的情節單元。至此，隱然已有 794A.1「生雖不能聚，死後不分離，死而復生」類型故事的存

見中國戲曲協會、山西師範大學戲曲文物研究所編：《中華戲曲》第三輯（太原：山西人民出版社，1987年），頁15、38。

[98] 同註90，頁411。

[99] 白岩撰：〈寧波梁山伯廟墓與風俗調查〉，收於《民間文藝季刊》第二期（上海：文藝出版社，1988年），頁94。

[100] 錢南揚輯錄：《梁祝戲劇輯存》（上海：古典文學出版社，1956年7月），頁11。

[101] 杏橋主人等撰：《梁祝故事說唱合編》（臺北：古亭書屋，1975年4月一版），編輯大意頁3、正文頁9。

[102] 明・祁彪佳撰：《遠山堂曲品》，收於《歷代詩史長編二輯》第六冊（臺北：中國學典館復館籌備處出版，鼎文書局經銷，1964年2月初版），頁121。

在。

明翻刻本《棠邑腔同窗記》(棠邑腔 1)，共五卷，卷一題「新刻山伯攻書雌雄同窗記」，卷二破損，僅存「……同窗記卷之二」六字；三卷題「新刻梁山伯訪友雌雄同窗記卷之三」，卷四題：「新刻梁山伯花園相會同窗記卷之四」，卷五題：「新刻馬家娶親雌雄同窗記卷之五」，原書封面已佚，當名為《同窗記》。今從卷題可知該齣劇本有攻書、訪友、花園相會、馬家娶親等主題。就今存戲曲史料及中國發掘戲曲遺產資料而言，未聞有所謂堂（棠）邑腔者，戴不凡以為「這種基本上是七字句的唱腔和南曲 "皂羅袍" 合在一起，不知如何唱法？……早已失傳的棠邑腔夾著南曲曲牌，這當是一種古老的形式」[103]。又據卷一英臺出家後唱道：「…驚了些山中麋鹿雲中雁，聽了些子弟高歌太平腔」，其中所言太平腔，戴氏疑此即是徐渭《南詞敘錄》所記的，流傳於池州、太平、徐州等地的餘姚腔，這是一種古老而已失傳的腔調[104]。

卷二有相當於「十八相送」的「路比故事十二件」場面，在「走一壩來又一壩」和「走廟堂來過廟堂」之間，有祝英臺提議的「鬥花」一段穿插，其中有云：

> 生：輕輕輸了！
> 旦：怎麼輸了？棉花種打油，怎麼你不輸了！看我鬥來：
> 鬥鬥鬥，花兒花兒來在我家，芍藥牡丹山茶。空開花兒不
> 結子，是個劉己。

---

[103] 戴不凡撰：《小說見聞錄》(臺北：木鐸出版社，1983 年 4 月)，頁 41-42。
[104] 同前註，頁 42。

生：劉己是太監。

旦：太監打子不成！

戴氏認為清朝除光緒後期的李蓮英外，太監不與外事，人們很少會提到太監姓名，而提太監名是劉己，戴氏疑此「己」字是「瑾」字的相鄰土音，由此可見這是個古本[105]。

此本故事英臺一上場已出門，說是有「神人送靴藍衫，叫奴家女扮男裝上衣（尼）山攻書」，他們的老師「孔丘是也」，清代舞臺上是嚴禁孔夫子上場的，而明代則不甚忌諱[106]。戴氏所見版本「書紙已黃脆堪，經裱糊重襯，略有缺頁或僅存半頁者。審其字形紙包，殆明刊無疑。每卷卷前附圖；圖形古拙，亦是明刻規模，然是翻刻本，故形近之錯字累累」，則知此《棠邑腔同窗記》是明翻刻本。

故事角色有祝英臺（祝久紅）、山伯、孔丘、馬士恒（人稱齋長）、五殿閻君。此故事祝英臺外出求學的原因與其他故事不同，她是「有神人送靴帽藍衫，叫奴家女扮男裝上衣（尼）山攻書」，老師是孔丘。山伯死後葬在吳橋北岸。新娘哭祭，被山伯陰魂顯靈，拉她一同歸陰，馬士恒當場嚇死。結果兩男一女齊至五殿閻君處告狀，最後是梁祝還陽，中了狀元，活至百歲（卷末略有缺失）。故事屬 794A.1 類型，情節單元五：(1)「神人送靴帽藍衫叫女子扮男裝上山攻書」、(2)「新娘哭祭陰魂顯靈拉人同歸陰」、(3)「新娘被陰魂攝入同歸陰新郎嚇死」、(4)「三陰魂至五殿閻君處

[105] 同註 103。
[106] 同註 103，頁 43。

告狀」、(5)「陰魂還陽」。

吹腔《山伯訪友總本》[107]，戴不凡所見版本:「書系黃紙封面、紅紙題簽: "山伯訪友"。書名下小字注明 "總本"。首頁署書名亦同。綿紙楷字精鈔，封面有偽 "國立編譯館圖書室"印。或云，此亦是清內府 "安殿鈔本"，待詳。書品大小如一般線裝書，計廿六頁。每半頁四行，行十八字。行距甚大，用以鈔工尺譜;梁祝二人唱詞工尺齊全，四九、人心唱詞工尺則未鈔下」[108]。戴氏就書中開始即 "四九引梁山伯唸(吹腔)"，以後凡旁鈔工尺的曲文，多注明是 "吹腔"或 "前腔"，最後則是一支 "尾聲"。此 "吹腔"的句法，與目前京戲之 "吹腔"不同，非七字或十字句，而是長短句的南曲;旁注工尺和今日京戲 "吹腔"風格有類似處而曲譜並不同，以為此曲詞的文風，斷非清人所能作[109]。戴氏取此 "吹腔本"校《摘錦奇音》、《纏頭百練》本相校，曲文和內容有相同處，但整齣戲文距離甚大[110]。戴氏又就其所有的戲曲選本《清音小集》(刊印時代不會晚於乾嘉[111])卷一所收《山伯訪友》相較，以為二者大體相同。而且《清音小集》多收古戲，所以斷定此吹腔本《山伯訪友》出於明人傳奇[112]。

戴氏再就《摘錦奇音》、《纏頭百練》、《清音小集》、《吹腔本》四本較其異同，而認為:

---

[107] 同註 103，頁 47。
[108] 同註 103，頁 48。
[109] 同註 103，頁 48。
[110] 同註 103，頁 48。
[111] 同註 103，頁 48。
[112] 同註 103，頁 48。

《摘錦奇音》、《纏頭百練》此出戲的"尾聲"共四句,顯屬弋陽腔一派的"雙收";《清音小集》本的這支"下山虎"明明就是這個"吹腔本"的"尾聲"略加改動,增入類乎青陽腔滾調的陳詞濫套而成的。在曲牌音樂系統的古劇種中,"尾聲"的句法唱法往往是集中地表現某種腔調(劇種)的特點的。由此看來,這出"吹腔本"的《山伯訪友》,或是更近於"正統南戲"的一個本子。

另外,這個"吹腔"本注明"吹腔"的曲文都是帶譜的;但細審各支曲的句法並不相同,這該是用不同的曲牌的聯套。很遺憾的是中間由人心唱的"江頭金桂"以及以下幾支"前腔",曲譜卻沒有抄錄下來。就明代南戲來說,大約是由於作者及其觀眾文化水平高低有別的緣故,弋陽腔系統的劇種改編海鹽、崑山腔(還有餘姚腔)的劇本,加入一些通俗的陳詞濫調甚至還加滾白、滾唱,這是通常的;反之,被視為南戲"正宗"的腔調改編弋陽諸腔的劇本,卻是很少見的。就這方面看,我以為這個"吹腔本"的《山伯訪友》也該是早出的,是早於上舉三種弋(青)腔系統的本子的。

無論就內容和唱白的繁簡來看,《摘錦奇音》和《纏頭百練》本都是同一個路子的,但後者是晚出的繁本。這兩個滾白、滾唱很多的青陽腔本子,其實就是帶滾白的《清音小集》本的發展。這三本的幾句基本唱詞和念白是一致的。把這些青陽腔系統的本子和這個"吹腔本"略一對比,可以看

出後者是最簡略最質樸的。這個沒有 "滾" 的本子，該是
青陽腔據以改編的祖本吧？[113]

另外，戴氏又據戲文中談到馬家下聘時， "（四九白）看喇
叭頭挑著。（人心唱）擔著幾擔豬羊饅共著搭拉。（四九白）搭拉
是什麼？（人心白）搭拉是酒。呆小廝！" 後來轉告山伯時，山
伯也問 "搭拉是什麼" ，以為 "打剌（孫）" 是蒙古語，屢見於
元人雜劇。而明人傳奇未見此詞，而推測此吹腔本的劇本是出自
很古老的一本戲，甚至是元人雜劇的餘緒[114]，則此吹腔《山伯訪友
總本》至少也是明傳本。

另外，呂天成（約生於 1575、1582，卒於 1613、1624 年間）
《曲品》載「朱春霖所著傳奇一本，《牡丹記》，此祝英臺事，非
舊本也。詞、白膚陋，止宜俗眼」[115]，明祁彪佳《遠山堂曲品》亦
載朱春霖作《牡丹記》[116]。又清無名氏《古人傳奇總目》也載「《牡
丹》，朱春霖作，祝英臺事。」[117]另外，王國維《曲錄》[118]及清無
名氏《傳奇彙考標目》[119]均載明王紫濤撰《兩蝶詩》[120]。案：此二

---

[113] 同註 103，頁 51-52。

[114] 同註 103，頁 54。

[115] 明‧呂天成撰：《曲品》，收於《歷代詩史長編二輯》第六冊（臺北：中國
學典館復館籌備處，1964 年 2 月初版），頁 248。

[116] 同註 102。

[117] 清‧無名氏撰《古人傳奇總目》，收於《歷代詩史長編二輯》第六冊（臺
北：中國學典館復館籌備處，1964 年 2 月初版），頁 284。

[118] 清‧王國維撰：《曲錄》（臺北：新文豐出版股份有限公司，1991 年 7 月
一版，《叢書集成續編》本），頁 466。

[119] 清‧無名氏撰《傳奇彙考標目》，收於《歷代詩史長編二輯》第七冊（臺
北：中國學典館復館籌備處，1964 年 2 月初版），頁 130。

[120] 明‧王紫濤撰：〈兩蝶詩〉，見清‧《傳奇彙考》，收於《祝英臺故事專號》，

傳奇已佚，不可得知內容。

明張岱（1597-1685）《陶庵夢憶》卷十二〈孔廟檜〉：「己巳（1629）年至曲阜，謁孔廟，買門者門以入，宮牆上有樓聳出，匾曰："梁山伯祝英臺讀書處"，駭異之」[121]，按「己巳」年乃明思宗崇禎二年，則可知梁祝傳說早已流行於山東濟寧一帶多時，但不知其故事情節為何？

明末徐樹丕（康熙（1662-1722）間卒）《識小錄》卷三（文獻16）所載梁祝故事類同《情史》所載《寧波志》內容，但文末云：

> （山伯）廟前橘二株相抱。有花蝴蝶，橘蠹所化也，婦孺以梁祝稱之。

此段記載言「橘蠹化花蝴蝶」與《情史》所言「橘蠹化花蝴蝶」情節相同，但似乎有進一步說明橘蠹是山伯廟前相抱之橘樹所生，隱含梁、祝死後化相抱之橘樹，而橘樹所生的橘蠹，又變成花蝴蝶，連續變形的情節。此則故事的情節單元除與《情史》所載《寧波志》全同之外，又有「橘蠹化花蝴蝶」、「稱花蝴蝶為梁祝的由來」兩個情節單元。

明末《梁山伯祝英臺結義兄弟攻書詞》（鼓詞1），其故事從「自從盤古分天地，三皇五帝治乾坤……魯國至聖來出遊，禮義文章訓萬民，教養三千徒弟子，更兼七十二賢人。夫子遍遊行天下，腹內文章數眾人，四百軍州齊遊過，來到杭州一座城。天子當時

將言說,說與官員弟子聽,人家若有男和女,盡來投師讀書文。」開唱,其後說一段:「話說夫子遍行天下:……來到杭州,人烟稠密,可以投教。便在杭州兼開館,不論遠近,子弟盡來入學讀書」。接著又是韻文:「夫子杭州便開館,……詞文聽唱一村莊。聽唱越州東大路,杏花桃李祝家莊。……」,其後一說一唱至故事結束。

　　故事角色有祝英臺(祝九娘、祝九郎)、哥哥祝大郎、祝公、祝婆、孔子(老師)、祝大嫂、梅香、梁山伯、馬百萬、馬母、馬俊、安童、門公、媒人、梁公、梁婆、李公(媒人)等人,而英臺十六歲家住越州東大路祝家莊,是積德豪富人家;梁山伯十七歲,家住越州諸暨縣青墨堂;馬俊住林莊里,也是富豪人家。山伯死時是「大周三年三月甲子朔,越十有五日。」故事屬 749A 類型,情節單元則有:(1)「摘牡丹花插淨水瓶賭誓,若失貞則抱石投江,若貞潔鮮活如常」、(2)「譏誚女扮男裝外出求學者假托尋夫子,實是尋個少年人」、(3)「祝告日三光占卦果得吉兆」、(4)「女扮賣卦先生瞞過父親」、(5)「女扮男裝外出求學」、(6)「女扮男裝者與人結拜兄弟」、(7)「女扮男裝者佯稱小便無禮對天光,巧計出恭入敬不與人同行」、(8)「女扮男裝者露白胸膛、六月炎天不脫衣裳、石拋鴛鴦力氣小被疑為紅妝」、(9)「女扮男裝者巧言男兒奶大為丞相、女人奶大為婆娘、通身上下都是同心結,以防他人識己為紅妝」、(10)「佯稱不懂啞謎猜字,意欲於人肚上寫字偵測男女」、(11)「三寸金蓮」、(12)「指血書寫世上所無藥方(1. 東海蒼龍膽,2. 山東鳳凰腸,3. 蠶蛾頭上血,4. 蚊子眼中光,5. 仙人中指甲,6. 仙女帶頭香,7. 金雞腳下爪,8. 黃龍背上麟,9. 三十三天雨,10. 雷公日月電光)」、(13)「吞信噎死」、(14)「新娘

祭墳忽狂風大作，天昏地暗，裂地三丈，新娘跳下裂地又合」、(15)「羅裙片片化千萬蝴蝶」。

明《詞林一枝》有楚歌〈羅江怨〉：

> 紗窗外，月影歪，山伯來訪祝英臺；冤家悶得無聊賴，在杭州賣盡巧乖。今日裏訴出情懷，教人牽惹得想思害。想當初老實癡呆，誰猜你是個裙釵？這場瞞哄真奇怪，想前生分薄緣虧，今世裏不得知諧，生生再結同心帶！(民歌1)

此楚歌故事是梁、祝二人曾在杭州讀書，二人分開後，山伯來訪祝英臺，始知英臺是女子，而婚姻不成害相思，恐怕今世不得和諧，生生再結同心，其故事情節單元有「女扮男裝外出求學」一個。

明末清初流傳於河南省西南部、湖北省北部、陝西省東北部的民歌《英臺恨》(民歌2)，共有八百多行，包括〈英臺擔水〉、〈英臺辭學〉、〈英臺拜墓〉三章，據考證，約產生於明末清初，在民間流傳至今，主要在農村，老農作茶餘酒後的敘述。民間藝人亦作為三弦書的曲藝形式配上音樂演唱。[122]

故事從紅羅山上書館讀書兩學子，因為家遠，就在學堂立火烟，得輪流抱柴、擔水；內有英臺氣力小，山伯遭遭替她擔。今日輪到英臺擔水，因為兩篇文章沒作完，先生說輪你擔水你就去，千萬莫把旁人攀。女扮男裝的英臺只好跟著師娘走，師娘因見她過門右腳先，與一般男子左腳先不同，又覺得她撲面有股官粉氣、

---

[122] 周靜書主編：《梁祝文化大觀・故事歌謠卷》（北京：中華書局，1999年12月），頁452。

耳根唇窟窿還沒長嚴、說話兒聲音恁輕謙、未曾走路腰打軟，強八成是女不是男。再說英臺擔水兩桶，寸步難行；山伯到井臺來幫忙。英臺在後跟著，心中暗歡喜。老師娘見山伯擔水，問何緣故？山伯說當初俺二老南學朋情重，同到那南頂山上求兒男，曾言說：二家都生麒麟子，一起送到南學前；二家都生紅顏女，一起繡樓繡鳳鸞；一家男，一家女，只通媒紅結姻緣。師娘訪花，又叫英臺夜裏來做伴，拿酒灌醉英臺，露出三寸小金蓮，果真英臺是女子。師娘問先生滿堂學生十八個，有幾個女來幾個男？先生才知英臺女扮男。先生害怕出亂子，令眾學生，今晚睡覺，"牙床以上把界牌安。伸腿不許捲腿睡，捲腿不許伸腿眠，哪個蹬倒牙床界，四十大板不容寬！"明日英臺辭學要下山。

英臺誆說夜裏做一夢不吉祥，要回祝家莊。兩人說話到五更，英臺問何以牙床立界牌？請梁哥猜滿堂學生十八個內中有個女裙衩，暗示自己是紅妝，又借事物暗喻，一直到山伯送她回家途中說了無數比方，奈何山伯是「千提萬提提不醒，好比泥捏木雕梁大郎」，只好遞出辭學表要他回學裏看端詳。英臺背起琴劍共書箱，小金蓮一踔，哭哭啼啼轉回鄉。山伯還回南學堂看了辭學表，才知英臺是女娘，早知她是紅顏女，俺倆就在高山拜花堂。但如今也只能等三年學規滿，回去路過祝家莊。

英臺紅羅山攻書二年半，回家時父母已將她許配馬家郎。山伯攻書三年整後回鄉，一心訪友祝家莊，兩人相見，英臺抱怨「我言說二九十八成雙對，你為何過了百天到寒莊？你一步來的遲慢了，棒打鴛鴦兩分張。」山伯回家染病上身，囑父要埋麻香臺口，死後也要會會祝英臺，而後氣絕而亡。二老叫家僮殯埋大叔麻香

口，一幢石碑刻「女扮男裝祝英臺，氣死俺兒梁秀才」。

英臺出嫁時，花轎走到麻香口，天降黃風，擋住花轎不能抬，英臺下轎見一新墳，在家聽丫環講，梁哥哥死後埋在麻香口，開言禱祝"眼前若是梁哥墓，小奴三拜墓門開"。一拜，墳上新土振下來；兩拜，露出花花一棺材；三拜，坷喳喳墓門大閃開，英臺女扯起羅裙蒙面往裏栽，英臺栽死墓坑內，變一對黃、花蝴蝶飛起來，黃蝴蝶本是梁公子，花蝴蝶就是祝秀才。二蝶空中效鸞鳳，觸惱了抬親馬秀才，下馬雙足一頓墓坑栽，馬世恒栽死墓坑內，變一隻大黑蝴蝶飛起來，朝那黃、花蝴蝶著膀打，棒打鴛鴦兩分開，黃蝴蝶落到河東去，花蝴蝶落到河西來，黃蝴蝶一轉公子魏士秀，花蝴蝶一轉蘭家女裙衩，要得二人重相會，除非是水漫蘭橋另投胎。

故事屬 749A 類型，情節單元有十七：(1)「以左右腳何者先進門分辨男女」、(2)「女扮男裝者右腳先進門、面有官粉氣、耳環痕、聲音輕、腰肢軟被疑為紅妝」、(3)「孕中訂親」、(4)「三寸金蓮」、(5)「床中置界牌，蹬倒者罰四十大板」、(6)「借事物（戴花、拜花堂、小金蓮、蜂採花、狗咬女娥皇、櫻桃、佳人哭親人、公禽母禽、公鵝母鵝、桑木勾擔柏木桶、葦子稞裏纏纏腳、姜公背姜婆）暗喻己為紅妝，表露情愫」、(7)「女扮男裝者與人結拜為兄弟」、(8)「啞謎喻婚期（二九十八）」、(9)「誤猜啞謎造成悲劇」、(10)「女扮男裝外出求學」、(11)「相思病死」、(12)陰魂上望鄉臺看陽間」、(13)「天降黃風阻擋花轎前行」、(14)「新娘哭祭禱祝顯應，一拜墳土落，二拜花棺露，三拜墓門開」、(15)「人化蝶」、(16)「新娘投墳，新郎氣憤隨之投墳」、(17)「(丙)人化大

黑蝴蝶，以膀打（甲、乙）二人之化黃、花蝴蝶，黃、花蝴蝶落河東、西，轉世為人」。

　　此故事異於前者，增益主要情節(14)「新娘哭祭禱祝顯應，一拜墳土落，二拜花棺露，三拜墓門開」，(16)「新娘投墳，新郎氣憤隨之投墳」，(17)「（丙）人化大黑蝴蝶，以膀打（甲、乙）二人之化黃、花蝴蝶，黃、花蝴蝶落河東、西，轉世為人」；次要情節(1)「以左右腳何者先進門分辨男女」，(5)「床中置界牌，蹬倒者罰四十大板」。

　　綜上所言，可知明代以前梁祝故事已有 749A「生雖不能聚，死後不分離」、794A.1「生雖不能聚，死後不分離，死而復生」、885B「戀人殉情」三種類型，情節單元也有十五個之多，且有連續變形的情節，故事角色也從梁、祝二人，增益至十七人，第一主角大抵是祝英臺，偶有以梁山伯為主的故事。故事媒材則有方志、文人雜著、詩、詩註、廟記、雜劇、墓記、小說、傳奇、鼓詞、民歌等。

　　梁祝故事至清代更是繁花盛開，年代可考的有民歌、南管、彈詞、鼓詞、大鼓書、寶卷、木魚書、洪洞戲等各式文本，投入梁祝故事創作行列。

第五章 梁祝故事變異（二）

第一節 清梁祝故事結構變異（一）

　　清初（約（1660）年左右）浙江忠和堂刻本的《梁山伯歌》（民歌3），故事發展至 749A.1「生雖不能聚，死後不分離，死而復生」類型，已不僅是殉情化蝶，而有陰間告狀、閻王斷案、投胎轉世的情節。其故事情節有二十六個之多：(1)「父母占卜允許女兒扮男裝外出求學」、(2)「女扮男裝外出求學」、(3)「譏誚女扮男裝外出求學者意在選個少年郎」、(4)「七尺紅綾埋牡丹花下，賭誓若失貞則天雷打死，若貞潔則紅綾放毫光」、(5)「床帳中置箱籠」、(6)「女扮男裝者炎天不洗澡、夜裡不脫衣裳、胸前雙隻大奶膀，被人疑為紅妝」、(7)「女扮男裝者佯稱幼病，衣有三百紐絲六十扣，和衣而眠」、(8)「女扮男裝者辯稱胸前大奶坐朝廊，以防他人識己為紅妝」、(9)「女扮男裝者借事物（石榴、土地公婆、呂布貂蟬、公鵝母鵝）暗喻己為紅妝，表露情愫」、(10)「女扮男裝者托言借篙測水深淺，引人離去後，自行渡河」、(11)「啞謎－丁口反把口字藏」、(12)「女扮男裝者托言為妹訂親，實則以身相許」、(13)「埋牡丹花下紅綾，三年依舊放光明」、(14)「世上所無藥方（東海青龍角、南山鳳凰肝、金雞腳下爪、蚊蟲眼內漿、仙人手指甲、仙女帶來香、西天塘內水、雷公電母光、千年不漾雪、萬年不漾霜）」、(15)「相思病死」、(16)「女子房中設靈牌位弔情人」、(17)「新娘祭墳拔金釵插墳台禱祝顯靈，忽然烏雲罩日，墓開三尺，

人進墓」、(18)「羅裙化蝴蝶上天台」、(19)「新娘投墳,新郎掘墳
起骨投江」、(20)「陽間新郎向東岳大帝告冤魂奪妻」、(21)「鬼王
入陰司查真相,五殿閻君相迎,銀安殿上斷案」、(22)「閻君查生
死簿斷案」、(23)「星斗投胎為人」、(24)「閻王怒喝捉人下地獄問
罪」、(25)「閻王令牛頭馬面捉拿活人入酆都遊十八地府」、(26)「閻
王令催生送子娘送陰魂投胎轉世再成姻緣」。

此梁祝故事除主要、次要情節大大進展之外,在故事的細節
上也有很多的鋪張,如英台繡花,有「十繡」的唱辭;英台想念
山伯有「十想」、「十嘆」;山伯來訪始知英台是女子,英台有「十
唱」勸君、「十送」;山伯回家致病,有「十二月相思」;梁母向英
台討藥,英台有「十封信」;山伯死後,英台有「十哭」、「五更怨」
的唱辭。至於角色有:祝英台(九姐、九娘)、梁山伯、人心、安
童、祝公(員外)、祝夫人、祝英台兄嫂、先生、馬洪、梁父、梁
母、東岳大帝(鬼王)、五殿閻君、牛頭馬面、催生送子娘娘。英
台是越州祝家莊人,山伯與之同鄉,馬洪則是東邊馬大戶的獨生
子。

清康熙八(1669)年編纂《常州府志》(文獻18)卷二十一〈古
蹟〉所載內容與《咸淳毗陵志》志二十七大抵相同。又卷二十八
〈壇壝〉與明王升《宜興縣志》卷十〈寺觀〉內容無異。

清康熙十一(1672)年修《嶧山志》:「梁山伯祝英台墓城西
六十里吳橋地方,有碑」[1],康熙五十四(1715)年《鄒縣志》亦

---

[1] 樊存常撰:〈梁祝傳說源孔孟故里--山東濟寧〉,收於樊存常主編:《梁祝
傳說源孔孟故里》(北京:文物出版社,2005年8月),頁5。

有同樣的記載，地點是今日微山縣馬坡梁祝墓[2]。驗諸二〇〇三年十月二十七日馬坡鄉出土明正德十一（1516）年趙廷麟所撰《梁山伯祝英台墓記》無誤。

清聞性道纂、汪源澤修，康熙二十五（1686）年刻本《康熙鄞縣誌》卷九(文獻 19)，「義忠王廟」所載內容與明張時徹《寧波府》卷十五「義忠王廟」相同。文後又錄李茂誠《廟記》全文。

清《清水縣志》(文獻 20)（康熙二十六（1697）年鈔本）卷二〈地理志〉墓：「祝英臺墓，在邑東八里官道南，冢碑今俱存。題詠詳〈藝文〉」，又卷十二〈藝文〉〈祝英臺〉詩：

> 秦川烈女祝英臺，　　千古芳名女秀才；
> 心許良人情不亂，　　誠過后土墓門開；
> 有心願做伯郎婦，　　共穴甘為陸地灰；
> 玉玑（肌）今埋官道左，　令人感墓不勝哀。

此詩祝英臺是秦川女秀才，有情節單元：「女子過情人墓，墓門開投穴殉情」。而卷十一〈人物紀・貞烈〉：

> 梁祝氏，諱英臺，五代梁時人也。少有大志，學儒業；為男子飾，與里人梁山伯遊；同窗三年，伯不知其為女郎。祝心許伯，伯亦無他娶。及成歸家，父母已納焉（馬）氏聘矣。祝志惟在伯，伯聞而訪之，不得而恚卒；窆邽山之麓。祝當于歸，道經墓側，乃以拜辭為名，默禱以誠，墓

2　陳金文撰：〈明代曲阜孔廟緣何會有 "梁祝讀書處"〉，收於樊存常主編：《梁祝傳說源孔孟故里》（北京：文物出版社，2005 年 8 月），頁 109、110。

> 門忽開，祝即投入，墓復合；誠千古奇事，邑人傳頌不置，
> 過者時有題詠云。

此則記載祝英臺是五代梁時人，少有大志，女扮男裝與同里梁山伯遊，同學三年，英臺心許山伯，奈何父母已允馬氏聘。山伯聞其事，而訪英臺不得憤恨而卒。英臺于歸時祭拜投墳。其情節單元有三：(1)「女子少時女扮男裝與人共讀」、(2)「婚姻受阻氣憤而死」、(3)「新娘祭拜情人墓，禱祝顯應墓門忽開，投墳墓復合」，屬749A類型故事。

清康熙二十八（1689）年有《錦字箋》一書，其後黃維觀訂定為《增補錦字箋註》：「宜興善卷山南有石刻，云：祝英台讀書處，號碧鮮庵。以上常州府」[3]，此則記載也沒有故事。

清黃文暘撰：《曲海總目提要》（康熙五十四（1715）年）(文獻21)載：《訪友記》一齣：「不知何人作，記梁山伯訪祝英臺事，相傳最久，故詞有〈祝英臺近〉，而南中人指蝴蝶雙飛者為梁山伯祝英臺，亦因此也，英臺或云上虞人，或云宜興人。」又引《寧波府志》：「義婦塚在寧波府十六里，晉梁處仁及祝英臺合葬處也。」其後所載前半部份與明張時徹《寧波府志》卷二十(文獻11)所記梁祝故事相同，後半部份云：「從者驚引其裾，片片飛去。馬氏遂言於官，欲發塚，有巨蛇守護不果，事聞於朝，丞相謝安奏封義婦塚。安帝時，孫恩寇鄞，太尉劉裕夢山伯效力卻賊，奏封義忠王，立廟祀之。」與李茂誠《義忠王廟記》情節大抵類同。其文引：「《地

---

[3] 清・黃維觀訂正：《增補錦字箋註》，收於宜興市政協學習和文史委員會、宜興市華夏梁祝文化研究會編：《宜興梁祝文化--史料與傳說》（北京：方志出版社，2003年10月一版），頁136-138。

圖綜要》云：國山善卷洞，有祝英臺故宅。《常州府志》云：祝陵在宜興善權山，其崖有巨石，刻云：祝英臺讀書處，號碧鮮庵。俗傳英臺本女子。幼與梁山伯共學，後化為蝶」，黃氏所載梁祝故事情節不出前之故事。

　　清中葉（約康熙（1622-1722）年間）開始盛行的畬族敘事長歌《仙伯英台》（民歌69），普遍流傳於浙江畬族群。長歌中祝英台或稱九妹，或祝九娘。男主角唯稱仙伯。婚姻介入者是馬公子。另有英臺爹娘、哥嫂、媒人、行郎（轎夫）、醫生、閻王等角色。根據雷陳鳴說故事情節變異較大：(1)英台是因出門賞花而滋生求學的念頭。（"十八英台在家堂，出門游玩看花香。看見文章書語好，要讀文章超賢郎"）。(2)英台求學遭到爺娘的罵罰，阿嫂的譏諷，阿哥則不置可否（"阿哥聽講娘讀書，做哥唔會保得你。心若行正你去讀，心若唔正你莫去"）。(3)世人風言風語，英台與嫂賭誓。(4)英台途中無處問路，在"三叉路上"歇息時遇到仙伯。(5)兩人途中問宿，英台借故寐不解衣，床鋪拉線劃界，越界罰紙。(6)英台向先生提議：學生小解全要坐勢，免致牆倒。(7)先生發覺英台是女性而未說破（未出現"師母"這一人物）。(8)先生即興飲酒，叫學生"打鴛鴦"，英台露乳，被眾學生識破而回家（"英台無奈打鴛鴦，學生屬見是女娘，真相被人識破了，拜謝先生轉回鄉"），沒有員外寄信之事。(9)離別時仙伯贈"石海"、英台送"紅鞋"（沒有送玉扇墜、托師母作媒等情節）。(10)仙伯送別時，英台暗示聘定日期。(11)仙伯父母勸其另娶而不從。(12)仙伯患病時，英台等人求方採藥，並問神卜鬼。(13)仙伯臨死時，英台寄內衣與山伯。(14)仙伯死後，托夢英台去墳前燒香，英

台備辦了豬頭三牲。⒂英台與"行郎"過大路小路之爭，英台入墳，媒人拉不住。⒃兩人化蝶後，墳裏留下"一對白石"，而後生成"兩桁龍樹"。⒄馬家不服，告官掘墳見石。⒅在陰府，仙伯還在上京求官，英台怕他有異心，仙伯表志。⒆馬家子氣死，到陰間告狀，閻王設局斷案，梁祝兩人結髮夫妻，馬文才轉世變公豬。⒇閻王放梁、祝還陽，其父母驚喜不已。」⁴及「閻王以"結髮"定夫妻時，馬文才暗用糖膠塗髮的情節更有趣。他本以為這樣一定能和英台的頭髮黏起來，不想糖膠落水變硬，一點不黏，適得其反。」⁵、「閻王明察，叫他另挑，他說："十八女子個個好。"終於暴露出花花公子的醜惡嘴臉。"判其轉世做豬哥"，咎由自取，活該。而另一對呢："仙伯英台情義長，閻王賞他一盞湯，食後還陽供爺娘，恩愛夫妻美名揚"。

則此長歌屬 749A.1 類型，情節單元有二十四：⑴「譏諷女扮男裝者外出求學實為尋姑丈，讀得三年書義滿，姑丈外甥帶轉鄉」。⑵「女扮男裝外出求學者與嫂賭誓外出讀書必貞潔回鄉」。⑶「女扮男裝外出求學」。⑷「床舖拉線劃界，越界者罰紙三百張」。⑸「女扮男裝者佯稱從小有病寐不解衣，以防他人識己為紅妝」。⑹「女扮男裝者提議學生小解全為坐姿，免致牆倒」。⑺「女扮男裝者打鴛鴦露乳被人識破紅妝」。⑻「啞謎喻婚期」。⑼「世上所無藥方」。⑽「相思病死」。⑾「陰魂托夢要情人墳前燒香」。⑿「新娘祭情人墓入墳殉情」。⒀「人化蝶」。⒁「新娘投墳新郎告官掘墳尋人」。⒂「人化石（墳中出一對白石）」。

⁴　同註 3，頁 450–451。
⁵　同註 3，頁 452。

(16)「一對白石化兩桁龍樹（成連理枝）」。(17)「新娘投墳，新郎氣死，陰間告狀」。(18)「閻王斷案」。(19)「閻王以水中結髮定夫妻」。(20)「甲（馬公子）暗用糖膠塗髮以求與乙（祝英台）結髮，糖膠落水變硬而適得其反」。(21)「閻王斷結髮二陰魂為夫妻」。(22)「閻王讓陰魂挑伴侶，陰魂以十八女子個個好，而不能取捨，閻王判其轉世做豬哥」。(23)「陰魂在陰間上京求官」。(24)「閻王賜陰魂還陽湯回陽成夫妻奉養父母」。較前之異者有(11)、(14)、(15)、(16)的連續變形，及(19)、(20)、(21)、(22)、(23)、(24)等感人又有趣的情節單元。

　　清曹聚仁纂：《寧波府志》（雍正十一（1733）年修，乾隆六（1741）年補刊本）卷三十四〈鄞〉所載內容與明張時徹《寧波府志》卷十七「梁山伯祝英臺墓」[6]相同。清萬經撰：《雍正（1723-1735）寧波府志》〈鄞〉[7]所載「梁山伯與祝英臺墓」，內容與曹聚仁《寧波府志》相同。

　　清乾隆二（1737）年重修本《江南通志》卷三十二〈輿地志古蹟〉：「讀書臺在荊溪縣善權山，巖前有巨石，文曰：祝英臺讀書處，俗呼為祝陵。」[8]，又卷四十五〈輿地志・寺觀〉：

　　　善權寺，宋名廣教禪院，在宜興縣西南五十里永豐區，齊
　　　建元二年以祝英臺故宅創建，明改名為善權寺，寺有三生

6　清・曹聚仁撰：《寧波府志》卷三十四（清雍正十一（1733）年修）（臺北：成文出版社，1983年3月，《中國方志叢書》影印乾隆六（1741）年補刊本），頁2480-2481。

7　清・萬經撰：《雍正寧波府志・鄞》，收於《祝英臺故事專號》，《民俗周刊》第九十三、四、五合刊（臺北：東方文化書局，1970年冬季復刊），頁23。

8　清・黃之雋編撰：《江南通志》卷三十二（臺北：臺灣商務印書館，1986年，《景印文淵閣四庫全書》本，508冊），頁76。

堂，乃唐司空李蟬、宋宰相李綱、學士李曾伯祠。柱聯云：
一姓轉身三宰相，三生造寺一因緣。[9]

此兩則記載沒有梁祝故事。

清乾隆（1736-1795）間李調元編《粵風》有〈梁山伯〉一首：

古時有個梁山伯，常共英台在學堂；
同學讀書同結愿，夜間同宿象牙府。（民歌5）

此民歌可知梁祝二人的共讀，夜間同宿，但無情節單元。

清甯楷（1712-1801）《重刊宜興縣舊志》卷九（文獻22）文中引
明邑令谷蘭宗〈祝英臺近詩并序〉，又雙行夾註案語引《咸淳毗陵
志》內容，其後又加案語：「按碧鮮庵一名碧鮮巖，今石刻六字已
亡，惟碧鮮庵長碑三大字，字形瓌瑋，謂是唐刻化蝶事，有無不
可知，碧鮮本竹名，碑刻現在無作蘚者，王志誤作蘚，詩句平仄
失粘，不可讀矣。華詩作碧仙，亦屬傳聞之誤。」

清乾隆己丑（1769）年江蘇蘇州民間藝人抄本《新編金蝴蝶
傳》（彈詞1），故事發生在周朝孔夫子周遊列國之時，孔聖賢訓學
杭州開館門。梁山伯祖居紹興府諸暨，爹娘同庚，望六，單生山
伯，年十七。家私富足。祝英台（九姐）年十六，越州杏花村人，
家亦富足，父母生兄妹二人，哥哥已娶嫂嫂。梁帶四九、祝帶人
心赴杭州求學。英台所嫁的是前村馬俊。梁祝殉情後還陽，山伯
考中狀元，婚姻美滿，而馬俊另結姻緣。故事中另有門公、媒人
李翁、孔夫子、周天子、閻王、牛頭馬面、馬父、馬母等人。

---

[9]　同前註，卷四十五，頁429。

　　此故事屬 749A.1 類型，情節單元有二十五：(1)「女扮江湖算命人，瞞過父親」、(2)「折牡丹花置佛前花瓶，賭誓若貞潔則花鮮明，若失貞則花枯死」、(3)「女扮男裝外出求學」、(4)「丫環扮書僮伴讀」、(5)「女扮男裝者與人結拜兄弟」、(6)「女扮男裝者巧計解手不與人同行，以防他人識破紅妝」、(7)「女扮男裝者解衣露胸、六月炎天不脫衣、蹲姿解手、打鴛鴦力氣小被疑為紅妝」、(8)「女扮男裝者辯稱男人乳大高官做、自幼多病不脫衣以防他人識破紅妝」、(9)「女扮男裝者托言為妹訂親，實則以身相許」、(10)「以草蟲名猜古今人事（西施好比花蝴蝶，窈窕身材舞不停、梅妃謀害蘇皇后，便是蜜蜂點火自燒身、妲己好比田三嫂，攪亂江山不太平、蟬聲好比琵琶怨，和番出塞漢昭君、蜘蛛好比閻婆惜，門前張網等情人、費仲龍渾如金蠍，毒必總要害忠臣、青草蛙蟬聲聲苦，好似孟姜女啼哭倒長城）」、(11)「以鳥禽名猜古今人事（楊貴妃酒醉朝陽殿，好一似海棠花下美安人、咬臍郎一去無消息，卻不道李氏三郎望子規、崔鶯鶯不見張生到，黃昏專等點鷓鴣、蔡伯喈上京為官職，趙玉娘尋夫一鷺鷥、唐僧受了多少難，單只為求取孔雀經、穆素徵想思趙叔夜，卻不道悶坐西樓懶畫眉、金蓮願字金敘品，單恨閨秀房中老鵓鴣、張果菜園成親事，可不曉少年配了白頭公）」、(12)「借事物（戴石榴花、靈神一陰一陽、一對鴛鴦、吃仙桃、一對白鵝、漁船靠岸、劉阮與仙姬、牽牛織女星）暗喻己為紅妝，表露情愫」、(13)「瓶中牡丹三年仍鮮枝綠葉」、(14)「指血題書」、(15)「世上所無藥方（東海蒼龍膽、五色鳳凰腸、蠶蛾頭上血、蚊子眼睛光、八仙中指甲、王母殿中香、金雞足上爪、蒼蠅頂上毛、三十三天雨、風雷電閃光）」、(16)

媒婆李鳳奴、劉二哥（李鳳奴情人）、文童、何廷（馬家總管）、花將爺、來貴、越王、孫炎、陳四娘、段老爹、孫二哥、賀老爹、海二哥、馮先生、尹二哥、李弗清（李鳳奴丈夫）、姚光祖、牛頭馬面、陰間判官、閻羅天子、小鬼等角色。

　　故事從梁員外要山伯出外遊學開始，山伯與瑤琴一路往魯國，經過彭城柳家莊桃花舖的招商飯店，老闆柳三春女兒柳素英勾引山伯，為山伯所拒，因山伯之勸導改了邪心，與原來的情人韓生結婚。而女扮男裝的英台與春香改名為進才的丫環也到了柳家莊桃花舖，住進趙家飯舖，也有老鴇帶了小娘子來拉客，為英台所拒。梁、祝二人在涼亭躲雨而相遇，結拜為兄弟，二人至孔子家，當時孔子奉周文王之旨意、魯君之命周遊列國。梁、祝二人與曾子、閔子騫等吟詩作對、講學論道，等候夫子回來。孔子見了英台知是女子，欲打發英台回家，正巧祝母想念英台患病，而令家僕陳松前往魯國送信，要英台回家。英台回鄉，山伯相送，英台以「一枝紅杏出牆來，花徑未曾緣客掃，蓬門今始為君開」、「人間夫婦如魚水，天仙織女會牛郎」暗喻情衷，山伯不解而各自分離。

　　英台一路回家，過胥江有女子投水，英台令梢公救起女子周慶雲，問知周慶雲父周文是越國丞相，慶雲為後母逼婚而自殺，幸逢英台相救，一路同往越國。適逢周文回鄉得知女兒投江，問了漁翁，輾轉在太湖渡江遇英台船，而且見了女兒，回家逼問許氏，許氏仍說慶雲敗壞門風，慶雲之母高氏鬼魂附身於許氏，許氏自掌嘴巴，口噴鮮血、兩眼瞪出，其後許氏亡夫陸二鬼魂也顯

靈訴說許氏勾搭奸夫張小舍殺了自己，此時來討命，其後許氏便撲倒在地，登時氣絕。

英台回到家，祝母病重，英台在大士前許下願心，祝母漸漸醒來而痊癒了。其後與祝母、嫂嫂同往天竺名山還願。不想被馬留看上，找來風流媒婆李鳳奴說親。鳳奴一見馬留，兩人挽手同行內走，不想馬留亡妻百花羞陰魂白日索命，馬留被推一跤，跌得頭昏迷不醒。其後，李鳳奴到祝家為馬留求親，祝榮春答應了婚事。

周文帶周慶雲到祝家謝救命之恩，祝榮春介紹舅舅姚凌，第三兒子，十七歲，名姚天表，入贅為周文女婿。

梁山伯在夫子府上已二載，山伯家窮，當日英台貼些薪水之費，甚是不敷，又思想雙親，別過夫子回家，路過越國杏花村找英台，老僕陳松告知英台本是聰明伶俐女佳人，進才是乖巧春香使女身。今日員外不在家，老奴與相公傳說，英台母親不允二人見面。山伯黯然回鄉。其後越王命大夫孫炎召山伯入朝為官，賜為參政大夫。

馬留病癒欲迎娶英台，迎娶當日被無名火燒死，總管何廷與文童商議，把馬郎體骨埋葬。此時山伯得相思病，梁父央姚光祖到祝家提親，山伯病重只有憫憫一氣。姚光祖以梁安人病重，要見英台一面。待英台到梁家，山伯已氣絕。英台嘆五更，哭到傷心處，也三魂六魄歸冥府陰曹。

山伯陰魂不散，入森羅殿啼哭要判官送他還陽奉養爹娘。英台陰魂也進哭進鬼門關，遇馬留前往糾纏，幸得來了解差手持無

情棍，喝令馬大快須行。山伯、英台陰魂相見。兩人在望鄉台見陽間爹娘搥胸跌足，好不傷懷。

判官稟告閻羅天子，梁山伯乃善人子卿之子，且他與英台二人陽壽未絕，希望閻君能送二人還陽，以彰善惡之報。閻君令送二人速速還陽。其時，小鬼啟奏馬留前來告狀，口稱官占民妻。閻羅斷馬留先前作惡多端，死後應墜地獄，又打傷解差，罪上加罪，永墜阿鼻地獄，萬劫不得翻身。另判梁祝二人誤入陰司，恐洩漏機關，不必到案。令鬼判送他們還陽，待五十年後，二人魂遊地府，化為蝴蝶。

山伯、英台分別回陽醒來，英台見山伯面漲通紅，先與陳松先辭別回家。山伯病癒入朝，越王欲為山伯作媒，娶國老太師崔呈秀千金，為山伯婉拒。越王賜山伯宮花寶燭，迎娶英台成親。其後山伯在朝中掛紫衣，生三子。山伯、英台沒於寢所，葬在雲棲，墓上出現兩樣蝴蝶，土人謠言，此梁山伯、祝英台也。

故事屬 749A.1 類型，情節單元有三十一：(1)「三寸金蓮」、(2)「折楊柳供蓮台賭誓，若失貞則柳枝墜倒，若貞潔則青枝綠葉柳花開」、(3)「女扮男裝外出求學」、(4)「丫環扮書僮外出伴讀」、(5)「女扮男裝者與人結拜為兄弟」、(6)「結拜發誓，雷公電母風伯雨師為証，若負所言，下地獄酆都變畜生」、(7)「女扮男裝者借事物（一枝紅杏、織女牛郎）暗喻己為紅妝，素露情愫」、(8)「亡母救女，附身於後母身上，使其自掌嘴巴、自罵賤人」、(9)「亡夫附身姦婦勾魂，姦婦撲倒而亡」、(10)「陰魂白日索命，阻止前夫風流」、(11)「歇後語（一刀兩是段老爹、絕子絕是孫二哥、天災神是賀老爹、千江落是海二哥、馬出角是馮先生、斬頭笋是

尹先生、滅口君是尹先生、半開門是尹先生。）」、(12)「無名火塊滾進新房，冥冥之中有人扯住新郎，烈火燒身而亡」、(13)「相思病死」、(14)「亡者陰魂不散」、(15)「陰魂啼哭欲尋情人，誤入森羅殿，遇紅鬚判官尋求指引」、(16)「陰魂為奉養陽間父母要求判官送其回陽，判官答應上稟閻羅，視其造化」、(17)「判官告知陰魂其情人將死而入枉死城」、(18)「情人相思病死，女子亦隨之殉情而死，陰魂入鬼門關九曲彎」、(19)「生前做盡欺心事，白日青天被鬼迷，死在陰司遭報應受刑罰」、(20)「生前定婚，夫婦陰間相遇」、(21)「陰曹解差手拿無情棍，喝令陰魂前行」、(22)「殉情男女陰間相會」、(23)「陰魂在陰府望鄉台看陽間家鄉，悲聲不絕」、(24)「閻羅天子奉上帝旨統轄鬼神，察生前善惡，判陰府冤魂」、(25)「閻羅判善人子弟陽壽未終者還魂」、(26)「陰魂地府告狀」、(27)「生前作惡多端，死後墜地獄，又打傷解差，閻羅判永墜阿鼻地獄，萬劫不得翻身」、(28)「閻羅王令鬼判送陰魂還陽，待五十年後魂遊地府化為蝴蝶」、(29)「陰間判官引陰魂離枉死城，出鬼門關還陽」、(30)牛頭馬面、(31)「人化蝶」。

　　乾隆四十七（1782）年鐫《梁三伯全部・同窗琴書記・時調演義》[10]（會文齋藏版）(南管1)有二十四段落：(1)仙伯遊春、(2)英臺賞花、(3)入賞花園、(4)遇摘牡丹、(5)仝談牡丹、(6)仙伯行、(7)英臺行、(8)入學從師、(9)馬家求親、(10)畫美人、(11)看美人、(12)巡視月高兒、(13)送琴畫、(14)英臺歸家、(15)仙伯辭師、(16)仙伯歸家、(17)談鴛鴦、(18)人心送、(19)見曾公、(20)報相思病、

---

[10] 文中作梁仙伯，與書名「梁三伯」有異。

(21)探病、(22)打媒婆、(23)封官主婚、(24)團員拜賀[11]。

　　故事從「仙伯遊春」開始，仙伯字俗夫，是越州諸暨縣東莊人，父母雙亡，年當弱冠，見說杭州孫卓先生，才學過人，意欲前往拜師求學。有張、康二位朋友前來拜訪，三人撻皮毯，唱歌同樂，又相約明日遊春。祝英臺十三歲，是越州諸暨縣南莊人，父祝建賓。單養英臺一女子。性情貞烈，略諳文理，甚稱其心，本想若有郎君子弟作得牡丹花詩，就招為婿。仙伯遊春見英臺，許摘牡丹一枝，又作牡丹詩，英臺逕自離去，其後英臺恨自己學淺對詩輸人，而想扮男裝至杭州孫卓處唸書，其後果真扮男裝，帶著隨童（人心）拜辭父母便啟程。

　　梁、祝二人於客店相遇結義金蘭，同床同枕共讀三年。英臺回鄉，仙伯攜事久相送，英臺說二人結髮一世，仙伯不解兩男人何以結髮，英臺只好托言為妹提親。仙伯便以琴書送英臺為聘，英臺以啞謎約定婚期。

　　英臺歸家後，丞相保孫卓入朝，官拜翰林侍講學士，又保舉仙伯做官，想招仙伯做親。仙伯告知老師已允婚英臺小妹，孫卓贈黃金五十兩，准仙伯為求親之資，答應往後保舉梁、祝二人入朝為官。

　　不料英臺回家，祝父應允馬俊求親，馬俊日日催親。梁仙伯來訪，人心說英臺街上買書，引入大廳內座，祝父見了仙伯，問知先生已做翰林院侍講學士，暗忖馬俊才貌共仙伯差，思量反悔已不及。英臺著男裝相見，兩人同遊花園，英臺以鴛鴦成雙暗喻

---

[11]　案：書首「新刻時調樑仙伯目錄」僅有二十段落，少(6)、(7)、(21)、(23)四段。

情衷，不想仙伯卻以石頭挾鴛鴦分飛。英臺又失肚裙為仙伯拾著，仙伯才細想英臺是姿娘。人心說起當年仙伯摘牡丹作牡丹詩，英臺因未能對詩而生氣，扮男裝杭州求學去了。兩人修書一封差人星夜送去給孫卓為他們主持姻緣。

仙伯知英臺已許配馬俊，而後悵然返家，相思嘆五更，英臺得知仙伯病重，祝告天地願天上比翼，地上連理，隨後與人心探望仙伯。

其時馬俊等待不及，安排好聘，擇日便行，所幸大學士薦舉仙伯為越州知府的詔書到，也封英臺為守禮恭人，賜黃金百兩，委孫卓為媒合婚，仙伯英臺終得團圓，其後福壽雙全。

此梁祝故事是有時代可考最早的一齣喜劇，不屬梁祝類型故事，其故事情節單元有十：(1)「作牡丹詩招親」、(2)「女扮男裝外出求學」、(3)「女扮男裝者與人結拜為兄弟」、(4)「借結髮一世為喻表露情愫」、(5)「琴書為聘托言為妹訂親，實則以身相許」、(6)「啞謎喻婚期（二八三七四六）」、(7)「借鴛鴦成雙為喻表露情愫」、(8)「女失肚裙被識破紅妝」、(9)「床席中置汗巾為界，越者罰錢一百文公用」、(10)「誤猜啞謎婚期，險成悲劇」。

清錢大昕纂、錢維喬修《(乾隆)鄞縣志》(乾隆五十三(1788)年刻本)(文獻23)卷七：

> 義忠王廟縣西一十六里接待亭西《成化志》，祀東晉鄞令梁
> 山伯，安帝時，劉裕奏封義忠王，令有司立廟祀之《嘉靖
> 志》。李茂誠記曰……。

錢氏此則記載引《成化志》、《嘉靖志》無故事情節，又引〈李茂

誠《義忠王廟記》。此書卷二十四：

> 梁山伯祝英臺墓，在縣西十里，接待寺後，二人少嘗同學，
> 比及三年，而山伯初不知英臺之為女也，以同學而同葬《十
> 道四蕃志》。[12]

所載與張津《四明圖經》卷二內容大抵相同，惟多一「同學同葬」
的情節單元。

清陽羨朱超纂修《清水縣志》(文獻 24)（乾隆六十（1795）年）
卷八下〈五代〉所載「祝英臺」事與康熙二十六年鈔本《清水縣
志》(文獻 20) 此則少英臺禱祝顯應情節之外，大抵相同，惟於文
末夾註說明：「事出小說，莫詳真偽，故依舊志錄之」，可知此文
是朱超據舊志所錄，但朱氏認為此說從小說出，很難知其真偽，
姑且存之。又卷十四下：「經祝英臺故蹟」詩一首：

> 美笳探勝遊，言尋古樵路，
> 山深不見人，潭清泉自注，
> 欲訪碧鮮庵，前溪日已暮。

無故事記載。

清浙江海寧人吳騫於乾隆（1736-1795）年間編著《桃溪客語》
(文獻 25)卷一：首先言「梁祝事見于前，載者凡數處」，其後引《寧
波府志》，內容與明張時徹《寧波府志》卷二十所載故事相同。又

12　清・錢大昕撰，錢維喬修：《(乾隆)鄞縣志》卷二十四，《續修四庫全書》
　　本影印乾隆五十三年（1788）刻本（上海：上海古籍出版社，2002 年 3
　　月第一版），頁 553。

引蔣薰《留素堂集》云：

> 清水縣有祝英臺墓，嘗為詩以吊之。又舒城縣東門外亦有
> 英臺墓，今善權山下有祝陵，相傳以為祝英臺墓。何英臺
> 墓之多耶？然英臺一女子，何得稱陵，此尤可疑者也。又
> 《談遷外索》云：鄞縣東十六里接待寺西祀梁山伯，號忠
> 義王云。

吳氏以其時所見前人所載多處，且清水、舒城縣及善權山均有祝
英臺台墓，而疑英臺台墓何其多，再疑英臺是女子，何以稱陵？

又其書卷二所載則進一步推論：「祝陵雖以英臺得名，而墓道
則不知所在。民居闤闠頗稠密，按《咸淳毗陵志》曰：祝陵在善
權山，……[13]鶱嘗疑祝英臺當亦爾時一重臣，死即葬宅旁，而墓或
踰制，故稱曰陵。碧鮮庵乃其平日讀書之地，世以與佹為妝化蝶
者，名氏偶符，遂相牽合，所謂俗語不實，流為丹青者歟。」蓋
吳氏以為祝陵所葬之人為一重臣，碧鮮庵是其平日讀書處，祝陵
為其葬地，但此人與俗傳梁祝殉情故事中的祝英臺並非一人，之
所以誤為一人，乃因二人名字相同牽合所致。此兩則記載除所引
《咸淳毗陵志》外，均無故事情節。

乾隆（1736-1795）年間手抄本，瑤族《盤王大歌》所錄〈梁
山伯〉，三十二行歌詞，流傳於湖南江華瑤族自治縣：

> 高山松樹排年紀，山伯排來是少年；春心來動梁山伯，梁

---

[13] 案：吳氏所引《咸淳毗陵志》與現存本（見註 28）文字多處不同，但情
節單元不異。

祝共凳讀書篇。高機織布堆如山，山伯做衣定情娘；山伯來定英台妹，英台早定嫁閑郎。高山的風是山伯，水推的船是英台；讀書三年同台坐，不識英台是女娘。風過樹頭涼山伯，河中水推竹蔭苔；風吹山伯花謝了，水推蔭苔海中埋。郎上大州娘也上，娘下貴州郎也來；砍頭分屍一起死，落井沈塘不分開。山伯氣得吞藥死，死在荒洲埋路旁；英台出嫁墳前過，山伯墳開迎新娘。梁祝出路共把傘，學館讀書桌一張；生時不配死了配，山伯英台會黃泉。(民歌4)

此梁祝故事屬 749A 類型，有情節單元五：(1)「女扮男裝與人共讀」、(2)「做衣定情」、(3)「三年同台讀書不辨雌雄」、(4)「〔婚姻受阻〕吞藥死」、(5)「新娘出嫁過情人墳，陰魂開墳出迎共赴黃泉」。

清知縣唐仲冕等修《宜興縣志》(清嘉慶二 (1797) 年刻本) 卷九引明邑令谷蘭宗〈祝英臺近詞並序〉(文獻 26)。

清焦循 (1763-1820)《劇說》卷二：

錄鬼簿載白仁甫所作劇目，有《祝英臺死嫁梁山伯》，宋人詞名亦有〈祝英臺近〉。《錢塘遺事》云：「林鎮屬河間府有梁山伯祝英臺墓。」乾隆乙卯，余在山左學使阮公修《山左金石志》，州縣各以碑。本來嘉祥縣有祝英臺墓碣文，為明人刻石。丙辰客越至寧波，聞其地亦有祝英臺墓。載于志書者詳其事。云梁山伯祝英臺墓在鄞西十里接待寺後，舊稱義婦冢。又云：晉梁山伯，字處仁，家會稽。少游學

道逢祝氏子同往。肆業三年，祝先返，後山伯歸訪之。上
虞始知祝為女子，名曰英臺，歸告父母。求姻時，已許鄮
城馬氏。山伯後為縣令，嬰疾弗起，遺命葬鄮城西清道原。
明年祝適馬氏舟經墓所，風濤不能前。英臺臨冢哀痛，地
裂而埋璧焉，事聞于朝，丞相謝安封義婦冢。此說不知所
本，而詳載志書如此，乃吾郡城九槐子河旁有高土，俗亦
呼為祝英臺墳。余入城必經此，或曰：此隋煬帝墓，謬為
英臺也。(文獻 27)

此則記載提及元白樸有《祝英臺死嫁梁山伯》、宋人詞名有〈祝英
臺近〉，又引元劉一清《錢塘遺事》說「林鎮屬河間府，有梁山伯
祝英臺墓。」再提及乾隆乙卯（六十，1795）年焦氏見嘉祥縣明
人刻祝英臺墓碣文。[14]至寧波聞其地亦有祝英臺墓。焦氏又引志書
所載鄮西十里接待寺後，梁山伯祝英臺墓，舊稱義婦冢。焦氏所
言志書大抵從張津《乾道四明圖經》卷二(文獻 4)記載而來，僅將
「接待院」改為「接待寺」耳。焦氏之後又引一則梁祝義婦冢故
事，而說「此所不知所本，而詳載志書如此」，今考其所引故事與
明人張時徹《寧波府志》(文獻 11)卷二十所載相同。最後焦氏說「吾
郡城九槐子河旁有高土，俗亦呼為祝英臺墳。余入城必經此，或
曰：此隋煬帝墓，謬為英臺」，今不管此墳是隋煬帝墓或祝英臺墳，

---

[14] 案：焦氏所見嘉祥縣明人刻石祝英台墓碣文，至今猶存。於 2003 年 10
月 27 日濟寧市東南二十七點五公里、鄒縣城西南三十四公里處的馬坡西
南公路東側（現屬微山縣轄）出土，乃正德十一年丙子秋八月古鄒趙廷麟
所撰碑文。(參中國戲曲志全國編輯委員會編：《中國戲曲志‧山東卷》(北
京：中國 ISBN 中心，1994 年 10 月)，頁 641 (「梁祝墓在嘉祥」條))。

可以確定的是此地的梁祝故事必已相當盛行，才會有英臺墳地的傳說，焦氏是江蘇省江都縣甘泉人，生於乾隆二十八年，卒於嘉慶二十五年（1763-1820），則可說乾隆、嘉慶年間江蘇省江都縣甘泉已有梁祝故事的流行。

清徐兆昺（生平事蹟不可考）《四明談助》（乾隆年間）卷四：「義忠王廟，在接待寺西，祀東晉鄮令梁山伯。安帝時，劉裕奏封「義忠王」，令有司立廟祀之。《嘉靖志》。」[15]此則記載沒有故事。

清人詩歌詠梁祝者有：朱受（乾隆二十七（1726）年舉人）〈荆溪竹枝詞〉：「生小祝英台下住，慣看蝴蝶作團飛」[16]、楊丹桂〈祝英台墓〉[17]、任映垣〈祝英台讀書台〉[18]、湯思孝〈碧蘚巖〉：「冷蝶尚飛飛，美人安可儔。沉湎海棠艷，……芳魂來此不……」[19]、張起〈游國山親巖憇善卷來訪碧鮮巖故址〉：「祝陵遺址見荒台」[20]、

15 　清・徐兆昺撰：《四明談助》卷四，清道光八年刊本（臺北：國家圖書館善本書室藏本），葉15。

16 　清・朱受撰：〈荆溪竹枝詞〉，收於清・唐仲冕等修，甯樀山纂：《重刊荆溪縣志》卷四，（臺北：成文出版社，1983年，嘉慶二（1797）年刻本），葉24。

17 　清・楊丹桂撰〈祝英台墓〉，收於吳德旋編撰：《重刊續纂宜荆縣志》（道光二十（1840）年刻本），見宜興市政協學習和文史委員會、宜興市華夏梁祝文化研究會編：《宜興梁祝文化--史料與傳說》（北京：方志出版社，2003年10月），頁233-234。

18 　清・任映垣撰：〈祝英台讀書台〉，見清・唐仲冕等修，甯樀山撰：《重刊荆溪縣志》卷四（臺北：成文出版社，1970年，嘉慶二（1797）年刻本），頁23。

19 　清・湯思孝撰：〈碧蘚巖〉，收於清・嘉慶：《重刊宜興縣舊志》（嘉慶二（1797）年刊本），見宜興市政協學習和文史委員會、宜興市華夏梁祝文化研究會編：《宜興梁祝文化--史料與傳說》（北京：方志出版社，2003年10月），頁237-238。

20 　清・張起撰：〈游國山親巖憇善卷訪碧鮮巖故址〉，收於吳德旋編撰：《重

黃中理〈碧鮮庵〉:「仙子讀書處」[21]、吳騫〈祝陵〉:「荒陵人不歸」[22]、〈碧窗女史畫蝴蝶圖遺蹟〉[23]、史承豫〈荊南竹枝詞〉:「讀書人去剩荒臺，……一雙蝴蝶又飛來」[24]，均無梁祝故事情節。

　　另有徐喈鳳（順治十一（1654 年）舉人、十五年進士）〈祝英台碧蘚庵〉:「……化蝶更荒謬」[25]，則顯然不以化蝶傳說為然。而吳騫更有〈祝陵〉詩云:

> 處仁偉丈夫，英台奇女子。
>
> 三年共游學，所契惟書史。
>
> 業成襆逐判，眷言還故兒。
>
> ……
>
> 春深巖碧鮮，秋晚蝶衣紫。

刊續纂宜荊縣志》（道光二十（1840）年刻本），見宜興市政協學習和文史委員會、宜興市華夏梁祝文化研究會編:《宜興梁祝文化--史料與傳說》（北京:方志出版社，2003 年 10 月），頁 244。

[21] 清・黃中理撰:〈碧鮮庵〉，收於清・道光:《重刊續纂宜興縣志》，見宜興市政協學習和文史委員會、宜興市華夏梁祝文化研究會編:《宜興梁祝文化--史料與傳說》（北京:方志出版社，2003 年 10 月），頁 246-247。

[22] 清・吳騫撰:〈祝陵〉，收於吳騫撰:《拜經樓詩集》卷七（上海:上海古籍出版社，2002 年 3 月一版，《續修四庫全書》本，1454 冊），頁 68。

[23] 清・吳騫撰:〈碧窗女史畫蛺蝶圖遺蹟〉，收於《拜經樓詩集續編》卷四（上海:上海古籍出版社，2002 年 3 月一版，《續修四庫全書》本，1454 冊），頁 167。

[24] 清・史承豫撰:〈荊南竹枝詞〉，收於清・嘉慶:《重刊宜興縣志》，見宜興市政協學習和文史委員會、宜興市華夏梁祝文化研究會編:《宜興梁祝文化--史料與傳說》（北京:方志出版社，2003 年 10 月），頁 263-264。

[25] 清・徐喈鳳撰:〈祝英台碧蘚庵〉，收於《常郡八邑藝文志》（光緒十六（1890）年），見宜興市政協學習和文史委員會、宜興市華夏梁祝文化研究會編:《宜興梁祝文化--史料與傳說》（北京:方志出版社，2003 年 10 月），頁 257-260。

……。(詩6)

此詩有英台與處仁(山伯字)三年共遊學情節。「秋晚蝶衣紫」似喻英台化蝶事。

車錫倫編著:《中國寶卷總目》有「清道光二十九(1849)年抄本《梁祝寶卷》一冊(北京市首都圖書館藏)」[26]的記載,今未見其書,不知內容為何。

清道光(1821-1850)年間廈門手抄本《三伯英台歌》(二十本)(歌仔冊1)[27],故事主角是越州祝英台,祝公祝媽已年老,田園祖業龐大,無男兒可繼承。英台想學男兒去杭州讀書,父母不允。英台扮男裝,父母看見心歡喜,答應英台帶仁心出門求學。不想堂嫂譏誚小姑恐有他意。英台埋紅羅於牡丹花盆賭誓,而後出門遊學。途中遇武州梁三伯,兩人在楊柳樹下義結金蘭,誓言「生無同生願同死」。

梁祝到了學堂,英台巧計使男子蹲姿小解,又用汗巾隔床界,越者罰紙筆,還故意伸腳越床界自罰,使家貧的三伯不敢越界。春日大伙兒遊花園,英台採花插三伯頭上,又說鴛鴦交頸不分離,

---

26　《梁祝化蝶寶卷》(蘇州市戲曲博物館藏清·咸豐七(1857)年抄本),見車錫倫編撰:《中國寶卷總目》(臺北:中央研究院中國文哲研究所籌備處,1998年6月),頁247。

27　案:王順隆撰〈談台閩「歌仔冊」的出版概況〉(《臺灣風物》四十三卷三期,頁109)一文提及:「就其印版來分,從最早的木刻版,再演進成石印版,更有後來鉛印版的大量發行」,而此《三伯英台》唱本是「廈門手抄本」,據(法)施博爾〈五百舊本「歌仔冊」目錄〉(《臺灣風物》十五卷四期,臺北:1976年11月,頁59)一文「附錄」有「抄本〈三伯英臺歌〉一本二十六篇,年代不詳,當不下道光年間」,則此廈門手抄本的年代亦不詳,雖有二十本,與施博爾所見不同,但必在木刻本、石印本之前,恐亦不在道光年間之後,今先置於道光年間。

三伯都不疑有他，還手提石頭砸去，惹得鴛鴦分飛，英台說文君相如私情意，三伯只是笑微微，直到英台「脫落繡羅衣，三伯看見驚半死，早知賢弟是女兒，冥日宰肯放身離」，正要與英台好合時，仁心因安人差遣要帶英台回鄉，此時「打門緊如箭」，三伯氣沖沖罵仁心來得不是時候，仁心反唇相譏，「我娘共爾住三年，不恨自己恰呆癡」，兩人只好分離，英台啞謎喻婚期，要三伯來訪。

英台回鄉，姑嫂共看紅羅牡丹，果然英台清節義，一時聞名鄉里，馬俊得知，便託媒人來訂親。祝父無主見，與夫人共議，父母二人問英台，英台十日未見梁哥身影，只好答應。但恨殺梁哥癡呆又未應約來訪，也恨馬俊前來求婚，奈何也只能嘆五更得相思病。差遣瑞香園中採桑，等候梁官人到來。

三伯杭州讀書三年滿，「朝庭選賢去作官，滿學學生盡選出，虧的三伯守孤單」，三伯稟過先生要訪英台，不知英台住處，問先生，帶了士久同行。到祝家見英台男裝相迎，卻忘了換下弓鞋。三伯故意踏著弓鞋情挑，仁心只好說英台已配了馬俊。兩人淚眼相對，英台拔金簪送三伯，三伯回送頭髮一綹。

三伯回鄉。梁母見子「初去桃花面，因何返來面青菜」，三伯說及英台事，梁母、士久都笑三伯太癡呆，不知分辨男女。三伯相思病重，寫信結在鶯哥翅下傳書到越州英台處，要向英台索求世上所無藥方，英台回信說死後葬在大路邊，日後英台來墓前。三伯看信之後，一時氣絕歸陰死。

三伯死後，陰魂上行到英台家，門神叱退，三伯說明原委求情，門神放行，三伯進入托夢；到天亮雞啼三伯始去。次日士久來報喪。英台想去祭弔，母親不允，只好取出黃金五十兩給士久

為官人買油香。士久守靈，三伯夜裡顯靈，告知士久英台出嫁日，青天白日要搶親；又認士久為弟，改名清和，代為孝順父母。

英台出嫁日，下轎讀祭文拜墓，拔金釵打墓牌，禱祝顯靈，將英台攝入，馬俊拉住羅裙，人已不見。找人掘墓尋妻，墓門無尸身，只見一對蝴蝶飛上天，墓底有二片青石枋，一片扛去丟溪東，長了竹；一片扛去丟溪西，發了杉。杉是武州梁三伯，竹是越州祝英台。馬俊氣沖天，咬舌自盡歸陰司，山神土地帶他到森羅殿前向閻王告狀，閻王簽牌票差鬼將捉拿梁祝陰魂來問案，閻王差判官看緣簿，知「三伯天上金童兒，英台天上是玉女，金童玉女來降世，二人夫妻有名字，馬俊燈猴神來出世，柴氏七娘伊妻兒」，馬俊向閻王求情回陽事奉七十二歲老母親，閻王讓馬俊借身還陽。

閻王判三伯英台遊地獄，三伯英台遊完十八地獄，觀音佛祖駕五彩雙雲來地獄，告知二人乃金童玉女，「玉帝面前失主意，降落凡間去出世，雙人夫妻無緣分，動破姻緣是馬俊，十八地獄爾看過，等待下次蟠桃會」，二人業滿回天庭。

此故事屬 749A.1 類型，情節單元有九十：(1)「女扮男裝外出求學」、(2)「丫環扮書僮伴讀」、(3)「埋七尺紅羅於牡丹花盆，賭誓若失貞則紅羅臭爛牡丹開」、(4)「女扮男裝者與人結拜為兄弟」、(5)「女扮男裝者佯稱立姿小解不乾淨，巧計使男子蹲姿小解」、(6)「床置汗巾為界，越者罰紙筆給滿學內」、(7)「女扮男裝者故意伸腳越床界，自罰紙筆，使家貧者不敢越界，以防他人識破紅妝」、(8)「借事物(插花、鴛鴦交頸、相如文君)，暗喻己為紅妝，表露情愫」、(9)「女扮男裝者脫繡羅衣示愛」、(10)「啞

謎喻婚期(二八三七四六)」、(11)「埋紅羅於牡丹花盆，三年日夜澆水，紅羅不爛、牡丹不開」、(12)「誤猜啞謎造成悲劇」、(13)「鳥（鶯歌）作人語」、(14)「以男女小解聲音不同偵測男女」、(15)「（鶯歌）鳥解人語」、(16)「飛鳥（鶯歌）傳書」、(17)「鳥叫（鶯歌）人名」、(18)「世上無藥方（六月霜、金雞頭上髓、龍肝鳳肚湯）」、(19)「相思病死」、(20)「門神阻擋鬼魂入屋」、(21)「鬼魂向門神說情，門神讓鬼魂入屋」、(22)「鬼魂托夢」、(23)「陰魂預知人婚期」、(24)「陰魂顯靈，收僕為弟，改其姓名且允諾庇祐」、(25)「陰魂顯靈懺悔早夭不孝，勸父母收僕為子，代己盡孝道」、(26)「陰魂托夢預言青天白日搶親」、(27)「新娘出嫁時祭拜同窗好友，新郎以為識禮義，差人買酒禮金紙」、(28)「新娘讀祭文哭祭，舉金釵打墓牌，禱祝顯應青天白日墓開人進墓」、(29)「掘墓尋妻」、(30)「墓出蝶飛上天（人化蝶）」、(31)「墓中出青石枋（人化石）」、(32)「殉情男女化二青石，分置溪東、溪西，一長杉（梁）、一長竹（祝）並做一排」、(33)「新娘投墳，新郎咬舌自盡歸陰司，沿路啼哭尋妻」、(34)「山神土地指點陰魂上森羅殿向閻王告狀」、(35)「山神土地一路帶陰魂陰間告狀」、(36)「陰魂行經陰陽界、鬼門關、業鏡台、森羅城入森羅殿向閻王喊冤」、(37)「閻王坐森羅殿，牛頭馬面排兩邊」、(38)「閻王簽牌票，差鬼將捉拿陰魂問案」、(39)「人嫁鬼婿」、(40)「陰魂抗議閻王斷案不公」、(41)「閻王令判官查緣簿斷案」、(42)「緣簿註明人世姻緣、貧富貴賤」、(43)「金童玉女降凡有夫妻緣份」、(44)「燈猴神下凡」、(45)「陰魂向閻王求情，閻王因其人孝義，放返陽間」、(46)「陰魂領取文憑部札回陽」、(47)「人死屍爛借身還陽」、(48)「閻王斷下凡金童玉女陰魂遊地獄後

回天台」、(49)「地方鬼將領閻王聖旨帶陰魂遊地獄，經水橋頭、暗屋邊、油滑山、鐵樹至酆都城（地獄城－－東獄、西獄、南獄、北獄）望鄉台、枉死城」、(50)「道士和尚生前失唸經文數百遍，死後唸滿經文再出世」、(51)「生前毀謗佛道滅天理者，死後上油滑山」、(52)「生前不孝公姑、苦毒前子者，死後上鐵樹鮮血淋漓遍地」、(53)「牛頭馬面按文憑部札點鬼名入酆都城」、(54)「四方地獄內分十八小地獄」、(55)「貢生陽間下筆作呈害人命又兼奸淫，死後至東獄受罰，十日上鐵床釘鐵釘、搥鐵鎚，下油鍋一次，三年刑滿後輪迴出生成牛馬」、(56)「地方鬼將說明生前作惡，死後刑罰之報應細則」、(57)「前生學話多言語，死後東獄割舌敲牙」、(58)「地方鬼將說輪迴陰司報應」、(59)「陽間大奸臣陷害生靈無數，死後至西獄破面破腸、千刀萬刮，三年刑罰後輪迴生成豬牛」、(60)「生前私通毒死親夫侵佔財產者，死後至西獄過火坑屍身燒化成灰，業風吹過復活，再被擲地踐踏，皮開肉裂後又拖往別獄再受刑罰」、(61)「生前貪官，死後往西獄，刮舌句火芟、刺心肝；三年刑罰後，輪迴出生成雞鴨還債」、(62)「陽間不孝父母、不敬賢人、棄妻兒逼死人命、放火燒屋、搶人財物者，死後至南獄（金剛地獄）受罰，十日斬頭去五尖、破腸、抱銅柱、刀刺身體一次」、(63)「陽間尪姨假作神明起乩，騙人錢財，死後至南獄，關入鐘內燒；三年刑滿後，輪迴出生」、(64)「陽間和尚破戒姦淫婦女，死後惡鬼夜叉帶至南獄打眼睛，鬼兵斬其手腳。」、(65)「陽間財主穿綢穿緞，糟踏糧食，死後至北獄寒冰池凍死」、(66)「陽間婦人生產滿月，穢物置灶邊，死後至北獄落八百里血湖地」、(67)「牛爺馬爺看守奈何橋兩端」、(68)「陽間媒人敗女節烈，害人性命，

佛祖乘五彩雙雲遊地獄」、(87)「觀音佛祖點破金童玉女貶罰凡間姻緣」、(88)「金童玉女犯錯為玉帝貶罰降凡受苦不成婚姻」、(89)「金童玉女貶罰凡間，業緣完滿升天成仙」、(90)「佛祖派五彩祥雲送貶凡金童玉女上天」。

清廈門手抄本〔梁山伯與祝英台〕(歌仔冊 2)故事不全，共有《山伯寄書（山伯討藥）》(1332 冊)、《英台回批》(1334 冊)、《山伯過五更》(1336 冊)、《英台哭五更》(1339 冊)、《英台十二送歌》(1341 冊)、《英台哭墓化蝶》(1342 冊) 六篇，原為分冊獨立篇章，均是廈門手抄本，時代當在木刻本之前，故仍以道光年間版本視之，雖故事不全，然其主要情節是梁祝殉情化蝶連續變形，屬 749A 類型故事，故合併為一，擬題為〔梁山伯與祝英台〕。

此故事情節單元只有十七：(1)「病人寫自己八字向情人討藥方治相思」、(2)「世上所無藥方（六月屋頂霜、龍肝鳳腹湯、貓腱水圭（蛙）毛）、金雞頭上髓」、(3)「鳥作人語」、(4)「鳥（鶯歌）解人語」、(5)「飛鳥（鶯歌）傳書」、(6)「（鶯歌）鳥叫人名」、(7)「鳥（鶯歌）以人語勸人」、(8)「鳥（鶯歌）哭作人語」、(9)「三寸褲帶做藥治相思病」、(10)「女扮男裝者與人結拜為兄弟」、(11)「啞謎喻婚期〔二八三七〕」、(12)「新娘祭墳廿四拜唸祭文」、(13)「新娘拔金釵打墓牌哭祭，禱祝顯應，青天白日墓開陰魂出現，人進墓」、(14)「掘墓尋妻」、(15)「墓出兩青石枋（人化青石）」、(16)「墓出蝴蝶（人化蝶）」、(17)「墓出兩石分置溪兩旁，流成一排，東邊石生杉（梁山伯），西邊生竹（祝英台）」。故事情節單元與《三伯英台歌》(歌仔冊 1)相同的部分大抵無異，只有(1)「病人寫自己八字向情人討藥方」之「寫自己八字」為多出之細節，又

多(3)「鳥作人語」、(7)「鳥（鶯歌）以人語勸人」、(9)「三寸褲帶做藥治相思病」三個情節單元。

清吳景牆《宜興荊谿縣新志》（清光緒八（1882）年刻本）卷九〈古蹟志遺址〉：

> 碧鮮壇，本祝英臺讀書宅，在碧鮮巖。邵金彪《祝英臺小傳》云：祝英臺小字九娘，上虞富家女，生無兄弟，才貌雙絕，父母欲為擇偶。英臺曰：兒當出外游學，得賢士事之耳。因易男裝改偁九官。遇會稽梁山伯亦游學，遂與偕至義興善權山之碧鮮巖，築庵讀書，同居同宿三年，而梁不知為女子。臨別，祝約曰：某月日可相訪，將告父母以妹妻君。實則以身相許也。梁自以家貧，羞澀畏行，遂至愆期。父母以英臺字馬氏子。後梁為鄞令，過祝家詢九官。家僮曰：吾家但有九娘，無九官也。梁驚悟，以同學之誼乞一見。英臺羅扇遮面出，側身一揖而已。梁悔念成疾卒。遺言葬清道山下。明年，英臺將歸馬氏。命舟子迂道過其處，至則風濤大作，舟送停泊。英臺乃造梁墓前失聲慟哭。地忽開裂，墮入塋中，繡裙綺襦化蝶飛去。丞相謝安聞其事於朝，請封為□□，□東晉永和時事也。齊和帝時，復顯靈異助戰有功，有司為立廟於鄞，合祀梁祝，其讀書宅偁碧鮮庵，齊建元閒改為善權寺，今寺後有石刻大書，祝英臺讀書處。寺前里許村名祝陵。山中杜鵑花發時，輒有大蝶雙飛不散，俗傳是兩人之精魂，今稱大彩蝶尚謂祝英臺云。明楊守阯碧鮮壇詩：……國朝湯思孝碧鮮巖許豈凡碧鮮庵詩，俱見舊志藝文。（文獻29）

此則記載所引邵金彪乃道光年間宜興人，其故事女主角祝英臺小字九娘，上虞富家獨生女，女扮男裝外出遊學遇會稽梁山伯，相偕至義興善權山碧鮮巖築庵共讀三年。臨別英臺以其妹許婚，山伯因家貧遂至愆期。祝父母將英臺許配馬氏子。梁為鄞令過訪祝家，知是女子，僅羅扇遮面一見，梁悔念殉情而死，遺言葬清道山下。明年，英臺出嫁舟過其處風濤不能行，英臺泣墓，地忽開裂，墜入塋中，繡裙綺襦化蝶。丞相謝安奏請封為義婦，是為東晉永和時事。齊和帝時復顯靈異助戰，立廟於鄞，合祀梁、祝。俗傳大彩蝶是兩人之精魂。故事中英臺頗有主見，父母欲為擇偶，她卻要外出游學得賢士始事之；又出嫁日，主動令舟子迂道過山伯墓祭拜，較之前故事不同。又梁山伯之所以愆期求婚的原因，是家貧而羞澀畏行，亦為其他故事所無之情節。此故事屬 749A.1 類型，情節單元有十一：(1)「女扮男裝外出遊學」、(2)「女扮男裝者托言為妹訂親，實則以身相許」、(3)「婚姻受阻悔念成疾而死」、(4)「新娘舟過情人墓風濤大作不能前行」、(5)「新娘哭墓，地忽開裂，墮入墳中」、(6)「繡裙綺襦化蝶飛去」、(7)「義婦的由來」、(8)「殉情男女陰魂顯靈助戰立廟合祀」、(9)「精魂化蝶」、(10)「大彩蝶稱祝英臺的由來」、(11)「祝陵的由來」。

　　清徐時棟（1814-1873）《鄞縣志》[28]（文獻 30）前引元袁桷《延祐志》「義婦塚」內容，又後引《原上草》文：「俗傳以墓土置灶上，則蟲蟻不生。（《原上草》）」，此則記載有「墓土可治蟲蟻」情節單

元，又引：「國朝李裕詩："冢中有鴛鴦，冢外喚不起。女郎歌以泣，輒來雙鳳子。織素澄雲絲，朱幡剪花尾。東風吹三月，春草香十里。長裾裹泥土，歸彈壁魚死"。」此李裕詩似有「人化鴛鴦」的情節單元。

車錫倫編著：《中國寶卷總目》有清‧咸豐七（1857）年抄本《梁祝化蝶寶卷》（蘇州市戲曲博物館藏）的記載[29]，然今未見其書。

咸豐九（1859）年手抄本，廣西來賓縣石陵瑤族村寨《大路歌》所錄〈梁山伯歌〉(民歌6)三十七行：

> 青松樹上排年紀，山伯排來是少郎；梁山著衫來定偶，英台不嫁正閑郎。風過樹頭梁山伯，船行水面祝英台；讀書三年共學院，因行不知你身情。風過樹頭梁山伯，船行水面祝英台；讀書三年共學院，不識英台是女人。風過樹頭梁山伯，船行水面祝英台；山伯二人齊過水，不圖深濕只圖涼。風過樹頭梁山伯，船行水面祝英台；英台著衫千百結，解得結開天大光。生生死死不相放，生生死死不放行，娘上大州郎也上，娘下貴州郎也行。梁山不奈吞衣死，葬在大州大路邊；英台行嫁大路上，梁山接入共頭眠。生時共凳死同眠，死在大州大路邊；擔鍬挖泥七尺深，飛上半天飛散連。生時梁祝共柄傘，死入黃泉共合線；生時不得死時得，死入黃泉正得連。

此故事屬 749A 類型，有情節單元四：(1)「女扮男裝與人共讀」、(2)「女扮男裝者佯稱衫千百結，解得結開天大光〔和衣而眠〕」、(3)「〔婚姻受阻〕吞衣死」、(4)「新娘行嫁過情人墳，情人陰魂接入墳共赴黃泉」。

清山西洪洞同義堂丙子（1876 或 1816）年刻本《梁山盃全本》（洪洞戲 1），今所見只是其中一齣，擬題為「送友」此故事中的梁山盃是丑角，師父說他不成材。此次是祝父壽誕日，他與祝鶯台一同前去祝壽。一路兩人說說唱唱，此時鶯台已知爹娘將自己許配馬家。旦角鶯台唱一段，丑角山盃便重覆唱一段。鶯台借事物暗喻自己是紅妝，仍是枉然。此故事情節單元有一：「女扮男裝者借事物（紅繡鞋、摘瓜、石榴、十七八大閨女、你爹是俺公公、相公背花老婆、與你生個小兒郎叫你爹叫我娘、揹花媳婦過河、公鵝母鵝）暗喻己為紅妝，表露情愫」。

清周道遵《咸豐（1851-1861）鄞縣志》：「梁山伯祝英臺墓，縣西十里接待寺後。舊稱"義婦冢"，以謝安嘗奏封英台為義婦也。〈聞志〉。」，[30]此記載無故事。

同治（1864）三年《嶧山志》提及：

> 梁祝讀書洞，在至聖祠右。相傳梁山伯祝英台讀書於此。萬曆十六年，知縣王自謹於洞口大石南面勒"梁祝讀書洞"五字。考之鄒志，並未說明，惟云梁祝墓在鄒城西六十里、馬坡村西南隅、吳橋之側…[31]

30 　清·周道遵撰：《咸豐鄞縣志》，收於《祝英臺故事專號》，《民俗周刊》第九十三、四、五合刊（臺北：東方文化書局，1970 年冬季復刊），頁 23-24。
31 　同註 2。

又云：

> 梁祝泉在梁祝讀書洞右。泉側石上刻 "梁祝泉" 三字[32]。

則知清同治三年以前嶧山有「梁祝讀書洞」、「梁祝墓」、「梁祝泉」的梁祝遺蹟。另外《嶧山志》還記載時人閻東山、陳雲琴、顏崇東的題詩。陳雲琴遊嶧山時有七絕〈萬壽宮梁祝像〉詩[33]，及顏崇東有五律〈萬壽宮梁祝像〉一首[34]。

閻東山有〈題梁祝洞詞并序〉云：

> 嶧山梁祝洞見於文集者不一。……又按《廣輿記》，宜興善卷洞中，亦有祝英台讀書處，究之若假若真，無須深辨，聊題一詞，此俟博識者：學同生，墳同死，梁祝足千古；笑問山靈，此事見真否？至今裙屐留裝，雌雄莫辨，惹爭羨，駭男痴女。究無據，何為清道山邊，高封義忠墓，善卷洞中，亦有讀書處？要信化蝶香魂，那分南北，便江浙，總教團聚。（文獻28）

此則記載可見閻東山對宜興善卷洞英臺讀書處、嶧山梁祝洞及「何為清道山邊，高封義忠墓，善卷洞中，亦有讀書處？」到

---

[32] 同註2。

[33] 陳雲琴〈萬壽宮梁祝像〉：「信是榮情兩未終，閑花野草盡成空。人心到此偏酸眼，小像一雙萬壽宮。」（見《嶧山志》，收於樊存常主編：《梁祝傳說源孔孟故里》（北京：文物出版社，2005年8月），頁107。）

[34] 顏崇東〈萬壽宮梁祝像〉：「江陵煙水闊，此陵白雲封。好事馮上手，無端繪治窮。青燈常照讀，黃土尚留踪。昔日相思恨，惟餘對冷松。」（見《嶧山志》，收於樊存常主編：《梁祝傳說源孔孟故里》（北京：文物出版社，2005年8月），頁107。）

底何者為是，只能笑問山靈，此事真否？而閻氏所知的梁祝故事至少有「生同學，死同墳」，其後又「化蝶」，至於南、北，江、浙，則不須分別，只要團聚便好了。此故事有「女扮男裝外出求學」、「婚姻受阻殉情同墳」、「人化蝶」三個情節單元，屬 749A 類型故事。

第二節　清梁祝故事結構變異（二）

　　清末（約 1870 年左右）四川桂馨堂刻本鼓詞《柳蔭記》（鼓詞2），故事發生在周宣王時代，江南蘇州郡白沙岡祝萬，娶妻陳氏，單生一女英台，年少愛讀書文，向父母說有心學男裝上學，父親不允。英台回房著男裝，小腳套靴，內裝棉花、頭戴方巾、手拿金扇，堂前哄爹娘。父母不察，英台說是試試眼力，特來辭別父母，要往尼山看文章。爹娘只好答應。英台孤身至柳樹路傍，柳蔭樹下乘涼，來了蘇州府臥龍岡的山伯與書僮四九。英台自稱姓祝名郎，小字叫祝九郎。山伯十六歲，英台十五歲，兩人結拜同行。過長江、夜裏睡覺英台不脫衣裳，上學的同伴爬李樹，英台樹下淚汪汪，怕被識破行藏，托言夢見爹娘，思鄉回家，欲邀山伯同行，山伯功名未就不還鄉，英台只好自身還鄉。離別辭行時英台說了許多情話，要哥哥細思量，奈何山伯不知其中意，英台只能囑咐梁兄回鄉時千萬要來訪祝家莊。

　　英台回得家去，父母心喜，聽英台說及山伯情義長，二人共讀，三年讀了書千卷，開口成章，但因恐為人識破裙釵女，獨自轉回鄉。父母讚許女兒志向果高強。英台回房換過女妝，與小丫頭人心說話、吟詩。想到梁郎又淚汪汪，夜夜不眠到天光。人心

陪英台花園散心，兩人就琴棋書畫、風花雪月、吟詩作對，英台與人心姐妹相稱。

次日馬家遣媒說親。媒人來說蘇州馬員外，萬貫家財，單生馬德芳一子，才貌雙全。祝公收了馬家禮。英台聽說魂魄喪，只能傷悲思想梁郎。要人心每日門前望，果然山伯、四九放學回鄉時來訪。人心見四九生來俊俏，不似下賤樣，兩人對話之後，入報英台。

山伯見了女相英台暗吃一驚，以為九郎不願相見，說山伯千里來訪「不為無錢與家產，又非與弟借銀兩，何故不出見我身」。英台未言先淚滾，自表本是女紅妝，取出尼山舊詩文，句句語語對得真，又說爹娘將己許與馬家，兩人今世恐無緣份。山伯此時一驚，渾身上下火來焚，懊惱悔恨。四九勸山伯不如回家去，另選高門別招親。奈何山伯見了英台姐，百病根由從此生。一路跌跌蹌蹌轉回程，父母一見心歡欣。不想山伯思想英台病危命將傾。梁爹問四九，知悉原委，要為山伯請媒去說親。山伯哄得父親作罷，自己寫信要英台紅繡花鞋一隻，賢弟半子髮、眉毛數十根、鴛鴦帶一根，又說「藥在姑娘身上，姑娘身上有人參，倘若得了這幾件，再賜羅帕一紅綾。」差四九送去祝家莊。英台看信後回書，寫了世上所無藥方十種，囑咐死後「埋在南山大路傍」，姑娘嫁在馬家去，來來往往好燒香。

四九回家一一對山伯說明，山伯長嘆一聲，要爹娘耐煩過日子，莫把孩兒掛在心，而做了黃泉路上人。山伯死後，設靈祭奠，山伯無子，只有書僮四九，四九憑弔，獻香讀祭文。

英台差人問知山伯身故，夜裏凄涼嘆五更。山伯陰魂不散。

東行西來往前遊，不覺到了祝家門，門神阻擋入室，山伯陰魂哀哀求情自訴因緣，門神放行，山伯鬼魂入了英台夢中。兩人夢裡敘舊情。

馬家娶親當日，新娘轎到梁墳前，英台要下轎拜墳，接新娘子吃吃笑，以為這是從所未有的事，但聽了英台的訴說，便許下橋祭奠。英台焚香唸祭文後，禱祝梁兄靈唸開墓門，否則轉眼奴是馬家人。大哭三聲，忽然開墓門，山伯往外走，英台往內行，接親娘子雙手拉住繡羅裙，扯破羅裙半隻角，片片蝴蝶上天庭。轉眼墳又如舊，不見人。

馬德芳聽了憂不過，一命入幽冥，閻君殿前去告狀，閻君差小鬼去拿梁祝二人靈魂，據簿斷案，原來英台前世趙家女，與山伯有舊情。山伯前生周氏子，暗約英台結成親。後來兩家都失約，姻緣未成。而德芳本是馬家子，又定趙氏結成婚，卻貪戀紅花柳氏女，而棄趙氏一段情。因為兩家都失約，今世雖有緣分，但夫妻該別八年春。閻君吩咐二人不得收進枉死城。

馬德芳醒來是一夢，記得陰間告狀事，心願憂不過，帶家人欲挖梁姓墳。驚動雲端太白星[35]、梨山老母，已知梁祝二人，以後一個朝中封上位，一個三邊女將軍，便起青烟紅烟結成虹，忽又起狂風嚇殺馬家一伙人，只見花棺不見人，只好作罷。

神仙救了梁祝二人，神風吹到九霄雲，英台去梨山上「日看兵書夜捧琴，能知戰策擺陣勢，千變萬化件件能」；洞賓帶回梁山伯，朝陽洞[36]內看五經，百般武藝皆學會」。而祝家人不知其事，

---

[35]　案：此處仙人是太白星，後文均作呂洞賓（頁140）。
[36]　案：「朝陽洞」（頁141），後文作「桃源洞」（頁150）。

祭奠哭靈，人心且做祭文一張。

英台在梨山雖然學得本事，但思量父母及梁兄，跪問老母原委。老母告知山伯去處，且預言後來自有團圓日，二人都是國家棟樑臣，而賜英台無價寶下山而去。英台到得吳江朝陽城白虎關，進入賊人黑店百花樓，遇見劫後山伯叔父的夫人及女兒，原來山伯叔父梁金本是錢塘縣令，官清加陞上朝去，路過此地，家人被殺二十人，也殺了梁金與其子。留下夫人、小姐欲佔為妻。此刻遇見英台，殺了店主及田文總兵，解救二女。

山伯在朝陽洞修練，想起往事心如刀割，辭別師傅下山去，來到路家莊，路邊牆下躲雨，心有所感，題詩興嘆，不想牆內有人答詩，見一少年佳人在樓上，一時心動，兩人一句句對起詩來，佳人臨去見山伯貌如潘安，半時難以分捨。原來此女是前宰相的女兒路鳳鳴，十七歲。路爺知女兒有意，見牆邊俊俏書生，聽其吟詩，心中大喜，邀山伯進書庭。小姐在隔壁洞口看山伯兩耳垂肩、雙手過膝，必非凡人，願與此人成婚配。要母親說與爹爹聽。路爹便邀山伯與小姐對五經，兩人在書樓對考，山伯且以詩情挑，兩人意亂情迷。山伯回頭一想禮不端，昔日辜負英台女，今日又遇鳳鳴女，告誡自己不可起淫心。於是再題一詩說原委，小姐卻願做二房，路爺也應允，要山伯在路家攻書史，登科訪得祝家女成婚，自己女兒可做二夫人。當日便結成親，山伯挑燈夜讀，不入洞房，隔天辭行上京，考得狀元郎，奸臣馬力欲招為婿，不成，設計相害，修本進奏差狀元北海領兵攻打北平王。山伯平蠻有功，馬力又奏一本，要山伯得勝之兵，移帶朝陽行勦女將。山伯人馬徑從燕山向朝陽進伐。

此時山伯上京已一年杳無音信，鳳鳴女扮男裝進京，一訪山伯，二取功名，與表兄、堂弟一道進京科考，三人中了狀元、探花、榜眼。三清王爺公主結綵樓，丟綵球打著狀元郎，招鳳鳴為駙馬。鳳鳴洞房連衣臥床，紅瑞公主心中不樂，不知原委，以詩動心，鳳鳴題詩回話「牡丹怎麼壓海棠？」

山伯安營吳江糧草不足，修本進京求糧，馬力又奏狀元三元可以押糧前往，此差正合鳳鳴心事。山伯見了鳳鳴狀元郎，但覺面熟，鳳鳴知曉不做聲。夜裏把琴細捧一曲，山伯聽了，以曲和之，並不知情。明日山伯與英台交戰，彼此一觀，著了一驚。各人退後，再做商議。英台回營告知祝爺及梁金夫人，梁夫人吩咐明日到山伯營中下書，於是一家團圓。夜裡山伯英台對話，鳳鳴在窗外細聽，知英台故意著急梁郎，也在窗吟詩說明原委。山伯一見狀元，著了一驚，始知狀元是鳳鳴女。從此一夫二婦大團圓。

明日班師回朝，其時奸臣馬力勾引波羅國吉力大王帶番兵入侵，殺死君王，自力為王，與番王平分江山。忠臣堯天吉私引太子逃生。山伯回京正遇波羅追太子，與英台一路追殺賊人，扶太子登位。家人一一封了官位。山伯娶了三位夫人，四九、人心亦成婚配，所謂「路遙知馬力，四九自然見人心」。

此梁祝故事最為複雜，乃 749A.1.1「生雖不能聚，死後不分離，死而復生，神仙相助」類型。其情節單元有五十五：(1)「三寸金蓮」、(2)「女扮男裝瞞過父母」、(3)「女扮男裝外出求學」、(4)「女扮男裝者與人結拜為兄弟」、(5)「女扮男裝者過江不脫衣，佯稱上有青天下有地，水通四海有龍王、此江原是東海口，又有水神來巡江，讀書人敬天地，以防他方識己紅妝」、(6)「女扮男

裝者和衣而眠，佯稱身上羅衣鈕扣廣」、(7)「女扮男裝者借事物（磨房、石榴、鴛鴦、井邊容顏、白鶴一對、廟堂神聖分陰陽、神人少媒人、對對魚兒、牡丹花、啞謎一問水深淺、淹到可字邊）暗喻己為紅妝，表露情愫」、(8)「女扮男裝者使針縫衣、打扮似觀音、櫻桃小口、體態妖嬈、面似桃花、眼如秋波眉又清被疑為紅妝」、(9)「世上所無藥方」、(10)「相思病死」、(11)「禱祝陰魂入夢成真」、(12)「門神阻擋陰魂入室」、(13)「陰魂說情哀求門神放行，門神同情而放行」、(14)「引魂童子在前引陰魂入門，長生土地隨後跟行」、(15)「陰魂託夢敘舊情」、(16)「新娘讀祭文哭祭禱祝顯應墓開，陰魂往外走，新娘往內行，墓合如初」、(17)「羅裙碎片化蝴蝶上天庭」、(18)「新娘投墓，新郎憂忿而死，入幽冥閻君殿前告狀」、(19)「閻王差小鬼調陰魂問案」、(20)「天神簿記人間事」、(21)「閻王告知陰魂前世今生姻緣」、(22)「前世姻緣失約，今世夫妻先離後合」、(23)「閻王不許陰魂入枉死城而回陽復生」、(24)「新郎掘墓尋親，驚動神仙（太白星、梨山老母）」、(25)「太白星、梨山老母知殉情男女前生失約，夫妻該別八年始團圓」、(26)「神仙（梨山老母、呂洞賓）救出墳中殉情男女」、(27)「墓中出青烟紅烟結成虹」、(28)「虹的起源」、(29)「神風吹殉情男女上九霄雲」、(30)「人能千變萬化」、(31)「梨山老母救人回梨山白雲洞看兵書、學法術」、(32)「呂洞賓救人回朝陽洞習文練武」、(33)「神仙賜人紅羅黑繩、包天羅帕無價寶」、(34)「神仙預言人之未來」、(35)「口唸真言咒語、吞食六甲靈文成兩臂掌力千斤重，奪壺殺敵」、(36)「微搖包天寶帕、包了數百人」、(37)「用捆仙繩綁人」、(38)「將人抽筋刮骨熬油點天燈」、(39)「用手一指，人跌

下馬」、(40)「口唸真言，手指南方，紙人紙馬成三升芝麻兵，陣前殺敵」、(41)「口喊捆了吧，九股繩捆住人身動彈不得」、(42)「人有排山倒海之能」、(43)「兩耳垂肩」、(44)「雙手過膝」、(45)「對五經招親」、(46)「洞房花燭新郎夜讀經書不入洞房」、(47)「五色馬」、(48)「山河地理裙」、(49)「女扮男裝科考中狀元」、(50)「綵樓拋繡球招親」、(51)「女狀元娶妻（招女扮男裝者為駙馬）」、(52)「口唸六甲靈文、撒包天羅帕，十員大將不見形」、(53)「唸真言飛沙走石」、(54)「唸真言咒語，法術變出水火葫蘆往下傾，上面火燒千萬丈，下傾洪水」、(55)「女將自立為王」。此故事兜合884A「女駙馬」類型故事。

同治十三（1874）年《雙蝴蝶寶卷》(寶卷 1)故事主角是浙江紹興府諸暨縣梁山伯，十七歲，父母雙全，家財富足，得知山東孔夫子到杭州府，帶了安童四九離鄉求學。女主角祝英台十六歲，是越州杏花村人，家庭富足，錢過北斗，父母單生兄妹二人，哥哥已娶妻。英台才貌雙全，稟告雙親欲上杭州孔門求學。父母要女兒回房做針線。英台扮男裝成江湖算命人，手持算盤，一口蘭溪腔，哄得父母不識紅妝，應允前往求學。內房嫂嫂得知，出來說是「男混女雜不相應」，「休聽姑娘去學文」。英台當場折花賭咒，拜別父母，帶了丫環人心一道同行。

梁祝二人涼亭相遇相知，結拜為兄弟。投宿招商店，英台佯稱自小多病夜不脫衣。兩人到了杭州，見了先生。夫子細看英台貌，分明是個女佳人，而不說破。英台請求出恭解手掛牌，輪流不同行，先生依其計，若有違者打手心二十。

炎日英台房中脫衣衫露出雪白胸部、炎天六月從未脫衣衿，

不是立身把尿，山伯有疑，說是人人說你是女子；英台佯稱男子奶大高官做、從小身多病炎天不脫衣、感應篇上小便不可對日月三光，立姿小解恐觸犯天地不久壽，瞞過山伯。三月時眾人拋石子打鴛鴦，只有英台力氣小，眾人取笑英台果然是女佳人，英台便稟告先生回鄉，拜別山伯時說已有同胞妹，願與梁兄結聯姻。兩人互贈詩句約定山伯回鄉時訪英台。

英台回家後前村富豪子弟馬俊央媒求婚，祝父母應允，英台得知如天打雷驚，心中苦卻。山伯在學堂六個月，心中愁悶不樂，思想英台，也拜別先生回家，往紹興府祝家莊訪英台，要找九官人，門公說我家只有英台九小姐，才知英台是女子。四九見着人心，原來也是女扮男裝。

英台、山伯雙雙進後園飲酒敘情，山伯願得英台成夫婦，英台告知已許馬家聘，山伯說要央媒強娶。英台說馬家得知要告官。兩人又互贈詩句，山伯返家，行一里哭一里，走一程哭一程，到得家中，拜見父母，說起英台同窗三年女佳人，父母央媒去說親，祝員外說山伯來遲一個月，婚事已許馬家門。山伯此時憂愁病又增，梁母親往求婚，帶了山伯情詩一紙。九姐相見，贈送著肉汗衫、青絲數尺長，血書一封，上寫世上所無藥方十樣。山伯見了回書，自知性命不能久長了。

不久馬家定了本月十五要成婚，英台去信告知山伯，山伯吞了書箋而亡，葬在城前大路上。馬家迎親當日，九姐以死要脅祭山伯墳，祝公吩訴娶親人，備齋祭墳。英台墳前祭拜禱祝梁兄靈感，忽見墳上起黑雲，頃刻狂風隨地、虛空霹靂，墳壙開啟，英台跳入地中，頃刻又雲開日明，地裂無蹤跡，一對蝴蝶飛起，眾

人說白衣黑點梁山伯，白點黃衣九姐身。

馬俊得知妻子投墳，一時怨氣萬丈，懸樑身亡，陰魂到閻王殿告狀，牛頭馬面聞知其冤情帶入稟閻王。閻王差鬼卒勾梁祝二人魂至殿前問案。吩咐判官天齊殿上查姻緣簿，天齊大帝尊看了簿子知「英台該配姓梁人，前世欠了東嶽原（願），今世夫妻若斷魂，陽壽未絕該轉世，馬俊應刻再還魂，三人合遺（宜）還陽轉」。還報閻羅天子，大王吩咐三人各各還陽，不許多言。賜三人吃一盃還陽魂湯，推下奈河津，一驚驚醒，轉為陽世。山伯棺中起身推棺而出，如同夢醒一般，英台立在墳前等候，兩下相逢，攜手同行，回到家中，告知梁父還陽事。兩人拜了天地結成夫妻，四九人心亦成婚配。馬俊魂轉陽世，馬公夫妻歡樂謝天神，另選別門親配兒子。

後來周朝天子開南選，廣傳天下讀書人，英台要山伯赴試，山伯拜別上京趕考，中了狀元，封翰林學士出朝門，英台是一品太夫人，兩人修道行善，玉皇大帝賜其身貴子躍門庭，夫妻壽至百歲，觀音菩薩差仙童仙女手執旛蓋，賜其福祿永安寧。

此故事屬 749A.1 類型，情節單元有二十七：(1)「女扮江湖算命人瞞過父母」、(2)「折牡丹置瓶中賭誓，若貞潔則花鮮，若失貞則花枯」、(3)「女扮男裝外出求學」、(4)「丫環扮書僮伴讀」、(5)「女扮男裝者與人結拜為兄弟」、(6)「女扮男裝者佯稱從小多病和衣而眠，以防他人識己紅妝」、(7)「女扮男裝者要求小解掛牌、輪流不同行，以防他人識己紅妝」、(8)「女扮男裝者露胸奶高，六月炎天不脫衣、蹲姿小解，打鴛鴦力氣小被疑為紅妝」、(9)「女扮男裝著佯稱男子奶大高官做、自小多病炎天不脫衣、立身

小解觸犯天地不久壽，以防他人識己為紅妝」、(10)「女扮男裝者
託言為妹訂親，實則以身相許」、(11)「瓶中牡丹三年依然花鮮」、
(12)「血書」、(13)「世上所無藥方（東海蒼龍膽、五色鳳凰眼、八
仙中指掐、蚊蟲眼睛眶、金雞腳下爪、蒼蠅頭上毛、蠶蛾頭上血、
王母殿上香、三十三天雨、風雷電閃光）」、(14)「吞信噎死」、(15)
「新娘以死要脅祭情人墳」、(16)「新娘哭祭禱祝顯應，忽見墳上
起黑雲、狂風霹靂如黑夜，墓開人進墓、頃刻雲開日明」、(17)「人
化蝶」、(18)「新娘投墳，新郎懸樑自盡陰間告狀」、(19)「牛頭馬
面阻擋啼哭陰魂入殿，告知冤情牛頭馬面放行」、(20)「閻羅大王
令判官至天齊殿請天齊大帝尊查姻緣簿斷案」、(21)「前世欠東嶽
願，今世夫妻若斷魂，陽壽未盡當轉世」、(22)「閻羅天子賜陽壽
未盡者還陽魂湯，令鬼卒送至幽冥三界，推下奈何津還陽」、(23)
「死後回陽者推棺而出，如夢一般」、(24)「還魂者告知家人開棺
復活」、(25)「玉皇大帝知人行善念佛，賜其貴子躍門庭」、(26)「觀
音菩薩知人闔家大小行善，差仙童仙女執旛蓋，賜其福祿永安
寧」、(27)「善有善報，惡有惡報」。

　　清光緒二（1876）年以前木版《圖像英臺歌》(《新刻繡像英
臺念歌》) (歌仔冊 3)[37]，故事中英臺是蘇州白沙江人，「祝家無男生
一女，少年智慧讀文章，姑嫂[38]時常知禮義。」英臺向嫂親說要去
杭州入學堂，父母聞之不允。英臺說要改扮男裝，父母見女兒男

---

[37] 案：據龍彼得撰：《明刊閩南戲曲弦管殘本三種》（臺北：南天書局，1992
　　年）知牛津大學東方圖書館於 1849-1876 年間已收入該圖書館，則此《圖
　　像英臺歌》至少刻於 1876 年以前。
[38] 案：祝家無男丁，此嫂不知何來。

裝「果然端正秀才郎」，心中歡喜。嫂嫂卻說姑姑此去得新郎，英臺便以紅羅牡丹為誓。

英臺在南山邊青松樹下遇梁仙伯，也是要去閬山入學堂，便一道前往。途中過江不脫衣裳，到學堂後，同床共宿也不脫衣裳，被山伯起疑，英臺佯稱「上有青天下有地，赤身露體觸龍王」、「身上寢衣千百結，改的結開天又光」。

三年後，英臺想家，托言夜夢父母而回家，臨別告訴山伯有一封書在床，三日後拆信，仙伯聽錯封書三月半。英臺別了先生孔夫子，仙伯一路相送，英臺借事物暗喻己為紅妝，表露情愫，仙伯不解風情。

英臺回家，姑嫂同看花盛羅又新，果真貞潔無染，馬家聽到此事，便叫媒人來訂親。仙伯散學回鄉先去訪祝九郎，看到英臺賽過仙女臨下界，心驚疑，得知失約誤佳期，英臺已許馬家郎，捶胸恨己，回家相思成疾。梁婆請醫調理，先生效脈甚驚疑，知是心病，得用心藥醫，開了十種世上所無藥方。梁婆便往英臺家問藥，英臺咬破指頭，血書給仙伯，又送汗巾要放在床頭蓆下草。仙伯見血書後身亡，葬在南山大路邊。

英臺出嫁時花轎到仙伯墳前，英臺下轎行香祭拜禱祝，墓門開啟，英臺進入與仙伯陰府結成親，馬家行嫁扯住衣裳，羅裙化作蝴蝶滿天飛，二人各飛去洛陽。馬家掘墓尋妻，只見石下一對鴛鴦，飛入天堂。馬家新郎氣死陰間告狀，閻王取簿來看，註定英臺仙伯結成雙，便勸馬家且忍耐，來世註你好姻緣。原來「英臺仙伯雙蝴蝶，投世降生騙世人」。

此故事屬 749A.1 類型，情節單元有十七：(1)「女扮男裝外出

求學」、(2)「女子貞潔，紅羅牡丹三年花盛羅新」、(3)「女扮男裝者穿衣渡河、和衣而眠被疑為紅妝」、(4)「女扮男裝者佯稱上有青天下有地，赤身露體觸龍王、寢衣千百結，以防他人識己為紅妝」、(5)「錯聽日期造成悲劇」、(6)「借事物（泉坑石面五色雲、龍江水、好鴛鴦、柳巷一小娘）暗喻己為紅妝，表露情愫」、(7)「世上所無藥方（仙人手指甲、玉女帶頭香、象牙并龍骨、深山老蛇鱗、金雞腳下爪、深林老虎尿、半天密婆屎、雷公電母光、三年屋上雪、三年瓦上霜）」、(8)「指血題書」、(9)「相思病死」、(10)「新娘哭祭禱祝顯靈墓開人進墓」、(11)「羅裙碎片化蝴蝶」、(12)「掘墓尋妻」、(13)「人化鴛鴦飛天堂」、(14)「新娘投墳，新郎氣死至閻王處告狀」、(15)「閻王取簿斷案」、(16)「簿註明今世姻緣來世姻緣」、(17)「蝴蝶投世降生」。

　　光緒（1875-1908）初抄本《新刻梁山伯祝英台夫婦攻書還魂團圓寶卷全集》（寶卷4），封面封底均失，但首尾完整，行書抄本，以講究的賬本冊抄寫，共五十頁上下兩欄[39]。故事時代是「大明年間」，角色有祝光遠、祝英台、梁山伯、馬文才。英台家住東京河南府玉水河邊祝家村，有八個兄長，英台是九千金。英台、山伯離別十八相送前，有玉帝令太白金星攝去山伯真魂，致使山伯不省英台暗喻情愫的情節。英台哭墳後，狂風大雨，墳墓兩邊分，英台「渾身上下正衣衫，咬定銀牙發個狠，將身跳在墳內存。馬郎一見魂吊（掉）了，扯下一幅繡花裙，變成一對花蝴蝶，牡丹亭上攢花心。馬郎無奈一頭撞，三魂落魄見閻君」。閻君告以因果，

---

[39]　戴不凡撰：《小說見聞錄》（臺北：木鐸出版社，1983年4月），頁44-47。

馬文才還魂告訴父親在陰間所聞，原來梁、祝是天上金童、玉女，「自從打破琉璃盞，罰下凡間走三巡」，「一世郭華買胭脂」、「二世藍橋韋郎保」，三世才是梁山伯祝英台[40]，此寶卷英台送山伯到藕池東，荷花開放滿池紅之前的「梁哥哥，我想你……」便有二十段之多。此故事屬 749A.1 類型，共有情節單元十：(1)〔女扮男裝外出求學〕、(2)「玉帝令太白金星攝人真魂致使人不能知曉他人暗喻」、(3)「十八相送」、(4)「新娘哭祭狂風大雨墳開人進墓」、(5)「繡花裙化一對花蝴蝶」、(6)「新娘投墳殉情新郎撞死三魂落魄見閻君」、(7)「閻君告知陰魂前世因果」、(8)「人死後還魂告知凡人陰間所聞因果」、(9)「金童玉女打破琉璃盞貶罰下凡走三巡」、(10)「三世姻緣」。

　　光緒三（1877）年大鼓書《祝英台辭學梁山伯送友》（大鼓書1）分上下卷，故事先說「周公定禮治綱常……有緣千里來相會，無緣對面不相逢，山伯英台結故友，二人攻書在學堂」，攻書地點是紅羅山。學生大伙兒輪流做飯，擔水抱柴，英台氣力小，山伯天天替她忙。但論才學，山伯寫一行字，英台就寫過三行。讀書三年，師父放學玩春光，同窗到了錢塘江，同學各抱頑石砸鴛鴦，惟有英台力氣小，大伙兒譏笑朱賢弟[41]是女娘。惹得英台謊稱夜裏做夢不吉祥，得回轉家鄉。

　　山伯難捨兄弟情誼，英台想及師父無理將牙床立界牌，要山伯猜猜「滿學堂學生十八個，內中有個女群（裙）釵」，山伯氣急

---

[40] 同前註，頁 45。
[41] 案：此故事內文中英台姓「朱」，或稱朱英台，或稱朱賢弟，或稱朱九娘，與題目「祝英台」不同。

敗壞說兩家父母孕中相約,「二家若生麒麟子,同學攻書在窗下;二家要是紅彥女,同送繡樓伴嬌娃;一家男來一家女,結為婚姻兩親家,恁家生下朱□□,□門不絕生下咱,講堂學生十八個,□說誰是女嬌娃」,英台只好無言以對。

隔天英台拜別師傅師娘回鄉,山伯一路相送,英台又借事物表露衷情,山伯要英台不要胡言亂講,英台萬般無奈,送上修學表,山伯回學堂,看後才知英台是女娘。此故事有情節單元有四:(1)「借事物(十八學生中有女裙釵、蜜蜂是山伯花是朱九娘、狗咬女娥媓、摘英桃、公背婆)」暗喻己為紅妝表露情愫、(2)「抱石砸鴛鴦力氣小,被疑為女娘」、(3)「牙床立界牌」、(4)「孕中定約,生二男為同學,生二女為同伴,生男女為夫妻」。

光緒三(1877)年布依戲傳統劇《況山伯與娘英台》(布依戲1),源於《梁山伯寶卷》。光緒三年,保和班布依族第三代戲師黃公茂改編。寫況山伯女娘英台三載同窗,結成摯友。相別送行時,英台暗示自己是女兒,山伯不明實情。英台離去,山伯始悟,跨馬追趕,向胡子魚訊問,胡子魚不答,山伯一腳將它踩扁;問螃蟹,螃蟹不答反而橫行擋道,山伯揮鞭躍馬,踩蟹背而過。山伯知英台因不願嫁馬家而死後,到「英台墓前碰碑進墓合葬」。其中婚姻受阻殉情者是英台,碰碑進墓者是山伯,與所有故事不同。該劇於光緒三年由冊亨縣板壩保和班首演,用〔起落調〕演唱。光緒二十一年,路雄班也演過此劇。一九五六年,安龍龍館小場壩班用該劇參加安龍縣首屆民間會演,受到歡迎。劇本存於保和班。屬 885B 類型,有「女扮男裝外出求學」、「人向動物訊問某人行蹤」、「(英台)婚姻受阻殉情而死」、「(山伯)碰情人墓碑進墓

合葬」。

　　光緒四（1878）年《雙仙寶卷》(寶卷 2)故事時代是周朝末年，山東袞州府曲阜縣降一聖人，生在石屋，臨盆之時，紅光滿天，氤氳遍地。長大天下聞名，弟子三千，稱為孔夫子。紹興府諸暨縣梁山伯，年方十七，父母同庚，家財富足，聞孔夫子周遊列國至杭州，辭別父母，帶著安童四九去拜投讀書。越州城外杏花村祝家莊有一財主姓祝名封，娶妻何氏，家財富足，米爛陳倉。生一男一女，男名祝慶，已娶媳婦；女名英台，十六歲，十分美貌。英台聞知孔夫子杭州開館，欲去學習讀書，父母不允，除非裝扮男子父母看不出破綻，英台扮江湖算命人瞞過父母，父母答應，然嫂子譏其必然尋覓丈夫身，要公婆莫放姑娘出外行。英台折花賭誓，帶了丫環順心扮書僮隨行。

　　其後故事與《柳蔭記》(鼓詞 2)大抵相同，唯為山伯到祝家求婚者是村中姓魯人而非李公，及最後山伯狀元及第，英台做了夫人。山伯想起陰世之事，向夫人道：世間夫妻男女盡是業障，無常一到，難免輪迴之苦。先稟雙親，不願為官，上表君王准奏，二人及梁父母、祝父母六人同修。英台生兒梁修珍，也中探花。其後梁公、祝公夫婦歸天去，長旛寶蓋來接引，同到西方安養城。

　　夫妻修到九十歲，灶君皇帝奏天庭。玉皇大帝心歡喜，勒令神仙來上壽，終南老人、呂洞賓、張果老、鐵拐李、湘子、曹國舅、采和、何仙姑八仙齊至。觀音大士奉玉旨下天門，善才龍女分左右，告知二人「本是仙童女，只為思凡落紅塵，苦主修行幾十載，特來度你上天門」。夫婦跨上白鶴騰雲上靈霄殿朝玉帝，上帝封贈插香童子梁山伯、執幡玉女祝英台，永不思凡來下界。後

來梁家子弟個個修道，將來也要上天庭。

　　故事屬 749A.1 類型，情節單元與《柳蔭記》（鼓詞 2）(1) 至 (24) 全同，另有 (25)「三寸金蓮」、(26)「修道者死後長旛寶蓋來接引至西方安養城」、(27)「灶君皇帝將修行念佛者善行上奏天庭，玉皇大帝賜其成功，完滿上天門」、(28)「玉皇大帝勒令神仙至人間為修行者上壽」、(29)「神仙駕彩雲，下凡上壽」、(30)「終南老人結美酒上壽」、(31)「呂洞賓葫蘆取出長生藥上壽」、(32)「張果老捧玉液獻蟠桃上壽」、(33)「湘子丹詔上天庭，共赴瑤池蟠桃會」、(34)「曹國舅跨海雲遊」、(35)「采和花籃藏靈芝草，金盤托出獻如來」、(36)「何仙姑功成行滿成仙，自來且吃長生酒，自來自飲趙葉茶」、(37)「觀音大士駕祥雲下天門，善才龍女分左右」、(38)「觀音大士告知仙童女，思凡落紅塵，苦修幾十載，特來度上天門」、(39)「（梁祝二）人跨白鶴騰雲上天庭」、(40)「靈霄殿玉帝封贈插香童子（山伯）、執幡玉女（英台）永不思凡下凡塵」。

　　清石史撰《仙踪記略續錄》〈梁山伯 祝英臺〉（光緒七（1881）年）：

> 東晉寧康間，吳郡梁山伯、國山祝英台同學三年，不知祝乃女子，結為兄弟，寢食與俱。梁為鄮令，一日謂書吏曰：此時正當天地相玄十六劫，帝君謂我誠篤，召入太室造冊，定華夷劫運。遂卒，葬四明山下，祝往哭吊，墓忽開裂，祝墜下復合，僅露玄襟，從者裙之皆毀，旋化蝶類飛去（世有梁祝二種即其遺跡[42]），晉總中書謝安，奏封義塚，仙籍

---

[42]　雙行夾註。

封梁山伯為守義郎，封祝英臺為鍾情女，冊居第五十六大
隱山福地之甄山。(文獻 31)

此為道教神仙故事，山伯之死是因「天地相玄十六劫，帝君謂我
誠篤，召入太室造冊，定華夷劫運，遂卒」，不干相思殉情。祝哭
吊殉情化蝶，「仙籍封山伯為守義郎，封英台為鍾情女，冊居第五
十六大隱山福地之甄山」，則是神仙冊封。其故事仍屬 749A 類型，
情節單元有九：(1)「女扮男裝與人共讀」、(2)「女扮男裝者與人
結拜為兄弟」、(3)「人預言自己死期，且己可定天下劫運」、(4)
「女子哭吊情人，墓忽裂墜下墓合」、(5)「衣襟化蝶」、(6)「梁
祝蝴蝶之由來」、(7)「義塚的由來」、(8)「仙籍封守義郎、鍾情
女的由來」、(9)「殉情男女死後冊居第五十六大隱山福地之甄
山」。

光緒二十五（1899）年抄本《山柏寶卷》(寶卷 3)故事主角是
宋朝浙江省紹興府諸暨縣秀才梁山柏，與越城會稽縣杏花村祝家
莊祝英苔。老師則是河南程明道，坐館杭州。山柏十七歲，父母
同庚五九，家財富足。英苔乳名叫九紅，父母在堂，單生兄妹二
人，哥哥已娶妻在家，十分賢慧，掌管家事。梁、祝二人所生兒
子名叫冬生。山柏科考上卿大夫，英苔做夫人，兩人修道，後來
得道上天庭。

此故事情節與《新編金蝴蝶傳》(彈詞 1)大抵相同，《新編金蝴
蝶傳》的情節單元(1)～(5)、(9)、(13)、(14)、(16)、(18)、(19)、
(21)、(22)與此故事全同，而(7)、(8)、(10)、(11)、(12)、(15)、(17)、
(20)、(24)的情節單元只有少數情節單元素相異，或情節單元稍異，

另外《新編金蝴蝶傳》的(6)、(23)、(25)的情節單元為此故事所無。而此故事又多了「閻王令判官到東嶽大殿取姻緣簿斷案」、「夫妻前生許願未了，罰今世二人分處兩地」、「閻王令陽壽未絕者喝還陽湯回轉陽間」、「判官領陰魂出幽冥路回陽」四個情節單元，合計此故事共有二十七個情節單元，屬 749A.1 類型故事。

清末（1900）河南刻本《新刻梁山伯祝英台夫婦攻書還魂團圓記》(鼓詞 3)，故事中祝英台家住東京河南府玉水河邊祝家村，父親祝公遠，母親滕氏，家財萬貫，生了八位小官人，英台是九千金。英台十六歲與丫環在花園打鞦韆散心，聽得牆外亂紛紛，說「杭州開學館，廣招天下讀書人」，心中打定主意外出讀書，打扮長街賣卦人，前廳哄過雙親，員外只好答應她出門求學，嫂嫂譏誚杭州讀書三年，「回來公公抱外孫」。英台紅綾埋土，摘花賭誓貞潔而出門，嫂子胡氏每日滾湯泡花，夜來火焚薰紅綾，英台總有神明助，月月紅花見滾湯越開越盛，紅綾見火焚格外鮮明。

英台到草橋關，遇胡家橋梁山伯也上杭州讀書，兩人結拜同行。先生一見便知英台是女釵裙，讓英台改名叫九紅。英台夜裡不脫衣衫、胸前蒲桃大乳、走路、聲音是女子樣，臉有杭粉迹，耳有釵環印、鞦韆打得比人精，不脫衣衫藕池洗澡都為人所疑，山伯且生計策要在英台胸前寫字偵測男女，英台回報紙箱置床中蹬破者罰作七篇文章，後來索性回轉家鄉。臨行向師娘表白身份，懇請做媒。

山伯送英台回家，一路英台吟詩借事物暗喻衷情，山伯都不領情，等要過河英台反寫女字要山伯回去問先生，山伯回去後，她留下一隻紅繡鞋，自個兒過河。待得山伯問字回來，英台已在

對岸。兩人又往前行，最後英台托言為妹訂親，要山伯回家時來說親。

英台回家想念山伯，夜裡不眠嘆五更，思念成疾。河南馬員外托媒為三子馬文才求婚，祝員外應允。待山伯來訪祝九紅為時已晚。祝員外向山伯說杭城讀書同學是女子。山伯見了英台不覺魂飛九霄雲，兩人你看我來我看你。員外知有蹊蹺，埋怨英台不該引山伯進門，要英台好言好語哄他回去。自己托言有事出門。山伯英台兩人到花園散心，英台說已配馬文才，山伯說文才來娶我也娶，自己有師母交與信物。英台便使計說哥嫂進了來，趁山伯調頭望時，拿回紅繡鞋。山伯一見反了臉，奈何婚事不成已是定局，悵然回家相思成疾，醫生開了世上所無藥方，求籤問卜總不靈，最後喉口斷了三寸氣，閉了雙雙二眼睛。

英台得知音訊以死要脅弔孝，祝父只好答應。山伯陰魂不肯散，見英台來時，猛然睜開一隻眼，英台一見掉了魂，開言就把梁兄叫：「睜開眼來為何因？」一隻眼兒睜一隻眼兒閉，問了十二問，說到「莫不是捨不得妹妹薄情人！」說到山伯心上話，才閉了雙雙二眼睛。

馬家聽得英台去弔孝，馬家員外氣沖沖，定了日期要娶親。迎親當日花轎來到胡橋鎮，山伯陰魂起陰風迷住轎夫，不知南北與東西，英台轎內忙開口，叫聲：「伴媽開轎門，懷中三官經拿出，看甚妖魔鬼妖精！」開了轎門英台祭山伯墳，禱祝顯靈，當下狂風陣起，天昏地暗、大雨不住，雷公電母風伯雨師，格炸一聲如霹靂，打得墳墓兩分開，英台咬牙跳入，馬郎一見掉了魂，扯住半幅繡花裙，變成一對花蝴蝶，梁山伯與祝英台生生死死結同心。

此鼓詞題為《攻書還魂團圓記》，但故事僅有殉情裙化蝶情節，並無還魂團圓內容。

此故事屬 749A 類型，情節單元有二十七：(1)「女扮長街賣卦人瞞過父母」、(2)「譏誚女扮男裝外出求學者回來報孩兒」、(3)「埋三尺紅綾於土，栽一枝月月紅賭誓，若失貞三尺綾化灰塵，若貞潔花紅葉放」、(4)「日日滾湯泡花，夜來火焚薰紅綾，月月紅見滾湯越開越盛，紅綾見火焚格外鮮明」、(5)「女扮男裝外出求學」、(6)「兩耳垂肩」、(7)「雙手過膝」、(8)「女扮男裝者與人結拜為兄弟」、(9)「結拜誓言生同羅帳死同墳」、(10)「左右腳何者先進門辨男女」、(11)「女扮男裝者和衣而眠、蒲桃大乳形、走路女子樣、說話女子聲，臉上杭粉迹、耳上釵環印、鞦韆打得精、不敢藕池洗澡被疑為紅妝」、(12)「女扮男裝者佯稱男子乳大為官職、年年扮觀音臉上有粉迹、耳上有釵環形，以防他人識己為紅妝」、(13)「床中置紙箱為界，蹬破者罰作七篇好文章」、(14)「疑人為紅妝，托言寫字在胸前問其字義以偵測男女」、(15)「以花鞋為聘托媒（師娘）自定終身」、(16)「女扮男裝者借事物（一雙夫妻、一對斑鳩、樵夫、牡丹、龍爪花—我爹是你丈人家、我弟是你小舅子，我妹是你小姨子，大西瓜、野草花、石榴、一對鵝、船靠岸、瘋犬咬妖娘、和尚娶妻生男生女叫你爹來叫我娘、神明一陰一陽，陽的好比梁山伯，陰的好比祝英台、一對雁、吊桶與繩）暗喻己為紅妝，表露情愫」、(17)「女扮男裝者反寫女字使人離去問字義，自己先渡河，以防他人識己為紅妝」、(18)「三寸金蓮」、(19)「女扮男裝者托言為妹訂親，實則以身相許」、(20)「佯稱有人進來引人調頭望，借機拿走訂親信物」、(21)「世上所無藥

方（狂風三四兩、太陽影子半斤、孫猴毛一大把、二郎鬍鬚一大根、王母娘娘擦臉粉、玉皇戴的舊冠巾、龍王毫毛三兩正、一兩鳳凰心、靈芝草、觀音瓶水三盃）、(22)「相思病死」、(23)「女子以死要脅為情人弔孝」、(24)「死人睜一隻眼閉一隻眼，至情人說中心事才閉上雙眼」、(25)「青天白日陰魂起陰風阻擋新娘花轎前進」、(26)「新娘拜墳禱祝顯靈，天昏地暗、狂風驟雨，雷公電母風伯雨師，格炸一聲如霹靂，打開墳墓，人進墓」、(27)「半幅繡花裙化一雙花蝴蝶」。

車錫倫編著：《中國寶卷總目》有清光緒二十八（1902）、二十九（1903）、三十二（1906）年抄本（分別藏於北京市首都圖書館、北京市中國社會科學院文學研究所資料室（王聚泰抄本）、北京市北京圖書館）《英台寶卷》一冊[43]及光緒抄本《梁祝寶卷》一冊(戴不凡，中國藝術研究院戲曲研究藏本，今戴氏已逝，所藏寶卷下落不詳[44])[45]的記載，均未見其書。

清宣統元（1909）年廈門會文堂〔梁三伯與祝英台〕(歌仔冊4)，故事共有二冊：(1)《最新梁三伯祝英台遊學歌》(封面書題《特別改良最新增廣英台留學歌》上冊)、(2)《最新英台吊紙歌》(封面書題《最新改良英台吊紙歌》下冊)。

此故事除少了梁、祝遊地獄的情節外，內容大抵與廈門手抄本《三伯英台歌》(歌仔冊1)相同，也是 749A.1 類型，但情節單元有異，此故事情節有四十九：(1)「譏誚女扮男裝者出門讀書帶行

---

[43]　同註 26，頁 247。
[44]　同註 26，頁 356。
[45]　同註 26，頁 78。

李,回家雙手抱孩兒」、(2)「埋七尺紅綾于牡丹花盆對皇天賭誓,若失貞則綾羅臭爛牡丹開」、(3)「女扮男裝外出求學」、(4)「女扮男裝者與人結拜為兄弟」、(5)「在粉壁寫字後以硯水潑壁成墨,佯稱立姿小解,尿濺字跡不知禮節,巧計使男子學女子蹲姿小解」、(6)「床中置汗巾為界越者罰紙筆分學內」、(7)「女扮男裝者故意伸腳越床界受罰,使家貧者不敢越界以防他人識破紅妝」、(8)「男女同床三年男子不識同伴雌雄」、(9)「女扮男裝者作詩相戲情挑男子暗喻己為紅妝」、(10)「借事物（插花頭上、鴛鴦交頸）暗喻己為紅妝,表露情愫」、(11)「女扮男裝者以才子佳人（昭君漢王、鶯鶯張拱、姜女杞郎、文君相如）古畫暗喻己為紅妝示愛」、(12)「女扮男裝者裸露胸部雙乳示愛」、(13)「啞謎喻婚期(二八三七四六)」、(14)「賭誓貞潔則牡丹三年不開花應驗」、(15)「貞潔女名聞鄉里」、(16)「三寸金蓮」、(17)「誤猜啞謎造成悲劇」、(18)「對天立誓若辜恩負義則遭雷打身死成路旁屍」、(19)「對日月三光賭誓若辜恩負義,則落血池」、(20)「得相思病者左手尺脈灼熱、右手脈理全無」、(21)「鳥（鶯歌）解人語」、(22)「飛鳥（鶯歌）傳書」、(23)「鳥（鶯歌）叫人名」、(24)「世上所無藥方（六月暑天霜、正月白梅樹、金雞頭上髓、龍肝鳳腹腸、仙蛋做湯、貓腱水雞毛）」、(25)「相思病死」、(26)「女扮男裝弔孝」、(27)「女子以死要脅為情人弔孝」、(28)「新娘佯稱腹痛新郎心驚,以為鬼魂顯靈差人買紙錢牲禮應允新娘祭墳」、(29)「新娘哭祭舉金釵打墓碑禱祝顯應,墓開人闖進,瞬間狂風大作,烏天暗日」、(30)「人化蝶飛上天」、(31)「掘墓尋妻」、(32)「人化青石牌（人化石）」、(33)「殉情男女化二青石,分置溪東西,一長杉（梁三伯）、一長

竹（祝英台）並做一排」、(34)「新娘投墳，新郎搥胸吐血氣死歸陰司，沿路啼哭尋妻」、(35)「山神土地詢問啼哭陰魂」、(36)「閻王令差役領火簽共火牌捉拿陰魂問案」、(37)「閻君令文判崔先生呈姻緣號簿斷案」、(38)「姻緣號簿註明人世姻緣」、(39)「金童玉女降凡十八年」、(40)「燈猴成精降落陽世」、(41)「閻君判燈猴精領火牌回陽做馬王」、(42)「閻君斷有罪贖金童玉女陰魂遊地獄後上天曹團圓」、(43)「陰府金、銀、奈何三橋分別由梁長者、李道人、施典型三人掌管」、(44)「牛頭將軍」、(45)「馬面將軍」、(46)「酆都地獄鬼犯受剖骨、流腸、吹籠床、炮烙油鼎、刀鋸刀槌、剝皮裝糠刑罰」、(47)「枉死城陰魂赤身入水池、血池」、(48)「閻君告知金童玉女天上相戲弄貶落人間遇劫難」、(49)「金童玉女遊地獄後鼓聲童幢接引上天台」。

　　清江蘇民間藝人抄本《梁山伯祝英台還魂團圓記》(鼓詞 4)，故事從英台山伯殉情開始，與上海美術書局印行石印本《繪圖梁山伯祝英台還魂團圓記後傳》內容相同，當是《後傳》無誤。當時「玉皇坐在凌霄殿，耳紅面赤不安寧，吩咐一聲查善惡，早傳善神走一巡」，原來「蘇州祝家女，本是淨池月德星，該配蘇州梁山伯，山伯上界黑煞神，因為前身都失約，半路夫妻不成婚」。英台出嫁泣墓，怨氣擾天神。玉帝聽奏傳旨，差下陷地神，眾神推開墓門，山伯望外走，英台往內行，接親娘子扯住繡羅裙。馬家新郎德芳氣不過，一命入幽冥，閻王殿前告狀，閻王差小鬼去叫魂。三魂到齊，閻王說天神簿上註得明：「英台前生趙家女，私與山伯有舊情。山伯前生周氏子，暗與英台結成親；後來兩家都失約，半路夫妻不得成。德芳本是馬家子，又定趙氏結成親；貪戀

紅花柳氏女，拋了趙氏一段情。因為二家都失約，半路夫妻不得成；梁祝二家雖不愛，夫妻該別八年春」。吩咐不許三人進枉死城，德芳醒來是一夢，記得陰間告狀事，要挖梁兄墓，驚動雲中黎山老母、呂洞賓二仙人，知他夫妻該別八年春，將來必會團圓，一個朝中封王位，一個三邊女將軍。便化青煙紅煙結成虹，忽起狂風，只見棺材不見人。「英台去到梨山上，日看兵書夜操琴，呼風喚雨般般會，千變萬化件件能。洞賓帶回梁山伯，朝陽洞內背五經；百般武藝都學會，文武雙全無比論。」

此故事與鼓詞《柳蔭記》(鼓詞 2)大抵相同，惟奸臣名字不叫馬力，而是馬方。此故事也屬 749A.1.1 類型，情節單元有四十三，其中有三十六個情節單元與《柳蔭記》的(3)、(4)、(10)、(18)～(28)、(30)、(31)～(39)、(41)～(43)、(47)～(55)情節單元完全相同。另有「紙人紙馬陣前殺人」與《柳蔭記》之(40)「口唸真言，手指南方，紙人紙馬成三升芝麻兵，陣前殺敵」稍異，除此之外還有(1)「玉皇坐凌霄殿，耳紅面赤不安寧，吩咐善神凡間走一巡查善惡」、(2)「淨池月德星及黑煞星神降凡」、(3)「新娘出嫁泣墓怨氣擾天庭，玉帝差陷地神開墓門」、(4)「眾神推開墓門，陰魂往外走，新娘往內行」、(5)「人能呼風喚雨」、(6)「陰魂托夢」六個情節單元。

清末浙江寧波鳳英齋（清末書舖，約 1860－1910 年間）刻本，《梁山伯祝英台回文送友》(寧波戲 1)，故事是英台對梁山伯（遇春、軍贊）說兆見家中失了火，兆見家中被火焚。萬貫家財都燒了，一雙爹娘火裏焚。來向山伯話別。山伯一路相送，送了十里路，途中英台藉(1)門神送我不成雙、(2)天上牛郎織女、(3)石榴

好滋味，勾與梁哥吃，吃著滋味再來偷、(4)蜜蜂採黃花，花心好比小英台，蜜蜂好比梁軍贊、(5)公鵝前邊擋著浪，母鵝隨後叫哥哥、(6)古墳內面死人勝梁哥十分、(7)西瓜待與梁哥吃，吃得滋味連藤巴、(8)大船灣在九江口，小船灣在順水灘，九江口來順水灘，拿起篙子我來耍、(9)解開鈕扣，懷中露兩奶，向山伯暗喻己為紅妝，表露衷情，又直說：粉牆之上畫麒麟，畫虎畫皮難畫骨，知人知面不知心，可知兄弟心腹事？可知兄弟什麼人？不料山伯只說「兄弟流出兩奶奶，男子奶大為丞相，女子奶大做婆娘」、「兄弟本是男子漢，快快回家拜大人。」英台只好再說「二八天，三七天，四六天，三個日子下桃園。三個日子你不來，兄弟許配馬秀才。三個日子你記不得，回到衣山問先生。他說先生不對你講，回到東廚問師娘。若是師娘不對你言，三個日子下桃園」，兩人就此拜別，英台啼啼哭哭轉家門。此故事有「借事物暗喻己為紅妝，表露情愫」、「啞謎喻婚期」二個情節單元。

　　清福州聚新堂藏版刻印本《梁山伯重整姻緣傳》(原題也做《新刻同窗梁山伯還魂重整姻緣傳》) (鼓詞 5)，故事主角是越州梁山伯，十六歲，父母送他杭州上學堂，與女扮男裝外出求學的吳山祝九娘相遇，在山陰樹下撮土為香，結為金蘭。兩人來到杭州拜見孔聖，夫子看英台眉目面貌如女子，聲音言語似嬌娘而未說破。山伯英台同坐、共讀書同床。山伯見英台換衣露出白胸膛、未見英台換衣裳起疑，英台以「男人朧(乳房)大為宰相，女人朧大潑婆娘」、「滿身都是銅結鈕，通身上下結無數，解時解到二更後，結時結到天大光。脫去衣裳是牛馬，穿衣出入好兒郎」說辭而解圍，但怕人背後道短長，而辭別師尊、學友轉回鄉。

　　山伯一路相送，英台吟詩借事物暗喻已為紅妝表露情愫，奈何梁兄痴又痴，只好托言為妹訂親。山伯別師也還鄉，要訪故友祝九郎，看命先生卜一卦，先生斷卦說「姻緣皆是前生定，七世修來做夫妻」。山伯到祝家莊，九娘告訴山伯已配馬家門，山伯聽言魂飛散，飲酒過後辭別回家，一心思想祝九娘，得病在床。父母問知原因，梁母親自帶山伯書信到祝家。英台寫了世上所無藥方奉送，說今生不能為夫婦，來世定能結成雙。山伯相思病死，英台出嫁路過山墓前，下轎祭拜禱祝，「有靈有感裂開墓，無靈奴是馬家娘」，拔金釵插墓，墳頭起黑雲，英台投入山伯墓，陰間再得結成雙，抬轎人夫拉裙尾，羅裙變作蝴蝶飛。

　　馬俊見報心中恨，將身纏死見閻王，殿前告狀。說越州同縣梁山伯先死強拉我妻入墓中。閻王拘提山伯、英台殿前跪，傳判官到七二司案前查姻緣簿，知梁祝是夫妻，三人陽壽未盡，即賜還魂。閻王斷山伯英台合為婚，馬俊夫妻在後世，三人各吃還魂湯一盞，鬼使大喊好驚心。三人驚醒為一夢。山伯埋葬方七日，開棺魂魄轉其身。山伯英台回家拜堂成婚，馬俊未敢再來爭。

　　三月初三開南省，廣招天下讀書人。山伯上京科考中狀元，考官王丞相，榜眼馮士元，探花陳明玉。狀元遊街，李書丞相[46]要招為女婿，王丞相不敢私意招狀元，上殿奏聖君，君王准奏彩樓招親。太師女淑清繡球拋下狀元身，山伯不允，便差他北番買馬，一去六年。英台在家三年沒山伯音訊，公婆已死，辭別父母，身帶一把七弦琴上京尋夫。途中險被收為山寨夫人，山寨大王因其

---

[46] 李丞相，先作李太師（364 頁），後稱李丞相或李書（370、371 頁）。

貞烈，贈銀二十兩做為盤鈿。英台到李丞相府問知山伯差去北番買馬，回來又罰他去幽州。英台來到幽州城見一官人，是榜眼馮士元，此時他是山伯長官，兩人得以相見，已是九年春。

英台要到京城告李丞相，正遇御史奉公退朝回，連步街頭跪訴冤情。原來李丞相冒奏君王要招狀元梁山伯為婿，被脫了朝衣去了帽，派去衡山收寶珠。山伯封為知縣，賜英台俸米一千石。西番國王晉九曲明珠一個、夜明珠一個、氾涼酒盞一個。言說「大國有高手能穿九曲明珠過者，即拜為大國；若穿不過，拜為小邦，要獻來錦綾一千匹，黃金三千兩，連珠帶回西番去」。君王廣招天下高手，英台一頭用一螞蟻，將白絲繫在螞蟻腳上，用油將頭放入，穿過九曲珠。君王封英台為鎮國太夫人。李丞相收寶珠百顆，私有一半，被山伯上奏君王，皇上見奏，急拿問罪。而山伯英台回故里，闔家團圓。

此故事屬 749A.1 類型，情節單元有二十五：(1)「女扮男裝者外出求學」、(2)「女扮男裝者與人結拜為兄弟」、(3)「女扮男裝者露出白胸膛，從未見換衣裳被疑為紅妝」、(4)「女扮男裝者佯稱男人朧月能大為宰相，女人朧月能大潑婆娘、滿身都是銅結鈕，通身上下結無數，解時解到二更後，結時結到天大光，脫去衣裳是牛馬，穿衣出入好兒郎，以防他人識己為紅妝」、(5)「女扮男裝者借事物（好石榴、廟堂一陽一陰神明、一對鴛鴦、一對白鵝、魚船靠岸）暗喻己為紅妝，表露情愫」、(6)「女扮男裝者托言為妹訂親，實則以身相許」、(7)「占卦預知姻緣不成雙」、(8)「世上所無藥方（王母頭髮、東海龍王舌三尺長、半天老鴉尿半盞、南海鳳凰尾一根、麒麟背上甲三片、海馬項上數錢鬃、蜻蜓鼻骨

一分半、王蟻胶筋重二分、月裡桂花葉七片、洞裡仙桃核半斤、天上雷公手指甲、冥中閻王腳後筋、老君煉丹爐一個、天河水一盅)、(9)「啞謎喻婚期（二八三七四九）」、(10)「相思病死」、(11)「新娘哭祭金釵插墓，黑雲起墳頭，新娘投墳」、(12)「羅裙化蝴蝶」、(13)「前生註定梁山伯，天上降下祝九娘，在生三年同書院，死入陰司得成雙」、(14)「新娘投墳，新郎纏死閻王殿前告狀」、(15)「閻王拘提陰魂問案」、(16)「閻王令判官至七二司案查姻緣簿斷案」、(17)「閻王看姻緣簿知陰魂陽壽未盡即賜還魂」、(18)「閻王斷今世夫妻後世姻緣」、(19)「陰魂各吃還魂湯，鬼使大喊好驚心！三人驚醒為一夢還魂」、(20)「死人埋葬七日，開棺魂魄轉其身」、(21)「姻緣簿註明姻緣」、(22)「夫妻本是前生定，七世修來結成雙」、(23)「綵樓拋繡球招親」、(24)「夜明珠」、(25)「綁白絲於螞蟻腳上，螞蟻頭沾油穿過九曲明珠」。其中(25)情節單元，即兜合 851A₁ 「對求婚者的考試」類型中的九曲珠試題解法情節單元。

清上海槐蔭火房書莊刻本《梁山伯與祝英台全史》(鼓詞 6)，故事先說金童玉女歸下界，夫妻三世不成婚。其後故事的前半部至梁祝殉情，羅裙化蝶，與《新刻梁山伯祝英台夫婦攻書還魂團圓記》(鼓詞 3)情節大抵相同，內容稍異，情節單元與《新刻梁山伯祝英台夫婦攻書還魂團圓記》(鼓詞3)的情節單元(1)～(10)、(13)～(20)、(22)～(27)完全相同，而(11)「女扮男裝者被疑為紅妝」之情節單元素多了「蹲姿小解」及「白綾小衣衫染血（月經）」兩個，而「和衣而眠」則改為「不脫下衣而眠」。(12)「女扮男裝者佯稱某事，以防他人識己為紅妝」之情節單元素也多了「虛言鼻子破污了小衣衿」、「蹲姿小解做帝王」兩個。(21)「世上所無藥方」之

情節單元素稍異，「龍王毫毛三兩正」此作「龍王鬍子三兩整」。除此三十個情節單元之外，此則故事尚有(1)「金童玉女歸下界，夫妻三世不成婚」、(2)「天仙女總有神明保佑」、(3)「女扮男裝者佯稱蹲姿小解是有福之人，無福之人狗澆牆，男人信以為真蹲姿小解」、(4)「女扮男裝者欲調戲情人，驚動玉皇張帝尊（上方張玉尊）差金星李太白將男子換呆魂」、(5)「啞謎喻婚期（三七二八）」、(6)「月月紅變牡丹花」、(7)「埋花下紅綾，三年仍舊鮮明可愛」、(8)「占卦預言姻緣不成」、(9)「誤猜婚期造成悲劇」、(10)「雙碑墓」、(11)「死前見兩差人，知死期將至，叫家人代穿衣裳而亡」、(12)「女子領情人紙魂牌供在高樓，早晚燒香換水」、(13)「新娘投墳，新郎撞死森羅殿上告狀」、(14)「陽間行兇作惡者陰間頭帶枷手帶杻」、(15)「陽間是惡棍強徒，陰間變無頭鬼」、(16)「陽間忤逆不孝者，陰間上刀山」、(17)「陽間不敬翁姑者，陰間下油鍋」、(18)「陽間一夫兩妻者，陰間鋸鋸子」、(19)「陽間淫惡婦人，陰間磨子裏磨」、(20)「陽間欠人債者陰間剝衣，來世變牛馬還人債務」、(21)「陽間行善人，陰間平安過奈何橋」、(22)「陽間行惡人，陰間打下三丈寬萬丈高之奈何橋，橋下有虎豹蛇狼」、(23)「閻王告知告狀陰魂所娶妻子乃上方天仙女不能配凡人」、(24)「金童玉女打破玻璃盞，玉皇大帝貶罰凡間走三巡三世不成婚」、(25)「閻羅菩薩查簿知人陽壽未盡送還陽」、(26)「掘墓尋人」、(27)「人化白鶴上天庭」、(28)「死者還生自身坐起」、(29)「三世姻緣不成婚」、(30)「金童玉女三世歸上界上天台」。共有六十個情節單元，屬 749A.1 類型故事。

清末廣州芹香閣刻本《全本梁山伯即係牡丹記南音》(木魚書

1)，故事主角祝英台是越州東大路桂林府黃岡嶺（又叫白沙岡）人，父親祝淳源，母親姓李，哥哥英偉，娶媳丁家女。英台十六歲，描龍繡鳳盡皆能。見哥哥在芝蘭館學習書文，想扮男兒外出讀書。父母怕違禮亂倫，英台摘牡丹插瓶賭誓，房中大嫂丁氏也來譏誚「貪圖才子結朱陳」。英台更賭誓若失貞潔則永墮酆都地獄。後扮占卜先生瞞過父母，父母只好應允，英台帶了知心侍婢結扮出門去。三叉路口花蔭下遇往越州諸暨巷石台塘畔的梁山伯，父親梁如松早亡，母親姓簡。十七歲，要訪杭州名師。兩人相偕同行，至酒店結拜金蘭。夜裡同宿，英台佯稱有疥瘡，要求同床各被。

到了杭州學館拜見老師，先生看英台貌疑是女人。英台一男一女不能同群，巧計使先生規定眾學子蹲姿小解，但是換衣裳露體似嬌娘、六月炎天不脫衣裳，被梁兄疑為女子，先前托言「男兒奶大為丞相，女人奶大潑皮娘」，山伯便生一計，要在英台肚上寫文章，問說：「一字更連三點水，橫來九劃一企中央，不知渠係何字？」偵測男女。英台說：「你莫來寫字我肚皮旁，寫得我酌人權軟痕痕癢，又怕指甲尖尖會抓傷；況且識淺未曾知此字，問過先生明日就知詳」，山伯又被她瞞過了。至於六月炎天不脫裳，則辯說「孟秋刀七始兒無寒，況且身體髮膚根由父母，豈可任從渠毀傷」。又諸生嗟嘆熱得淒涼，將蕉葉為眼床，得來薦睡凍如霜，英台怕被識破紅妝，夜裡將蕉葉偷鋪瓦面到天光，保持葉綠。最後拋石擊鴛鴦力氣小，險被眾生識破女紅妝，不如趁早回家。

山伯十送英台，路上英台借事物暗喻己為紅妝總是枉然，最後只好托言為妹訂親，又說再提個丫環給你做二房，要山伯一定來訪。英台回家後嘆五更夜思山伯。馬有方與妻子姜氏生馬俊一

人，要娶英台做妻房。英台只能怪梁哥哥來得晚，深閨思想梁兄五羨梁兄（一羨好扮裝、二羨品貌奇、三羨品貌周，四羨真好簫，五羨品格清）。

過了幾個月，山伯帶著士九來訪，大嫂笑姑娘，英台不睬嫂嫂，上廳堂殷勤見梁郎。山伯一見嬌姿相，三魂七魄盡飛揚。梁兄來遲，英台說自己婚事已許馬家莊，山伯惹出病根苗。英台取出白銀三百兩、汗衫戒指共羅巾贈梁兄，要他歸娶她紅妝。兩人對詩唱南音話別。士九怕山伯回去致病，向人心要藥方，人心唱出「世上所無藥方」十種。主僕二人回家，山伯染病在床。梁婆問知原委，帶了山伯書信登程訪祝問親。英台贈汗衫轉交山伯。馬家擇定婚期，九娘修書一封給山伯，山伯看完搓埋放入口中，立時噎死氣絕。葬在城西大路旁。

士九到祝家告知英台。馬俊迎親日，英台要祭墳，爹媽答應說：「由女你，拜墳盡敬理應當，有恩君子需當報，不怕旁人道短長」。花轎來到山伯墓，英台下轎祭奠，禱祝山伯顯靈「來相見，帶我閻王殿，等我地府同君再讀幾年」，英台從早哭到黃昏，山伯陰司魂未息，望見墳頭燭火光，將身踏上陽台望，「大喝一聲收命鬼，墳土裂開幾尺長，四圍寂靜邪風起，頓時攝住白衣娘」，人心扯住英台腳一雙，扯住素妝鞋一隻，扯斷娘裙帶，變成蛇仔在山岡，扯爛羅裙三兩幅，變成蝴蝶亂飛狂。

馬俊得知英台投墳，吊死到陰間遞狀。閻羅差夜叉捉拿陰魂，令判官查簿看壽命短長，知三人枉死遣回陽，今世英台配山伯，二世再許馬家郎。三人回陽，梁祝結成雙。山伯科考中狀元，丞相李惟方單生一女李玉娥，綵樓拋繡球招親，拋中狀元郎，山伯

不允婚姻，相爺施手段，君王差山伯番邦買馬。一去幾年，買齊馬數回朝，李惟方上奏山伯出差過限期，又發配邊疆。

英台在家經五載，翁姑俱亡，上京尋夫。遇官員上任，跪下申訴，原來官員是山伯同期陳榜眼，指引夫妻相會。此時李相年老病亡，陳榜眼同探花楊服共奏君王，君王招山伯回京，又准山伯帶奉歸田去。從此榮華富貴納千祥，及後英台生四子，又為官宦始名香。

此故事屬 749A.1 類型，情節單元共有三十六：(1)「譏誚女扮男裝外出求學者貪圖才子結朱陳」、(2)「摘牡丹花置瓶對火神賭誓，若貞潔則牡丹花鮮，若失貞則花枯」、(3)「賭誓若失貞潔則墮酆都地獄」、(4)「三寸金蓮」、(5)「女扮算命師瞞過雙親」、(6)「女扮男裝外出求學」、(7)「女扮男裝者與人結拜為兄弟」、(8)「女扮男裝者佯稱有疥瘡，與人同床異被」、(9)「女扮男裝者以尿水淋牆假賴同學射尿上牆甚無禮，巧計使男子蹲姿小解，違者罰一枚高紙剳，以防他人識破紅妝」、(10)「女扮男裝者巧計蹲姿小解，違者受罰，要求先自罰，以防他人識己為紅妝」、(11)「女扮男裝者露奶、六月炎天不脫衣裳、石擊鴛鴦力氣小、和衣過河，被疑為紅妝」、(12)「女扮男裝者佯稱男兒奶大為丞相，女人奶大潑皮娘、孟秋刀七始兒無寒、脫衣過水無規矩、解得鈕開嫌阻事，赤身失禮海龍王，以防他人識己為紅妝」、(13)「假意詢問字義，欲于女扮男裝者肚上寫字，偵測男女」、(14)「以蕉葉為席，男人睡過青綠、女人睡過瘀色，偵測男女」、(15)「女扮男裝者夜裡偷鋪蕉葉於瓦面至天亮，使蕉葉青綠，以防他人識己為紅妝」、(16)

「借事物（白石榴、大鱟蜞、井中好容顏、白鶴、藕蓮、魚船就岸、神堂神像一陰一陽）暗喻已為紅妝，表露情愫」、(17)「女扮男裝者托言為妹訂親，實則以身相許」、(18)「埋七尺紅羅於地對三光賭誓，若失貞則紅羅宵爛」、(19)「七尺紅羅埋地三年仍舊鮮明」、(20)「啞謎喻婚期（三七四六）」、(21)「世上所無藥方（千年狗尾草、番塔頂斗狗屎乾、神仙佢指甲、八十婆婆奶汁佢賞、萬丈深潭龍脊骨、雷公腦上漿、老虎額頭三點汗、千年飛禽老鴉王、海上千年水兒屎、番貓骨炒湯）」、(22)「從女子讀書聲細細、女人肉軟色白似銀、奶大眉灣辨識男女」、(23)「吞信噎死」、(24)「新娘從早到晚哭祭禱祝，陰魂見墳頭燭火，踏陽台望見情人，顯靈喝聲收命鬼，墳開攝住新娘」、(25)「裙帶化蛇」、(26)「羅裙碎片化蝴蝶」、(27)「花蝴蝶的由來」、(28)「陰魂結鴛鴦」、(29)「新娘被攝入墳，新郎吊死至閻王處告狀」、(30)「閻王差夜叉捉拿陰魂問案」、(31)「閻王令判官查簿知壽命短長」、(32)「閻王判枉死者還陽」、(33)「閻王斷今世鴛鴦、二世鴛鴦」、(34)「閻王令夜叉帶陰魂還陽指明回家路」、(35)「陰司十殿閻王」、(36)「綵樓拋繡球招親」。

　　清廈門會文堂《最新梁山伯祝英台新歌全集》（又名《三伯英臺遊地府歌》）（廈門會文堂）（歌仔冊 6）編者是「南安江湖客西庭禾火先」，據法施博爾〈五百舊本「歌仔冊」目錄〉：「廈門會文堂書局——清印本，《最新英臺山伯歌》，一本十九篇，南安輔國禾火先編」[47]，則《最新梁山伯祝英台新歌全集》雖未注明年代，但

―――――――――――――――――――

[47] （法）施博爾撰：〈五百舊本「歌仔冊」目錄〉，見《臺灣風物》15 卷 4 期，

南安輔國禾火先所編《最新英台山伯歌》是清印本，而此本編者雖作「南安江湖客面庭禾火先」，其中「江湖客西庭」與「輔國」有異，但「南安」及「禾火先」均同，故定此唱本為清印本。

故事主角是浙江紹興府梁三伯，其父梁御，字子卿，母親卯氏相同庚，夫妻百歲，單生一兒，十六歲，帶書僮士久號搖琴一道去杭州拜孔仲尼為師。途中遇見越州杏花村單身恣娘假秀才祝英臺。英臺父親祝榮春，家財萬貫，生一兒一女，長男已娶吳門媳，英臺十六歲，聽說杭州孔仲尼博學多能，想要出外求學，祝公不許。英臺便扮成江湖算命士瞞過父母。祝公便應允英臺，而嫂子卻說男女混雜不合宜，英臺以牡丹花賭誓貞潔，而後與女婢梅花（或作梅香）扮男裝出門。與三伯在長亭結義而同行。

兩人一道去杭州書館，英臺巧計使男女解手不同行，與三伯共床椅，又置汗巾為界，但學中又借事物對三伯表露衷情，三伯總不開竅。英臺別家三年，稟告孔先生明日回鄉，三伯相送，英臺托言為妹說親，又寫詩送三伯，要梁兄多則五月，不可流連過半載到家來求親，三伯看詩仍是不解。

英臺回鄉貞潔名聲傳萬里，員外馬俊托媒人鳳婆求婚，祝母應允親事。待得三伯來訪，英臺稟告母親要一見三伯，祝母不允。英臺叫梅香告知三伯，小姐已配馬家，祝母不便許見汝。三伯聞言悲切腸欲斷，回鄉。越王探知三伯知書達理，請三伯入朝封參政按察官司。但三伯身染相思，一病不醒。

馬俊擇定佳日娶親，不想當日天煞，房中忽然火發起，燒死

馬俊新郎。梁公聽說馬俊事，便請姚公去祝家說親。姚公是英臺姨丈，願為按察司梁三伯說親，英臺聽梅香來報三伯托媒來說親，心中歡喜。但三伯仍病重昏迷，梁婆假稱己身得病，懇求英臺來相見，祝公應允。梁父母見英臺果然生標緻，莫怪我兒病相思。不想三伯此時已病重歸陰，英臺聞言也歸陰司。

三伯神魂到陰司，欲尋英臺誤入鬼門關，牛頭馬面在兩邊，鬼卒小鬼滿路是，中堂一位判官司，喝令拿住，後知三伯是善家人子兒，英臺鬼魂也在鬼門關，是個節義女，兩人壽數未到期，判官令他們回轉，夫妻二人得團圓。英臺先前在陰司見馬俊被枷帶鈕，馬俊見伊，前來糾纏，鬼卒手執無情棍，叱起行莫延遲。馬俊打傷小卒，又在閻君面前誣告三伯暗囑日師擇天災，以致馬俊娶親日失火死，閻君判他墜落地獄不超生，而令鬼卒彩旗金鼓送梁、祝回陽，預言五十年來壽到期，化雙蝶到陰司。

三伯英臺二人死屍回魂，梁公夫婦大歡喜。明日越君壽誕，三伯整衣冠拜聖旨，越王欲將國公太師千金女催玉配給三伯。三伯說與英臺結親儀，君王親賜完婚。後生三兒，夫妻恩愛，萬古傳名。

此故事屬 749A.1 類型，情節單元有二十四：(1)「女扮江湖相士瞞過父親」、(2)「摘牡丹花置瓶中，對天地三光賭誓，若貞潔則牡丹花色鮮豔，若失貞則花枯」、(3)「女扮男裝外出求學」、(4)「丫環扮書僮伴讀」、(5)「女扮男裝者稱小解共人一處大壞斯文，巧計使男女解手不同行」、(6)「床中置汗巾為界」、(7)「借事物(鴛鴦、牡丹花、文君相如、井中雙影、廟中神道一陰一陽)暗喻己為紅妝，表露情愫」、(8)「女扮男裝者寫詩托言為妹訂親，實則以

身相許」、(9)「女扮男裝者與人結拜為兄弟」、(10)「瓶中牡丹三年色新如昔」、(11)「天煞日娶親，天神下降，忽然房中起火燒死新郎」、(12)「相思病死」、(13)「情人相思病死，女子亦殉情而死」、(14)「鬼魂到陰司尋情人，錯至鬼門關，牛頭馬面在兩邊，滿路鬼卒小鬼，中堂一位判官司」、(15)「判官判陽壽未盡，善家人子、節義女子回陽夫妻團圓」、(16)「鬼魂至枉死城九曲台」、(17)「生前做壞事，死後陰司報應受罰」、(18)「陽間定婚夫妻陰間相遇」、(19)「閻君賞善魂升天、罰惡鬼地獄受凌遲」、(20)「鬼卒彩旗金鼓送陰魂回生」、(21)「陰魂打傷陰間小卒，又誣告官司，閻君判墮落地獄不超生」、(22)「陰魂陰間告狀」、(23)「姻緣冊註明夫妻姻緣」、(24)「人壽盡化蝶至陰司」。

綜上所言，知清代梁祝故事，不僅見諸方志、文人詩歌、筆記的記載，更有廣東歌謠、瑤族民歌的傳唱；地方曲藝如：彈詞、鼓詞、木魚書、寶卷、南管、歌仔冊、大鼓書；戲劇如：寧波戲、洪洞戲及布依戲，也有梁祝故事的說唱與搬演。故事類型也由749A.1「生雖不能聚，死後不分離，死而復生」，發展到最複雜的749A.1.1「生雖不能聚，死後不分離，死而復生，神仙相助」類型故事。大抵而言，梁祝故事的類型至此發展完全，其間各類曲藝文本常有互相沿襲盜用情況，也是通俗文學互涉發展的通則。

民國以後，梁祝故事的媒介種類較前代有增無減，不僅民間故事、民間歌謠、地方曲藝、戲劇、小說、電影、電視連續劇、電視綜藝節目、廣播劇、卡通動畫、漫畫、音樂、舞蹈，甚至是水墨、國畫素描及剪紙、年畫、釉陶、彩陶泥塑、紫砂雕塑、景觀雕塑、葫蘆雕、木雕、麥秸雕、刺繡、皮影、長廊畫、連環畫、

大型立體連環藝術模型等工藝藝術及撲克牌、風箏、郵票也都以梁祝故事做題材，然因材料繁複，有些故事不明年代，且第二、三章〈梁祝故事結構〉（一）、（二）已將 749A、749A.1、749A.1.1、885B 四類型故事結構分別析論，故此處不再重複論述。

第六章　梁祝故事變異（三）

第一節　梁祝故事情節單元素變異

梁、祝故事從「義婦祝英台與梁山伯同冢」(文獻 1)的單一情節，發展至《三伯英台歌》(歌仔冊 1)的九十個情節單元，除去各個故事的特殊附屬情節單元，綜合故事的主要、次要、附屬情節單元，共有：

1. 「仙人貶凡，轉世投胎」
2. 「女扮男裝瞞過家人」
3. 「譏誚女扮男裝者外出求學為情人」
4. 「賭誓貞潔」
5. 「女扮男裝外出求學」、「丫環扮書僮伴讀」
6. 「女扮男裝者巧計與人結拜為兄弟」、「結拜立誓」
7. 「床中置物為界，越者受罰」
8. 「女扮男裝者防人識破紅妝」
9. 「借事物偵測男女」
10. 「借事物暗喻己為紅妝表露情愫」
11. 「啞謎喻婚期」
12. 「誤猜啞謎婚期，造成悲劇」
13. 「女扮男裝者以物為聘托媒自訂終身」
14. 「世上所無藥方」

15.「戀人婚姻受阻殉情而死」

16.「掘墓尋人」

17.「死後化物」、「物化物」、「連續變形」

18.「新娘投墳，新郎自縊陰間告狀」

19.「閻王斷姻緣」

20.「死而復活」

21.「神仙相助」

今考各個情節單元中的情節單元素常有不同，其間的變化狀況也紛紜複雜，各有異趣。所謂情節單元素即情節單元的基本元素，產生不同情節單元素的原因，有時是各個創作者的即興創意有異，有時卻是故事流播地方化的不同所致。因此透過情節單元基本元素常可窺見故事的各種線索，可進一步探究該故事的時空的文化、社會族群背景，也可知悉各個創作者故事或相異或相同的內在原因與規律。更可了解說故事者功力高低深淺的不同表現，也可知梁祝故事流播至各地、各族，如何形成結構相同，卻又大異其趣，延異地留下軌跡的諸多樣貌。以下僅就情節單元素差異各成特色的情節單元論列、分析於下（參附錄一「情節單元素表」）：

一、仙人貶凡，轉世投胎

少數故事特別涉及梁、祝、馬三人前身後世的宿世因緣，大抵說梁、祝原是上天金童玉女。有的是「金童玉女下凡，兩人殉情歸上界，大羅天上列仙台」(民歌 32)。有的是「王母府前金童玉女」在王母娘娘五千歲大壽蟠桃會時，玉女見到南極老仙翁顯神

通變毛頭姑娘，卻在慌張間沒把額頭上的壽星疙瘩變去，不由得噗哧一笑，金童發現後也哈哈大笑，王母娘娘貶罰二人下凡投胎，受盡生離死別之苦。太白金星押送二人至江南，太白金星張開慧眼，見會稽郡發出毫光，便送金童投世梁家村，又送玉女到上虞祝家轉世(故事 3)。有的是「金童玉女蟠桃聖會上互生愛意，打破琉璃杯（九龍杯），玉帝罰貶紅塵，三世夫妻不得團圓（三世為：孟姜女與萬喜良、牛郎與織女、梁山伯與祝英台）」；玉帝又差小星（馬文才）下界，從中作梗，拆散梁、祝姻緣，但馬與祝無緣，而與花園李鳳雙有姻緣之份(故事 6)。

又有「玉皇大帝看書睡著淌口水，金童玉女對看一眼偷偷笑，玉帝睡覺也留一隻眼睛，見著，斥責二人違反天規，入凡間受難」(故事 98)。或「玉帝座前金童玉女滋生愛意動凡心，趁玉皇大帝打瞌睡時，悄悄下凡，不想玉帝打瞌睡是假的，故意讓他倆三世夫妻不得團圓（三世為：孟姜女與范杞良、白娘子與許仙、梁山伯與祝英台）」(故事 105)。或「玉帝座前金童玉女」，因為「嬉笑動凡罰落紅塵做凡人」(民歌 34、民歌 40)。或「金童玉女打破玻璃盞，玉皇大帝貶罰人間走三巡」(寶卷 4)。或「金童玉女玉皇大帝面前失主意，降落凡間去出世，業滿後觀音佛祖至地獄接二人回天上」(歌仔冊 1)。或「下凡受盡折磨的金童玉女，降凡為孟姜赴水自盡，陰魂與杞良相會，雙雙攜手上天，朝見玉帝，南極仙翁求情，二人回歸本位，玉帝不允，令仙翁帶他們二人到西池王母處侍奉王母」，而三月初三王母壽誕在瑤池設宴群仙，王母令金童玉女奏霓裳羽衣之曲，二人同聲歌唱，曲罷，王母觀他二人俗緣未脫，又打發二人下凡，受磨折，十八年再升天堂玉女往河南祝家投胎，

金童到河東梁府託生(小說 9)。

也有「金童玉女是玉陰大帝凌霄殿前使用人，二人談情說愛失手打破琉璃瓶，玉陰大帝大怒，降旨將兩人斬仙台斬死，太白金星說情，而貶凡做七世無緣夫婦」，下凡轉世時經過南天門，遇五鬼星，玉女星見五鬼星生得可怕而失笑，五鬼星以為玉女星有意於他，便跟著下凡轉世來搶親，而五鬼婆見五鬼星下凡，也跟著轉世為馬俊與柴七娘，於是四人凡間情意糾纏造成悲劇(歌仔戲 8)。或「金童玉女貶凡，牛郎織女是二世姻緣，三世姻緣是梁、祝，得至四世才圓姻緣夢，先說牛郎織女受處罰，每年只能七夕會」太白金星奏玉帝：「二世姻緣少母愛」，玉帝動了惻隱心，下令牛郎織女上天來，惹得王母不滿說：「天下婚姻我主管，玉帝插手不應該」，而令李靖去執法，「三世姻緣贖前罪」，將織女帶至南天門，等候牛郎上天來。牛郎上天遇李靖攔路捉拿，與織女大哭小喊一家聚。李靖搖起收魂牌，曉喻二星得「四世才圓姻緣夢，千年之後上天台。念你們男兒有志、女有情，書房門第走一回；二十年後聽分說，是好是歹重安排，舞動手中紅黑二牌，呼風喚雨吹仙氣，吹他倆到國山縣，各自投胎。金童投生梁家莊，取名梁山伯；玉女投胎祝家莊，名叫英台」(民歌 49)。或「天庭觀音座前金童玉女日久生情，遭玉帝妒忌貶凡」，而有「七世姻緣」(電視連續劇 4)。或「觀音佛貶動凡念之金童玉女下凡受苦，不成夫妻」(故事 102)。或「金童玉女下凡」，一是祝家千金，祝九妹，一是祝家中小伙計，兩人相戀(故事 84)。或「上方張玉尊座前金童玉女歸下界，夫妻三世不成婚」(鼓詞 6)。

另有「山伯英台原是仙，金童玉女撥落凡，世上人傳做板樣，

在朝做官快活仙」(民歌 20)。或「金童玉女打破天宮琉璃盞,貶謫下凡」(故事 142)。或「金童玉女相戲弄,貶落凡間過劫難十八年」,「燈猴成精」,「降落陽世」成馬俊而與梁、祝糾纏不清,但「姻緣簿載柴氏女」(或紫氏女)是馬妻(歌仔冊 4、5)。或「凌霄之上金童玉女臨凡」,最後「呂洞賓、梨山老母帶至仙山學道」(黃梅戲 2)。或「金童玉女下凡投胎轉世」(歌仔戲 18)。或「下凡金童(山伯)人間殉情,玉女(英台)嘆息,驚動天上神明上奏玉皇,玉皇令眾仙下凡,托人凡骨轉天庭」(竹板歌 2)。或「觀音佛座前金童玉女動凡念,貶凡受苦不成夫妻」(故事 102)。或「觀音座前玉女在七夕玉帝歡宴上,金童摔碎琉璃盞,玉女失笑,玉帝貶金童玉女下凡相戀六世,不成夫妻,得至七世始成姻緣」(小說 10)。

也有說梁、祝是牛郎、織女轉世投胎。有的是「王母娘娘座前牛郎織女星眉來眼去,私情約會,被貶下凡三世(萬喜良與孟姜女、梁山伯與祝英台,許仙與白素貞)」(故事 51)。有的是「太白星君上奏玉皇大帝:牛郎織女星動凡念,私渡銀河,玉皇上帝貶罰二人下凡三世無緣,期滿原歸仙班」(寶卷 5)。有的是「牛郎織女星下凡在世不成婚,二人死後,太白星君下凡問他倆願回天堂?二人願意,便帶上天,一個打在河東,一個打在河西」(侗戲 1)。有的是「牛郎織女歸仙鄉,化成天星照人間」(歌仔戲 13)。有的是「仙童(插香童)玉女思凡落紅塵」修行幾十載,觀音大士奉玉旨下天門來度他倆上天門(寶卷 2)。

也有說梁祝是仙童仙女等投胎轉世。有的是「觀音娘娘身旁仙童仙女常說要話,被觀音貶謫下凡,七世不成婚」(故事 8)。有的是「靜池月德星與黑煞星降凡」,梁、祝之前一世為周氏子、趙

家女，兩人有舊情，後來二家都失約，半路夫妻不得成，轉世為梁、祝，夫妻該別八年春(鼓詞 2)。有的是王母娘娘蟠桃會宴請各路神仙，童男（魏奎彥）與童女（蘭瑞蓮）眉來眼去，王母娘娘貶二人下凡一南一北，永世不成姻緣，兩人殉情死後轉世成梁山伯、祝英台(故事 111)。有的是梁、祝死後投胎轉世為魏奎元、藍玉蓮，兩人婚姻受阻一道跳河，再投胎為王三公子與玉堂春，兩人才團圓(故事 93)。有的是梁、祝死後化蝶雙飛，被馬世恆所化大黑蝴蝶膀打分落河東、西，轉世投胎為魏士秀、蘭家女裙釵(民歌 2)。有的是梁、祝是「星斗投胎為人，梁、祝死後，催生送子娘送山伯轉世到張家，英台投胎去李家，兩世姻緣再成雙」(民歌 5、故事517)。有的是郭華郎與王月英，韋燕春與賈玉珍(小說 9)。有的是「天星（梁、祝）降凡投胎，半路遇五鬼精（或星）（馬俊）前來糾纏，而一起投胎」(歌仔冊 11)。有的是「蝴蝶投世降生騙世人」(歌仔冊3)。有的是不知何方「神仙下凡受苦業滿，玉帝收返再做神仙」(歌仔戲3)。有的是單說「三代姻緣」(故事 112)、「七世夫妻」(福州平話1)。

　　綜上所言，梁、祝常是仙人貶凡，轉世投抬的，至於是何方神仙貶凡，大多是金童玉女，他們是玉帝、玉陰大帝、王母娘娘、觀音座前的侍童侍女，偶有是牛郎織女星，偶有是插香童子、玉女，偶有是仙童仙女，偶有是靜池月德星、黑煞星，偶有是星斗，偶有是天星，偶有是童男童女，偶有是蝴蝶，偶有是神仙。至於二人貶凡轉世的原因，有時是動凡念，有時是動凡心悄悄下凡，有時是嘻笑，有時是相戲弄，有時是見玉皇大帝瞌睡淌口水而竊笑，有時是見南極老仙變姑娘，額頭卻有疙瘩而失笑，有時是打

破琉璃杯，或琉璃瓶，或琉璃盞，有時是金童玉女日久生情，遭玉帝忌妒貶凡。而婚姻介入者，有時是燈猴精，有時是五鬼星（精），有時是小星下凡。偶有五鬼婆見五鬼星下凡，也跟著下凡投胎。

二、賭誓貞潔

祝英台要女扮男裝，常被嫂嫂譏誚，出外求學是為尋求情人，英台憤而賭誓，賭誓之物常是牡丹花及紅羅（或紅絹或紅綾綢），偶有月季花、花、牆上的繡花、月月紅、青蓮子、錦牡丹、百日紅花、圓仔花、丹桂、石榴、春羅花、榴花、楊柳枝、紅繡鞋、紅裙、紅帕、布。牡丹花偶而是插於瓶中或盆中，而紅羅通常是埋於牡丹花下，偶有埋於豬槽，或紅裙丟在溝壑者。紅羅的尺寸通常是三尺或七尺，偶有三尺三，三尺六寸，一丈二尺，七寸二。

三、床中置物為界，越者受罰

英台、山伯日同座夜同床，英台通常在床中置物以防山伯識破紅妝，偶而有置物的人是老師或師母。而所置之物常是碗水（半碗水、四碗清水、十二碗水、杯水、盆水、涼水、銅盆水）或汗巾（手巾、白毛巾、包巾、翰巾、腰巾、揩巾），或界牌（界格、界方、界碑），偶而是線（畫線、絲線），紙箱（紙糊箱子），紙盒裝灰，紙糊帳，竹牆（薄紙竹牆），牆（紙牆），隔木（隔板），磚（金磚），書箱盆水，書香上置油燈，櫃和箱（籠和箱），硯，墨水，布團，劍，一本書，一碗白米。也有故事銀心，四九也效法床中置包袱。

越界則受罰，罰者有的是紙筆（紙一刀、紙三刀、紙三千聯、

紙三千張、紙三百張、墨紙筆、紙筆油、文房四寶、全班上課用
的紙筆、管讀書用紙)，挨打(責打、打戒方、打手掌、四十大板、
四十戒尺、二十戒尺、四十竹皮)，挨刀傷，挨兩拳，錢一百文，
錢三分買紙公眾用，抄字，寫一百篇字，七篇好文章，七篇文章，
五篇文章，白米頭三石好酒四埕，請東道，三斤蚊子乾，蚊子骨
三斤紙錢灰十缸鳳凰鳥百隻虎皮一千張。

四、女扮男裝者防人識破及偵測男女

英台與男子同學共讀，怕為人識破，有時先做預防措施，或
為人所疑時所做辯解，前者有：巧計使男子蹲姿小解，或巧計使
男人用尿桶，或提議學生小解全為坐姿，免至牆倒，或巧計使人
造廁插簽子撒尿(小說7)，或引開他人獨自脫衣過河(故意反寫好
字，佯稱不懂字義引人離去，獨自先行渡河，引人錯竹筒測水深
淺獨自脫衣過河)或分開洗澡(在上游洗澡)；後者有被疑為女子
之行迹，常是和衣而眠，和衣過河，炎天不脫衣(夏天穿長衣衫
褲)，耳環痕，胸脯高，臉有杭粉跡，女人音(聲音細、聲音好比
黃鶯、聲若黃鸝、讀書聲細細)，走路女人姿態(走路忸忸怩怩、
移步不過二寸、女人步小、舉步纖細)，三寸金蓮，眉纖細(柳葉
眉)，膚白嫩(膚如凝脂)，手細嫩(十指尖尖)，氣骨清秀(生得
秀氣)，面孔白篤篤，螳螂腰(腰身如楊柳、身段柔)，蜜蜂屁股，
女花香(身上脂粉香)，說說手伸長，落腳無展開廣，蹲姿小解(小
便叮咚響、尿聲小、尿尿高低不同、小解不與人同行、小解離房、
汗巾為界小解、床中隔巾、小便聲、日間小便用夜壺)，白綾一點
紅(白綾上有鮮血、白綾衣襟有月經、褲底染紅)，沒喉結，右腳

進門女裙釵（過門右當先、女人磕頭右膝先跪、女人左腳上前行禮），力氣小（身小力薄、打鴛鴦手軟、打鴛鴦閃腰、扔石細腰閃、打烏鴉手柔弱），鞦韆打得精，會針線（一手好針線活纖纖：縫衣、補衣、補衣動作純熟、描龍繡鳳），不脫內衣（睡不去裡衣、換衣不露體），同心結二十四衣扣十二雙（三百鈕扣衣、百二對衣扣、條衣三百六十鈕、千百結衣、四十九個紅絲鈕、裏衣綻上三十六節）。

　　偶有不爬樹、打水沒力、打棗子沒力、下水不脫鞋、脫衣要滅燈、睡覺穿衣襪、脫衣慢、多層襪套、繡鞋、肚裙、胸圍、綠綾子汗巾、裡面穿花衫、鋪床疊被、燒火做飯、打鴛鴦露乳、狂風吹衣露出女兒妝、膽子小、盡比女媧繰絲女昭君蔡子姬、梳妝不允別人看、進房只許牽袖，不要攜手，要離三尺的女人行跡，山伯有時會有肚上寫文章、胸前寫字、半夜假意詢問字義、睡蕉葉、睡漁衣的方法，偵測男女。英台便得佯稱父母之肉體不可露，換衣不脫光衣物，使人如法換衣、或脫衣渡江難對天地失禮海龍皇而和衣過河；佯稱或多病怕冷，或從小有病，或有胃病，或衣有三百鈕扣（一百二十對鈕扣、一百二十扣、扣子二百多個、三百六十個扣子、三百紐絲六十扣、三百黃絲扣、三十六個同心結七十二個馬披環、千百結）而和衣而眠；佯稱幼時多病、迷信穿耳洞可長命、廟會扮觀音、扮召君（王昭君）、觀音會扮王昭君、鄉俗當作女孩養（鄉下習俗）、運道不好裝成女兒、對佛盟誓故有耳環痕；佯稱男人胸大拜相（奶大為宰相、乳高為宰相）男人奶大當大官（乳大為官），乳大是君子，乳小是小人、乳大必定平步

金階；辯稱人間也有男人吐女聲、深居庭院少挨曬所以皮膚白；
佯稱立著小便污穢天地、或蹲著尿施肥、或蹲著屙尿不臭、或蹲
著屙尿才聰明、撒尿射天沖天神蹲著撒尿正經人、或蹲著小解者
是有福人、或只有畜生站著拉尿，所以蹲姿小解，也有不辯解，
而用了「帶射筒藏在身，射筒射水標得遠」策略而解困；又半夜
拿出蕉葉淋露水蕉葉青青賽別人、或偷把蕉葉受露水、或將睡的
蕉葉拿走、或露水打溼漁衣睡墊，使蕉葉睡墊青綠是男人，蕉葉
焦黃是女人、或漁衣睡墊乾是女人，溼是男人偵測男女的危機解
除；佯稱咽死投胎者長喉骨，所以沒有喉結；佯稱學得軟腰法是
有福之人，所以秋千打得精；佯稱火氣大流鼻血揩在小衣上、或
父母將褲底點胭脂；佯稱怕水不同人玩水；佯稱染上濕氣，所以
穿著多層襪套、佯稱蛟龍見花衫就走開，所以內穿花衫。

五、借事物暗喻己為紅妝表露情愫

山伯與英台同宿共床三年，不辨英台雌雄，暗生情愫的英台
只好在回鄉路上或遊園時，或吟詩或做隱語或歌唱的方式，借事
物譬喻自己是個女妝；英台所借的事物有：

（一）動物

一對鵝（一對天鵝、公鵝母鵝、母鵝叫哥哥、一對姣鵝、自
比雌鵝女娥皇）、一雙蝴蝶（彩蝶成對）、一對金鯉魚、一對白鴿、
一對鳳凰（鳳凰成雙、鳳求凰、牆壁畫鳳凰）、彩鳳（你是彩我是
鳳）、公雞母雞、一對大玉牛、一對大蟚蜞、兩隻雁、一對鴛鴦、
一對螞蚖（青蛙）、一對麒麟、一對畫眉、一對喜鵲、水鳥雙飛、
一對鮮魚（比目魚）、母牛追公牛。

(二)植物

桂花有雌雄、兩朵茶花、兩株槐、蓮花並蒂、橘子結同心、花木成對、石榴勾與梁哥吃，吃著滋味再來偷（石榴果皮都爆裂，多甜啊！）、仙桃、白桃、牡丹、芙蓉、龍爪花、大西瓜、野草花、芝麻、櫻桃、蟠桃、（恐怕梁兄憶桃甜）、葡萄、無花果、紅皮柚子、瓜、蓮、檳榔、玉蘭花、花果樹、黃花與蜜蜂（蜂兒好比梁兄，花心有蜜咋不採？牡丹與黃尾蝶）、榛纏樹、杜仲樹皮韌又堅、樹斷千絲萬縷連（藕斷絲連）、星星草你爹是我公公、楊柳夾棵桃，桃紅好似哥哥贈我胭脂粉、楊柳彎彎好似英台腰、菱角花對花，角對角、石榴結子緊綢綢，我也生子會傳後、打成紐子結西瓜、弟好比鮮花正要開。

(三)物

欄杆與橋、井與勾擔、木桶井繩纏繞轆轤（轆轤與井繩）、吊桶與繩、兩盞燈、沙木勾擔柏木桶（柏木桶桑木棍、桑木扁擔柏木桶、榆木扁擔柏木桶）、珓杯（架杯、竹片卦）一陰一陽、竹竿大的如破下做椽子，小的破下做魚竿、竹竿做門宿杆、花布門窗留我鑽、磨磐上扇轉個不停，下扇紋絲不動（推磨上扇不忙下扇忙）、溪水繞石流、路與橋配套、芝麻沾豆腐、蘿卜糠心、鹽甜與糖甜、辣辣椒與黃連苦、船靠岸（肚洲船桅蕩）、溝與橋、經血、胸前、抹胸、日頭與月亮、花與月、木匠打嫁妝、木匠打花轎、蘆葦做門帘。

(四)人與神

夫妻送別（夫妻下山、對對夫妻下學來）、樵夫為妻把路趕、

夫拉妻子橋上走、背新娘回家、大哥掌官印我做官娘娘、你是男來我是女、我是你的姨婆，你是我的漢、我媽是你親奶奶，你到丈人家，你媽是我的婆，不來求親不能見，我妹子要叫你小姨、和尚尼姑（和尚娶尼姑、你我此地來拜堂、和尚還俗娶俏婦，生男生女，叫你爹來叫我娘）、七十二學生中有個女裙釵（同學有女子、同學有裙釵）、你我兄弟拜花堂（觀音堂前拜花堂、拜菩薩風流似他人樣、奶奶廟借花衣裳，咱學新人拜花堂，白衣奶奶廟改裝花媳婦、替金童玉女拜堂、拜花堂、送子觀音前雙雙拜堂、夫妻拜堂、堂前作對拜觀音）、結翁婆、相約同日同地結親、水中倒影一男一女（井中男女雙影、井中雙容顏、井水裡面有一對情人）、大男細女去燒香、夫妻合棺雙碑（共立一墳、夫妻合葬）、村姑與農夫、姑娘與小伙、呂布與貂蟬、昭君漢王、鶯鶯張生（張拱）、姜女杞郎、雪梅商林、劉備孫環、漢文白蛇金姑、文君對相如、楊宗保穆桂英、梁鴻孟光、范蠡西施、花木蘭、淑女君子喻夫妻（淑女君子牽手）、姜子牙背姜婆（姜公背姜婆、張公背張婆、張公張婆；相公背老婆）、送子觀音送子給你我；霍定金女扮男裝杭州政書、插花郎、戴花人、攀花人、門神笑我一男一女不成雙、董永七仙女（董永仙姑）、阮肇劉晨遇仙姬（劉阮不識仙姬女：劉郎尋舊迹、天台採藥）、牛郎織女（牛郎織女渡鵲橋、獨木橋上比鵲橋）、金童玉女（金童玉女拜堂）、土地公婆、伏羲女媧、后羿與嫦娥、如來佛與觀音、一對神靈少媒人（神道一陰一陽：廟堂神道一陰一陽少媒人、廟庭兩神人，中間少個分解人、廟堂神聖分陰陽，中間少一爐香、王母娘娘少一引人、泥雕佛少一媒娘、廟堂抽籤求陰陽）、月下老人。

(五)事

獻出二粒乳、露出三寸金蓮（露繡鞋、脫繡鞋）、送抹胸、露肚圍、女字反寫、脫襪衣、脫羅衣、纏小腳、黃狗咬女姣蓮（女紅妝）、變做燕，築窩在你樓邊、早晚相見、葦子稞裡裹腳、你帶烏紗帽、我帶鳳冠霞帔、照鏡見男女、井中照影見男女。

六、世上所無藥方

大抵是山伯害相思，向英台索藥，英台開出的心藥，也有英台生病所開的藥方，為的是不能上杭城讀書所開的心藥。有各式各樣的奇想：有一、二、三、四、五、六、七、八、十四種藥方，大部分是十種：

(1)一種的有：汗衣煎水、裙帶煎水、七月白霜、褲帶煎水、褲頭煎水、褲頭燒灰、褲帶、青絲、褲帶三尺。

(2)兩種的有：老龍頭上角、蜢蟲頸上漿。

(3)三種的有：1.六月霜、金盔頭上釵、龍肝鳳腸湯 2.六月霜、金雞頭上髓、龍肝鳳腸 3.六月霜、金雞頭上冠、龍鳳湯 4.龍肝鳳腸、金雞頭上髓、空內水蜌毛 5.三寸太陽光、雨師公公趾腳、螞蟥骨頭半斤。

(4)四種的有：1.六月厝頂霜、金雞頭上髓、龍肝鳳凰腸、裙頭三寸二煎水 2.三寸太陽光、四兩師公趾腳皮、忽閃娘娘腳丫垢、螞蟥骨頭半斤。

(5)五種的有：1.六月厝頂霜、龍肝鳳腹腸、金雞頭生髓、貓腱水圭（蛙）毛、三寸褲帶做藥茶 2.六月厝頂霜、貓卵水蛙毛、鳳凰蛋、龍肝鳳腹腸、褲帶煎水 3.貓腱

水蛙毛、金雞頭頂髓、龍肝鳳肚腸、鳳凰蛋配粥、褲帶煎水 4.六月屆頂霜、龍肝鳳腹腸、峨眉千年靈芝草、天頂蟠桃、雲中央（歌仔戲 16）。

(6)六種的有：1.六月暑天霜、正月樹梅香、金雞頭上髓、鳳肝龍腹腸、仙蛋煎湯、貓腱水圭毛 2.暑天六月霜、貓腱水圭毛、半天覓葉篇、鳳凰個尾椎、毛蟹腸子人（要）參血、龍肝鳳髓 3.天頂六月霜、貓腱水蛙毛、龍肝鳳肚湯、金雞頭頂髓、鳳凰蛋配粥、褲帶三寸煎水 4.龍肝鳳腹腸、金雞頭上髓、六月屆頂霜、空內水雞毛、褲帶四五寸煎水 5.東海龍膽鳳凰眼、西洋蚊蟲眼仙仁、八仙牙鬚并指搖、金雞腳爪獅肺心、蠶蛾頭上三點血、石人瘡蓋曲鱔筋 6.東海龍王角、萬年瓦上霜、千年陳壁土、蝦子頭上漿、陽雀蛋一對、螞蝗肚內腸。

(7)七種的有：狂風四兩、太陽影子一斤、孫猴子毛一撮二郎鬍子五十根、龍王鱗甲二兩、鳳凰心八分、靈芝草。

(8)八種的有：1.千年陳壁土、萬年瓦上霜、陽雀蛋一對、王母身上香、觀音淨瓶水、蟠桃酒一缸、金童來熬藥、玉女來捧茶 2.六月屆頂霜、貓卵水蛙毛、龍肝鳳腹腸、金雞頭上髓、半天鷦鷯屁、加走（蟑螂）口占唯、木虱腳大腿、蚜神（蒼蠅）蚊仔歸（脖子）（另加褲帶尺二煎水）。

(9)十種的有：1.一把無命葉、二錢王母娘娘身上霜、三兩甘露水泡藥、四斤蝦子鬚上漿、五筐仙桃人參果、六隻東海龍王腳、無剛砍的梭羅樹、螞蝗肚內腸、九兩千年

不化雪、十斤萬年瓦上霜 2. 東海青龍角、南山鳳凰肝、
金雞腳上爪、蚊蟲眼內漿、仙人手指甲、仙女帶來香、
西天塘內水、雷公電母光、千年不溶雪、萬年不溶霜
3. 雷公指甲、黃蟻心肝、三分仙桃、東海水霧二三兩、
天堂內裏水、月內紗羅藥三兩、龍肉拿些嚐、白蟻骨頭
二三兩、深山鳳凰蛋、白鶴肚腸千三兩 4. 仙翁手指甲、
玉女金蓮掌、金雞寶上血、龍鳳肚心肝、閻王身上骨、
雷婆奶一碗、半天雲上水、老虎頭上汗、龍井水洗身、
麒麟皮鋪床 5. 東海龍王角、西山鳳凰肝、黃龍頭上腦、
青龍背上漿、生人膽一個、萬年屋上霜、觀音淨池水、
王母半腦漿、南海池中水、雷公腦中漿 6. 7. 8. 東海龍王
角、王母身上香、千年陳壁土、萬年瓦上霜、陽雀蛋一
對、蟠桃酒一缸（8. 作南海水一缸）、觀音淨瓶水、雷
公肚內漿（7. 作六月降寒霜、8. 作鳳凰鼎上漿）、金童
來熬藥、玉女送茶湯 9. 龍王角、梭羅樹、甘露水泡藥、
峨嵋月、雷公漿、鳳凰來打湯與奴煎肝腸、千年雪、萬
年霜、王母身上香、仙桃 10. 金雞腳露水、獅子肝、鰲
魚尾上毛、麒麟膽、母虎奶、蚊眼眶、黃蜂骨、白檀香、
青龍鬚幾根、千年瓦上霜（稱十寶湯），另用夜明珠為
引子，吃藥藥用玉龍碗 11. 東海龍王角、王母香、千年
土、萬年霜、陽雀蛋一對、蝦子漿、靈芝草、螞蝗腸、
金童來熬藥、玉女送藥湯 12. 千年霜萬年霜、蒼蠅淚、
雷公火、老人奶、蚊子腦髓、青龍骨、鳳凰肝、水蛭肋
骨、蚯蚓牙齒、日光月影 13. 狂風三四兩、太陽子半斤、

孫猴毛一大把、二郎鬍鬚五十根、王母娘娘擦臉粉、玉
皇戴的舊冠巾、龍王毫毛三兩（或三四兩）、鳳凰心一
兩、靈芝草、觀音瓶水三盆（三盅）14. 15. 16. 17. 18.
東海蒼龍膽（16. 作東海養龍膽 17. 做東海龍肺肝 18. 作
東海老龍膽）、山東鳳凰腸（15. 16. 17. 18. 作五色鳳凰
腸）、蠶蛾頭上血、蚊子眼中光（15. 作蚊子眼睛、16.
作蚊蟲眼睛眶、17. 18. 作蚊子眼睛眶）、仙人中指甲（[16]
作八仙中指、[17][18]作八仙中指甲）、仙女帶頭香（15.
作王母殿中香、16. 作王母殿上香、17. 作五娃殿上香、
18. 作皇母殿上郎）、金雞腳下爪（16. 作金雞爪、17. 18.
作金雞腳上爪）、青龍背上鱗（15. 作蒼蠅頂上毛、16. 17.
蒼蠅頭上毛、18. 玉兔兩胸膛）、三十三天雨、雷公明電
光（15. 16. 作風雷電閃光、17. 雷公電閃光、18. 風雨電
閃光）、19. 20. 千年狗尾草（20. 作千年爛屋草）、塔頂
斗狗屎干（20. 作花塔頂頭狗屎干）、神仙指甲八十婆婆
奶汁、萬丈深潭龍脊骨、雷公腦上漿、老虎額頭三點汗
（20. 作一點汗）、千年飛禽老鴉王（20. 作千年飛鼠裝
蚊囊）、海上千年魚兒屎（20. 作海上千年水鬼）、香貓
骨炒湯 21. 東海龍王骨、蟠桃會美酒些樽、月中棱羅樹、
螞蟻血半斤、六月嚴雪降、千年老人心、觀音瓶中水、
太陽定辰針、南海靈芝草、麒麟肉半斤 22. 仙人手指甲、
玉女帶頭香、象牙並龍骨、深山老蛇鱗、金雞腳下爪、
深林老虎尿、半天密婆屎、雷公電母光、三年屋上雪、
三年瓦上霜 23. 六月暑天霜、正月樹梅香、金雞頭上髓、

鳳肝龍腹腸、仙蛋來煎湯、貓腱水圭毛、半天覓葉篇、鳳凰個尾錐、毛蟹腸子要參血、龍肝鳳髓 24. 25. 仙人手指甲、玉女頭上香、九天河內水（25. 作天內水）、雷腦屎漿（25. 作雷公腦）、東海龍王骨、西山鳳凰腸、千年瓦上雪（25. 作千年樹上雪）、嫦娥肚中血、金雞肚裡腸 26. 龍王角、梭羅樹、甘露來泡藥、蛾眉月、雷公鬚、鳳凰來打湯、千年雪、萬年霜、王母身上香、仙桃 27. 青龍頭上角髓、南山鳳凰肝腸、山蚊蟲頭內腦漿、黃土內螞蟻蟥肝膽、高山上千年白雪、瓦背上萬年寒霜、張閣老頭上白髮、八十婆婆奶水漿、神仙洞陽膏米酒、溼土內萬年生薑 28. 東海龍王角、蝦子頭上漿、萬年陳壁土（或塵壁土）、千年瓦上霜、陽雀蛋一對、螞蝗肚內腸、仙山靈芝草、王母身上香、觀音淨瓶水、蟠桃酒一缸 29. 30. 老龍頭上角、鳳凰尾上漿、蚊蟲肝和膽、螞蝗腹內腸、無風自動草、六月瓦上霜（30. 作六月炎天瓦上濃霜）、七仙姑娘頭上髮（30. 作仙姑頭上髮）、八十歲婆婆鮮奶漿（30. 作八十歲婆婆乳上的濃漿）、千點陳臘酒（30. 作千年陳燒酒）、萬年不老生薑 31. 清風一兩、天上兩片雲、中秋三分月、銀河四點星、觀音瓶中五滴水、王母頭上髮六根、七枝仙山靈芝草、龍王身上八條筋、石頭人胸中九個膽、泥菩薩懷裡十顆心 32. 東海龍王角、鳳凰頭上珠、雲霄殿前土、蟠桃酒一壺、梭羅樹、觀音普陀蠋、天河神魚肚、麒麟身上肉、王母香一柱、老君八卦棍 33. 九斗星七個、南箕挹酒漿、老子金丹藥、

織女錦繡裝、玉山雲一片、日月星三光、銀河無浪水、孤雁作文章、韓娥歌繞樑、哭泣淚孟嘗 34. 螞蟻肚內腸、陽雀蛋一對、千年瓦上霜、龍王角兩隻、鳳凰血三湯匙、觀音淨瓶水一滴、萬年春蠶絲、蟠桃酒一缸、王母鑪香、月宮丹桂樹 35. 半天老鷹屁、尼姑生囝衣、石獅腹內血、六月厝頂霜、青龍肝腸、海底鳳凰蛋、貓肶水雞毛、金雞頭上髓、半天蝴蝶皮 36. 天上老龍角、鳳凰頭眼睛一雙、金雞腳下爪、螞蝗精腹內腸、高山不溶雪、三伏天瓦上寒霜、何仙姑青絲頭髮、老婆婆初生奶漿、千年酒淘茶飯、一萬年不老生薑 37. 東海龍王角、西山鳳王肝、麒麟頭上殼、白鴿背上漿、千年貓兒膽、萬年瓦上霜、玉皇淨瓶水、王母盤藤榔、金童來熬藥、玉女捧茶湯 38. 東海老龍鱗一片加一斤重人參天河舀水煎湯茗、鳳凰羽毛翎一兩加九斗星一盆、九天麒麟心一具加六月雪一斤煎湯、仙鶴大眼睛一對加雨夜月一輪、鰲魚腰一個加龍宮土一寸、炎天瓦上冰一兩加月宮桂一根煎水、鳥蟲小眼睛一對加螞蝗骨一斤研成碎粉和水吞、靈芝草一兩加孔雀翅一斤、千年酒一罐加萬年薑一斤浸酒、仙女背上筋一兩加王母仙桃一林桃枝煎水（附味藥名啞謎「竹林寓內一女子，台字下面巧安排、除非此人親自來」）

(10)十四種的有：1. 2. 王母頭髮、東海龍舌三尺長（2. 作東海龍鬚三尺長）、半天老鴉尿（2. 作一盃）、南海鳳凰尾一根（2. 作南海屏中水一杯）、麒麟背上甲三片（2.

作脊上甲三片）、海馬頁上鬃數錢（2. 作海馬頂上數條
鬃）、蜻蜓鼻骨一分半（2. 作蟆蝴鼻骨一分半）、王蟻腳
筋重二分（2. 作黃蜂腳筋重一分）、月裏桂花葉七片（2.
作月裏梭欏葉七片）、洞裏仙桃核半斤、天上雷公手指
甲、冥中閻王腳後筋（2. 作腳底筋）、老君煉丹爐一個、
天河水一盅。

綜觀以上的神奇藥方可見說故事者如何逞其想像的能耐，胡
謅瞎掰各種各式不可能存在世上的奇怪藥方，全是講述者的奇妄
趣想，如：裙帶、褲帶、汗衣煎水或燒灰吃，六（七）月霜、千
年不化雪、千年陳壁土、萬年瓦上霜、三十三天雨、半天雲上水、
西天塘肉水、狂風三四兩、三寸太陽光、太陽影子一斤、峨嵋月、
日月星光、日光月影、銀河水、甘露水、東海水霧二三兩，王母
身上香、仙女帶來香、仙人手指甲、玉女金蓮掌、嫦娥肚中血、
雷公腦中漿、雷婆奶一碗、雨師公腳趾、忽閃娘娘腳丫垢、孫猴
子毛一撮、二郎鬍子五十根、觀音淨瓶水（淨池水）、觀音普陀燭、
何仙姑青絲髮、神仙洞陽膏米酒、張閣老頭上白髮、閻王身上骨、
冥王腳後筋、天河神魚肚、織女錦繡裝、玉皇戴的舊巾、老君八
卦棍、老君金丹藥、仙桃核、蟠桃酒一缸、七枝仙山靈芝草、（不
老）溼土內萬年生薑、千年狗尾草、吳剛砍的梭羅樹、月宮月桂
樹、月裏桂花藥，還有半天覓葉篇、一把無命葉、無風自動草、
千年酒淘茶飯、千年陳臘酒、南箕挹酒漿、八仙牙鬚並指甲、東
海蒼龍膽（肺、肝、角、骨、腳）、龍王鱗甲二兩（肉、毫毛、身
上筋、舌、背上漿、頭上腦）、麒麟肉（心、皮、膽、背上甲）、（五
色）鳳凰八分心（蛋、尾、尾椎、肝、鼎上漿、腸、眼睛、頭上

珠、毛翎)、龍(肝、膽、肉)鳳(腸、眼)湯(蛋)、老虎頭上汗(尿、奶)、獅子肝、鰲魚尾上毛、貓腱水蛙毛、陽雀蛋一對、金雞腳上爪(頭上髓、肚裡腸)、白鶴肚腸三千兩、人參血、八十歲婆婆鮮奶漿、半天密婆屎(老鷹屁、老鴉尿)、塔頂斗狗屎干、蚯蚓牙齒、蒼蠅淚(頂上毛、脖)、蚊子脖子、木虱腳大腿、蚊眼眶(腦髓、眼內漿、肝、膽)、西洋蚊蟲眼仙仁、螞蝗骨頭半斤(肚內腸)、蠶蛾頭上三點血、萬年春蠶絲、螞蟻血半斤(心肝、腳筋、骨頭二三兩)、黃蜂骨、蝴蝶皮、蜻蜓(蟆蝴)鼻骨一分半、香貓骨炒湯、海馬頂上鬃。

各種自然、天地、日月、星辰、神仙、動物、植物等虛妄不實的奇方,還有石人瘡蓋曲膳筋、石頭人胸中九個膽、石獅腹內血,更有驚人的「生人膽一個」、「尼姑生囝衣」,再來一本「東海老龍鱗一片加一斤重人參天河舀水煎湯茗、鳳凰羽毛翎一兩加九斗星一盆、九天麒麟心一具加六月雪一斤煎湯、仙鶴大眼睛一對加雨夜月一輪、鰲魚腰一個加龍宮土一寸、炎天瓦上冰一兩加月宮桂一根煎水、鳥蟲小眼睛一對加螞蝗骨一斤研成碎粉和水吞、靈芝草一兩加孔雀翅一斤、千年酒一罐加萬年薑一斤浸酒、仙女背上筋一兩加王母仙桃一林桃枝煎水(附味藥名啞謎「竹林寓內一女子,台字下面巧安排、除非此人親自來」)」,哎!真是吹牛接力賽,胡扯瞎說全要山伯無藥可治,相思病死,完成梁祝故事一本。

七、死後化物、連續變形

梁、祝殉情後常有化物及連續變形的情節。所化之物,常是人化蝶(白、大鳳、花、黃、黑、大彩、大峽、玉帶鳳、白衣黑

點、白點黃衣蝴蝶），偶有人化石（青石、青石板、白石、白色鵝卵石、石蛋、石卵）、長尾喜鵲、鶴、白鶴、鴛鴦、蝙蝠、蛇（梁化白蛇、祝化青蛇）、石磨、花、清風、星月、白衣菩薩、虹（梁化紅虹、祝化藍虹）、梁化蚤子草祝化蠶繭、梁化斑竹祝化葛藤、梁化杉樹柴祝化毛竹筍。

　　梁、祝除了二人化物之外，也有物化物的情節，如：裙化蝶、裙角化蝶、裙帶化蝶、衣化蝶、衫角化蝶、衫化蝶、衣襟化蝶、衣袖化蝶、頭巾化紅色蝴蝶、紙化蝶、釵花化蝶，又有裙化映山紅，或草花蛇，或花蛾子，裙帶化豆莢，或蛇、珠寶化辣椒、鞋化孤雁。

　　梁、祝婚姻的介入者，也常有化物的情形，所化之物有蝴蝶（黑、花椒）、水廣皮魚、馬郎魚，掩臉蟲、砂砂蟲、馬蘭花、馬芩草、馬連草、螞蟻、獨目雕、短尾喜鵲，也有投胎作公豬，再投胎作公雞，或投胎作豬獅的趣味情節。

　　至於連續變形的幻化情節，常是梁、祝一人一再變形，甚或婚姻的介入者也參與變形幻化追逐祝英台。前者有：人化蝶再化彩虹、人化青石再化竹（四弦琴一祝）、人化石或青石再化杉（或杉苗，或杉樹柴）（梁），又人化青石再化竹（或竹苗，或毛竹筍）（祝）、人化石再化竹再化虹（梁化紅色、祝化青色）、人化青煙紅煙再化虹、人化龍再化竹三化青煙四化彩虹、人化石（或白石）再化樹（或兩木行龍樹或成連理枝）、人化石再化鴛鴦、人化石獅再化楊柳三化鴛鴦、人化一副石磨再化兩顆星星。後者有：人化鳥再化鼠三化蠶（祝）、人化鷹再化蛇三化蒼蠅（馬）、人化桑樹

（梁）、人化喜鵲再化鼠三化蠶（祝）人化鷹再化蛇再化蒼蠅（馬）、
人化稻草把（梁）。

第二節　梁祝故事人時地物變異

梁、祝故事網絡由「義婦祝英台與梁山伯同冢」短短十一個
字發展至三十回故事，甚或是三十萬言顧志坤《梁山伯與祝英臺》
(小說11) 的小說，除了故事主幹之外，舖張穿插很多與梁、祝故事
不相干的橋段，因此增益了大量的人、時、地、物的細節，有時
是添加路鳳鳴與山伯的婚姻，或山伯中狀元、英台女扮男裝中狀
元、路鳳鳴女扮男裝中狀元，或英台、路鳳鳴中狀元又被招為駙
馬而致山伯日後妻妾成群；有時是英台成為勦賊女將，或自立為
王的女賊，或山伯、英台二人效力為國除奸，或山伯為奸人所害，
到北邊買馬，或攻打蕃王，或移兵行勦女賊英台，或與義弟共同
擒服番邦公主，使番人求和，或生兒子梁成，學法術，解救陷在
番邦的山伯；有時是山伯投宿招商店，夜裏有店主女兒勾引風流，
而為山伯感化，與情人成婚；有時是英台回鄉時解救投水女子，
舖張其父、繼母、亡母鬼魂附身的種種事端，有時是馬俊對陳小
娥始亂終棄，陳小娥自殺下地獄告狀訴冤；有時是馬俊找媒人李
鳳奴，與之勾搭，又牽扯出李鳳奴之亡夫白日顯靈破壞兩人好事，
甚至更有不相干的人所說的歇後語。

所有從梁、祝故事或穿插橋段舖展渲染開來的細節；變化繽
紛複雜，以下歸納其異同，論列如下（可參附錄二「梁祝故事人
時地物總表」）：

一、人

(一)男主角

大抵是梁山伯，也有作梁三伯、梁兄、梁仁兄、梁師兄、梁哥、梁大哥、梁郎，偶作梁喜（入學改名為山伯）、梁仙伯、梁山伯大郎、伏隆、梁仙伯（乳名官寶）、梁山柏、梁秀才、梁山伯、梁山哥、梁山杯、梁遇春（字軍贊）、梁三碧、梁鏡。梁山伯有時字處仁、俗夫、信章、再章。山伯的年紀有十三、十五、十六、十七、十八、十九歲之異，偶有相虎、戊寅、己酉年生，也有細說二月十五日子時、三月一日、三月三日子時、五月五日子時、七月七日申時尾、七月七日午時、七月子時、八月十四日、八月十五日子時生。山伯有義忠王、義忠神聖王、定國公、定國王、宰相、進士、知縣、參政按察司、平蠻元帥忠孝王、元帥、平息侯、郡公府功曹、郡丞、義守郎、上卿大夫、越川知府、秀才的封號或官位或身份。

(二)女主角

大抵是祝英台，也有作祝九娘、祝九官、祝九妹、祝九紅、祝久紅、祝九洪、祝九弟、祝九相公、祝九兒、祝九郎、祝九姐、九姑娘、祝三郎、祝二郎、祝郎、祝三娘、祝三妹、祝九相公、祝九雄。偶有朱英台、朱英太、朱景郎、寶川小九、祝鶯台、祝英苔、祝秀英、吉蒂、宋英喬(英台改名)。祝英台有時改名貞，字信齋，祝九紅號英台化名九弟，朱英台（太）九郎，祝英台騙父親時自稱賈英閣。英台的年紀有十三、十四、十五、十六、十七、十八之異，偶有相兔，己酉年生，也有細說一月七日午時、

三月三日子時、三月十五日、五月五日、五月五日午時、七月七日子時、七月七日午時、七月七日申時尾、八月十五日、八月十五日午時生。英台有義婦、女狀元、狀元、女將軍、將軍、鍾情女、鎮國太夫人、定國正夫人、誥命夫人、一品夫人、王妃、守禮恭人、駙馬（女扮男裝中狀元被招為駙馬）、節義夫人、官人的封號或官位或身份。偶有祝英台是個美男子，武藝高強，男扮女裝行刺而被碎屍萬段，棄之荒野(故事50)。

(三)第二、三女主角

大抵是山伯的第二或第三太太，身份有時是公主或丞相女兒或王爺女兒，有韓常珠、路鳳鳴（改男裝時改名為路逢春或路逢喜）、姬紅瑞、高貴英、英英公主、婷蝶；她們有狀元、女狀元、駙馬（女扮男裝中狀元被招為駙馬）、定國夫人、一品大夫人、定國王宮后的封號或官位。

(四)男主角家境

大抵是貧寒，偶有富足，或梁父在朝為官。

(五)女主角家境

大抵是富戶，有時是豪門，或富商。

(六)男主角父母

大部分故事梁父早亡，寡母獨養山伯。也有梁父君梁飲（或字子卿）、梁御（字子卿）、梁超、梁天佑、梁光漢、梁百萬、梁文遠、梁洪、梁如松、梁治益、梁秋圃、梁賢（吏部尚書）、梁萬金、梁必有、梁尚書、梁爺、梁公、老梁、梁大爺、梁員外。山伯母親名白茗枝、白連枝、趙慶平，或稱白氏、梁麥氏、麥氏、

邱氏、葛氏、勞氏、騰氏、高氏、吳氏、安人孫氏、簡氏、王氏、古氏、胡氏、梁院君、胡安人、梁安人、梁大娘、梁老夫人、梁母、梁婆、梁媽、梁媽媽。梁父母有時是五十歲，也有七十三歲者。

(七)女主角父母

英台父親大抵是富有的員外，偶有是翰林祭酒，或是令，或侯爺。名字是祝公遠、祝文遠、朱公遠、祝光遠、祝文淵、祝公壽（字仁遠）、祝求（字世郎）、祝英春、祝榮春、祝淳源、祝封、祝彥芳、祝建賓、祝順、祝萬、祝青山、祝百果、祝曲如、老祝、祝公。英台母親名字是孫寶珠、祝夫人道柔，或稱蔣氏、滕氏、朱氏、祝高氏、高氏、陳氏、徐氏、程氏、孫氏、秦氏、何氏、李氏、尤氏、姚氏、倪氏、麥氏、四姨太、祝媽、祝婆、祝母、祝安人，或只稱苗家女。祝父母有時是四十歲，也有望六者。

(八)女主角哥嫂

英台大抵是獨生女，有時有兄弟八人、或二人、或九人、八個兄嫂七個堂嫂。譏誚英台外出結朱陳的大抵是嫂嫂，也有堂嫂、或譏堂嫂、小嫂、三嫂、六嫂、大嫂、寡嫂。英台兄長有時名字叫祝英杰、祝英勇、祝英文、祝英武、祝英耀、祝英輝、祝英富、祝英貴、祝英祺、祝英詩、祝英偉、祝英龍、祝英虎、祝福德、祝錦雲、祝少誠、祝長頂、祝威、祝洪、祝慶、祝大郎，嫂子名為劉玉英、陳玉英、玉英，或胡知府之女、胡家規之女、丁家女，或阮氏、胡氏、林氏、顏氏、柏氏、吳氏。

(九)男主角書僮

大抵是四九、士久、事久、寺久、似九、思久、石九，也有
梁興、王小開、瑤琴（或名士久，號搖琴）、梁喜、士火、九慶，
偶有稱事（士）久清和（河）子，有時只稱梁童或安童。也有故
事士久與山伯共同抗敵有功勳，封為英烈侯。士久偶有十四、十
五、十六或十八歲的記載。

(十)女主角丫環（書僮）

大抵是銀心、仁心、人心、知心、順心、良心、吟心，也有
迎新、銀杏、銀環、杏春、梅香、春蘭、春香（改名為進才）、翠
珍、秋菱、仁興、會如（改名為一航），或只稱丫環或隨童。偶有
十三、十四、十五、十六、十七歲，或八月十五日子時生的細節。

(十一)求聘者

大抵是馬文才、馬俊、馬圳，有時是馬文才（字士榮）、馬文
才三郎、馬文才篤篤、馬洪（字文才）、麻臉馬俊、馬俊（字天球，
號馬大郎、夢鰍、黃鼠狼）、馬圳（字錫煌）、馬侯、馬從、馬甲、
馬客、馬廣、馬正、馬厝、馬文清、馬文祥、馬文瑞、馬士恆、
馬世恆、馬世榮、馬英才、馬德芳、馬再生（或馬星，投胎為劉
文亮），也有作馬大郎、馬二郎、馬郎、馬氏、馬氏子、馬家少爺，
或只稱馬家、三公子，或富家花花公子，偶有馬家秀才、馬員外、
尚書、屯騎校尉、鎮海太守的身份或官位。年紀有十六、十八、
十九、二十三、二十六歲之異。偶有七月七日生的細節。

(十二)求聘者父母

其父大抵是高官或富豪，名字有馬百萬、馬天榮、馬文發、
馬俊生、馬守義、馬德望、馬子明、馬子民、馬申戶、馬榮華、

馬谷（名有方），或稱馬大戶、馬員外、馬財主、馬公、馬父，也
有就其官名而稱馬翰林、柳州府馬太守、鄮西會稽府馬太守、馬
太守、馬府台、馬縣令、或直呼官名太宰、馬岙太守、郡守、杭
州太守、東海太守、山東巡撫、常州金華知府、會稽郡太守、宜
興府太守。其母或稱馬夫人、馬母，也有姜氏、王氏。

　　(十三)應允婚事者

　　大抵是祝父，有時是祝父母、祝母或兄長、爹姐。

　　(十四)老師師母

　　梁、祝的老師，常作老師，或先生稱呼，但也有姓名者，如
孔丘（孔聖、孔聖人、孔仲尼、孔夫子、孔子、魯國至聖夫子）、
趙光輝、張光輝、張遷儒、張適樵、張迂樵、孟繼軒、高明經、
閭志安、丁程雍、王子玉、周世卓、周士章、程明道（伊川）、鬼
谷仙（鬼谷先、鬼谷先生）、孫卓、孔阜、鄒佟、吳望、袁宏、孔
孟、王夫子、周老師、鄭師、也有直稱老夫子、長老先生、寶師、
師父、高僧不說姓名。師母則直稱師母、師娘，也有姓名者，白
瑞蓮或白氏。師母何氏、周師母、丁師母、孔師母或只稱阮仕夫
人，比較奇特的有壯劇《梁山伯與祝英台》(壯劇 1)的老師是女的；
可能是創作者女權主張的象徵。

　　(十五)其他

　　梁、祝故事除了以上所列主要或次要角色之外，另有歧出或
兜合情節的其他角色，林林總總，可分為：

　　1.神鬼妖：

　　玉皇大帝（玉皇上帝、玉皇、玉帝、玉皇天尊）、西王母（王

母娘娘）、西天佛祖、黎山老母、玉禪老祖、太上老君、南葉老祖、金刀聖母、觀音大士（觀音佛、觀音娘娘、觀音老母）、太白金星（金星李太白、太白神仙、太白星君）、南極仙翁、嫦娥仙子、太乙仙人、月老仙師、金角大仙、菩薩、齊天大聖、觀音菩薩化賣魚婆子、張果老、藍采和、韓湘子、何仙姑、曹國舅、鐵拐李、呂洞賓、白衣仙女、七衣仙女、李靖、八洞天仙、七星姊妹、金童玉女、玉童碧女、雷公、雷母、土地神、仙女、王大仙、各路神仙、天兵、天將、閻王天子（閻王、閻王判官、十殿閻王）、冥王、文判崔先生、李判官、文判、武判、簿官、部官、牛軍（牛頭、牛頭獄卒）、馬將（馬面）、夜叉、鬼將、鬼兵、鬼犯、妖精。

2. 皇帝王公貴族官員番邦國王、公主、將士等：

簡文帝、齊和帝、和帝、安帝、皇帝、皇王、康王、定王、忠平王、晉王、越王、唐王、魯王、九平王、三清王爺、玉清王（玉清王爺）、劉王爺（女兒劉月鳳）、青雲公主、清雲公主、素雲公主、英賢公主、映雪公主、梁小姐（昭陽正院皇后）、韓宰相、路宰相、高丞相、（景深）、王丞相、李相、奸相（李維芳、李惟芳，女兒李玉娥）、丞相、李太師（書，女兒李淑青）、李立、相府二夫人、尹知府、寧波知府、趙中書、御史、謝安、孫恩、劉裕、范蠡、李蠙、李綱、李曾伯、文種、李有成（長史）、梁金（縣令）、桓溫、謝玄、苻法、素真、王猛、祖逖、郗超、郗愔、郗雲、桓沖、王坦之、謝棄之、司馬昌明、司馬道子、司馬奕、馬修高、梁夫人（七品正夫人皇親國太）、潘知縣、國山縣令、田刺史、刺史、田總兵（文）、田總正、李總兵、田總兵、田都督、田令謀、

馮士元（榜眼）、劉榜眼、陳榜眼、陳明玉（陳明王）探花、蔡探花、邱探花、劉探花、韋公、包爺、金師爺、宦紅瑞、堯天吉、王蜜、馬力、馬方、朱萬勝、主考官、匈奴王、番王（蕃王）、林清番王、西番國王、吉力大王、達利狼主、阿里羅、阿里蒲盧渾、里虎、程太慈、于炭。

3. 其他各色人：

梁成、梁金、梁顏真、梁黃金、梁天佑、梁天成、梁冬生、梁修珍、梁暖惠、梁君、梁福、梁棟、梁祝生五子、梁佑學、梁雄、祝涼、祝祥、祝興、祝天、祝僕、祝僮、馬文才姥姥、馬榮福、馬毛毛、馬之先、馬之必、馬千、馬列、馬文星、馬文魁、馬福、馬壽、馬俊小妹、馬安人、馬妻、馬夫人、馬孝子、馬書生、路秉章、路逢章、路鳳章、路爺、李鳳雙（馬妻）、百花羞（馬子才妻）、花全、花老將、花七娘、陳小娥、陳賈氏、陳林、陳三舍、陳安、陳松、陳士爾、陳先、陳溪爺、陳庭、陳鳳章、陳真、陳四娘、陳公、陳李氏、陳老先生、柴七娘、柴氏女、張歡、張小舍、張春蘭、張九柳、張九頭、張慶元、張三柳、張忠、張瑜、張俊、張龍、張三、張老三、張大嫂、張媒婆、李子真、李蘊芳、（媒人）李必成、（媒人）李公、（媒人）李文、李樂、李洪、李威、李弗清、李王、李二、李四、李大娘、李大伯、李快嘴、姚光祖、姚天表、姚公、老姚、王儀夫、王樹慶、王德順、（媒人）王德勝、王順、王祥、王祖生、王均、王阿環、王金枝、（媒人）王生、王（媒婆）、珍、王婆、王夫人（王氏夫人、王氏、王氏母女）、趙福、趙福清、趙二、趙龍、九條龍趙華、趙天錫、趙媒婆、

柳子、柳三春、柳素英、柳氏女、柳鳥、白金芳、林玉雲（馬文才妻）、林賢、曹龍、曹寶、胡達、胡彪、胡泰山、劉明、劉貞家院、劉洪、劉二哥、劉員外、（媒人）劉氏、馮元禮、馮禮、熊文通、熊貴、孫宜、孫炎、周文春、周文（字九皋）、周慶雲、宋德宗、宋德忠、宋天賜、何德初、何老三、袁飛、袁天罡、袁公子、葛洪、徐達、屈英統、敦俊、韋弘、皇甫崇、陸胖、廖鏡、余文煥、丁香、丁毅、馮先、霧先、木先、慶先、金石溪、金貴、泰康節、滕康節、錢公望、錢員外、錢書生、錢老爹、婁敬文、佛圖澄、寶一彪、朱飄香、梅耀久、蕭聰明、亭望春、吳建議、郝風流、彭青山家僮、紫燕、崔慶毛、田文東、（醫生）閻鈞、毛毛、毛七觀、何庭、崔三、陸二、朱林、許壽、許氏、山伯九叔、黃大章、謝阿彎、江阿狗、孟恭、韓生、韓二、水娃、錯妮、亞壽、曾子、閔子遷、子輿、顏孟思孟、高氏、牛氏、尹氏、楊氏、楊散、（奴才）淑娟、德興、嫣虹、小青、蕙心、蕙藍、娟兒、杏梅、明川、必善、潤基、來貴、長貴、定東、菊兒、喬大、大喬、小喬、梅香、蓮香、瑞香、梅花、翠秀、秋桂、素英、香蘭、秀蓮、瓊犁、迎貴、瑞蓮、興城、進興、仁興、士進、禮仔、萬仔、阿桃、春枝、阿庭、阿華、七娘、小二哥、如意、奶媽陶氏、（媒婆）邱嫂、媒婆（阿香）、（媒人）小蜂、魯公、門公、老鴇、皮條婆、安同（安童）、醫生、店主、老僕、牧童、丫環、家僮、下女、小童、同學、糊紙師、張康二位朋友、二位大嫂、倭寇、八位官人、七十二賢人、學生三千、嘍囉一大幫、山寨大王、（山大王）寨王、樵夫、強盜、阿嫌、小孫女、南徐七子、乞食仙仔、狗蛋狗尿、

狗撈狗拽、紅鼻胖子、白鼻瘦子、小靈子、大狗熊、崽猴三、悟真、悟能、妙凡、法海和尚、和尚、真人、道士。

　　整體而言，以鼓詞、彈詞、福州平話，歌仔冊的人物最為複雜多樣，其次歌仔戲、粵劇、川劇、潮州說唱、竹板書及一部分的民間故事。

　　　二、時

　　梁、祝故事的時代有：舜帝元年十二月、周文王、周定王（大周定王）、大周定王三十三年、周景王、周敬王、周晉王、周王、周朝、周朝末、東周、漢、西晉愍帝建興年間、西晉、東晉穆帝永和年間、東晉永和九年、東晉穆帝、東晉海西公太和三年、東晉簡文帝（晉簡文帝、簡文帝）、東晉孝武帝寧康、東晉孝武帝太元二年、東晉宋少帝、東晉末年、東晉、晉、齊武帝、南北朝、大唐、五代梁、宋朝、康熙、嘉慶九年。另有〈尼山姻緣來世成〉（故事11），先說東晉年間，卻在故事中有英台祭拜山伯，即景口授祭文作「大周定王三十三年暮春初三日」的年代。又《梁山伯與祝英台》（小說6、7）故事時代為東晉隋唐之間，均有矛盾之處。又〈清官俠女骨同穴〉（故事24）清官梁山伯是明朝人，俠女祝英台是南北朝陳國人。還有梁山伯後代顯靈，故事的年代有宋欽宗末年、南宋、明、明末。

　　今考：大周定王並無三十三年，又周景王、東晉宋少帝及大明辛慶之歲亦不知何所指。

　　　三、地

　　（一）男主角家鄉

　　大抵是會稽、會稽縣或武州。但也有歧異：會稽郡上梁村、

會稽郡梁家村、會稽梁家莊、會稽白沙崗、會稽胡橋鎮上、會稽郡吳喬鎮、會稽郡上梁村後遷鄞縣胡橋鎮、會稽平陽坊、會稽白沙崗、武州城、武州莊、武州府城內、武洲市、武州梁家莊、舞州三義鎮、武州（江西撫州城武洲莊）。又有越州諸暨縣、諸暨、紹興府諸暨（紹興府諸暨縣、浙江紹興府諸暨縣、浙江紹興府諸暨縣梁家村、浙江紹興府）、越州諸暨縣東莊、越州諸暨巷石台塘畔、越國會稽（越國會稽山陰）、越州山陰縣、越州府三陽小縣湖州塘梁家（越州府三陽小縣湖州塘梁家莊）、越州府、越州、蕪州、撫州、務州、杭州、杭州城梁家莊、杭州臥龍岡、杭州吉樂村、蘇州、吳國蘇州梁家莊、蘇州大街坊、蘇州臥龍岡（蘇州府臥龍岡）、揚州府湖州塘梁家莊、浙江省紹興府、紹興縣、鄮城、鄞縣、善卷山西面義興郡國山縣胡橋鎮梁家莊（今名下東村）、國山縣梁家莊（下東）、義興郡國山縣善卷洞梁家莊、義興郡國山縣西北山腳下梁家莊、汝南郡南六十里梁莊、汝南郡梁崗村、汝南北馬鄉村北頭、吳郡、柳州城、江蘇洪澤縣岔河鎮西梁家莊、河南草橋鎮、峨嵋縣峨嵋鄉（峨嵋）、鄒縣西居（鄒邑西居）、上虞曹娥江南梁村（望梁村）、微山縣城望梁村（又稱腳長村，今名腳丈）、南港向山梁家莊、南港臥龍岡、泗河涯小溪莊、南陽（京城）、南容、兩城(故事劇 1)、追魚縣鎮、胡橋鎮、梁家村、梁家莊、高山梁家莊、梁崗、梁家店、臥龍岡、二家棧二里店、餘姚江附近、梁城寨、桑郎大寨、木蘭峒（木蘭峒溪峒）。

　　(二)女主角家鄉

　　大抵是上虞或越州，但多歧異：上虞祝家村、上虞祝家莊、

上虞縣祝家莊、浙江上虞縣祝家莊、浙江省上虞縣城外祝家莊、浙江上虞縣莊家埠祝家莊（又名莊景，位於曹娥江北，又稱腳長村）、上虞曹娥江東岸莊景、上虞縣城南門祝家莊、上虞縣玉水河濱祝家莊、上虞臥龍岡、越州上虞祝家莊、越州上虞縣、江蘇宜興上虞祝家莊、祝家莊訓行坊、越州、越州城、越州城坡、越州祝府、越州城祝家莊、越州府城內祝家莊、越州城外祝家莊、越州杏花村祝家莊、越州杏花村會稽祝家莊、越州杏花村、越州東大路祝家莊、越州東大路桂林府黃岡嶺白沙岡祝家莊、越州東大路貴林府黃岡嶺白沙江、越州諸暨縣南莊、越州府三陽小縣後三村祝家莊、越州太平莊祝家莊、越州洛犁（梨）鄉下祝家莊、越州會稽城外杏花村祝家莊、越城會稽縣杏花村祝家莊、越國會稽杏花村、紹興會稽縣越州杏花村。

又有：會稽杏花村祝家莊、會稽縣杏花莊、會稽上虞縣漁浦鎮、會稽縣、浙江寧波府吳山縣、寧波府磁溪縣祝家村、寧波祝家村、浙江省紹興府、浙江鄞縣西門外祝家村、鄞山祝家渡、浙江慈溪西門外祝家村、慈溪祝家渡祝家莊、慈溪城祝家村、東京河南府御水河邊祝家莊、河南府御水河邊祝家村、河南府玉水河邊住家村、廣西柳州城外祝家莊、國山縣祝家莊（祝陵村）、國山、義興郡國山縣善卷洞祝家莊（義興郡國山縣善卷洞南祝家莊）、東吳陽羨國山之南善卷山坡上祝家莊、善卷山西面義興郡國山縣胡橋鎮祝家莊（祝陵村）、常州義興祝家莊、陽羨善權寺、善卷洞祝陵村、善卷、江南蘇州郡白沙崗祝家莊、蘇州府白砂崗祝家府、蘇州南門外祝家莊白沙崗、蘇州白沙岡、蘇州白沙江、微山縣祝溝、江蘇洪澤縣岔河鎮東祝家村、河南汝南京漢古道之南的祝莊、

汝南郡梁莊東十八里朱莊、汝南郡南六十里祝家莊、汝南郡南董祝莊、濟寧州南貫集、濟寧九曲村、宜興、舒城河棚鎮泉石祝家莊、峨嵋縣、峨嵋祝家莊、峨嵋、鄒縣西泗河南岸九曲村（鄒縣西泗河邊九曲村、鄒縣泗河西岸九曲），鄒縣馬坡鄉九曲村、洛陽、餘杭百業坊、白沙崗祝家莊、黃崗嶺腳祝家莊、黃岡嶺白沙江（黃岡白沙江）、黃眉嶺白沙江、清堂彎祝家莊、大林祝家鄉、吳山祝家莊、吳山、橫河祝家村、平江、九曲岔河、虞山、玉水河邊、玉水河邊祝家莊、肖川祝家莊、離張渚七八里路祝家莊（祝陵村）、桃園、李花村、祝家莊、祝家坡祝家村、祝家渡、祝家莊南溪路、祝陵村、祝府莊、祝莊、祝坊、祝府、朱家莊、祝家寨、羅悃。

（三）求聘者家鄉

大抵是鄞城、鄞縣廊頭（鄞城廊頭，今浙江寧波鄞縣），也有宜興鯨塘清白里馬家莊、善卷山西義興郡國山縣胡橋鎮馬家莊（盛家渡）、清白、越州、越州太平莊（越州太平鄉、越州太平城）、太平莊、蘇州、蘇州府白沙崗、鎮安府、河南、河南馬家莊、洛陽、餘姚、成州、微山馬坡、草橋鎮、林莊馬家宅、馬坡鎮、馬坡、馬家河、馬家莊、馬家村、馬鄉、馬莊、馬河口、九馬莊、祝家莊前村、西莊、馬呑（曹娥江南）、腳丈村後馬呑水庫旁、樂旺壩子。

（四）相遇結拜處

大抵是草橋、柳蔭下，但也有歧異：草橋亭（門、關、旁、涼亭、長亭）、草橋亭古廟、錢塘草橋鎮、草橋鎮（涼亭、柳蔭樹下）、胡橋（又名草橋）曹橋（亭、畔）、吳橋柳蔭、錢塘道（江

岸）、峰山之陽路邊小亭、六腳亭桃源廟、馬鄉口、蝴蝶崖、望湖
亭、臨風亭、新來興客店（關帝廟）、舞雲樹下、草亭、歇涼亭、
草涼亭、結拜亭、青松嶺、南山大路青松樹下（青松樹下、青松、
松蔭下、松蔭）、大路西楊柳樹下（長亭楊柳樹下、楊柳樹下、大
路西、柳蔭前大路西、柳樹下、柳蔭樹下、柳樹）、長亭柳蔭下（柳
蔭下、柳蔭邊、柳蔭、柳蔭亭、柳蔭道）、三蔭樹下、山陰樹下、
招楓樹下、榕樹下、花蔭下、三叉路、碼頭、河邊、涼亭、小亭
子。

（五）讀書處

大抵是杭州、杭城、杭州府、杭州城、宜興善權山碧鮮庵、
碧鮮巖（岩）、宜興碧蘚庵、尼山，但也有歧異：杭州南學、杭州
孔聖堂、杭州孔夫堂、杭州萬松書院、杭州孝義莊（杭州孝義莊
集文館）、杭州闍山、杭州宜山（杭州宜山碧鮮庵）、杭州尼山（杭
州尼山書院、杭城尼山書院）、杭州城鳳凰山崇綺書院、杭州錢塘
門、錢塘（今浙江杭州）、浙江省杭城、江蘇宜興善卷山碧鮮庵又
到杭城、餘杭、杭城紫陽書院，也有：鄒縣紅蘿峰山、鄒縣峰山、
峰山（峰山書堂、峰山書院）、山東鄒縣澤山梁祝讀書洞、紅羅山
（紅羅山書院、紅羅山沂山、紅羅邑山、紅羅高山、紅羅峰、南
學紅羅山、紅羅崗南學）、魯國、山東、魯國山東、魯國山東曲阜、
尼山（泥山、尼山書院）、柳州府、柳州、撫州、廣西慶遠、陝西
紅龍山、魯邦宜興碧蘚庵、南京、長安、會稽、盧山、廬山、靈
山、衣山、崇綺書院、汝南書院、春桃學堂、酈城四明館、孔丘
堂、鳳凰山紫陽書院、編書院、銀河寺、金常寺、雲香寺、寺院。

(六)十八里相送處

　　大抵是錢塘（道、口、江）、紫金山（紫荊山）、鳳凰山、京漢古道、觀音堂、土地廟，也有杭州（杭城）、貴陽江、平江、柳江邊、燕子江、龍江、連江、汾河（岸）、泗河邊、清水河、銀河口、廿河、龍溪、毛陽溪、西湖、太湖邊、無錫太湖邊十八灣、草橋關（草橋亭、草橋頂、草橋鎮上涼亭、草橋鎮柳蔭樹下）、槐楊關、陽關、官塘大道、棲鳳山、梅山、玉皇山、常山、尼山、南山（南山口）、玉蘭台、七曲灣、望湖亭、伏羲廟、月下老人廟、月老祠、愛女橋、藍橋、蘭橋污、一里橋、九里橋、斷橋、蝴蝶崖（井）、嫦娥殿、惡狗莊、石榴莊、黃泥崗、黃泥墩、六里墩、紫竹林、杏花村、望河堰、堰子洚、滑石灘、梁村（梁台）、草亭、臨風亭、百花亭、大觀亭、一里亭、二里亭、三里亭、四里亭、五里亭、六里亭、七里亭、八里亭、九里亭、十里亭（十里長亭）、十八里長亭、長亭路、大亭、花亭、涼亭、長亭、圩亭、一里岡、二里溝、三里街（坡）、四里河（井）、五里村（塘）、七里凹（村）、八里川（鄉）、九里山、十里林（坪）、柚子林、松林、竹林、柳林、樹林、桃樹林、森林、青松、磨坊（房）、荷花池、鴛鴦池、綠荷池（池邊）、藕池東、井（邊、東、台）、古井、清水井、橋（獨木橋、小橋、山橋、河橋、橋頭、橋東、板橋、木橋）、清水塘（大塘、大水塘、山塘、塘東、小塘、池塘、塘頭、塘邊）、潭（水潭）、粉牆（粉筆牆、粉壁牆、影門牆、影壁牆、牆角、牆頭、牆陰）、山崗（山嶺、山岩、山涯、山溝、山門、大山頭、山坡、山溪、山灣、大山崗、山窪、凹山、凹山溝、門前山、山岔、山巒、山林、山傍、山窟間）、窪壩、翠竹坡（河坡、坂坡、畈坡、

小坡、洼坡彎）、水溝、溝灘、桃園、圓門花廳、花園、學台、學庭、學門、書房、書堂、書館、聖堂、松蔭、大柳樹（柳樹下）、樹下、欖樹下、大槐樹田基、古園門、古樓邊、門樓、古廟（孤廟、廟堂廟廊、廟庭、山廟、廟門）、街（街口、街心、街坊）、崗、坡、塘、窪、嶺、隴、泉、墓、陵、墳（墳台）、堂（觀音堂）、溝、坑、林、城、關、橋、陵、渡庭、柳巷、沙州（沙洲）、花台、莊（村莊、前莊、後莊、村、前村）河（邊、溝、坡、西、東、中）、長河、小河、江（頭、邊）大江、溪邊、小溪、壇頭、大海、海邊、江、三江、江邊、水邊、門前、大門旁、東廊、西廊。

案：此十八相送處除了少數也是具體存在過的各地地名或地點，但大抵是一里亭、大觀堂、青松、古井、清水井、橋、山崗、水滿樹下、街、莊、長河、江邊、門前東廊、西廊等隨口即興述說的地方，極可能是後起故事創作者臨時瞎說的地點，對故事結構或主題並無影響。

(七)男主角科考處

北京、京城、北京城、長安、開封省、東京開南省。

(八)男主角當官處

鄞（鄞縣、會稽鄞縣）、鄮、鄮城（今浙江鄞縣，亦即寧波）、北京（北京城）、建南、楊城、藍橋。

(九)男主角流放處

北番、北番幽州、邊疆由（幽）州、北海、西番、東番、番邦邊疆、十二番地、遼陽。

(十)男女主角墓地

1. 晉梁聖君山伯墓：

高橋清道源、九龍墟堤邊、鄞西高橋邵家渡、京漢古道之東（寧波西門外九龍莊）。

2. 義婦冢祝英台：

高橋清道源九龍墟堤北邊、鄞縣江邊、鄞縣西十六里、鄞西高橋邵家渡、鄞城西邵家渡南麓、鄞城西清道源（原）、鄞西清道源九龍墟、九龍墟江邊、鄞城西、府城西、四明山下、舒城河棚鎮泉石祝家莊。

3. 祝陵：

清道山下、善權山、陽羨善權禪寺、碧鮮庵後的山坡後祝陵村、碧鮮庵旁清龍山、京漢古道南。

4. 梁祝墓：

九龍墟（今寧波鄞縣高橋鎮）、鄞縣高橋邵家渡（鄞縣邵家渡太平村的姚江邊、邵家渡口）高橋墩、高橋、鄞縣西十里接待寺後、胡橋鎮（胡橋鎮大路旁、胡橋北岸胡橋、胡橋口、胡琴鎮湖邊、湖橋鎮九龍墟）、湖橋鎮、吳橋鎮、曹家鎮、鄞城路口、清道山下（旁）、邦山之麓、白石山十字路、越州庫大路、越州官路旁、南容大領坡、麻山腳下的大路邊、麻番山麻番口、陰山大路旁、車錢湖邊、竹絲岡、黃嶺、曹家鎮、霸陵橋、嘉祥草橋路、胡村、慈溪祝家渡、祝家渡、北馬鄉村頭、馬北荒墳野地路邊、安樂村口、山東大路邊、馬坡正南泗河、馬坡正南泗河沿）、泗河涯的大路邊、馬鄉口、馬石口、馬鄉路西、馬家崖、馬冢河邊上、陽關大道旁、南山大路（邊）（南山、南山梁、南山路、南山邊、南山

地界、南山山腳下、南山腳下大路旁、南山之陽)、東山大路邊、東門東大路、東大路、城西東大路、東大路馬家路、西山之下大道旁、西路中、大州大路邊。另有不知地名,僅作:祝家道往馬家路邊、祝家通往梁馬兩家的三岔口、通往祝家莊的路口、馬家到祝家大路旁、馬家路旁、馬家大路台(邊、旁)、英台出嫁必經之路(路邊);甚至只是二路邊(旁)、湖邊、大路上(旁、邊)西門沿木路、荒洲路旁、城前大路上、城邊大路上、邊城大路口、城西大路口(旁、上)、山上。

此「梁祝墓」較諸「十八相送處」,則有實存的地名、山名、橋名、村名、路名,大抵是因為較多地域的鄉親父老們都以梁祝是自己是自己家鄉人,而特別編造符合祝英台花轎抬往馬家,路過梁山伯墓的路線,以取信於人使然。

(十一)其他

1. 地名及其他:

齊、魯、波羅國、東吳、吳國、越國、長安、東京、盛京、京都、洛陽、揚州、杭州、湖州、蘇州、貴州、岳州、秀州、柳州峨嵋、明州西鄉高橋(今浙江寧波)、紫金城(紫禁城)、河間府林鎮、會稽上虞、紹興、錢塘縣、吳山縣、富陽縣(富陽)、嘉祥縣、鄞縣、寧波西鄉高橋太平村(寧波西鄉九龍墟、寧波西郊梁山伯廟、寧波、寧波城隍廟西鄉高橋)、鄞縣城西清道山古墓、鄞城西鄉九龍墟(今鄞縣高橋)、清道源九龍墟、九龍墟大堤城西、九龍墟義忠王廟、廣西大林山書童鎮鴛鴦河、鴛鴦河、鼎蜀鎮陶行義興善卷洞(螺岩山)、景寧英川、湖北沔陽、曲阜北廟、廣得

碧鮮庵、平康、昆陵、清柯鎮西郭、胡橋鎮（胡橋頭、胡橋、高胡）、草橋鎮、烏塘鎮、連理市、嘉興、武康、德清、長興、海寧、臨安、新澄、昌化、石門、太華、彭城、餘姚口、蘭溪城三家村上、西興、台中、瑞芳、大和、東勢、大肚、大屯、新埔、大湖、竹東、竹南、桃園、竹塹、松羅埤、大澳、雙溪、山西、樹林、中莊、新莊、平江柳家村柳三春店、李家莊、西湖孝義莊、吳橋、鎮江、溪陽、金紅城、建康城、安養城、關城、東城、北城、朝陽城、花錦城、長城（邊）、祝陵村（祝陵）、路家莊、馬坡林、潮水村番邊、杏花村（莊）、綠楊村、瓊花村、柳家莊趙家飯鋪、西莊、老子山、筆架山、南山、燕山、峰山、白石山、梨山（黎山）、兄弟山、方丈山、蓬萊山、百花山、天竺名山、青龍山、鳳凰山、崑崙山、黑風山、姚江乍山、北山、橫山、大隱山福地之甄山、八卦山、梁山、山頭、山邊、山腳、崋山祖師廟、奘松嶺東側隱仙洞、新開嶺龍江河口、九門嶺馬河口、瘦狗嶺、煙靈嶺、飛來峰、西坎、鳳池岡、九十九岡、玉水河邊、十沙河、河車、漢江、錢塘江（港）、錢塘、曹娥江、平江（平江碼頭）、鄞江大客棧、胥江（胥江天竺庵）、吳江、姚江（姚江高橋梁聖君廟）、涌江、漢江、東錢湖、太湖渡口、西湖（翠堤）、白馬湖、洪澤湖（蘇北洪澤湖）、姊妹湖、北海、七都海、八重溪、柳溪、溪埔、溪墘、深溪、馬郎港、馬家濱、馬家蕩、五參溝、丞相潭、澗河潭、鳴心泉、梁祝池、藕池（東、西、南、北）、荷池東（西）、蘭橋、玉帶橋、夫妻橋（城西高橋紹家渡口）、馬郎橋、草橋門、白雲洞、朝陽洞、梁祝讀書洞（梁祝除妖洞）、善卷洞、藥水洞、禹王陵、四窗岩、羊山島、雁門關、白虎關、海潮寺、支山寺、

靈隱寺、百花樓（白花樓）、高墩霸、媒星宮、秀冒宮、馬公祠、三賢祠、梁祝祠、祝英台閣、白衣閣、毓秀閣、碧鮮庵、春靈庵、孔廟、斗水廟、海水廟、觀音廟、義忠王廟、百官東岳廟、城隍廟、蝶亭、綠秋亭、牡丹亭、五里亭、茶亭、祝英台琴劍之冢（琴劍冢）、玉水書院、東湖書院、四明學館、齊天殿、凌霄殿、雙照井、陽關道、玉松堂、北華堂、三生堂、祭仙台、芝蘭館、雷峰塔、馬坡、馬家墳、滬杭甬鐵道旁、山伯古墳遺址、長興街、五里埔、桃花店（塢）、王婆店、招商店、缸鴨狗湯團店、桃園、竹林、竹齋、梅院、小樓南、曲欄西、畫堂北、路車（西、南、北、東、中）、車頭（車站）、深坑、北槐子、蕭山占塄。

　　2、陰間：

　　閻羅殿（閻王殿、森羅殿、森羅城）、東獄大殿、奈何橋、鬼門關、十八地獄、業鏡台、望鄉台、油滑山、亡山、刀山、北勢湖、冷水坑、三板橋、三角埔、大溪埔、大山塄、六角亭、鐵樹、暗屋邊、水橋頭。

　　　四、物

　　（一）男女主角定情物

　　大抵是祝英台送梁山伯玉扇墜（扇墜、雪白蝴蝶玉扇墜、百蝴蝶玉扇墜）、白玉環蝴蝶、（白玉環、白玉環蝴蝶墜）玉環蝴蝶對、玉蝶墜、玉蝴蝶（一對）、玉蝶（一對）、玉環、玉珮、白玉一對，也有繡花鞋（紅繡鞋、繡鞋、花鞋（一隻））、帕子、手帕（白綾手帕）、絲巾、紅綾、金釵（鸞鳳金釵）、菱花鸞箋、絲綢、耳墜、杯酒、婚姻紙。也有男女互贈定情物：（男送）玉扇墜（女

送）花手絹、（男送）玉珮（女送）白玉蝴蝶墜、（男送）琴與劍（女送）碧鮮扇。

(二)男女主角互送紀念物

大抵是山伯訪祝，得知婚姻不成，離去時英台所贈之物或山伯相思病重，梁母或四九問藥時，英台所與之物：羅帕（羅巾、素帕、錦帕、繡帕、帕子）、紅羅（紅綾、香羅）、羅衣裙、一條舊手巾（一條手巾）、汗巾、手絹、汗衫衣（汗衫一件、汗衣、衣衫、白衫、裯衫衣、一領衫、衫條、貼肉肝衫一領、繡花衣、血汗衫、朝衫、肉小衣一件）、大紅抹胸血書（抹胸一個、血書一封、血書）、大抹紅肚兜（大紅肚兜）、金釵（鳳釵）、金簪、書信一封（信一封信）、戒指（戒子、金戒子、玉手指）、黃金一百兩、白銀百貳兩（白銀三百兩、三百白銀、三百雪花銀、三百兩銀子、二佰銀）、青絲一縷（青絲幾根、青絲數尺長、青絲一束、青絲一絡、青絲髮幾根、頭髮、一縷頭髮、一撮頭髮、頭毛一股、頭毛一縈）、白玉環、金牌環、白扇（扇子、扇墜）、香袋、絲帶、緞鞋、（花鞋）、腳籠、朝廟、紙、筆、花箋一幅、褲帶三寸、一張繡像、短劍（劍）、琴。也有女送戒指，男送蘭衫，女送金釵，男送頭毛一柳（頭髮一股）。

(三)其他

1.動物：

錦雞、白鵝（鵝）、斑鳩、鴨、水牛、老鴉、山羊、孔雀、鳳凰、鴛鴦、燕子、巨蛇（大蛇、大蟒蛇）、白蝴蝶（大彩蝶、兩處大彩蝶連成一條彩帶、彩蝶、紋蝶、花蝴蝶（吳中以梁祝呼之））、

貓、鷹、尖嘴鑽心蟲、老鼠魚、油筒魚、馬文魚、馬面魚、五花馬（五色馬）、蠅、蟻、狗、頭上有馬字的蛤蟆。

2. 植物：

檳榔、仙桃、蟠桃、棗子、良鄉栗子、山東雪梨（梨子）、河北橙、馬食菜花、車輪菜花、花蘑菇、喇叭花、燈籠花、馬蘭花、靈芝草、蘭溪竹、雷公藤、牡丹（焦骨牡丹）、還生花、滅亡花、五穀種子(民歌 43)廟前橘二株橘蠹、竹子（胡琴）、毛竹、淚竹、天中山下芨芨草、小南海旁靈芝菌、鵝鴨池畔薄荷葉、縣瓠樓側芍藥根、梁祝銀杏樹、杉樹。

3. 物：

無影寶劍、尚方寶劍、龍泉青劍、手指（戒指）、手環、金環、玉鐲（鐲子、手鐲）、玉珮、翡翠、金釵（釵）、簪子、荷包、花汗衫(拉場戲 1)、南天帶、山河地理裙、九龍杯、九曲珠（九曲明珠、九曲龍珠）、夜明珠、金光沙、攝魂鈴、遮魂針、八卦乾坤鏡、陰陽乾坤袋、琉璃燈、琉璃盞、玻璃盞、溫涼酒盞、捆仙繩（捆仙寶繩）、九股繩（紅絨九股繩、紅繩）、空中仙人網、黑索（套索）、包天帕（包天羅帕、仙人帕）、白手巾、陰陽枕、鐵羅傘、紙馬、草蓆、繡花鞋（花鞋、繡鞋）、回雲丹、回陽水、陰陽水、還魂水、魂水、返（反）魂湯、還魂湯（葉）、生死陰陽簿（生死簿、姻緣簿（冊））、枉死簿、百草珍珠（鵝蛋）、鹽水、熱水、熱木湯、洗碗水、汰腳湯、碗、氾涼酒、骰子、頭髮、淚井、竹篾箍桶、豬油湯團、蔽藤、雙墓碑、雙名碑、紅黑二色墓（紅黑二色刻名之墓碑）、球（毬、蹴鞠）、秘珍圖、辭學表（文）、婚姻紙、

花轎、白銀二百四（白銀一百兩）、天上甘霖、人參娃娃、三月廿八觀蝶節、褲帶三寸、月經、日記、自動車、洋裝、電子雞、電話快遞、飛翎機（飛機）。

綜上可知，梁祝故事中的細節，就時空而言，有古今、陰陽之異。最早可推至舜帝元年十二月，地域則雖遍及中國各處，但男主角以浙江會稽或會稽縣（今浙江紹興）或武州（今湖南常德），女主角以上虞或越州（今浙江紹興），求聘者是鄮城或鄮縣廊頭（今浙江寧波鄞縣）為大宗。至於相遇結拜處，大抵是虛設的草橋、柳蔭下。讀書處，大抵是杭州、杭城、杭州府、杭州城、宜興善權山碧鮮庵、碧鮮巖（岩）、宜興碧蘚庵、尼山。十八里相送處則虛實兼具，大抵是錢塘（道、口、江）、紫金山（紫荊山）、鳳凰山、京漢古道、觀音堂、土地廟。男主角科考處、當官處、流放處，男女主角墓地，及其他地名則紛紜雜陳，不勝枚舉。另有陰間閻羅殿、十八地獄、鬼門關、業鏡台、望鄉台、油滑山、亡山、北勢湖、冷水坑、三板橋、三角埔、大溪埔、大山塔、六角亭、鐵樹、暗屋邊、水橋頭，大抵是虛設想像之地，為人間「善有善報，惡有惡報」的官司斷案、懲罰受苦的場域。

就物而言，則有男女訂情物，大抵是英台送山伯玉扇墜、白玉環蝴蝶，互送紀念物則有羅帕、青絲等物。而故事中出現的其他物種，則有動物、植物及其他物品。

就人而言，男主角，大抵名為梁山伯，有義忠王、義忠神聖王、定國公、定國王、宰相、進士、知縣、參政按察司、平蠻元帥忠孝王、元帥、平息侯、郡公府功曹、郡丞、義守郎、上卿大夫、越川知府、秀才的封號或官位或身份，年紀有十三、十五、

十六、十七、十八、十九之異。女主角，大抵是祝英台，有義婦、女狀元、狀元、女將軍、將軍、鍾情女、鎮國太夫人、定國正夫人、誥命夫人、一品夫人、王妃、守禮恭人、駙馬（女扮男裝中狀元被招為駙馬）、節義夫人、官人的封號或官位或身份，年紀有十三、十四、十五、十六、十七、十八之異。祝英台偶有祝英台是個武藝高強，男扮女裝行刺惡霸、色胚馬文才，而被碎屍萬段，棄之荒野美男子的角色(故事 50)。第二、三女主角的身份有時是公主、丞相女兒，或王爺女兒。祝英台大抵是富豪之家，梁山伯大抵家境貧寒。梁山伯父親大抵早亡，寡母獨養山伯。祝英台父親大抵是富有的員外，母親角色則時有時無。另有女主角哥嫂，嫂子常是英台姑嫂微妙情節的對手，譏誚英台外出求學，全為結朱陳。男女主角書僮，大抵是四九、士久、事久、寺久、似九、思久、石久，均是同音或音近字的不同寫法。女主角丫環（書僮）則大抵是銀心、仁心、人心、知心、順心、良心、吟心，也常是同音字或音近字，或隨故事流傳，訛變所致。

　　婚姻介入者的求聘者，大抵是馬文才、馬俊、馬圳，總是富家少爺、花花公子形象，偶有馬家秀才、馬員外、尚書、屯騎校尉、鎮海太守的身份或官位，年紀有十六、十八、十九、二十三、二十六之異。求聘者父母大抵是高官或富豪。

　　祝英台婚姻之主事者，常是祝父。另有梁、祝的老師、師母，以孔子最為熱門，共有二十九次之多，也有老師是個女的(壯劇 1)。至於其人乃是歧出或兜合情節的其他角色，林林總總，可分為 1.神鬼妖、2.皇帝王公貴族官員番邦國王、公主、將士等、3.其他各色人，大抵是鼓詞、彈詞、福州平話、歌仔冊文本的人物最為

國家圖書館出版品預行編目

梁祝故事研究 / 許端容著. -- 一版. --
臺北市：秀威資訊科技，2007[民96]
冊 ； 公分. --（語言文學類；AG0060）
參考書目:面 含索引
ISBN 978-986-6909-47-4(一套：平裝)

857.2 96004612

 語言文學類 AG0060

梁祝故事研究（一）

作 者 / 許端容
發 行 人 / 宋政坤
執行編輯 / 呂祥竹
圖文排版 / 呂祥竹 林靜慧 林蘭育
封面設計 / 許獻心
數位轉譯 / 徐真玉 沈裕閔
圖書銷售 / 林怡君
法律顧問 / 毛國樑 律師
出版印製 / 秀威資訊科技股份有限公司
台北市內湖區瑞光路 583 巷 25 號 1 樓
電話：02-2657-9211 傳真：02-2657-9106
E-mail：service@showwe.com.tw
經 銷 商 / 紅螞蟻圖書有限公司
台北市內湖區舊宗路二段 121 巷 28、32 號 4 樓
電話：02-2795-3656 傳真：02-2795-4100
http://www.e-redant.com
2007 年 3 月 BOD 一版
2007 年 11 月 BOD 二版
四冊定價：2000 元

讀 者 回 函 卡

感謝您購買本書，為提升服務品質，煩請填寫以下問卷，收到您的寶貴意見後，我們會仔細收藏記錄並回贈紀念品，謝謝！

1. 您購買的書名：＿＿＿＿＿＿＿＿＿＿＿＿＿＿＿＿

2. 您從何得知本書的消息？

　□網路書店　　□部落格　　□資料庫搜尋　　□書訊　　□電子報　　□書店

　□平面媒體　　□　朋友推薦　　□網站推薦　　□其他＿＿＿＿＿

3. 您對本書的評價：(請填代號　1.非常滿意 2.滿意 3.尚可 4.再改進)

　封面設計＿＿＿　版面編排＿＿＿　內容＿＿＿　文/譯筆＿＿＿　價格＿＿＿

4. 讀完書後您覺得：

　□很有收獲　　□有收獲　　□收獲不多　　□沒收獲

5. 您會推薦本書給朋友嗎？

　□會　□不會，為什麼？＿＿＿＿＿＿＿＿＿＿＿＿＿＿＿＿＿

6. 其他寶貴的意見：＿＿＿＿＿＿＿＿＿＿＿＿＿＿＿＿＿

＿＿＿＿＿＿＿＿＿＿＿＿＿＿＿＿＿＿＿＿＿＿＿＿＿＿＿

＿＿＿＿＿＿＿＿＿＿＿＿＿＿＿＿＿＿＿＿＿＿＿＿＿＿＿

＿＿＿＿＿＿＿＿＿＿＿＿＿＿＿＿＿＿＿＿＿＿＿＿＿＿＿

讀者基本資料

姓名：＿＿＿＿＿＿＿＿＿　年齡：＿＿＿＿　性別：□女 □男

聯絡電話：＿＿＿＿＿＿＿＿　E-mail：＿＿＿＿＿＿＿＿＿＿

地址：＿＿＿＿＿＿＿＿＿＿＿＿＿＿＿＿＿＿＿＿＿＿＿＿

學歷：□高中(含)以下　　□高中　　□專科學校　　□大學

　　　□研究所(含)以上 □其他＿＿＿＿＿＿＿＿

職業：□製造業 □金融業 □資訊業 □軍警 □傳播業 □自由業

　　　□服務業 □公務員 □教職　　□學生 □其他＿＿＿＿＿

To：114

台北市內湖區瑞光路 583 巷 25 號 1 樓

秀威資訊科技股份有限公司　　　收

寄件人姓名：

寄件人地址：□□□

（請沿線對摺寄回,謝謝!）

秀威與 BOD

BOD（Books On Demand）是數位出版的大趨勢，秀威資訊率先運用 POD 數位印刷設備來生產書籍，並提供作者全程數位出版服務，致使書籍產銷零庫存，知識傳承不絕版，目前已開闢以下書系：

一、BOD 學術著作—專業論述的閱讀延伸
二、BOD 個人著作—分享生命的心路歷程
三、BOD 旅遊著作—個人深度旅遊文學創作
四、BOD 大陸學者—大陸專業學者學術出版
五、POD 獨家經銷—數位產製的代發行書籍

BOD 秀威網路書店：www.showwe.com.tw
政府出版品網路書店：www.govbooks.com.tw

永不絕版的故事・自己寫・永不休止的音符・自己唱